I0649090

Christof Wolf

SUNRISE

Das Tor zum Träumen

ACABUS | Verlag

Wolf, Christof: SUNRISE. Das Tor zum Träumen, Hamburg, ACABUS Verlag 2009

Originalausgabe
ISBN: 978-3-941404-92-2

Lektorat: Daniela Sechtig, ACABUS Verlag
Covermotiv: © Andreas Wechsel - Fotolia.com; Christof Wolf
Umschlagsgestaltung: Daniela Sechtig, ACABUS Verlag

Der ACABUS Verlag ist ein Imprint der Diplomica Verlag GmbH, Hermannstal 119k, 22119 Hamburg.
Bibliografische Information der Deutschen Bibliothek:
Die Deutsche Bibliothek verzeichnet diese Publikation in der Deutschen Nationalbibliografie; detaillierte bibliografische Daten sind im Internet über <http://dnb.ddb.de> abrufbar.

Die digitale Ausgabe (eBook-Ausgabe) dieses Titels trägt die ISBN 978-3-941404-93-9 und kann über den Handel oder den Verlag bezogen werden.

© ACABUS Verlag, Hamburg 2009
Alle Rechte vorbehalten.
http://www.acabus-verlag.de
Printed in Germany

»Gott hat der Hoffnung einen Bruder gegeben:

Er heißt *Erinnerung*«

Michelangelo

In liebevoller Erinnerung an

SUSANNE

~ Prolog ~

Das Telefon klingelte.

Benjamin zuckte zusammen. Erschrocken schaute er zur Küchenuhr, die kurz nach halb zehn anzeigte. *Wer kann das denn noch sein?*

Die Kochspuren in der Küche waren bereits beseitigt, das restliche Geschirr in die Spülmaschine eingeräumt. In Gedanken saß Benjamin schon auf der Couch und freute sich auf einen gemütlichen Abend. Sein dunkelblauer wollweicher Wohlfühlpulli und die weite Nike-Sporthose sollten schon im Vorfeld dazu beitragen. Beide Kleidungsstücke waren ihm inzwischen viel zu groß geworden, da seine sportlichen Aktivitäten, die er seit seinem Beitritt in das Fitnessstudio in den letzten Monaten kontinuierlich gesteigert hatte, ihre Wirkung zeigten. Gerade das Ausdauertraining schien die Pfunde nur so dahin-schmelzen zu lassen. Mindestens acht Kilo hatte er verloren! Er war stolz auf sich. Nicht, dass er sich bei seiner Größe von einem Meter dreiundachtzig und zuvor knapp über 90 Kilogramm zu dick fand, aber mit ein paar Kilos weniger auf der Waage lief es sich wesentlich leichter. Vor allem machte es ihm nun erst richtig Spaß. So war er auch heute wieder fleißig gewesen. Für den Rest des Abends stand jedoch pure Erholung auf dem Programm. Er wollte endlich dieses Buch lesen, das ihm die ganze Zeit ins Auge stach. *Airframe,* von Michael Crichton. Heute hatte er es sich in der Mittagspause gekauft, bevor er sich mit Freunden zum Cappuccino in Pierres Eiscafé traf.

Gerade war er durch die Terrassentür nach draußen getreten, um dort, wie jeden Abend, eine Kerze im Windlichtglas anzuzünden, als das schrille Klingeln des alten Mickey-Mouse-Telefons ertönte und ihn aus seinen Gedanken riss. Er beendete sein Vorhaben, trat hinein, schloss die Tür und ging zum Telefon. In der Annahme einer seiner Freunde sei am Apparat, nahm er den Hörer ab und meldete sich mit einem lockeren: »Ja. Hallo!« Doch zum eigenen Erstaunen, meldete sich am anderen Ende eine Stimme, die ihm nicht vertraut war.

»Hallo, spreche ich da mit Herrn Michels, Herrn Benjamin Michels?«, hörte er eine völlig fremde, eher zurückhaltend leise, fast verschwörerisch flüsternde Frauenstimme. Benjamin war verdutzt. Etwas zögerlich und skeptisch bestätigte er der Dame, dass sein Name Michels wäre und sie es anscheinend mit dem Richtigen zu tun hätte.

»Herr Michels, Sie kennen mich nicht und Sie werden sich wundern, weshalb ich Sie um diese Uhrzeit noch anrufe, aber es war mir ein Bedürfnis, mit Ihnen zu reden!«

Eine kleine Pause trat ein. *Es war ihr ein Bedürfnis, ihn zu sprechen?*

Die Dame am Telefon fuhr fort.

»Mein Name ist Schock, wie der Schock bei einem unerwarteten Ereignis oder so. Ich wohne in Höhr-Grenzhausen, das kennen Sie doch ganz bestimmt.« *,Höhr-Grenzhausen?'*

Natürlich kannte Benjamin das Städtchen mit der eigenen Ausfahrt an der Autobahn 48 in Richtung Koblenz, schließlich gehörte es noch zum Westerwald. Der Ort lag nur etwas über 35 Kilometer von Hachenburg entfernt, also musste Benjamin ihn kennen! Erneut verdutzt und zunächst grinsend ob des außergewöhnlichen Namens ,Schock', überlegte er, wer dort am anderen Ende der Leitung seine Nummer gewählt haben konnte. Doch bevor er weitere gedankliche Recherchen anstellen konnte, fragte ihn die Stimme am anderen Ende: »Herr Michels, kennen Sie eigentlich Australien?«

,Australien?' Das war jetzt aber ein gänzlich anderes Thema. Er versuchte sich zu sammeln und antwortet kurz und spontan klingend: »Ja, Frau Schock, Australien kenne ich!«

,Was soll das denn?', dachte Benjamin insgeheim. Irgendetwas kam ihm komisch vor. Was für eine Rolle könnte er in einer Verbindung zwischen Höhr-Grenzhausen und Australien spielen? Seltsam! Aber Frau Schock ließ ihm keine Zeit lange nachzudenken.

»Herr Michels, wenn Sie Australien kennen, kennen Sie dann auch Westaustralien?«

»Ja, Frau Schock, auch Westaustralien kenne ich!« Nun war es Benjamin fast unheimlich zumute. Schließlich waren noch keine sechs Wochen seit seiner Rückkehr aus Australien vergangen. Fast genauso viele Wochen war er damals ganz allein durch den fernen Kontinent gereist. Natürlich konnte er sich sehr gut an alles erinnern, zudem steckte er gerade noch mitten in seiner Nachbearbeitung. Das Videomaterial von über sechs Stunden hatte er in den letzten Tagen erstmalig gesichtet und schließlich auf einen etwa dreistündigen Film – also für einen Außenstehenden auf ein Maximum der Belastbarkeit beschränkt – zusammen geschnitten.

An Westaustralien, ja, daran konnte er sich sehr gut erinnern. Die erste Etappe seiner Reise hatte ihn genau dorthin geführt.

***

Mit Zwischenstopp in Singapur war er an die Westküste Australiens geflogen – *final destination* Perth. Dort hatte er sich einen Wagen gemietet und fuhr ganz allein seinem Abenteuer entgegen. Über dreitausend Kilometer lagen auf dieser ersten, zweiwöchigen Etappe vor ihm.

Nach Westaustralien standen zwei weitere Regionen auf dem Programm: Das Northern Territory und die Ostküste. Zwei Wochen wollte er den nördlichen Teil Australiens mit der Stadt Darwin und den zahlreichen Nationalparks per Allradcamper erkunden – Benjamin allein im Busch! Im Anschluss daran plante er ursprünglich, dass er die Ostküste zwischen Brisbane und Sydney entlang fahren wollte. Allerdings zwang ihn die Überschwemmung des kompletten Küstenstreifens spontan eine Alternativroute zu nehmen. Diese führte ihn durch das ‚Hinterland Neuenglands', das auch im Englischen so genannt wurde. Am Ende dieser letzten Etappe verbrachte er eine Woche bei seinen Freunden Grace und Charles. Diese lebten in der Nähe Sydneys in einem Städtchen mit dem interessant klingenden Namen Woy Woy. Er war gespannt auf die beiden. Johanna und er hatten das ältere Pärchen vor fünf Jahren auf Hawaii kennen gelernt, während ihrer Hochzeitsreise. Zwar hielten sie seitdem immer Brief- und Telefonkontakt, doch es war seit diesen wunderschönen Tagen auf Maui zu keinem Treffen mehr gekommen.

***

Nun, was konnte diese Frau Schock von ihm wollen? Was konnten er und sie mit Australien oder gar Westaustralien gemeinsam haben?

»Herr Michels, ich muss Sie jetzt noch etwas fragen«, meldete sich die Dame erneut. »Wenn Sie in Westaustralien waren, kennen Sie dann auch den Ort Albany?« ‚*Was? Wie bitte?*' Benjamin wollte am liebsten in den Hörer beißen, aber er verkniff sich jeglichen Gefühlsausbruch. Albany!

»Ja, Frau Schock, auch Albany kenne ich!« Seine Antwort kam so ruhig und selbstverständlich, als säße er im Zeugenstuhl bei einer Gerichtsverhandlung und stünde gerade, natürlich seiner Unschuld bewusst, dem Staatsanwalt im Kreuzverhör Rede und Antwort. Seine Gedanken gingen zurück zu dem Tag, an dem er sich dem kleinen ehemaligen Walfängerort Albany genähert hatte, das an der Südküste Australiens lag. Er hätte das Straßenschild knutschen können, so groß war seine Freude gewesen, als er darauf las: Albany 20 km!

***

Die Sonne stand bereits sehr tief. Er war sich nicht ganz sicher gewesen, ob es ihm überhaupt gelingen konnte, noch vor deren Untergang den Stirling Range Nationalpark zu durchqueren. Schließlich handelte es sich hierbei um ein recht hohes Gebirgsmassiv und den einzig bekannten Ort in Western Australia, an dem jemals Schnee fiel. Bei dem Gedanken, die mitunter äußerst steilen Bergstraßen in der nun einsetzenden Dunkelheit zu befahren, war ihm ganz und gar nicht wohl gewesen.

Langsam verschwand die Sonne am Horizont und beschenkte den Himmel mit einem glühenden Abendrot. Und siehe da, er schaffte es den im Halbkreis von grünen Hügeln umgebenen Ort rechtzeitig zu erreichen, bevor es vollkommen duster wurde. Benjamin jubelte und trommelte vor Freude auf das Lenkrad, als er die zum Teil sehr unwirtlichen Wüsten- und Steppenlandschaften mit mörderischen Temperaturen von über vierzig Grad Celsius und schier unendlicher Weite sowie den schrecklichen Fliegenscharen endgültig hinter sich gelassen hatte.

11

Gespannt darauf, was ihn in dieser kleinen Stadt erwarten würde, folgte er der schnurgeraden Hauptstraße in Richtung Zentrum. Am anderen Ende des Ortes, der als erste weiße Niederlassung in der westlichen Hälfte Australiens in den Geschichtsbüchern erwähnt wird, sah er das Abendlicht silbrig glänzend im Meer schimmern. ‚*Endlich wieder zurück in der Zivilisation!*' Er war froh!

Insgesamt nahm er mit dieser Reise, die er – nach Johannas Tod – ganz bewusst allein durchführen wollte, eine Art Herausforderung an sich selbst an: Sechs Wochen Australien, von denen er fünf mutterseelenallein verbringen wollte. Ja, er wollte es sich selbst beweisen. Im August des letzten Jahres, das von der Kirche als das Heilige Jahr 2000 und von allen anderen als so genanntes Millennium gefeiert wurde, war er erstmals ganz allein nach Amerika geflogen, um sich von dem im Mai erlittenen Verlust ein wenig abzulenken. Doch die Erfahrung, die er in diesen beiden Wochen machen musste, erschreckte ihn. Erstmalig ereilte ihn ein Gefühl, das er bis dato nicht kannte – Heimweh. Da er nun Angst bekam, künftig nicht mehr allein verreisen zu können, verabreichte er sich diese Gummihammer-Kur und forderte sich und insbesondere seinen Geist heraus. Ja, seinen Geist, denn die Auswahl seiner Etappen führte ihn nicht rein zufällig des Öfteren durch sehr dünnbesiedeltes oder gar unbesiedeltes Land. Ein technisches Problem bereitete ihm besondere Schwierigkeiten: Die Stille!

Von seiner letzten Australienreise mit Johanna im Jahr 1995 behielt er in Erinnerung, dass weit ab von den Ballungszentren kaum ein Radiosender zu empfangen war. So wusste er auch, dass eine Outback-Fahrt von mehreren Stunden äußerst monoton werden konnte. Während er anfangs noch das einschläfernde Geräusch des Wagens akzeptierte, ging er schließlich dazu über, aufgrund nicht vorhandener Unterhaltung aus dem Äther und nicht mitgenommener CDs, seine eigene ‚One-Man-Casting-Show' zu starten. Mit selbst geträllertem Liedgut, das mangels ausgeprägter Textkenntnis oftmals mit mehr oder weniger melodiösen Pfeif- und La-La-Einlagen aufgepäppelt wurde, hielt er sich bei Laune. Ob es dazu gereicht hätte, von einer Jury zum *Superstar* gekürt zu werden, bleibt dabei für immer ein ungelöstes Rätsel. Als er jedoch das Fischerstädtchen erreichte, konnte auch sein Radio wieder mit einigen Sendern aufwarten.

Schon während seiner Reiseplanung war er auf den kleinen Flecken auf der Landkarte mit dem Namen Albany aufmerksam geworden, den sein Dumont Reiseführer, als eine der malerischsten Städte mit exponierter Lage an einer wundervollen Bucht beschrieb. Zugegeben, der erste Eindruck in Form der rechts und links mit Motels und den üblichen Supermärkten gesäumten Zufahrtsstraße, war nicht der Brüller gewesen. Doch je näher er dem kleinen Stadtkern kam, mit seinen gut erhaltenen Straßenzügen aus dem neunzehnten Jahrhundert und einer größeren Auswahl an Geschäften und Restaurants, da konnte sich die im Reiseführer versprochene Fischerdorf-Romantik durchaus erahnen lassen. Irgendwie wuchs ihm der Ort gleich ans Herz.

In den letzten Tagen hatte er das unbeschwerte urbane Leben sehr vermisst, wenngleich er ja nur wenige Tage durch die absolute Einsamkeit gefahren war. Er fragte sich, ob die Menschen, die dort in kleinen Ansiedlungen lebten, die oftmals lediglich aus einer Tankstelle und einem Motel mit Coffee-Shop bestanden, sich nicht total einsam fühlen mussten? Konnte man sich wirklich daran gewöhnen?

„Endlich wieder zurück in der Zivilisation!", dachte er, als er sein Zimmer im Flag-Travel-Inn Motel bezog. Benjamin suchte auf seiner Tour stets nach Häusern dieser Motel-Gruppe. Bereits während seiner ersten Australienreise mit Johanna, waren sie überwiegend in Motels dieser Kette abgestiegen. Wenngleich diese Häuser auch nicht immer ganz billig waren, so wusste er aus eigener Erfahrung, dass sie stets über sehr komfortabel eingerichtete und vor allem saubere Zimmer verfügten. Nach dem Einchecken genoss Benjamin zunächst eine ausgiebige Dusche. Sie befreite ihn von dem feinen Staub des Outbacks, der sich in jeder Pore seiner Haut niedergelassen hatte. Anschließend suchte er sich möglichst knitterfreie Klamotten aus seinem Koffer und machte sich für ein Abendessen in einem der Innenstadtlokale schick.

Wenngleich er von der langen Fahrt total erschlagen und es bis zu den Restaurants an der Hauptstraße nicht allzu weit war, entschloss er sich dazu, das Auto zu nehmen – obwohl er das Lenkrad kaum noch sehen mochte. Er stellte den Wagen auf einem fast leeren Parkstreifen vor einer kleinen Kirche ab. Langsam und gedankenverloren schlenderte er die Main Street hinab bis zum Denkmal für die *Light House Cavalry*, die im Ersten Weltkrieg bei Gallipoli gekämpft hatte. Benjamin genoss den tollen Blick über die Bucht und ging dann zurück zur Main Street.

Typische Küstenstadtgeschäfte säumten die Straße. Vom Fischereiartikelladen bis hin zu allen denkbaren Klamottenshops und Lebensmittelketten war alles zu finden. Mit einem vom Hunger leicht gebremsten Interesse, schaute er sich die Auslagen der kleinen Läden an. Das Schaufenster des Surfer- und Outdoor-Shops mit dem spannenden Namen ‚Outback Adventures' zog seine Aufmerksamkeit auf sich. Er war fasziniert davon, was es dort alles gab. Insbesondere ein Moskitonetz, das man über eine Baseballkappe, wie Benjamin sie stets auf seinen Reisen trug, ziehen konnte, hatte es ihm angetan.

„Wenn ich dieses Netz nur vorher entdeckt hätte, dann wäre ich in der Wüste mit den Hunderten von Pinnacle-Steinkegeln und am Wave-Rock noch besser gegen die Fliegen gerüstet gewesen!", dachte er insgeheim. Obwohl seine selbst entworfene Konstruktion, die er von zu Hause mitgebracht hatte und die ihm beim Kochen eingefallen war, ebenso die gewünschte Wirkung gezeigt hatte – wenngleich sie ziemlich sonderbar und nicht weniger abenteuerlich aussah. Seit Weihnachten hatte er ein paar Weinkorken gesammelt und in jeden einen kleinen

Reisbrettstift gedrückt. Anschließend hatte er an diesem Stift einen Faden aus Garn befestigt und diesen wiederum an das geschlossene runde Ende einer Sicherheitsnadel, die sich dann an den Schirm seiner Baseballmütze anstecken ließ, geknotet. Durch das Hin- und Herschaukeln der Korken sollte sich somit keiner dieser geflügelten Quälgeister an ihn herantrauen.

Um letztendlich ganz sicher zu gehen, arbeitete er sozusagen mit ‚doppeltem Boden'. Denn neben seinen Fliegenschaukeln packte er weitere Utensilien in Form orangefarbener, feinmaschiger Kunststoffnetze in sein Abenteurergepäck. Diese Netze, in denen sich zuvor Zwiebeln befunden hatten – wie bereits erwähnt, war ihm die Idee dazu beim Kochen gekommen – konnte er nun bei Bedarf, sollte die Korkenschaukel nicht ausreichen, über den Schirm der Baseballkappe sowie über sein Kinn ziehen. Somit erhielten die lästigen Fliegen keine Chance, sein Gesicht zu erreichen, geschweige in seine Nasenflügel oder Augen zu krabbeln. Die Hauptsache war, dass es funktionierte! Nun gut, hier schieden sich die Geister, ob die meisten dieser kleinen Plagegeister bereits beim Landeanflug vor Schreck oder vor Lachen rückwärts auf ihre Flügel fielen. Oder ob sie aufgrund des monströsen Aussehens erst gar keinen Angriff erwogen hatten.

Benjamin musste schmunzeln, da er in diesem Zusammenhang an die zwei japanischen Pärchen dachte, mit denen er ein paar Tage zuvor gleichzeitig den Besucherparkplatz beim Wave-Rock angesteuert hatte. Wie er, so wollten auch sie die riesige sandfarbene Felswand erkunden, die durch Wind- und Wassererosion die Form einer erstarrten Welle angenommen hatte. Doch im Gegensatz zu Benjamin waren sie nicht auf das harte und gefährliche Leben im australischen Busch vorbereitet gewesen. Somit konnten sie sich dem Felsen nur mit wild umherwinkenden Händen – dem so genannten *Gruß der Australier* – nähern. Erfolglos versuchten sie den heranstürzenden Fliegen Herr zu werden. Während sie sich zunächst über das ungewöhnliche Outfit des jungen Mannes lustig gemacht hatten, mussten sie letztendlich neidvoll erkennen, dass er, im Gegensatz zu ihnen, Herr der Lage beziehungsweise Herr der Fliegen war. So ergab es sich, dass einer der Männer auf Benjamin zukam und ihm die ‚stattliche' Summe von zehn australischen Dollar, also zirka fünf Euro, für die Mütze nebst Fliegenschutzschild anbot. Dieser lehnte jedoch höflich – und innerlich triumphierend – ab.

‚Nee, nee, dieser Japaner! Erst lacht er über mich und macht sich vor den Frauen wichtig, dann will er klein beigeben und Geld für meine Anti-Fliegen-Mütze bieten! Hö, hö! Dumm für dich gelaufen, Sushi-Man!' Benjamin triumphierte hinter seinem orangefarbenen Maschenkonstrukt, während der Japaner unverrichteter Dinge und wild um sich schlagend zu den anderen ging, die sich nur schwer dem heranstürzenden, hartnäckigen und – im wahrsten Sinne – blutrünstigen Fliegengeschwader erwehren konnten. *‚Wäre ich Amerikaner, dann würde ich jetzt wohl an*

eine kleine verspätete Rache für Pearl Harbour denken!' Still grinste Benjamin in sich hinein und genoss es, stressfrei seine Bilder zu schießen.

Leider war das Outdoor-Geschäft auf der Main Street bereits geschlossen. Getrieben von einem knurrenden Magen widmete Benjamin seine Aufmerksamkeit den grell strahlenden Leuchtreklamen der verschiedenen Restaurants. Er war froh, heute in dieser Kleinstadt gelandet zu sein, die ihm eine nette Auswahl bot. *,Eigentlich müsste ich jetzt, wo ich schon einmal in Australien bin, ein riesiges Steak oder ein Prime-Rib essen!'* dachte er. Wobei es sich hierbei um eine Art Schmorbraten handelt, der stundenlang im Ofen blieb und aus feinstem Rindfleisch bestand. In der Regel servierte man ihn in Australien in Portionen, die eine vierköpfige Familie dicke satt machen würde. Aber noch in sein mentales Zwiegespräch mit sich und seiner inneren Stimme vertieft, holte ihn etwas Vertrautes in die Realität zurück. Er ging gerade an dem kleinen italienischen Restaurant ,Venice' vorbei, als der ausströmende Duft die Würfel dann ganz schnell zum Fallen brachte. Anhand der dort aufgehängten Bleche sah er, dass die Pizza dort in den unterschiedlichsten Größen, von S bis XL, angeboten wurde. Seine innere Fragestunde war geklärt!

Der vordere Teil des Lokals sah einen eigenen Bereich mit separater Theke und Back-ofen für die Take-away-Kundschaft vor. Die Pizza schien sehr begehrt zu sein, da eine lange Schlange von Kunden auf Pizza wartete. Im hinteren Teil des Lokals befand sich ein großer Gastraum, der – wie Benjamin durch die Schwingtür erkennen konnte – ziemlich voll war. *,Hoffentlich bekomme ich überhaupt einen Platz!'*, dachte Benjamin. *„Sicher sind die nicht so sehr begeistert, wenn ein Tisch nur mit einer Person besetzt ist.'*

,Please wait to be seated' mahnte das Schild am Eingang. So wartete Benjamin, wie es üblich war, bis sich die zuständige Bedienung um ihn kümmerte. Es dauerte nicht lange, da kam eine junge Frau freudestrahlend auf ihn zu. Sie begrüßte ihn sehr höflich und führte ihn an seinen Tisch. Benjamin konnte ihrem Namensschild entnehmen, dass sie Kim hieß.

»No problem!«, beruhigte sie Benjamin, als dieser fragte, ob es okay sei, wenn er diesen Tisch – an einem Abend wie heute – allein besetzten würde. »Nehmen Sie sich alle Zeit der Welt!«

Er lächelte ob Kims süßen australischen Dialekts, lehnte sich entspannt zurück und blätterte die Speisekarte durch. Die Auswahl war riesig und stand der seines Stamm-Italieners im heimatlichen Hachenburg um nichts nach. Es dauerte nicht lange und er war sich sicher, welche Pizza er ordern würde. Mit einem leichten Kopfnicken signalisierte er der – wie Benjamin feststellen musste – sehr hübschen Kellnerin, dass er sich entschieden hatte. Geschmeidig wie eine Katze huschte Kim durch den vollen Raum. Dann war sie für Benjamins Bestellung bereit.

Mit ihren großen braunen Augen schaute sie Benjamin ungläubig an. Dieser orderte neben einer Flasche Victoria-Bitter, einem lecker würzigen australischen Bier, eine Pizza mit der Größenbezeichnung XL. Als er zu dieser richtig großen – mit Salami, Peperoni und Zwiebeln belegten – Pizza auch noch eine Vorspeise in Form eines gemischten Salates bestellte, konnte die erstaunte Kim es sich nicht verkneifen, ihn vorsichtshalber zu fragen, ob er sich bewusst sei, dass seine Bestellung durchaus den Hunger einer Kleinfamilie stillen könnte.

»Ich könnte eine Herde Kängurus verspeisen!«, gab Benjamin ihr scherzend als Antwort und Kim musste kurz laut auflachen. Sie zwinkerte ihm zu, drehte sich um und verschwand grinsend.

Benjamin fand das Lokal urig. Es schien bei den Einheimischen beliebt zu sein. Fast jeder Stuhl war besetzt und es herrschte eine gelöste Stimmung. Schon nach wenigen Minuten kam Kim mit einem voll bepackten Tablett zurück, das sie sicher mit einer Hand über ihrem Kopf trug. Gekonnt stellte sie es auf der Kante des Nachbartischs ab und reichte Benjamin seinen Vorspeisensalat und das Victoria Bitter.

Genüsslich begann er die Tomaten zu essen und schlürfte sein Bier. Dabei blätterte er in seinen Straßenkarten. Er glich seine geplante Route mit seinen Reiseunterlagen in Form des Lonely Planet Australia sowie einem Dumont-Reiseführer ab. Nach einer äußerst kurzweiligen halben Stunde, in der er das Programm für den morgigen Vormittag festlegte, war es so weit. Fast akrobatisch anmutend, balancierte Kim das große Tablett durch den Raum und stoppte an Benjamins Tisch. Mit einem Augenzwinkern servierte sie ihm seine Pizza – eine verdammt große Pizza.

»Here Sir, your pizza in kanguruh-size, enjoy it!«, zog sie ihn auf, zweifelnd, ob dieses *Greenhorn from overseas* das von ihm bestellte Essen auch wirklich aufessen könnte. Dieser Tourist vom anderen Ende der Welt grinste sie jedoch mit seinem Sonntagnachmittagsausgeh-Grinsen an und dachte: *‚Wenn du wüsstest, welche Dinger ich schon mit Johanna in Amerika weggeputzt habe! Ha, da hast du aber die Rechnung ohne mich gemacht!‘* Mit gespielter Überlegenheit und scheinbar unbeeindruckt von der wagenradgroßen Mafiatorte, dankte er Kim und sagte: »Thank you very much, I will do my very best to impress you!« Ja, beeindruckt würde sie bestimmt sein, wenn sie wiederkäme und einen leeren Teller vorfände. Glücklich damit, sich für den Italiener entschieden zu haben, genoss er ein Stück nach dem anderen.

Tatsächlich war es für Benjamin kein Problem, die acht Stücke Pizza mit Ruhe und Appetit zu verspeisen – wenngleich das letzte Stück nicht wirklich hätte sein müssen. Doch die Herausforderung, im Anschluss in Kims überraschtes Gesicht sehen zu können, spornte ihn an. Er hätte platzen können. Sichtlich zufrieden lehnte er sich in seinen Stuhl zurück und genoss den Rest des Victoria Bitters. *„Ach, das Leben hat mir ja doch noch gute Seiten zu bieten!"*

Ziemlich ungläubig und mit hochgezogenen Augenbrauen räumte Kim den Teller weg. Sie konnte es sich nicht verkneifen, ihn zu fragen: »Wo ist die Pizza hin?« Benjamin zuckte nur mit den Achseln und schaute an die Decke. Kim wog ihrerseits ab, ob sie den Gast noch fragen sollte, ob dieser tatsächlich Platz für ein Dessert hätte und dachte: *„Also, wenn dieser Kerl da noch irgendetwas hinein bekommt, dann verlässt er den Raum nicht, ohne vorher zu platzen!"* Schließlich traute sie sich trotzdem. Doch der junge Deutsche schien wirklich satt zu sein und rundete sein Dinner lediglich mit einem *short-black* ab, der australischen Variante eines italienischen Espressos.

Sichtlich zufrieden mit sich und dem bisherigen Verlauf seiner Reise, bat Benjamin, als Kim das nächste Mal an seinem Tisch vorbeikam, um die Rechnung. Sie brachte ihm das kleine Lederetui in dem sich der Kassenstreifen befand. Da sie ein wenig Zeit hatte, fragte sie, woher er käme, wohin er wolle und ob er tatsächlich ganz allein unterwegs sei.

Benjamin freute sich. Endlich bekam er wieder einmal die Chance für eine kleine Konversation. Interessiert stellte Kim das Tablett auf den Tisch. Sie setzte sich, wenngleich absprungbereit, auf die Lehne eines Stuhls und hörte dem jungen Mann aus Europa zu. Dieser schien so Anfang dreißig zu sein. Seine blauen Augen gefielen ihr und die symmetrischen Gesichtszüge ließen ihn sympathisch erscheinen. Er erinnerte sie an ihren Cousin Robert, der ungefähr dieselbe Statur hatte – also groß und kräftig, ohne dabei dick zu wirken. Auch Robert trug stets einen Dreitagebart und hatte mittlerweile einen etwas höheren Haaransatz.

»Mensch, ich würde auch gerne einmal eine lange Reise machen: Europa zu besuchen, das ist schon lange mein Traum. Ihr habt so tolle Städte und alle sind so nah beieinander! Ihr könnt sie in weniger als zwei bis drei Flugstunden erreichen, oder? Wenn ich drei Stunden im Flieger sitze, dann bin ich gerade erst einmal über der roten Mitte unseres Landes. Ihr aber habt Spanien und Frankreich direkt vor der Haustür. Oder ihr könnt zum schiefen Turm fliegen, nach … Wo war der noch, in Parma?«

»Pisa!«, half er ihr auf die Sprünge. Ihr Interesse an Europa beeindruckte ihn.

»Kim!«, ertönte es plötzlich aus der Küchentür und ihr Gespräch wurde abrupt abgebrochen. Benjamin beglich seine Rechnung mit einem großzügigen Trinkgeld und verabschiedete sich von ihr. Kim sah dem jungen Deutschen lächelnd nach. Sie winkte ihm zum Abschied, als dieser sich kurz vor der Tür noch einmal zu ihr umdrehte. Benjamin winkte zurück und hätte zu gerne gewusst, was die junge Australierin jetzt von diesem gefräßigen Abenteurer aus *old Germany* gehalten hatte.

Alle diese Bilder sah Benjamin vor seinem geistigen Auge. Gleichzeitig überlegte er, wie eine Verbindung zwischen ihm, Westaustralien und Höhr-Grenzhausen zustande kommen konnte. Was war es, was er eventuell in Australien zurückgelassen oder gar verloren hatte und woraus diese Frau Schock seine Adresse zurückverfolgen konnte?

Es fiel ihm nicht schwer, sich an die beiden Tage in Albany zu erinnern, da sie doch sehr emotional geprägt gewesen waren. So sah er vor seinem geistigen Auge, den Telefonhörer mit Frau Schock noch am Ohr, wie er am Morgen nach seiner Pizzaorgie im ‚Venice‘ aufgestanden war.

***

Halb sieben. Frisch geduscht packte Benjamin seine Klamotten in den Koffer. Anschließend schlenderte er zur Rezeption und beglich die Rechnung von 50 australischen Dollar.

»Have a nice day, mate!«, wünschte ihm die ältere Dame hinter dem Tresen mit einem breiten australischen Akzent.

Gemütlich fuhr er hinaus zur Bald Head, einer weitgeschwungenen und der Küste vorgelagerten Halbinsel. Der Name ließ sich mit Glatzkopf übersetzen, was sich wahrscheinlich von den vielen aneinander gereihten kahlen Felsen ableitete.

Erste Station machte er an einem kleinen Parkplatz, der sich in der Nähe des Aussichtspunktes auf die Natural Bridge befand. Geschaffen wurde dieser gigantische Granitbogen durch die gewaltige Meeresbrandung, die seit Jahrhunderten mit ungebändigter Kraft gegen die schroffe Seite der Steilküste schlug und so ein riesiges Loch in den Fels gemeißelt hatte, wodurch eine natürliche Brücke entstanden war.

Das Meer toste unter der eigentümlichen Gesteinsformation und peitschte unaufhaltsam, getrieben vom frischen Morgenwind, die Wellen gegen das steinige Ufer. Benjamin schien völlig allein und war froh darüber. Vorsichtig setzte er sich auf einen kleinen Felsvorsprung und atmete die kühle Luft tief ein. In Gedanken verloren, genoss er die Naturgewalten und ließ seinen Blick über das weite Meer gleiten.

Nach einiger Zeit ging er gemütlich zum Auto zurück. Sein Weg sollte ihn nun zum Frenshman-Strand hinaus sowie zu diversen Buchten und Klippen führen, von denen er sich wiederum atemberaubende Aussichten erhoffte. Das Licht der Morgensonne glänzte silbern im schier endlos scheinenden Meer.

‚Gut‘, dachte er, ‚dass ich es geschafft habe, so früh aufzustehen. Die Halbinsel um den King George Sound erstreckt sich doch weitläufiger und viel größer, als ich es mir gedacht habe.‘ Eine grandiose Küstenlandschaft belohnte ihn für sein frühes Engagement.

Gegen halb zehn machte er sich auf den Weg zurück nach Albany, denn schließlich gab es nur bis halb elf Frühstück in dem irischen Pub an der Hauptstraße, dem ‚Shamrock Café'. Bei seinem kleinen Bummel am gestrigen Abend, war er auf dieses kleine urige Lokal aufmerksam geworden und hatte die Speisekarte mit Blick auf ein ordentliches Frühstück studiert.

Mittlerweile war die Luft angenehm warm und zum Glück noch nicht so heiß, wie in den Tagen zuvor im Hinterland. Nachdem er im ‚Shamrock Café' einen riesigen Teller mit Toast, Tomaten, Bacon und zwei – von beiden Seiten knusprig gebratenen – Eiern geordert hatte, setzte er sich nach draußen. Den dazugehörenden Becher mit dampfend schwarzem Kaffee nahm er gleich mit hinaus. Er genoss die angenehme Morgenluft und beobachtete das langsam erwachende Städtchen. Gut gelaunt freundete er sich mit Henry an, einem Golden Retriever, der unter dem Nachbartisch lag und an Benjamins Rucksack schnüffelte.

Es dauerte nicht lange und sein üppiger Frühstücksteller wurde serviert. Nach seiner kleinen Tour am Morgen, auf der er durchaus einige Kilometer zu Fuß hinter sich gelassen hatte – und sogar auf frei lebende Kängurus gestoßen war – knurrte ihm ordentlich der Magen. Er ließ es sich schmecken, obwohl er gestern Abend noch gedacht hatte, er könnte nie wieder etwas essen.

Gestärkt und voll des Tatendranges bestellte er die Rechnung. Bevor er seinen Weg die Südküste entlang fortsetzen wollte, prüfte er, wie eigentlich jeden Morgen, ob ihn über Nacht eine Kurznachricht aus der Heimat erreicht hatte. Doch sein Handy zeigte keine SMS an.

Gegenüber lag die kleine Kirche St. John the Evangelist, aus dem Jahre 1848. Sie war eine typische Seefahrerkirche mit farbenfrohen Fenstermalereien und einer massiven Holzdecke aus Schiffsplanken. Bevor er sich auf den Weg machte, nahm er sich spontan ein paar Minuten, trat ein und setzte sich in eine der Holzbänke. Er atmete tief durch und dankte Gott in einem Gebet dafür, was er bisher alles erleben durfte und bat darum, ihn auch weiterhin zu behüten. ‚*Wie schön wäre es doch gewesen, wenn Johanna und ich diese Reise hätten gemeinsam unternehmen können!*', dachte er. Wenngleich er wusste, dass es ihnen nicht vergönnt worden war, so spürte er, dass sie ihn auf eine ganz eigene Weise zu begleiten schien.

***

»Wissen Sie, Herr Michels, meine Tochter Sabine wohnt in Albany!« Frau Schocks Stimme riss ihn aus seinen Gedanken. »Sie und ihr Ehemann Brian bewirtschaften dort eine große Farm. Sie liegt nicht weit vom kleinen Airport entfernt, vielleicht sind Sie daran vorbeigefahren, als Sie in Albany waren? Meine Tochter behauptet zwar immer ihr

Grundstück würde jeweils halb aus Busch und Unkraut bestehen, aber glauben Sie mir, die beiden haben es sich sehr schön gemacht – mein Mann und ich waren schon mehrfach dort. Die beiden besitzen jede Menge Tiere. Meine Sabine gibt allen Namen! Allerdings kann Brian, der Australier ist, diese oftmals kaum aussprechen. ‚Hein Blöd', so heißt zum Beispiel ein störrischer Schafsbock. Sie besitzen sogar eine kleine Taube mit einem Doppelnamen, kaum zu glauben, was? Wie heißt sie noch gleich? Ach ja, sie haben sie Rudolf-Martin getauft, fragen Sie mich nicht warum. Aber lustig, nicht wahr?«

»Eine Taube namens Rudolf-Martin?«, fragte Benjamin ungläubig nach und musste kurz schlucken. Auch Johanna und er hatten vor ziemlich genau einem Jahr eine Taube bei sich aufgenommen. Sie war verletzt und beide hatten damals versucht, sie wieder gesund zu pflegen. Witzig, auch sie gaben dem Tier einen Doppelnamen: Tardif-Othello! Leider war Tardifio, wie Johanna ihren gefiederten Schützling immer liebevoll genannt hatte, nach drei Wochen gestorben, trotz mehrfacher Arztbesuche und einer wirklich aufopfernden Pflege. Damals war große Trauer in der ganzen Nachbarschaft angesagt gewesen, denn mittlerweile hatten sich alle an den kleinen Pflegegast auf des Nachbars Wiese unter dem von Benjamin selbst gezimmerten Gehege gewöhnt.

»Die beiden sind ja so tierlieb«, setzte Frau Schock fort. »Sie glauben gar nicht, was auf der Farm so los ist. Es ist einfach wunderschön! Sehen Sie, wenn Sie vorher gewusst hätten, dass in Albany eine Westerwälderin wohnt, dann hätten Sie sie besuchen können. Aber jetzt gerate ich ins Plaudern, ohne auf den Punkt zu kommen. Sie fragen sich bestimmt seit einigen Momenten, was will die Frau eigentlich von mir? Was geht mich deren Sabine an? Das fragen Sie sich doch, oder?«

»Darf ich ehrlich sein, Frau Schock, ja, das frage ich mich durchaus. Ich habe nicht die leiseste Ahnung, weshalb Sie mir das alles erzählen und wie Sie auf meine Person kommen?«

»Nun Herr Michels, ich will Sie nicht länger im Dunkeln stehen lassen oder gar auf die Folter spannen.« Mittlerweile hatte sich Frau Schocks Stimme verändert. Sie klang in der Gewissheit, den richtigen Herrn Michels erwischt zu haben, selbstbewusster, aber nicht weniger sympathisch. »Nun gut, ich fange einfach einmal an: Soeben rief mich meine Tochter aus Australien an. Sie saß gerade beim Frühstück, Sie wissen ja schon, wegen der Zeitverschiebung. Ach, was erzähle ich, natürlich wissen Sie das. Nun, sie erzählte mir eine interessante Geschichte. ‚Mama', sagte sie, ‚du wirst nicht glauben, was ich gerade in unserer Tageszeitung lese!' Und ich konnte es wirklich kaum glauben! Ganz aufgeregt erzählte sie mir, sie hätte das Blatt aufgeschlagen und sei sogleich auf einen interessanten Artikel mit einem großen Foto von einem Polizisten gestoßen, den sie kannte.«

‚Aha', dachte Benjamin, *‚und was habe ich jetzt damit zu tun?'* Doch Frau Schock fuhr fort: »Sabine beschrieb mir das Foto. Es würde diesen Polizisten zeigen, der einen Brief in der

Hand hielt. Ja, und dieser Brief, so stand in dem Artikel, war an eine Frau namens Hanna gerichtet!«

Benjamin kräuselte die Stirn. ‚Hanna?'

»Interessant, Frau Schock, aber was hat das Ganze mit mir zu tun? Wie kommen Sie in diesem Zusammenhang auf mich?« Kurzes Schweigen auf beiden Seiten der Leitung.

»Anscheinend können Sie sich nicht vorstellen, worauf ich hinaus will?«

»Ehrlich gesagt, nicht wirklich, Frau Schock!«

»Nun, diese Hanna, an die dieser Brief gerichtet ist, stammt wohl aus Deutschland. Ja, und der Verfasser des Briefes auch. Und nun – das ist wohl des Rätsels Lösung und dann werden Sie mich besser verstehen – berichtet der Artikel, dass der Schreiber aus Hachenburg/Germany stammt und so heißt wie Sie: Benjamin Michels!«

Benjamin lief ein eiskalter Schauer über den Rücken. Seine Hände fingen an zu zittern. Nur mit Mühe konnte er einen Aufschrei unterdrücken. Seine Finger umgriffen den Hörer. Krampfhaft versuchte er zu verhindern, dass dieser ihm aus der Hand glitt. Er zitterte wie das berühmte Espenlaub. Diese Frau Schock hatte ihrem Namen alle Ehre gemacht und Benjamin in einen selbigen Geisteszustand versetzt. Träumte er jetzt, oder was? Er konnte nur erahnen worauf Frau Schock hinauswollte. Konnte das wahr sein? Nein, es war schier unmöglich! Oder etwa doch nicht?

Frau Schock, die sich der Auswirkung ihrer Äußerungen nicht bewusst schien, setzte ihre Erzählung fort: »Ich weiß nicht, Herr Michels, ob Ihnen jetzt ein Licht aufgegangen ist, aber ich gebe Ihnen ein weiteres Stichwort zur Hilfe: Flaschenpost!« Benjamin blieb die Luft weg. Hatte er soeben noch an einen üblen Scherz gedacht, so wurde ihm nun ganz klar, wovon diese Frau Schock sprach.

»In Warriup, das ist in der Nähe von Albany, ist letztes Wochenende eine Flaschenpost an den Strand gespült worden! Hassel Beach, vielleicht sagt Ihnen der Name etwas?«

∗∗∗

Der Police Officer Sergeant Arthur McKinley und seine Frau Bernice spazierten, wie fast jeden Morgen, Hand in Hand am Hassel Beach entlang, ein weit geschwungener Strand in der Nähe des Örtchens Warriup. Sie fanden es toll, den Strand so früh am Morgen ganz für sich allein zu haben. Somit konnten sie ungestört ihren Tag beginnen. Ja, dieser morgendliche Spaziergang war seit geraumer Zeit zu einem festen Ritual für beide geworden. Sie waren gerade in Höhe von Cheynes Beach, als Arthur Bernice plötzlich losließ und einen Schritt schneller ging.

»Was ist, Schatz? Was ist los?«, rief sie ihm hinterher, doch der Wind nahm ihre Worte auf und trug sie weg. Arthur stoppte vor einem kleinen glänzenden Etwas und kniete nieder. Er war überrascht, als er eine Wasserflasche sah, die einen in der aufgehenden

Sonne silbrig schimmernden Inhalt barg. Vorsichtig nahm er sie auf, rieb den feuchten Sand ab und betrachtete seinen Fund genauer. Als er den Schraubverschluss lösen wollte, merkte er, dass die Flasche sorgfältig mit Wachs verschlossen worden war. Anscheinend wollte jemand sichergehen, dass der Inhalt vor eindringendem Wasser geschützt war. Nachdem er den Verschluss abgedreht hatte, musste er einen zusätzlich im Flaschenhals platzierten Wachspfropfen in das Innere drücken. Nun bestand die zweite Schwierigkeit darin, den Inhalt zu bergen, ohne die Flasche zerschlagen zu müssen. Sein Dienstkugelschreiber kam ihm dabei zu Hilfe. Nach wenigen Minuten gelang es ihm, das kleine wurstartige Paket durch die enge Öffnung der Flasche zu ziehen. Kleine Engelaufkleber fixierten die silbern glänzende Alufolie, die sich als Schutz um ein zur Rolle verpacktes Blatt Papier legte. Aufgeregt und mit zitternden Händen löste er zunächst die Aufkleber und anschließend die Folie. Vorsichtig rollte er den Zettel auseinander und erschrak. Auf dem Briefpapier erkannte er ein Foto mit dem Gesicht einer jungen Frau. Enttäuschung machte sich breit, als er sah, dass er mit der Sprache, in der dieser Brief geschrieben war, nichts anfangen konnte.

Bernice holte auf und sah Arthurs enttäuschtes Gesicht. »Arthur, was hast du da?«

»Ich weiß es nicht so genau, Bernice. Es sieht irgendwie aus wie ein Brief. Vielleicht ein Liebesbrief. Leider kann ich nicht entziffern, in welcher Sprache er geschrieben ist!«

Plötzlich, er wollte gerade alles wieder zusammenpacken, da fiel ihm ein kleines graues Kärtchen aus der Hand, das bis dahin unbemerkt geblieben war. Bernice bückte sich und hob es auf. Sie betrachtete es genauer. Und siehe da, es handelte sich um eine kleine Notiz des Verfassers der Flaschenpost. Diese war in englischer Sprache geschrieben, so konnte sie die Worte laut vorlesen. Sie gaben einen kurzen Hinweis darauf, dass der Verfasser aus Deutschland stammte und warum er die Flaschenpost für die Person, die auf dem kleinen Foto abgebildet war, geschrieben hatte.

Adressiert war der Brief an eine Frau mit dem Namen ‚Hanna'. Der Verfasser nannte sie in seinem Brief liebevoll *Sunshine*. Er schien sie sehr zu vermissen. Nachdem Arthur und Bernice zunächst an eine Scherzbotschaft geglaubt hatten, kamen sie schließlich zu einer gänzlich anderen Auffassung. Sie waren gerührt. Ihnen verging das Lachen.

»Das ist ja ein Ding, Schatz«, sagte Arthur mit bewegter Stimme, als er den Brief und den kleinen Zettel wieder zusammenfaltete. »Ich habe gar keine Lust zum Dienst zu gehen!«

»Das kann ich verstehen, Arthur. Mich hat das jetzt auch ziemlich mitgenommen. Schade, dass wir kein Deutsch sprechen und auch niemanden kennen, der diese Sprache beherrscht. Vielleicht nimmst du unseren Fund mit zur Wache und hörst dich da um, ob vielleicht einer deiner Kollegen jemanden kennt, der uns diesen Brief übersetzen kann.«

Eng umschlungen gingen sie zum Auto und fuhren zurück nach Mount Barker. Bernice setzte Arthur vor der Wache ab. Sie küssten sich zum Abschied. Irgendwie war das heute ein anderer, viel innigerer Kuss.

Arthur zeigte seinen Kollegen den seltsamen Fund und erzählte, wie und wo sie die Flasche gefunden hatten. Im Stillen hoffte er darauf, dass in irgendeinem Bekanntenkreis deutschsprachige Freunde zu finden seien. Doch seine – ihn ungläubig anschauenden – Kollegen konnten nur den Kopf schütteln. So blieb seine Anfrage erfolglos. „Schade!", dachte Arthur und packte die Flasche samt Inhalt in die Schublade.

Gegen elf Uhr klingelte wie jeden Morgen das Telefon. Paul, ein Mitarbeiter des ‚Albany Advertisers', einer Tageszeitung in Albany, erkundigte sich bei Sergeant Joe Schwartz nach den üblichen Vorkommnissen der Nacht. Er erhoffte sich eine Story über einen eventuellen Einbruch, Verkehrsunfall oder so. Doch wie so oft konnte Joe ihm leider nur gestehen, oder besser Gott sei Dank, dass es nichts gab, worüber Paul berichten könnte.

»Na, das ist ja nicht viel. Unsere Region ist einfach zu anständig und zu sicher. Irgendwie auch langweilig, wenn es nichts Spannendes zu berichten gibt. Wahrscheinlich seid ihr zu abschreckend für die Gangster, oder?«

»Wenn ich da an unseren Chief Officer Scary Garry denke, dann könntest du Recht behalten!« An beiden Enden der Leitung wurde gelacht, da auch Paul den Zweimetermann Garry kannte. »Aber einen Moment mal, Paul, vielleicht habe ich doch noch etwas für dich! Ich rufe mal eben meinen Kollegen McKinley!« Joe hielt eine Hand über den Hörer und rief zu Arthur hinüber. »Ich habe da gerade Paul vom ‚Advertiser' am Rohr, willst du ihm nicht von deinem Fund erzählen!« Arthur, der ganz in seinen Bericht über eine Sachbeschädigung an einem Auto auf dem K-Mart-Parkplatz mit Fahrerflucht vertieft war, drehte sich langsam um.

»Meinst du, ich soll ihm von der Flaschenpost erzählen?«

»Warum nicht? Moment mal, ich stelle den Anruf zu dir durch!« Arthurs Telefon klingelte und er nahm ab.

»Sergeant McKinley am Apparat.« Paul fragte ihn, was es denn so Geheimnisvolles zu berichten gäbe. Arthur begann zu erzählen und spürte wie Paul am anderen Ende gespannt zuhörte.

»Ja, leider ist der Brief auf Deutsch, sodass wir nicht wissen, was drin steht.«

»Mensch Arthur, das ist durchaus eine interessante Geschichte! Ich werde gleich meinem Boss, Sarah Beacon, davon berichten. Kannst du nachher, vielleicht in deiner Mittagspause, bei uns vorbeischauen und deinen Fund mitbringen?«

»Natürlich, kann ich machen. Glaubst du, jemand kann den Brief übersetzen?«

»Ich bin mir nicht sicher, aber wie ich unsere Redakteurin Sarah kenne, findet sie ganz schnell eine Lösung. Bis nachher, Arthur!«

Gegen eins schnappte sich Arthur seine Lunchbox, rollte die Flasche samt Brief in eine alte Zeitung und machte sich auf den Weg zum ‚Advertiser'.

Sarah Beacon, Chefredakteurin des ‚Advertisers', lehnte sich, die Hände hinter dem Kopf verschränkt, in ihrem Schreibtischstuhl zurück und lauschte gespannt Arthurs Geschichte. Er erzählte ihr, wo Bernice und er die Flaschenpost gefunden hatten und wie sehr sie der Inhalt des kleinen Kärtchens gerührt habe. Mit einem Wisch über ihren Schreibtisch verschaffte Sarah sich Platz und bat Arthur, ihr die Flasche nebst Brief zu zeigen.

»Das ist ja ’mal eine Story, die man nicht alle Tage bekommt!« Sichtlich begeistert bezüglich der Geschichte, die ihr da ins Haus flatterte, bot sie Arthur an, ihn mit der Flasche und dem Brief fotografieren zu lassen. Schnell wählten ihre Finger die Nummer von Charles, dem Hausfotografen, und bat diesen zu sich. Sie schickte beide vor die Tür, wo Arthur mit der Flasche in der Hand abgelichtet wurde.

Auch Sarah war nicht in der Lage, den Brief zu übersetzen. Doch zum Glück hatte der Verfasser auf dem kleinen, handschriftlich verfassten Zettel vermerkt, woher er stammte und um wen es sich bei der abgebildeten Frau handelte: ‚Hanna from Hachenburg/Germany.'

»Also ist der Brief mit Sicherheit in deutscher Sprache geschrieben!« Es bestätigte das, was Arthur ihr bereits gesagt hatte. Doch wer in aller Welt, oder besser gesagt in Albany oder näherer Umgebung, sollte in der Lage sein ihr zu helfen? In der Redaktion, da war sie sich sicher, arbeitete niemand der über Deutschkenntnisse verfügte oder zumindest mit deutschstämmigen Freunden im Bekanntenkreis aufwarten konnte. Sie überlegte weiter.

»Mensch, jetzt habe ich so eine außergewöhnliche Geschichte auf meinem Schreibtisch – und nicht nur immer diese Schafszüchterversammlungen, Boule-Kränzchen oder Kindergartenbasare – und kann nichts daraus machen. Irgendjemand hier in diesem Nest muss doch etwas mit *good old Germany* zu tun haben. Von mir aus auch nur über einen dieser deutschen Schäferhunde. Hauptsache Deutsch!« Doch sie erntete nur Achselzucken, ratloses Augenbrauenheben und Stirnrunzeln. Plötzlich kam ihr die Idee: Tracy O'Reilly! Sie trafen sich regelmäßig auf den Veranstaltungen der ‚Great Southern Personnel'. Die GPS war eine gemeinnützige Agentur, die es sich zur Aufgabe machte, schwerbehinderten Mitbürgern eine Arbeitsstelle zu vermitteln. Ja, sie hatte einige Jahre für das Goethe-Institut in Sydney gearbeitet und war sogar einmal in Deutschland gewesen. Sie müsste doch eigentlich in der Lage sein, den Brief zu übersetzen oder zumindest dessen Inhalt erfassen können. Sarah zögerte nicht und nahm den Hörer in die Hand.

»Hallo Tracy, hier ist Sarah vom ‚Advertiser'.«

»Hallo Sarah, wie geht's?«

»Danke! Du, Tracy, ich benötige deine Hilfe. Du sprichst doch Deutsch, oder?«

»Ja, ein wenig, aber erwarte nicht mehr allzu viel. Schließlich lebe ich schon seit fast acht Jahren in Albany und da verlernt man eine Menge!«

»Das verstehe ich, aber für die Übersetzung eines Briefes wird es doch sicher reichen!« Sarah erzählte ihr die Geschichte mit der Flaschenpost.

»Mensch, das ist ja fast wie in dem Buch von Nicholas Sparks, nicht wahr? Du weißt schon, die Geschichte von dem Mann, der seine Frau verloren und ihr dann per Flaschenpost Liebesbriefe zugeschickt hat? Nun, ich vermute einmal, du willst bestimmt einen Artikel dazu schreiben, habe ich Recht?« Natürlich hatte sie Recht. Sie vereinbarten, dass Sarah ihr den Brief faxen solle und sie würde sich melden, sobald sie ihn übersetzt hätte.

Gespannt ging Tracy zum Faxgerät, noch bevor es überhaupt klingelte. Wenige Minuten später erschallten die Klingeltöne und rissen sie aus ihren Gedanken. Sie starrte auf das Blatt Papier, das sich langsam aus dem Faxgerät schob. Zeile für Zeile baute sich ein schwarzweißes Bild auf – das Bild einer jungen Frau. Der Brief dazu war handgeschrieben. Es fiel ihr schwer, die Handschrift zu entziffern, da die Faxqualität nicht allzu toll war. Auch musste sie schwer in sich gehen, um ihre schon längst eingemotteten Deutschkenntnisse wieder im Gehirnkästchen hervorzukramen. Sie las den Brief. Sie las ihn ein zweites Mal. Wow, das ging ihr unter die Haut. Immer wieder betrachtete sie das Bild der jungen Frau. Es war nur ihr Gesicht zu sehen. Ihre Augen waren geschlossen. Sie schien auf einem Stuhl zu sitzen und mit geschlossenen Augen die Sonne zu genießen.

‚Eine hübsche Frau!‘, dachte Tracy so bei sich. Aus dem englischsprachigen Zettel, den ihr Sarah vorgelesen hatte, wusste sie, dass die Frau fünfunddreißig geworden war, also nur ein Jahr älter als sie selbst. Gleichzeitig versuchte sie sich vorzustellen, wie der Mann aussehen mochte, der diesen Brief geschrieben hatte, weil er seine Frau anscheinend so vermisste. *‚Ob er wohl älter ist?‘*

Zwar hatte Tracy gesagt, sie könne nicht versprechen, den Brief noch an diesem Wochenende zu übersetzen, doch keine zwei Stunden später klingelte bereits das Telefon in Sarahs Büro. Sie saß am Schreibtisch und bastelte an einem Artikel über ein GSP-Wohltätigkeits-Dinner.

»Sarah, ich habe den Brief doch schon übersetzt. Er ist sehr rührend! Würde gerne wissen, was das für ein Mann ist, der diese Zeilen verfasst hat.«

»Wie, du hast schon alles übersetzt!? Und, was denkst du, Tracy, ist das eine Story?«

»Hm, ich bin mal gespannt, was du daraus machst. Sei aber so diskret und drucke ihn nicht wortwörtlich ab – sorry, ich weiß, du bist die Verantwortliche in der Redaktion. Lies ihn und dann wirst du mich vielleicht verstehen! Ich wünsche dir noch ein schönes Wochenende, Sarah.«

Zwei Minuten später schob das Faxgerät den übersetzten Brief hervor. Sarah las die Zeilen und war gerührt.

∗∗∗

»Der Artikel erschien dann im ‚Albany Advertiser'. Er berichtet über den Fund einer traurigen *Message in a bottle*«, kam Frau Schock zum Ende. »Die Verfasserin, eine gewisse Sarah Beacon – meine Tochter meinte, sie sei eine leitende Redakteurin der Zeitung – hat wohl nur Auszüge aus dem Brief verwendet – zum Glück, oder? Aber zusätzlich wurde ein großes Foto veröffentlicht. Das zeigt den Polizisten Arthur McKinley, der die Flasche und den Brief in seinen Händen hält. Und auf dem Bild ist dann auch Ihre Hanna zu erkennen. Es ist doch Ihre Hanna, nicht wahr?« Benjamin kämpfte seit einigen Minuten mit den Tränen und rang nach Fassung.

»Frau Schock, verzeihen Sie mir, ich muss mich gerade erst einmal wieder fangen!«

»Das kann ich verstehen!«, antwortete die Stimme am anderen Ende liebevoll. Nachdem er sich die Nase geschnäuzt und mehrmals tief Luft geholt hatte, nahm er den Hörer wieder ans Ohr.

»Wow, ich hätte nie gedacht, dass die Flasche überlebt und gefunden wird. Ich habe sie an einer ganz abgelegenen Stelle, einer Steilküste, ins Meer geworfen. In der Nähe befindet sich die Natural Bridge, die kennen Sie bestimmt, da sie schon des Öfteren in Albany waren! Ich war fest davon überzeugt, die nächste Brandung schleudert das Glas gegen die Felsen. Doch jetzt erfahre ich diese fast unglaubliche Geschichte. Ich bin völlig neben der Spur, Frau Schock, und kann das alles noch gar nicht glauben. Ich muss mir eben mal in den Arm kneifen, damit ich sicher gehe, dass ich nicht träume oder gar dabei bin, meinen Verstand zu verlieren. Sind Sie noch dran, Frau Schock?«

»Ja, Herr Michels, ich bin noch da. Keine Angst, Sie sind nicht verwirrt oder so, ich bin wirklich am anderen Ende der Leitung. Waren Sie eigentlich schon öfter in Albany, also auch letztes Jahr? Meine Tochter erzählte mir, der Brief sei laut Zeitungsartikel auf August letzten Jahres datiert und Sie erzählten mir eben, dass Sie erst vor ein paar Wochen dort gewesen seien.«

Benjamin wähnte sich wieder unter Kontrolle und war beruhigt, dass er wohl doch noch im Besitz seiner geistigen Kräfte zu sein schien. So fasste er Zutrauen zu dieser ihm eigentlich völlig unbekannten Person. Er setzte sich auf die Couch und begann ihr die Geschichte zu erzählen. Seine Geschichte, wann er die Nachricht geschrieben, wie er die Flaschenpost erstellt hatte und natürlich, wie sie nach Australien gelangt war:

»Nein, Frau Schock, ich war tatsächlich erst vor zirka sechs Wochen in Albany. Doch den Brief habe ich bereits im letzten Jahr geschrieben, bevor ich im August nach Amerika geflogen bin. Den Brief an Johanna hatte ich damals schon im Gepäck.

Als ich auf der Hälfte meiner Tour auf Cape Cod eintraf, da wollte ich meine *Message* ins Meer werfen. Ich hatte mir diese Halbinsel unterhalb von Boston ausgesucht, da dort auch in Nicolas Sparks' Geschichte „*So weit wie das Meer*' die Flaschenpost an den Strand gespült wurde. So wollte ich genau dort meine ins Meer werfen. Johanna und ich waren begeistert von Sparks' Roman, so stand für uns fest, dass wir irgendwann einmal nach Cape Cod fahren wollten. Aber es kam nicht mehr dazu.

Ich fuhr hoch bis zur Spitze der Landzunge, bis nach Provincetown, doch ich fand und fand keinen geeigneten Küstenstreifen, an dem ich mir vorstellen konnte, meine Flasche ins Meer zu werfen. Es gibt tolle Strände da, doch die Küstenabschnitte waren mir einfach zu flach. Ich weiß noch, wo ich am Herring Cove Beach in Provincetown stand und die Flasche in der Hand hielt, um sie endlich ins Meer schleudern zu können. Doch auch hier war der wunderschöne Strand einfach zu seicht. Da es keine richtige Strömung ins Meer hinaus gab, hätte dies bedeutet, dass die Flaschenpost von der Brandung über kurz oder lang wieder an den Strand gespült worden wäre. Aber gerade das wollte ich ja eigentlich vermeiden. Von daher steckte sie bis zum letzten Tag meiner Amerikareise in meinem Rucksack.

Mich überkam schon ein komisches Gefühl, als ich in Gloucester, einem Fischerort nördlich von Bosten, vor der Entscheidung stand, die Flasche wieder mit nach Hause zu nehmen oder sie ins Meer zu werfen, auch auf die Gefahr, dass sie bereits eine Stunde später von irgendjemandem am Strand gefunden werden könnte. Es war der letzte Tag am Meer, da mich meine restliche Tour quer durch Massachusetts nach New York führen sollte. Ich kämpfte lange mit mir und entschied mich schließlich für die erste Alternative. Irgendwie sagte mir eine innere Stimme: ,*Benjamin, nimm sie ruhig wieder mit, du handelst richtig. Du wirst irgendwann, auf irgendeiner deiner Reisen einen Ort finden, der dich sofort anspricht! Du wirst diesen Ort auf Anhieb erkennen! Du wirst nicht unbedingt wissen warum, aber du wirst dort deiner Nachricht den richtigen Weg geben! Denn das wird der Ort sein, wo dein Herz sich meldet!*'

Als ich eine Woche später im Lufthansa-Flieger saß und von New York nach Frankfurt flog, wusste ich, ich handelte richtig. Von irgendwoher bekam ich zwei Zeichen: Ich telefonierte vor dem Abflug mit meiner Mutter und sie erzählte mir, dass meine Schwester Ann-Kathrin heute ihre Zwillinge bekommen hatte, zwei Mädchen, und alle drei wohl auf seien. Es war der 31. August und somit Johannas Geburtstag – sie wäre 35 geworden. Als ich auf meinem Sitz Platz nahm und mein Ticket noch in der Hand hielt, musste ich vor Rührung weinen, da ich dies als einen außergewöhnlichen Zufall deutete. Als ich mir dann weniger zufällig den Durchschlag meines Tickets betrachtete, erschrak ich. Mein Blick erspähte die Ticketnummer und erkannte unvermittelt ein weiteres kleines Zeichen. Eine Buchstaben- und Zahlenfolge brachte mich plötzlich zum Lachen – 465*WOLKE7*DCS. Hanna und ich sprachen häufig davon, dass wir uns stets so fühlten, als würden wir auf Wolke 7 schweben. Und nun wurde mir bewusst, dass ich heute an Bord dieser Lufthansa-Maschine – und das gerade an Hannas Geburtstag – dieser besonderen Wolke sicher ganz nahe käme.

Nun, und in diesem Jahr bin ich dann, wie Sie bereits wissen, nach Australien geflogen. Natürlich begleitete mich die Flaschenpost in meinem Gepäck.

Albany lag auf meiner ersten Etappe, die mich durch Westaustralien führte. Als ich den Ort erreichte und mich umschaute, überkam mich gleich ein gutes Gefühl; dieser Ort hätte Johanna auch gefallen. Am nächsten Morgen fuhr ich ganz früh nach Bald Head hinaus - Sie wissen, die Halbinsel vor Albany. Ich stellte meinen Wagen an einer abgelegenen Stelle ab, schnappte mir meinen Rucksack und machte mich auf den Weg.

Nach einem Fußmarsch von einer halben Stunde erreichte ich die schroffe Steilküste. Die Gischt schäumte weiß an den Felsen. Langsam begab ich mich zum steil abfallenden Rand. Ich sah über den tiefen Abgrund hinaus und wusste, das ist er – das ist der richtige Ort!

Ich schloss meine Augen und sprach ein kurzes Gebet. Die Flasche hielt ich dabei ganz fest in meinen Händen. Nach dem Amen hob ich sie gen Himmel. Ich holte tief Luft und warf sie so weit ich konnte über die Klippe hinaus. Das Meeresrauschen und der brausende Wind machten es mir unmöglich zu hören, ob die Flasche das Wasser erreicht hatte oder doch bereits am Felsen zerschlagen war. Gleichwohl war ich überglücklich, meine Mission – an einem solch ehrwürdigen Ort – erfüllt zu haben. ,*Die Nachricht wird schon bei ihr ankommen!*'

Erleichtert setzte ich meine kleine Wanderung in dem Bewusstsein fort, dass es ich es geschafft hatte, die richtige Stelle für meine *Message in a bottle* gefunden zu haben. Ja, ich wusste, es war auch das richtige Land, da Johanna auf unserer gemeinsamen Australienreise ein Stück ihres Herzens in Down Under zurückgelassen hatte und am liebsten dorthin ausgewandert wäre.

Aber, Frau Schock, dass meine Geschichte sich derart fortsetzt, das ist doch unglaublich, oder? Es ist der Wahnsinn! Wenn ich mir das überlege, dann kann das doch niemand glauben, oder? Würden Sie jemandem eine solche Story abnehmen? Mal ganz ehrlich, ich hätte meine Zweifel!«

Frau Schock, die Benjamin während seiner Schilderungen nicht zu unterbrechen gewagt hatte, erwiderte selbst noch ganz gerührt: »Sie haben Recht! Ja, es ist nicht zu glauben! Eigentlich wie in einem Drehbuch für einen Liebesfilm oder ein Drama, nicht wahr!«

»Ja wirklich! In Albany, also am anderen Ende der Welt, werfe ich meine Flasche ins Meer. Ja, und was passiert? Nicht nur, dass sie heil im Wasser landet und unversehrt wieder an Land gespült wird, nicht nur, dass dieser Polizist sie an einem Strand findet und damit zu einer Zeitung geht, worauf ein Artikel geschrieben und veröffentlicht wird. Nein, damit nicht genug der Dramaturgie!« Benjamin musste eine kurze Pause machen. Und auch Frau Schock schwieg am anderen Ende. »... Ich hätte das ja nie erfahren, wenn nicht das Schicksal ihre Tochter Sabine ins Spiel gebracht hätte.

Ich kann wirklich nicht begreifen, was da gerade passiert. Also, wenn ich es jetzt nicht selbst erleben und mir jemand so etwas erzählen würde, ich könnte es wirklich nicht glauben. Wahrscheinlich würde ich sagen, das kann sich nur so ein abgedrehter Regisseur in seinem stillen Kämmerlein ausgedacht haben – ja förmlich auf das Übelste oder besser Schmalzigste konstruiert. Mit dem wahren Leben hat so etwas nichts zu tun. Also glauben Sie mir, Frau Schock, das muss ich jetzt erst einmal verarbeiten.«

»Wissen Sie was, Herr Michels, Sabine wird mir den Zeitungsausschnitt schicken. Wenn er hier ist, werde ich ihn an Sie weiterleiten. Anschließend können wir ja noch einmal miteinander telefonieren. Sollten Sie zwischenzeitlich in die Richtung von Höhr-Grenzhausen fahren, dann versprechen Sie mir, dass Sie bei mir und meinem Mann vorbeischauen. Wir würden uns freuen, Sie kennen zu lernen. Außerdem lade ich Sie jetzt schon ein, dass Sie uns an einem Sonntag im Spätsommer besuchen müssen. Gut, ich weiß, das ist noch ein halbes Jahr hin, aber dann kommen Sabine und Brian nach Deutschland. Wir müssen uns auf jeden Fall einmal treffen! Lieber Herr Michels, hoffentlich kann Sie mein Anruf auch ein wenig erfreuen. Es fällt mir schwer, Sie jetzt mit dieser Geschichte allein zu lassen. Ich wünsche Ihnen aber ein schönes Wochenende!«

»Vielen Dank, Frau Schock! Ich werde ganz bestimmt einmal vorbeikommen. Bitte bestellen Sie Ihrer Tochter schöne Grüße von mir. Wenn ich ihre australische Adresse bekomme, dann melde ich mich auch persönlich bei ihr und ihrem Mann. Sie glauben gar nicht, was mir das alles bedeutet. Ich weiß nur eines und das hat mir die ganze Geschichte gezeigt: Die Nachricht, die ich versandt habe, ist bei Johanna angekommen und sie hat mir durch Sie, Frau Schock, geantwortet! Liebe Frau Schock, ich wünsche Ihnen auch noch einen schönen Abend! Bis bald!«

Benjamin legte den Hörer auf und atmete tief durch. War das jetzt wirklich geschehen? Er konnte es noch immer nicht glauben. Mit zitternden Fingern nahm er ein Streichholz aus der Schachtel und zündete eine Kerze an. Die Flamme richtete sich langsam auf und erhellte den Raum in ein gedämpft romantisches Licht. Er war aufgewühlt und nervös. Gleichzeitig dachte er bei sich: *,Wow, Sunshine! Danke, dass du mir zeigst, dass meine Nachricht bei dir angekommen ist! Du weißt gar nicht, oder wahrscheinlich schon, wie glücklich du deinen Benjamino machst!'*

Die Hände hinter dem Kopf verschränkt, lehnte er sich zurück. In sich gekehrt schaute er in die Flamme und dachte an seine Zeit mit Johanna. Immerhin waren sie über fünfzehn Jahre ein Paar gewesen. Mensch, was hatten sie in dieser langen Zeit alles erlebt! Er war sich sicher, die lustigen oder auch dramatischen Geschichten und Anekdoten, das Lachen und die Tränen, nichts davon würde er je vergessen. Doch was wäre, wenn er nicht mehr war. Schließlich hatten Johanna und er keine Kinder bekommen, denen er alles hätte erzählen können und die dann wiederum ihren Kindern die Geschichten von den verrückten Großeltern hätten weitertragen können. *„Schade, denn erzählenswert wäre unsere Geschichte bestimmt gewesen. Ob es mir vielleicht irgendwann einmal gelingt, die Story aufzuschreiben – wie heißt es doch: Wer schreibt, der bleibt!'* Oder, wie hatte es Johanna so treffend in einem ihrer zahlreichen Gedichte beschrieben: *»Nie still steht die Zeit, der Augenblick entschwebt und nur die Momente, an die du dich erinnerst, die hast du bewusst gelebt!«*

Während er so dasaß und überlegte, traten immer mehr Bilder vor sein geistiges Auge und fast verlorengeglaubte Erlebnisse fielen ihm wieder ein. Er musste daran denken, wie 1985 alles begann ...

~ 1 ~

Nee du, der Platz ist schon besetzt!«
Völlig verdutzt schaute Marco Johanna über den breiten Rand seiner Hornbrille an. Gerade wollte er sich – wie er es bei den geselligen Runden im Kreise der Klassenkameraden immer zu tun pflegte – ganz selbstverständlich neben sie setzen. Er, ihr Busenfreund Nummer Eins!

Immerhin lag ein anstrengender Tag hinter ihnen und so freute er sich seit geraumer Zeit auf das erste Bierchen in gemütlicher Atmosphäre. Und nun das! Was sollte das? Er verstand die Welt nicht mehr. Was hatte sie bloß? Hatte er etwa was falsch gemacht? Marco war sich keiner Schuld bewusst.

***

Den ganzen Tag waren sie in kleinen Gruppen über den Campus der Mainzer Uni gelaufen, von einer Infoveranstaltung zur anderen. Jetzt, so gegen fünfzehn Uhr, hatten sie sich in der Studentenklause verabredet, um vor der Rückfahrt in den Westerwald noch gemeinsam etwas zu trinken und um den Tag Revue passieren zu lassen.

Der alljährliche Tag der offenen Tür der Universität Mainz bot allen interessierten Abiturienten in Rheinland-Pfalz die Möglichkeit, sich vor Ort über das breite Spektrum der angebotenen Studienfächer zu informieren.

Also machten sich auch die Schülerinnen und Schüler der beiden zwölften Klassen des Wirtschaftsgymnasiums der Berufsbildenden Schule Westerburg auf den Weg in die Landeshauptstadt. Neben der Annehmlichkeit gemeinsam einen schulfreien Tag genießen zu können, stand natürlich das Ziel im Vordergrund, herauszufinden, welche ungeahnten studentischen Möglichkeiten nach dem Abitur auf sie warten würden. Zwar dachten viele von ihnen, sofern sie den Lobeshymnen ihres Co-Rektors Rudolphs, den alle liebevoll Rudi nannten, Glauben schenkten, dass ihr bis dahin erworbenes Kompendium wirtschaftswissenschaftlichen Wissens schon ziemlich perfekt sein sollte und sie anschließend zur Elite gehören würden – aber sich einfach einmal umzusehen schadete ja auch nicht.

»Wenn Sie das Abi in der Tasche haben, dann wird man Sie in weißen Mercedes-Limousinen abholen und chauffieren!«, so lautete Rudis Standardspruch, den er in jeder seiner Lehrveranstaltungen zum Besten gab. Aber bis zu dem Tag, an dem die Luxuskarossen vorfahren und sie erhobenen Hauptes einsteigen könnten, sollten noch gut anderthalb Jahre harte Arbeit vor ihnen liegen. Bis dahin mussten sie jedoch noch ganz ordinär den Bus nehmen!

Der Kalender zeigte den fünften Februar und die Wettervorhersage versprach einen äußerst unangenehm kalten und regnerischen Tag. Zum Glück waren trotz des miesen Wetters alle Schüler des WGs – auf diese beiden Buchstaben reduzierten sie im Allgemeinen den Namen ihres Gymnasiums – beizeiten eingetroffen und der Bus konnte sich um acht Uhr in Bewegung setzen.

Rechtzeitig zur Eröffnungsveranstaltung durch den Präsidenten der Universität, trafen sie in Mainz ein. Anschließend verteilten sie sich in alle Himmelsrichtungen. Immer wieder flitzten sie einzeln oder in kleinen Gruppen über den Campus. Es ging von einem Hörsaal in den anderen. Eine Infoveranstaltung jagte die nächste. Da alle sich so viele Fakultäten wie möglich anschauen wollten, uferte es für sie fast in Stress aus. So verging der Tag wie im Flug. Gegen drei Uhr trafen sich alle in der gemütlichen Studentenklause, um ein Resümee zu ziehen und erste konkrete Pläne zu diskutieren.

$$***$$

Marco griff an seine Hornbrille, setzte sie kurz ab und dann wieder auf. Er verstand die Welt nicht mehr. Er, der Johanna am längsten kannte – ja, seit ihrer gemeinsamen Zeit auf der Berufsfachschule! Er, der mit ihr durch dick und dünn gegangen war! Er, der ihr so manche Liebeskummerträne getrocknet hatte! Und ausgerechnet er sollte heute nicht unmittelbar an ihrer rechten Seite sitzen dürfen?

»Hey Hanni, wie bist du denn drauf?«, fragte er Johanna, die er – wie die anderen in der Klasse – kurz und knapp nur ‚Hanni‘ nannte. Nervös nahm er ein weiteres Mal seine Brille ab, um sie anschließend wieder hastig aufzusetzen.

»Mensch Marco, sei nicht sauer!« Sie zwinkerte ihm mit dem rechten Auge zu und neigte ihren Kopf zur Seite. Marco konnte jedoch ihre Aktion nicht gleich deuten. »Du, heute sitzt der da neben mir!«, setzte Johanna fort. Nun riss sie beide Augen auf und zeigte mit einem entsprechenden Kopfnicken erneut in die Richtung, in der sich die betreffende Person befand.

»Hast du was im Auge, oder was?« Marco war noch immer damit beschäftigt, Johannas plötzliche Ablehnung und ihre zuckenden Bewegungen zu interpretieren.

»Nein, ich habe nichts im Auge! Weißt du nicht, wen ich meine?« Sie machte eine kleine Pause, doch irgendwie konnte oder wollte er ihr nicht folgen. Schließlich legte sie ihre Absichten offen und richtete ihren rechten Zeigefinger auf einen jungen Mann, der gerade mit zwei weiteren die Klause betrat. Es handelte sich um einen Klassenkameraden aus ihrer Parallelklasse namens Benjamin. Gefolgt von Thomas, den jeder aufgrund seines Nachnamens Harrendorf einfach ‚Harry‘ nannte, und Manfred, der im Gegensatz zu den beiden aus Johannas Schulklasse stammte, hielt Benjamin Ausschau nach bekannten Gesichtern.

Seit der elften Klasse bezeichneten sich die drei Jungs als gute Freunde, obwohl sie so unterschiedlich waren, wie man nur sein konnte. Doch Gegensätze schienen sich tatsächlich anzuziehen. Als sie den Tisch mit den anderen erspähten, hielten sie geradewegs darauf zu. Völlig geschafft von der Infotour, freuten auch sie sich auf das erste kühle Bier in der Klause.

Benjamin, der vorne ging, drehte sich ungläubig um, als er sah, dass Hanni, dieser heiße Feger aus der Parallelklasse, mit dem Finger in seine Richtung zeigte. Eigentlich hatten er und sie sich bis auf ein ,Hallo' und sonstige Floskeln, noch nie richtig miteinander unterhalten. Daher kam es für ihn auch nicht in Betracht, dass der Fingerzeig ihm gelten könnte. Also drehte er sich um und sah nach, wer gemeint war. Jedoch stand da niemand mehr hinter ihm! Harry und Manfred hatten bereits auf den noch freien Stühlen Platz genommen. Er wurde unsicher. Verlegen nahm er mit Hanna Augenkontakt auf und vergewisserte sich, ob sie tatsächlich ihn gemeint haben konnte.

»Ja, ich meine dich, Benjamin! Hättest du nicht Lust, dich neben mich zu setzen? Wir haben uns noch nie länger unterhalten. Komm', erzähl mal, was habt ihr euch denn so angehört? Habt ihr euch bereits für ein Studium in Mainz entschieden?«

Benjamin schaute Marco, der noch immer am Tisch stand, verwundert und fragend an. Als dieser mit einem ebenso fragenden Achselzucken reagierte, setzte Benjamin sich – wie ferngesteuert und ohne weitere Fragen zu stellen – neben Johanna. Marco registrierte, was ,seine Hanni' dazu bewogen hatte, seinen angestammten Platz anderweitig zu vergeben. Jetzt erkannte er in dieser lancierten Aktion, den von ihr seit geraumer Zeit geplanten und längst fälligen Schachzug. Besänftigt setzte er ein gutmütiges Lächeln auf und nahm neben Benjamin Platz.

Eine große, muntere Runde saß am Tisch. Jeder wollte das zum Besten geben, was er an diesem Tag erlebt hatte. Der eine fand die Präsentation der angehenden Volkswirte total interessant, der andere den Mathe-Prof arrogant. Harry hatten es, da er schon immer für das Schöngeistige zu haben war und sich insbesondere bei Klassenfeten am liebsten über den Sinn des Lebens unterhielt, die Philosophen und Psychologen angetan. Mittlerweile hatte er seinen Stuhl an den Tisch gerückt und versuchte Benjamins ungeteilte Aufmerksamkeit zu erhaschen. Er wusste, dass wenn alle anderen bereits ,abgeschaltet' hatten, wenigstens Benjamin ihm zuhören würde.

»Mensch Alter«, so begann er fast jeden seiner Sätze und blinzelte dabei aufgeregt durch seine Nickelbrille, »die Psychofritzen sind vielleicht cool drauf. Nicht so lahm wie die Wirtschafts-Fuzzies, bei denen du und Manfred gewesen seid! Also, sobald ich das Abi in der Tasche habe, werde ich mich sofort um einen Studienplatz für Psychologie kümmern!«

Alle am Tisch schmunzelten. Jeder Anwesende konnte sich sehr gut vorstellen, wie der verrückte Professor und radikale Weltverbesserer Dr. Thomas Harrendorf einem wehrlos neben ihm auf der Couch liegenden Patienten zu erklären versuchte, wie die Welt wirklich funktionierte. Sein bis zum Becken reichendes, rotleuchtendes Haar würde ihm dabei kontrastreich über den strahlend weißen Kittel fallen. Mit seinem schelmischen, fast hypnotischen Blick, den er in ernsteren Situationen immer über seine Nickelbrille richtete, würde Harry versuchen – einem sanften verbalen Exorzismus gleich – den armen Kerl von allen Problemen zu befreien und zu bekehren.

»Harry, du wirst bestimmt so ein richtig durchgeknallter Professor!«

»Warte ab, Alter, bis du auf meiner Couch liegst!« Sie lachten.

Beide waren dermaßen verschieden. Eigentlich müsste man sie als gänzlich gegensätzlich bezeichnen, und trotzdem verstanden sie sich blendend. Harry war so exzentrisch und auffallend, während Benjamin sich selbst zu den ‚Normalos' zählte. Gleichwohl schien dies die richtige Kombination zu sein, um gute Freunde zu werden. Benjamin genoss es sich mit Harry zu unterhalten, da er es immer spannend fand, dessen völlig andere Weltanschauung irgendwie zu verstehen. Gleichzeitig gab er sich Mühe, Harry seine eigene Vorstellung von dieser Welt näher zu bringen. Häufig musste Benjamin an seine erste Begegnung mit diesem Exzentriker denken.

***

Es war ihr erster Schultag auf dem WG. Benjamin hatte sich mit Manfred am Haupteingang der Schule verabredet. Sie kannten sich bereits von der Realschule. Gemeinsam wollten sie den Klassenraum der 11a suchen, was im Labyrinth des riesigen Gebäudes aus den Siebzigern äußerst schwer fiel. Treppe hoch, Treppe runter! Sackgasse! Falscher Gang! Schließlich fanden sie den richtigen Raum. Erlöst öffneten sie die Tür. Doch der erste Schritt in das vermeintliche Klassenzimmer des neuen Abiturienten-Jahrganges ließ sie zweifeln.

»Ich glaube, wir sind im falschen Film – äh, Raum – gelandet!«, äußerte Manfred sich vorsichtig und hob die Augenbrauen. Benjamin runzelte die Stirn. »Was sind das denn für Gestalten?« Ein erneuter Blick auf das Raumschild verriet beiden, dass sie sich nicht im Raum geirrt hatten. Also schienen die beiden sonderbaren Figuren falsch zu sein. Sonderbare Figuren?

Ja, im Vergleich zu den beiden, die in Bluejeans und dezent karierten Baumwollhemden aufgekreuzt waren, wirkten die anderen beiden eher ... exotisch. Die eine Gestalt trug schulterlanges schwarzes Haar und eine hauteng, schwarz-weiß gestreifte Hose. »Entweder handelt es sich um Bodypainting oder der Kerl hat diese mit Hilfe eines Schuhlöffels oder einer Kneifzange angezogen!«, meinte Manfred und sah an Benjamins

34

Kopfnicken, dass die Normalos sich einig waren. Dem anderen Typen schoss schier brennendes, rotes Haar aus dem Kopf und reichte fast bis zum Po. Doch damit nicht genug: Ein ebenso langer roter Bart spross aus seinem Gesicht.

»Barbarossa persönlich!« witzelte Manfred erneut.

Schließlich füllte sich die Klasse mit jungen Leuten, die durchaus normal wirkten. Doch auch die Sonderbaren blieben sitzen! So mussten Manfred und Benjamin akzeptieren, dass sie Barbarossa samt seinem Gothic-Kumpel künftig zu ihren Klassenkameraden zählen durften. Aber bereits wenige Tage später, nach der ersten gemeinsamen Kennenlern-Fete, lösten sich sämtliche Vorurteile in Luft auf. Benjamin und Manfred erkannten ganz schnell, wie unwichtig Äußerlichkeiten waren.

In der zwölften Klasse wurden die Karten neu gemischt. Ein jeder von ihnen musste sich für eine der zwei möglichen Fächerkombinationen entscheiden. Während Benjamin die Kombination Betriebswirtschaftslehre, Englisch und Mathematik belegte – und gemeinsam mit Barbarossa-Harry in der 12a landete – entschied Manfred sich für die andere Kombination: Volkswirtschaftslehre, Deutsch und Mathematik.

***

Wie zuvor vereinbart, trafen sich beide Klassen in der Uni-Klause zum gemeinsamen Bierchen oder Cappuccino.

»Was hat dich am meisten interessiert?«, wollte Johanna von Benjamin wissen, nachdem endlich alle Plätze am Tisch belegt und die ersten Erfahrungen ausgetauscht waren.

»Soll ich ehrlich sein?«, antwortete Benjamin etwas zögerlich, fast schüchtern – bevor es ihm gänzlich die Sprache verschlug. Er kannte sie zwar seit nunmehr anderthalb Jahren, hatte aber noch nie so richtig mit ihr gesprochen. Irgendwie spielte sie für ihn in einer ganz anderen Liga. Ja, sie war schon mehr Frau als Mädchen und er dagegen mehr Junge als Mann!

Oft hatte er sie bewundernd – wenngleich heimlich – im Chemieunterricht angeschaut und sich im Stillen ausgemalt, wie es wäre ein Mädchen – oder eine Frau – wie sie zur Freundin zu haben. Aber alles nur Fantasie. Gut, auch er knutschte ab und zu auf der einen oder anderen Party herum und hatte schon Dates mit Mädels gehabt, die ihn gerne als festen Freund gesehen hätten. Doch aus irgendeinem Grund schien die Richtige noch nicht dabei gewesen zu sein.

Die Mädchen, die auf ihn flogen, waren nicht die, die ihn ernsthaft interessierten. Und die Frauen, für die er hätte förmlich sterben können, die zeigten ihm letztendlich die kalte Schulter. Er überlegte stets, woran es lag: Gut, ihm fehlte das draufgängerische oder machohafte Getue, das darauf abzielte bei den Frauen gleich aufs Ganze zu gehen: ,Zur Sache Schätzchen!' Für ihn war das ein unvorstellbares Vorgehen! Auch schien er nicht dazu geboren Sprüche zu klopfen, um eine Frau kennen zu lernen. Viele unterhaltsame Abende hatte er mit tollen Mädchen verbracht und man bescheinigte ihm, dass er ein geschätzter und sehr guter Zuhörer oder Ratgeber war. Ein einfühlsamer Gesprächspartner mit dem man sich gut über Gott und die Welt, über Probleme mit den Jungs, mit den Eltern oder sonst wen unterhalten konnte. Benjamin hörte selbst dann ernsthaft zu, wenn es um Migräne oder gar Menstruationsprobleme ging. Er wuchs mit zwei älteren Schwestern auf, Klara und Ann-Kathrin, und stand, was die Probleme einer jungen Frau betraf, diesen Themen nicht ganz unbedarft gegenüber. Doch zu guter Letzt gelang es stets anderen Kerlen – und wenn es mit der Holzhammermethode war – nach dem Motto ‚*Darf ich bitten oder wollen wir erst tanzen!*' – die Mädels wegzulocken und zur Sache zu kommen. Benjamin wusste: ‚So spielt das Leben!'

Und nun saß er wieder einmal neben so einem tollen Mädchen. Sogar so nah, dass ab und zu eine ihrer Haarsträhnen seine Hand berührte. So nah, dass er ihr Parfum wahrnehmen konnte. So nah, dass er ihren warmen Atem in seinem Gesicht spürte. Ja, er saß tatsächlich neben dieser Klassefrau. Und sie war es gewesen, die ihn zu sich dirigiert hatte. Selbst mit sehr viel Fantasie, die er durchaus besaß, hätte er sich eine solche Situation in seinen kühnsten Träumen nicht ausmalen können. Ihr endlos langes, hellbraunes Haar und ihre ebenso fast endlos lang wirkenden Beine, hatte Benjamin schon immer bewundert. Insbesondere in den Sommermonaten, in denen Johanna auch an der Schule nicht mit ihren Reizen geizte. Ihre knappen Minis und Hotpants brachten so manches Mal ihre Mitschüler ins Schwitzen, während auch der männliche Lehrkörper nicht selten nach Worten und Fassung rang. Als Beifahrerin von Richard kam sie – stets knackig braun gebrannt und topmodisch gekleidet – standesgemäß zur Schule gefahren.

Richard ging in Johannas Klasse und nahm sie häufig in seinem weißen, von der Autoveredelungsfirma Zender umgebauten Golf mit zur Schule. Richard war ein richtiger Yuppie und ließ die anderen spüren, dass sie vom Dorf stammten: »Hey, ich komme immerhin aus Hachenburg – That's the secret Hauptstadt of the Westerwald – you know! Mondän und schick! Nicht so ein Bauernkaff, wo man nur mit Gummistiefeln durchlatschen kann, weil überall Mist herum liegt!«

Mit solchen – nicht ganz ernst gemeinten – abgehobenen Sprüchen und ausstaffiert mit den besten Klamotten, genoss er es, wenn er mit Johanna an Bord ganz langsam auf den Schulparkplatz vorfahren und die Aufmerksamkeit auf sich ziehen konnte. Schon lange bevor der Wagen auf dem Parkplatz eintraf, hörte man die Musik von Madonna aus den herunter gekurbelten Fenstern dröhnen: ‚*Like a Prayer, I'll take you there ...!*'

Benjamin überkamen deshalb Zweifel ob dem, was da nun kommen sollte. Hoffentlich würde er überhaupt ein Wort herausbekommen. *‚Was soll ich ihr überhaupt antworten?'* Seine Hände wurden feucht, seine Stirn auch. *‚Hoffentlich versagt mein Deo oder mein Kreislauf oder gar beides nicht!'*, dachte er bei sich. Irgendwie überforderte ihn die Situation, doch er wollte sie meistern – so gut, wie es eben ging.

»Sag doch mal, was interessierte dich am meisten? Welche Fakultät hat dich angesprochen?« Johanna riss Benjamin aus seinen Gedanken, als ihr seine Pause ungewöhnlich lange vorkam.

»Ach ja, sorry«, stammelte Benjamin und versuchte den verlorenen Faden wieder aufzunehmen. »Also ehrlich gesagt, habe ich gar nicht vor zu studieren!«

»Wie, du hast keine Lust auf ein Studium?«, wunderte Johanna sich. Da hatte sie ihn doch ganz anders eingeschätzt. »Schwebt dir schon was vor, was du nach dem Abi machen willst?«

»Ja! Aber lach jetzt bloß nicht! Denn eigentlich ist das ein Berufswunsch, den fast jeder kleine Junge hegt.« Eine weitere Pause spannte den sprichwörtlichen Bogen. Benjamin überlegte, ob er wirklich mit der Wahrheit herauskommen sollte. Im Vergleich zu den Studien- und Berufsvorstellungen der anderen, könnte sein Berufswunsch sich vielleicht ein wenig hochtrabend anhören. »Ich will Lufthansa-Pilot werden!«, sagte er dann gerade heraus.

Johanna schaute ihn groß mit ihren rehbraunen Augen an und Benjamin wünschte sich insgeheim, der Moment könnte noch etwas anhalten. Allerdings befürchtete er nun, Johanna könnte ihm seinen Berufswunsch nicht zutrauen. Schließlich war allseits bekannt, dass die Eignungstests der Lufthansa überaus schwer waren und es nur wenige gab, die diese Hürde nehmen konnten. Die Wahrscheinlichkeit, dass gerade Benjamin einer von diesen wenigen sein könnte, war also ziemlich gering. Immerhin galt er als ruhig und schüchtern – nicht gerade das, was sie sich vielleicht unter einem selbstbewussten Piloten vorstellte. Und einen ‚Top-Gun-Verschnitt' á la Tom Cruise würde auch niemand auf Anhieb in Benjamins Äußerem sehen. Er hielt die Luft an und fragte sich, wie sie wohl gleich reagieren würde? Doch die befürchtete kalte und grausame Realität sah ausnahmsweise viel harmloser aus, als ihr im Allgemeinen nachgesagt wurde.

»Wow, das ist ja vielleicht Klasse!«, antwortete sie fast atemlos. »Hätte ich dir gar nicht direkt zugetraut. Find ich aber toll! Schön, endlich jemand mit ganz konkreten Vorstellungen! Wow! Also, ich habe ja tierische Angst vorm Fliegen! Ehrlich gesagt, für mich wäre das nichts. Umso mehr bewundere ich, dass für dich die Fliegerei etwas ganz Besonderes zu sein scheint, oder?«

»Ja, das kann man jetzt sehen wie man will. Einerseits schon.« Benjamin überlegte, wie er es anstellen konnte, dass sie ihn auch im zweiten Teil seiner Antwort nicht auslachte. So begann er einfach zu erzählen, was ihn zu diesem Entschluss bewog: »Bereits als kleiner Junge sammelte ich Metallflugzeuge oder klebte Modelle aus unzähligen Kunststoffeinzelteilen zusammen. Du kennst die bestimmt?! Es ist immer eine Heidenarbeit gewesen, die einzelnen Teile aus dem starren Kunststoffrahmen zu lösen. Zu dieser Zeit kannte ich fast jeden Typ, ob aus der zivilen oder militärischen Luftfahrt! Eigentlich haben mich aber nur die Passagierjets interessiert. Oft lagen meine Freunde und ich stundenlang in einer Wiese und beobachteten Flieger, die sich im Landeanflug auf den Düsseldorfer oder Kölner Airport beziehungsweise im ROLIS befanden.«

»Rolis?«, fragte Johanna nach.

»Ach ja, der Holding ROLIS bezeichnet den Luftwarteraum, der für Anflüge zum Flughafen Frankfurt genutzt und im Allgemeinen als Warteschleife bezeichnet wird. Nun, und Gemünden befindet sich am nördlichen Ende von ROLIS. Durch das hohe Flugaufkommen, rund um diese drei großen Flughäfen, gab es für meine Kumpels und mich immer etwas zu sehen. Wir rätselten stets, welcher Maschinentyp gerade vorbeiflog. An besonders schönen Tagen und klarer Sicht konnten wir oftmals sogar das Leitwerk erkennen. Wenn ich sah, es handelte sich um eine Maschine des Ferienfliegers LTU oder Condor – oder sogar um eine ausländische Fluggesellschaft –, dann stieg in mir sofort Fernweh auf! Ja, ich beneidete jeden Passagier, der in dieser Maschine sitzen durfte. Wahrscheinlich schwelgte er noch in Urlaubserinnerungen oder freute sich darauf, dass gleich sein Urlaub in Deutschland begann. Oh ja – das stellte ich mir alles toll vor!« Benjamin geriet ins Schwärmen und Johanna merkte, dass dies seine Welt zu sein schien. Während er Johanna von seinen Kindheitserfahrungen erzählte, erinnerte er sich auch an die ersten Sommerferien, die er als Kind verbracht hatte.

✳✳✳

Alle seine Freunde zogen mit ihren Familien in die ‚weite Welt' hinaus und kehrten dem kleinen Ort Gemünden für mindestens vierzehn Tage den Rücken. Benjamins Straße, in der ansonsten das Nachbarschaftsleben sehr groß geschrieben wurde und in der auch seine Freunde Clemens und Philipp gleich nebenan wohnten, wirkte mit den überall heruntergelassenen Jalousien fast wie eine Geisterstadt. Gut, selbst Geister-STADT wäre jetzt hier maßlos übertrieben. Gäbe es eine Steigerung von Tod, er hätte sie damals zur Beschreibung des Dorflebens während der großen Ferien verwendet.

Benjamins Eltern lag nichts am Verreisen. Es lag nicht daran, dass sie es sich nicht hätten leisten können. Nein, es gab viel banalere Gründe. Zum einen hatten sie jede Menge Haustiere, die versorgt werden wollten. So zum Beispiel ihren schwarzen Pudelmischling namens Prinz. Eigentlich müsste er Prinz der Zweite heißen, da er den Namen seines Vorgängers geerbt hatte. Ferner gehörten zur Familie zwei oder drei

38

Katzen, mehrere Kaninchen und zudem ein Fischweiher mit rund zweihundert Forellen. Der zweite Grund, warum Familie Michels keinen Urlaub machte, war das Heimweh von Mama Ella.

Einmal im Jahr brachen Benjamins Eltern mit der freiwilligen Feuerwehr des Dorfes zu einer Tour ins Blaue auf – wohlgemerkt jeweils von Donnerstag bis Sonntag. Dabei ging es mal in die Berge und im nächsten Jahr wieder ans Meer. Und jedes Jahr brach bei Ella das quälende Reisefieber bereits eine Woche vorher aus, wenngleich die Freude auf die bevorstehende ‚große' Reise siegte. Wieder zurück in ihren eigenen vier Wänden waren Wilhelm und Ella stets von dem begeistert, was ihnen in der kurzen Zeit alles geboten wurde. Voller Enthusiasmus konnten sie – wohlgemerkt beide – von ihrem Kurzreise-Erlebnis erzählen und man sah ihnen an, welchen Spaß sie gehabt hatten. Gleichwohl gelang es Ella nicht zu verheimlichen, dass sie froh war, wenn es nach dem Frühstück am Sonntag hieß, jetzt geht es wieder in Richtung Heimat.

So bestanden Benjamins Ferien oftmals darin, sich mit den im Dorf verbliebenen ‚Leidensgenossen' zu arrangieren, Fußball zu spielen oder – sofern das Wetter es zuließ – das Westerburger Freibad aufzusuchen. Und immer wenn der Postbote die Ansichtskarten der Freunde in den Briefkasten steckte oder sie Benjamin freudestrahlend direkt in die Hand drückte, fühlte dieser einen Kloß im Hals und ein Gefühl machte sich im Bauch breit, das er damals nicht beschreiben konnte. Wieso konnte er sich nicht richtig über die Karten freuen? Auf der anderen Seite verspürte er aber auch keinen Neid in sich und freute sich wirklich für seine Freunde.

Heute wusste Benjamin was in ihm nagte – man nannte es Fernweh. Und heute wusste er, was er dagegen tun könnte, damit ihn dieses Gefühl nicht wieder aufs Neue einholen würde. Entweder er müsste sich einen Beruf aussuchen, bei dem er soviel Geld verdiente und gleichzeitig auch genügend Urlaubstage zur Verfügung hatte, um sich immer eine Reise leisten zu können, oder er müsste einen Beruf wählen, bei dem das Wort Fernweh so etwas wie ein Fremdwort sein würde. Also, was wäre da treffender als der Beruf des Piloten – und wenn er es sich dann auch noch aussuchen könnte, dann würde er am liebsten die weißen Riesenvögel mit dem gelben Kranich auf dem dunkelblauen Leitwerk fliegen. ‚*Deutsche Lufthansa ich komme!*'

***

»Ja, aber fliegst du denn wirklich so richtig gerne? Ich kann mir das gar nicht vorstellen, dass man sich darauf freut in einem Flugzeug zu sitzen. Hast du beim Start und bei der Landung keine Angst?«, erkundigte sich Johanna, als sie erneut merkte, dass Benjamin ihr die Antwort auf ihre eigentliche Frage schuldig blieb.

»Hm, ja das ist halt so«, eine kurze und für Benjamin erneut höchst peinliche Pause entstand. Er wusste nicht, wie er es Johanna beibringen sollte, ohne dass diese spätestens jetzt in lautes Gelächter ausbrechen würde. »Nun Fakt ist, ich bin noch nie in einem Flugzeug gesessen, geschweige mit einem geflogen!«

So jetzt war es raus. Ein schier nicht enden wollender Augenblick des Wartens begann. Benjamin scannte mit seinen Augen jeden einzelnen Zentimeter von Johannas Gesicht. Ihr dunkler, südlicher Teint fiel in der grauen Winterzeit ganz besonders auf. Die gleichmäßigen dunkelbraunen Augenbrauen blieben regungslos. Die großen rehbraunen – oder waren es doch eher bernsteinfarbenen – Augen funkelten sagenhaft. Die schmale, gerade geformte Nase mit den süßen, beim Atmen leicht bebenden Nasenflügelchen, war zu goldig. Der – noch geschlossene – schmale Mund mit dem dunkelroten Lippenstift wirkte sinnlich. Wie gerne würde er jetzt seine Lippen auf den ihren platzieren, um festzustellen wie sie schmeckten!

Wann würde sie alles in Bewegung bringen und laut loslachen? Die Spannung war fast unerträglich. Es schienen Stunden zu vergehen bis er, ausgelöst durch Johannas Lachanfall, im Erdboden versinken würde. Doch es kam anders.

Johanna, sichtlich erstaunt über Benjamins Antwort, setzte ein eher mitfühlendes Gesicht auf. Sie konnte gar nicht glauben, was sie gerade von Benjamin gehört hatte. Wie konnte er sich diesen Beruf aussuchen? A, hatte er mit Fliegen zu tun, was für sie selbst per se schon nicht in Frage käme. B, wie konnte er sich dafür begeistern, ohne jemals geflogen zu sein? Er konnte doch überhaupt nicht einschätzen, ob es ihm wirklich Spaß bereitete in so einer engen Metallröhre elf Kilometer über der Erde zu sitzen! Was, wenn er sogar unter Flugangst litt?

»Das ist doch nicht wahr, oder?«, fragte sie deshalb zur Bestätigung nach.

»Doch, ich schwöre«, bestätigte Benjamin, »ich bin noch nie in einem Flugzeug gesessen!«

»Ja, aber wie kann es dann angehen, dass du dir gleich einen Beruf aussuchst, der nun fast ausschließlich über der Erdkruste ausgeübt wird?«

Benjamin sah Johanna ganz tief in die Augen und war tierisch erleichtert, zumindest keinem Lachgewitter ausgesetzt worden zu sein. Dies nahm ihm die Nervosität und er begann Johanna frei von der Seele zu erzählen, wie er stets seine Ferienwochen verbracht hatte und auch von dem komischen Gefühl, das sich Jahr für Jahr im Bauch des kleinen Dorfjungen breit gemacht hatte.

Johanna schmolz sichtlich dahin. Benjamin genoss es, ihre volle Aufmerksamkeit für sich verbuchen zu dürfen. Ihm kam es vor, als würde er nur mit ihr allein am Tisch sitzen und niemand sonst sei anwesend. Johanna ließ sich ihrerseits fesseln von den vielen Gefühlen, die Benjamin ihr ganz offen beschrieb. Sie selbst kannte das Gefühl Fernweh zwar auch, doch in ihr schien es nicht so sehr manifestiert zu sein. Bei ihr war es vielmehr die Lust, etwas Neues zu sehen oder auszuprobieren. Vielmehr die Neugier auf etwas, was sie noch nicht kannte. Während Benjamin anscheinend noch nie einen Urlaub mit seinen Eltern verbracht hatte, konnte sie auf einige Reisen zurückblicken, die sie bisher fast ausschließlich mit den ihren oder mit ihren Großeltern unternommen hatte. Oft waren sie nach Österreich oder nach Süddeutschland gefahren. Spontan fiel ihr zum Beispiel der Urlaub auf einem kleinen bayerischen Bauernhof ein.

∗∗∗

Familie Bredel hatte die Westerwälder Familie Sonderberg gleich in das bayerische Familienleben integriert. Während sich die Erwachsenen um ihre Erholung kümmerten, zog Johanna, damals um die zwölf Jahre, viel lieber mit dem etwa gleichaltrigen Bauernsohn Toni durch die niederbayerischen Wälder und über die saftigen Wiesen. Auch der Kuhstall, der im Sommer zwar leer war, aber immer noch genügend interessante und geheime Ecken in sich barg, sowie die nach Heu riechende und super-spannende Scheune waren vor ihnen nicht sicher gewesen. Eine richtige Ferienfreundschaft entstand zwischen den Teenies. Unzählige Abenteuer ließen sie wie Kletten aneinander hängen. So fiel damals auch der Abschied schwer und nur das Versprechen, im nächsten Jahr wieder zu Bredels zu fahren, konnte den Schmerz lindern. Nun aber galt es ein ganzes langes Jahr zu überbrücken. Klar, dass sie sich ein- oder vielleicht auch zweimal schrieben, doch der brüderlich beziehungsweise schwesterlich hochheilig gesprochene Schwur ewiger Freundschaft konnte über diese große Distanz nicht wirklich aufrecht erhalten werden. Bald schon war der Kontakt abgebrochen. Zudem fuhr Familie Sonderberg im nächsten Jahr nach Österreich.

Aber auch in Sachen Flugerfahrung hatte Johanna Benjamin schon einiges voraus und war mit ihren Großeltern väterlicherseits nach Mallorca geflogen. Damals hatte sie das Fliegen gar nicht so unangenehm empfunden. Erst jetzt, nach vielen Jahren, jetzt wo sie sich Gedanken über alles machen konnte, jetzt war ihr bewusst, dass sie in einer geschlossenen Röhre ausharren musste, die sich in unendlicher Höhe über dem Boden befand und dort mit fast neunhundert Stundenkilometern – im wahrsten Sinne – umherdüste. Da konnte man nicht eben mal sagen: „So, es ist gut, mir reicht es! Ich möchte bitte aussteigen!'

Mallorca selbst war toll gewesen. Meer und Sonne und alles was das Herz begehrte. Es hatte schon seine Vorteile mit Oma und Opa zu verreisen. Sie schmunzelte, als sie an einen ganz besonderen Abend denken musste: Gemeinsam mit den Großeltern hatte sie nach dem Abendessen auf der Hotelterrasse gesessen und ‚Mensch ärgere dich nicht' gespielt. Doch während Oma und Opa sich zwischendurch mit Urlaubsbekanntschaften unterhielten, stibitzte ihre Enkelin unauffällig Fruchtstückchen aus deren Sangria-Karaffe.

Erst als Klein-Hannilein allmählich immer lustiger wurde und ohne sichtbaren Grund zunächst zu grinsen begann und schließlich laut loslachte, wunderten sie sich. Augenblicke später bemerkten sie den Grund für die Heiterkeit und erschraken.

»Mensch Knut«, rief Johannas Oma Minna, die eigentlich Wilhelmine hieß, in ihrem Oberhausener Dialekt, »ich glaube dat Kind is besoffen! Jetzt muss se aber sofort ins Bett!« Klein-Hanni aber dachte ganz und gar nicht daran, den gemütlichen Abend zu beenden und wollte lieber noch ein wenig herumlaufen. Da sie als Kind von gerade einmal sechs Jahren jedoch nicht wirklich mit den Folgen des Alkoholgenusses umgehen konnte, wurde die letzte Treppenstufe der Terrasse zum Problem. Die Koordination ihrer Füße versagte und Klein-Hannilein landete unsanft auf ihren Knien. Begleitet von Protest- und Schmerzensschreien sowie unter den missbilligenden Blicken der übrigen Gäste, brachten Knut und Minna ihre Enkelin schnellstens aufs Zimmer. Minna, die für die Erstversorgung – was des Kindes spontanen Kniefall betraf – schon bestens vorbereitet war, holte fast selbstverständlich das Fläschchen Jod aus ihrem Koffer und reinigte die Wunde.

Johanna konnte sich noch gut daran erinnern, dass ihre Knie im Kindesalter eigentlich immer wund und offen waren. Unzählige Fotos aus von damals dokumentierten dies.

Ja, sie hatte in ihren Ferien schon sehr viel erlebt, von den Reitausflügen und -freizeiten in ihrer Zeit als Jugendliche einmal ganz abgesehen. Auch hier war immer etwas passiert. Vom weltuntergangsartigen Sturm mit Gewitter, bei dem die Pferde fast durchgegangen wären, bis hin zu dem ein oder anderen Reitunfall. Pferde waren Johannas Leidenschaft und so konnte sie sich ein Leben ohne sie nicht vorstellen. Daher rangierte auch in ihrer Idealvorstellung von einem Mann, neben den Attributen Einfühlsamkeit und Zärtlichkeit, das Kriterium *Besitz eines oder mehrerer Pferde* ganz weit oben.

***

Während Johanna Probleme damit hatte, ihre Erlebnisse und Abenteuer gedanklich in eine zeitliche Reihenfolge zu sortieren, bedauerte sie gleichzeitig Benjamin dafür, dass er anscheinend noch nicht auf so ein *bewegtes* Leben zurückblicken konnte. Am liebsten hätte sie ihn gleich in den Arm genommen und gesagt: ,*Weißt du was, lass uns nächstes Wochenende irgendwo hinfahren!'* Doch natürlich traute sie sich nicht, zumal sie noch liiert war, wenngleich auch nicht besonders glücklich.

»Also, ich stelle mir das ganz klasse vor«, setzte Benjamin merklich lockerer das Gespräch fort. »Ist es nicht ein Wunder der Technik, dass so ein Koloss von Boeing 747, mit zig Tonnen Gewicht und über dreihundert Menschen an Bord, mal abgesehen von Gepäck und Treibstoff, so einfach vom Boden abhebt und sich ganz gemächlich in die Lüfte erhebt. Wow, ich kriege da eine Gänsehaut, wenn ich sehe, wie majestätisch so ein riesiger Eisenvogel von der Startbahn abhebt!« Johanna ließ sich von Benjamins Begeisterung anstecken und fand ihn unheimlich süß. Er wirkte wie ein kleines Kind, das mit leuchtenden Augen vor dem Weihnachtsbaum steht und sich sicher ist, eben am Fenster noch ein Stück vom weißen Flügelchen des Christkindes gesehen zu haben.

»Ja, du hast Recht, so ein Flugzeug ist schon eine tolle Erfindung! Eigentlich bin ich auch immer begeistert, wenn ich Flieger sehe – aber am liebsten nur von außen!«

»Ich stelle mir das toll vor!«, nahm Benjamin gleich wieder den Faden auf. »Ich gehe in Frankfurt an Bord des Fliegers, werde von einer lächelnden Stewardess auf das herzlichste begrüßt und nehme Platz, der wahrscheinlich bequemer ist, als der im Bus von heute morgen. Und wenn ich dann vielleicht sogar am Fenster sitze, kann ich mir die Welt von oben anschauen! Und wenn sich die Tür des Flugzeugs – nur ein paar Stunden später – wieder öffnet, bin ich ohne mein Dazutun in einer ganz anderen Welt. Vielleicht in Amerika, Asien oder egal wo ...! Einfach klasse, oder?«

»Ja, das ist schon toll. Eigentlich träume ich auch davon, möglichst die ganze Welt zu sehen, aber irgendwie hätte ich allein gar nicht den Mut dazu; geschweige den Wunsch, so ein Flugzeug selbst zu fliegen!«

»Nun, allein musst du das bestimmt nicht machen. Du kannst deine Eltern mitnehmen oder – was sag ich – eine deiner Freundinnen oder deinen Freund!« Benjamin wusste, dass Johanna seit ungefähr einem Jahr mit Wolfgang zusammen war und brachte ihn irgendwie mit Absicht ins Spiel. Immerhin suchte er noch immer den Grund, weshalb sie gerade ihn hier und heute als Tischnachbarn und Gesprächspartner ausgesucht hatte.

***

Als Johanna von der Fachschule in die elfte Klasse des WGs wechselte, besuchte Wolfgang gerade die letzte Klasse der Fachoberschule Technik – kurz FOT. Da beide Schulabteilungen im gleichen Flügel des weitläufigen Schulgebäudes untergebracht waren, lernten sich die Schüler des WGs und der FOT sehr schnell untereinander kennen, fanden sich auf Anhieb sympathisch und organisierten auch gemeinsame Feten. Und auf einer dieser Feiern lernten sich schließlich auch Johanna und Wolfgang näher kennen. Mehr oder weniger zufällig waren sie miteinander ins Gespräch gekommen und stellten angenehm überrascht fest, dass sich beide für die Westerwälder Zeitung engagierten, einer regionalen Ausgabe der Rheinzeitung. Als freie Mitarbeiter hatten beide bereits mehrere Artikel und Schnappschüsse veröffentlicht. Somit mangelte es an diesem ersten gemeinsamen Abend nicht an Gesprächsstoff.

Wolfgang, ein ausgesprochen talentierter Hobbyfotograf, erkannte gleich seine Chance und bot Johanna an, da er sie schon längst als Modell vor die Linse bekommen wollte, von ihr ein paar schöne Schwarzweißbilder zu schießen.

»Wir können die Filme anschließend in meiner Dunkelkammer entwickeln und gleich sehen, ob die Fotos etwas geworden sind – oder nicht!« Johanna fand die Idee aufregend und Wolfgang dazu sehr sympathisch. So verabredeten sie sich für den nächsten Dienstag zum ersten Photo-Shooting. Und das Ergebnis – von dem nicht nur Johanna begeistert war, sondern auch alle anderen, die ihre Bilder zu Gesicht bekamen – konnte sich sehen lassen. Wolfgang hatte das Talent, Johannas natürliche Ausstrahlung und jugendliche Schönheit in äußerst geschmackvollen Portraits festzuhalten. Kurze Zeit später wurden beide ein Paar.

Johanna war glücklich einen Mann gefunden zu haben, mit dem sie anscheinend sehr viel gemeinsam hatte. Gemeinsam berichteten sie für die Westerwälder Zeitung. Außerdem lernte sie von ihm, wie sie rechtzeitig den Auslöser drücken musste, um selbst wunderbare Fotos zu schießen. Zudem besaß Wolfgang ein Auto, weshalb sie öfter gemeinsam zur Schule fahren und die vielen Feten besuchen konnten. Die Krönung jedoch war, dass Wolfgangs Eltern zwei Pferde besaßen. Gut, zunächst wollte Johanna Wolfgangs Familie näher kennen lernen, bevor sie sich vielleicht auch um die Pferde kümmern könnte, aber das schien ihr nur eine Frage der Zeit.

Im Jahr darauf änderte sich die Situation für beide. Wolfgang beendete mit Erfolg die FOT. Bevor er jedoch sein Studium aufnehmen konnte, kontaktierte ihn der Verteidigungsminister und bat ihn darum, seinen Grundwehrdienst abzuleisten. Wolfgang beugte sich, doch anstatt diesen in den nahegelegenen Kasernen in Westerburg oder Rennerod zu absolvieren, schickte ihn Y-Reisen - *‚Wir buchen, Sie fluchen'* - an einen Standort, der fern ab vom Westerwald lag. Dadurch wurde alles anders.

‚Aber', so dachte Johanna sich damals, *‚uns bleiben ja noch die Wochenenden!'*

Zunächst funktionierte dies auch prima und es war sogar prickelnd, wenn sie sich freitags wieder in die Arme nahmen und danach ihr Wiedersehen *feierten*.

Doch dann änderte sich irgendetwas. Plötzlich schlich sich eine gewisse Unregelmäßigkeit ein und so sahen sie sich manchmal nur noch alle zwei bis drei Wochen. Und das, obwohl Wolfgang schon regelmäßig jedes dienstfreie Wochenende im Westerwald verbrachte.

Immer häufiger bekam sie am Telefon zu hören, dass er einfach zu müde sei. Zu müde von seinem Einsatz in der Truppe, zu müde nach dem Freitagstraining mit den Kameraden der Tennismannschaft ... Seine Ausreden schienen ihr immer fadenscheiniger und langsam fragte sie sich, woran es lag. Wollte er sie vielleicht gar nicht mehr sehen?

Zunächst war sie stets brav zu Hause geblieben und hatte darauf gehofft, dass er sich doch noch blicken lassen würde. Als sie jedoch immer häufiger vergebens wartete, ergriff sie eines Abends die Initiative. Sie lieh sich das Auto ihrer Eltern und überraschte ihn mit einem Spontanbesuch in der Trainingshalle. Wenn die anstrengende Woche und das ausgiebige Training am Freitagabend die Gründe dafür waren, warum sie sich so wenig sahen, so wollte sie ihm entgegenkommen. Immerhin trennten fünfundzwanzig Kilometer ihre Heimatorte voneinander. Doch nachdem sie spürte, dass ihm ihr Aufkreuzen nicht so hundertprozentig recht war, stellte sie weitere Besuche ein. So blieb es beim Zwei-Drei-Wochenrhythmus.

Johanna setzte diese Situation sehr zu. Der Gedanke daran, dass es an ihr lag, weshalb Wolfgang sie nicht sehen wollte, schnürte ihr die Kehle zu. So begann sie plötzlich an sich selbst zu zweifeln. Ihr sonst auf kilometerdickem Fundament stehendes und fest verankertes Ego, schien Stück für Stück dahinzuschmelzen – wie der sibirische Permafrost in der unaufhaltsamen Klimaerwärmung. Gut, dass sie sich zu dieser Zeit in einem Klassenverband befand, der ihr den notwendigen Halt gab. In dieser Gemeinschaft fühlte sie sich aufgehoben. Es gab kaum einen Moment in der nicht gleich mehrere Bezugspersonen – weibliche, aber auch männliche – parat standen, mit denen sie reden und denen sie ungehemmt ihr Herz ausschütten konnte.

Einer von ihnen war natürlich Marco, den sie am längsten von allen kannte. Aber auch Richard, der sie regelmäßig in seinem Zender-Golf nach Westerburg chauffierte, war ihr mittlerweile richtig ans Herz gewachsen. Des Öfteren verabredeten beide sich am späten Nachmittag im Z-Café, das Gaby – eine gute Bekannte Richards – über dem Hachenburger Traditionsgeschäft der Firma Zuckmayer führte – daher auch das ‚Z‘.

Johanna und Richard konnten sich tiefsinnig unterhalten oder locker über Promis, Mode, Gott und die Welt quatschen. Insbesondere schätzte sie seine spontanen und unkonventionellen Ratschläge, die er stets locker auf der Zunge trug. Richard war autonom in seinen Ansichten und ließ sich von nichts und niemandem in ein Schema pressen. Nein, bei ihm gab es nur Schwarz oder Weiß und wem seine Ansichten nicht passten, der hatte eben Pech. Die aber, für die er sich erwärmen konnte und die er in sein Herz schloss, die konnten von ihm alles bekommen – eine von ihnen war Johanna.

»Also, wenn der blöde Wolfgang dich vernachlässigt oder nichts für eure Beziehung tun will, dann schicke ihn einfach in die Wüste! Da draußen stehen hundert andere Schlange. Die liegen dir zu Füßen, wenn du nur mit den Augen zwinkerst! Aber wahrscheinlich geht es bei euch nur um Sex! Der pure Sex, der euch zusammenhält!?« Richard war immer so direkt und sagte was er dachte. Doch jeder der ihn näher kannte, war über seinen Standardspruch, der irgendwie immer mit *Sex, purer Sex* endete, nicht mehr geschockt. Vielmehr wusste jeder: Frag Richard, dann bekommst du kurz und präzise eine schnörkellose Antwort!

»Mensch, Richard, wenn es das doch nur wäre – ich meine das mit dem Sex. Doch selbst in dieser Hinsicht läuft bei uns schon länger nicht mehr viel – oder eher gar nix! Ich glaube fast, er findet mich nicht attraktiv!«

»Dann muss er aber blind sein, mein liebes Hannilein! Vielleicht sollte ich dir einfach einmal einen richtig heißen Fummel nähen; so eine scharfe Korsage, wie sie Madonna bei ihrem letzten Konzert getragen hat! Ich sag es dir, wenn er dann nicht über dich herfällt und dich vernascht, dann vergiss ihn!« Richard hatte das Schneiderhandwerk von der Pike auf gelernt. Entweder entwarf er eigene Kreationen oder fertigte Auftragsklamotten nach Zeitungs-Schnittmustern an. Mittlerweile konnte er auf einen beachtlichen und vor allem solventen Kundenstamm blicken, zu dem sogar einige seiner Lehrerinnen zählten. Und gerade diese brachte er nicht selten in Rage. »Richard, lesen Sie bitte den Abschnitt von hier bis da!«, bemühte sich seine Englischlehrerin Frau Schmalz, die von allen nur Marlieschen genannt wurde, Richard zur Mitarbeit zu bewegen. Doch der ließ sich aufgrund seines ‚fortgeschrittenen Alters' so schnell nichts sagen: »Nee, mach ich nicht! Hab' keine Lust! Das können Sie selbst viel besser vorlesen!« Eigentlich hatte er überhaupt nichts gegen Marlieschen, doch das Vorlesen gehörte nun einmal nicht zu seinen Vorlieben. »Dieser ausländische Krimskrams liegt mir einfach nicht!« Sicher hätte er sein Engagement verstärkt, wenn er damals bereits gewusst hätte, dass seine berufliche Zukunft tatsächlich im Ausland lag – doch damals war halt nichts zu machen.

Auch Manfred gehörte mittlerweile zu Johannas Vertrauten. Seit der Zwölf, also nach der Wahl der Fächerkombinationen, besuchte er dieselbe Klasse wie sie und saß sogar direkt neben ihr. Sie verstanden sich auf Anhieb. Näher lernten sie sich durch Silke kennen. Silke saß rechts von Johanna, während Manfred zu ihrer linken Seite saß. Das Problem lag nun darin, dass Manfred und Silke sich auf einer der Feten näher gekommen waren. Allerdings wiederum nicht nah genug, um fortan Gefühle oder gar etwas anderes auszutauschen. Keiner von beiden traute sich den nächsten Schritt in eine gemeinsame Richtung zu unternehmen, wenngleich auf beiden Seiten mehr als nur Sympathie im Raum stand. So musste Johanna stets die Vermittlerrolle zwischen beiden übernehmen und – da sie nun einmal in der Mitte saß – auch die ‚Briefträgerrolle'.

Diese Konstellation war verantwortlich dafür, dass sich zwischen den dreien ein enges Verhältnis entwickelte. So waren sowohl Silke als auch Manfred für Johanna da, wenn sie etwas auf dem Herzen hatte. Und dass seit geraumer Zeit etwas ihr Herz belastete, konnten nicht nur die beiden wahrnehmen. Fast alle in der Klasse spürten, dass Hanni nicht wie sonst war! Es fehlte ihr an ihrer sonst so ansteckenden lebensfrohen Spontaneität, an ihrem wortreichen Witz und an dieser schier unendlichen Energie. Denn diese übertrug sie automatisch und ungefragt auf jeden, der mit ihr zu tun hatte.

Manfred war – neben Richard – der einzige, der wusste, woran es lag. Auf einer der letzten Feten, hatte Johanna ihm ihr Herz ausgeschüttet. Sie unterhielten sich fast den ganzen Abend. Zunächst war es wieder einmal – wie so oft – um Manfreds Probleme gegangen, vor allem wie er bei Silke landen könnte.

»Ich bin zu schüchtern, um in die Offensive zu gehen!«, gestand er, als sie ihm riet, einfach auf Silke zuzugehen und sie zu einem schönen Abendessen oder einen Kinobesuch einzuladen. Doch dann hatte er das Thema gewechselt und direkt nachgefragt, was seit geraumer Zeit Johanna belasten würde. Seine Frage öffnete ihre Tränen-Schleuse ganz weit und so stahlen sie sich heimlich aus der Hütte, um kein großes Aufsehen zu erregen.

»Ich glaube, Wolfgang liebt mich nicht mehr! Und wenn ich ehrlich sein soll, dann weiß ich auch schon nicht mehr, was mein Gefühl für ihn betrifft!«, schluchzte Johanna, als sie sich draußen auf einer der Bänke niedergelassen und Manfred ihr ein Taschentuch gegeben hatte. Sie erzählte ihm, dass sie wirklich nicht wusste, woran es lag. Manfred konnte sich schwer vorstellen, wie und warum Wolfgang sein Interesse an einer so außergewöhnlichen Frau verlieren konnte. Erschrocken stellte er fest, wie unerträglich die Situation für Johanna zu sein schien. Auch ihm erzählte sie von ihren Befürchtungen, sie sei nicht mehr attraktiv oder könne irgendein Verhalten angenommen haben, das Wolfgang störte. Doch Manfred versicherte ihr, es könne an allem, aber mit Sicherheit nicht an ihrem Aussehen liegen, schließlich sei sie der Inbegriff einer schönen Frau. Im Stillen bewunderte er sie und wünschte sich, wenn es mit Silke endgültig nichts würde, irgendwann ein ebenso tolles Mädchen zur Freundin zu haben. Beide verstanden sich super und redeten über alles, aber mehr als das stand nie im Raum.

So war Manfred auch der Erste, der erfuhr, dass Johanna seit geraumer Zeit ein Junge aus der Nachbarklasse aufgefallen war. Aus irgendeinem Grund schien ihr dieser Typ auf Anhieb sympathisch und sie fühlte sich allein von seiner Erscheinung angezogen.

»Was es ist, kann ich mir selbst nicht erklären, außerdem habe ich bisher kaum zehn zusammenhängende Sätze mit ihm gesprochen!« Vielleicht wolle sie aus ihrer Unsicherheit, die aus Wolfgangs Reaktionen resultierte, einfach nur ihren ‚Marktwert' abchecken und herausfinden, wie sie auf andere wirkte. »Aber wenn es tatsächlich so ist«, versicherte Manfred ihr, »dann reicht mit Sicherheit ein Augenzwinkern aus und einige Liebes-Aspiranten fallen freiwillig vor dir auf die Knie und buhlen um deine Gunst!« Hatte sie das nicht schon einmal gehört?

»Nein Manfred, das ist ganz bestimmt nicht meine Intention«, entgegnete sie ihm vehement, denn so etwas wäre ihr völlig fremd. »Ich bin doch nicht auf der Suche nach einem neuen Freund! Eigentlich will ich ja bei Wolfgang bleiben!« Manfred wiederholte nur ein Wort: »Eigentlich!«

Sie schloss die Augen und hob die Schultern, denn sie konnte nicht beschreiben was in ihr vorging. Aber den Jungen aus der Nachbarklasse fand sie sympathisch und unheimlich

47

anziehend. Manfred schaute sie schweigend und verwundert an, während sie von ihren vagen Gefühlen erzählte. Er aber wusste viel über den jungen Mann, denn schließlich kannte er Benjamin schon seit Jahren. So fühlte er sich förmlich genötigt – ja, er war es Johanna schuldig – ihr mehr Informationen über ihn zu geben. Was er so in seiner Freizeit tat, wie sein Verhältnis zu seiner Familie war und natürlich ob es da eine Person in seinem Leben gab, die er als Freundin bezeichnen würde. Johanna hörte gespannt zu.

»Jetzt weißt du etwas mehr über ihn! Nun kannst du dir überlegen, ob und wenn ja, wann und wo du ihn mal gezielt ansprichst, um ihn vielleicht näher kennen zu lernen.« Manfred machte eine kurze Pause, nahm einen Schluck aus der fast leeren Flasche und verzog das Gesicht als ihm das mittlerweile lauwarme Bier in den Mund lief. Dann fuhr er ermunternd fort: »Du, wir fahren doch übernächste Woche zur Uni nach Mainz, vielleicht ergibt sich dort die Gelegenheit für ein Gespräch!« Johanna hob den gesenkten Blick vom Boden, sah Manfred in die Augen und grinste – erstmalig an diesem Abend. »Manfred, das ist eine hypergeniale Idee!«

***

»Fliegt dein Freund etwa nicht gerne?«, hakte Benjamin nach, als er diesmal merkte, dass Johanna ihm eine Antwort schuldig blieb.

»Du, soll ich ehrlich sein, ich weiß es gar nicht. Wir sind noch nie gemeinsam in den Urlaub geflogen. Ob er schon in einem Flieger gesessen ist, kann ich dir auch nicht sagen.«

»Ja, dann wird es aber Zeit, das einmal auszuprobieren!«

»Mal sehen!« Johannas Antwort kam zögerlich und sie überlegte, wie sie nun am besten das Thema ändern könnte. Doch Benjamin kam ihr zuvor.

»Was hast du eigentlich vor?«, fragte er sie und sah ihr dabei tief in die Augen. Johanna nahm seinen Augenkontakt ungläubig auf. Sollte er schon irgendwie misstrauisch geworden sein, ob ihres spontanen Interesses an ihm? War sie das Ganze zu offensichtlich angegangen, als sie sagte, er solle sich neben sie setzen? Johanna fühlte sich ertappt und glaubte eine gewisse Gesichtsröte zu spüren, was bei ihr eigentlich nur in den außer-, außergewöhnlichsten Sonderfällen vorkam.

Benjamin bekam den Eindruck, die ihm von Johanna zuvor entgegengebrachte ungeteilte Aufmerksamkeit würde sich allmählich verlieren. Er fand sich bereits damit ab und wollte seine Frage von ihr unbeantwortet im Raum stehen lassen. Doch Manfred, der dies mitbekommen und erkannt hatte, dass Johanna Benjamin aus irgendeinem Grund die Antwort schuldig geblieben war, griff die Frage erneut auf: »Hanni, du wolltest doch immer Lehrerin werden, oder?« Johanna erkannte sofort, dass sie Benjamins Frage falsch interpretiert hatte und war Manfred dankbar für seine von ihm selbst unbemerkte ‚Rettungsaktion'.

»Ja, das ist mein Traum. Wenn alles klappt, dann werde ich Betriebswirtschaft für das Lehramt studieren.«

»Du willst tatsächlich vor solchen Schnöseln wie Manfred und Benjamin stehen und denen zeigen, wie eine Bilanz zu erstellen oder ein Betrieb zu führen ist. Na Klasse, dann vergiss aber die Abschreibung nicht, denn ob die das je begreifen werden, das kannste ja wohl voll depressiv – ach nein degressiv heißt es ja – abschreiben!« Harry klinkte sich wieder in das Gespräch ein, nachdem er jedem am Tisch von seinen ‚Psychoabsichten' ausschweifend erzählt hatte.

»Doch, ich glaube das würde mir liegen. Ich stelle mir das wirklich toll vor, selbst einmal eine Klasse an einem Wirtschaftsgymnasium zu unterrichten!«

»Finde ich gut!«, bestätigte Benjamin. »Bei dir kann ich mir das richtig gut vorstellen. Mit deiner positiven Ausstrahlung und deiner Art zu reden, da hast du sicher gute Karten bei deinen Schülern. Außerdem werden sich die Äpfel auf deinem Lehrerpult stapeln!«

»Mensch Alter, in was für einem Jahrhundert lebst du denn – Äpfel! So ein Quatsch. Da werden tonnenweise anonyme Anmachbriefe liegen und die Jungs werden ganz unruhig auf die nächste Pause warten, um sich auf dem Klo einen ... na ja, ihr wisst schon!«

»Mensch Harry!« Benjamin zeigte sich empört und geschockt – obwohl eigentlich war es ihm nur peinlich vor Johanna, denn schocken konnte Harry ihn kaum noch. Schließlich saß er täglich neben ihm im Klassenzimmer und wurde in der Regel nach dem Wochenende von Harry darüber aufgeklärt, was im wahren Leben, wie er es immer nannte, und nicht in diesem Spießer-Leben, wie es Benjamin führen würde, so alles abging. Denn in Harrys Augen führte Benjamin ein richtiges Spießer-Leben mit Sportverein und Dorfkneipenbesuchen. Er schien ihm so total ‚normal' – irgendwie erschreckend langweilig.

»Hanni, hast du dir schon überlegt, wo du studieren willst?«, griff Benjamin das Thema direkt wieder auf.

»Ehrlich gesagt, wollte ich mich erst nach den Sommerferien darum kümmern. Aber ich könnte mir vorstellen in Siegen zu studieren. Das hätte den Vorteil, dass ich weiterhin zu Hause wohnen könnte und nur zu den Vorlesungen dorthin fahren bräuchte. Neben den rein finanziellen Erwägungen, wäre dies auch deshalb vorteilhaft, da ich so den Kontakt zu meinen Freunden und Bekannten aufrecht halten könnte. Aber wer weiß, vielleicht studieren ja noch mehr von uns in Siegen, dann könnten wir nämlich ´ne WG gründen und wie eine kleine Familie zusammenleben. Ich fände das total klasse! Falls es also bei dir aus irgendeinem Grund mit der Fliegerei nicht klappen sollte, dann kannst du dir ja noch überlegen, ob du nicht auch in Siegen studieren willst! Wäre doch cool!«

»Ja, eine Ausfalllösung muss ich mir auf jeden Fall überlegen! Aber, ob ich meinen Eltern zumuten kann, mir ein Studium und alles was da dranhängt, zu finanzieren? Ich weiß nicht!«

»Im Zweifelsfalle musst du dir halt einen Job für die Semesterferien suchen, wo du dir etwas dazu verdienen kannst! Ich arbeite auf jeden Fall weiterhin für die Zeitung, das steht fest!«

»Einen Ferienjob?« Benjamin rümpfte die Nase, denn so langsam hatte er die selbige genau voll davon. »Oh je, nicht schon wieder!« Benjamin erinnerte sich an seinen Job, den er in den letzten Sommerferien vier Wochen lang ausgeübt hatte.

***

Jeden Morgen gegen sechs Uhr schwang er sich auf sein Mofa und fuhr mit seiner Honda PX25 acht Kilometer ins Industriegebiet nach Sainscheid bei Westerburg. Mehrere größere Firmen hatten dort ihren Sitz und so gab es Aushilfsjobs für Schüler en gros. Gegen Viertel vor sieben erreichte er das Werk eines Autozulieferers, während pünktlich um sieben Uhr die Werkssirene ertönte und seine Schicht begann. *,Wenn früh am Morgen die Werkssirene dröhnt und die Stechuhr beim Stechen lustvoll stöhnt!'* Jeden Morgen kam Benjamin dieser Gassenhauer in den Sinn und er begann ihn langsam zu hassen. *,Von wegen lustvoll stöhnende Stechuhr!'*

Seine Aufgabe bestand darin acht Stunden vor einer großen, schnaufenden und vor Öl triefenden Stanzmaschine zu sitzen und mal kleine oder mal größere Zubehörteile auszustanzen. Die Hitze in dieser Flachdachhalle war gerade in der Sommerzeit unerbittlich, der tosende monotone Krach der Maschinen unerträglich. Konversation am Arbeitsplatz wäre, sofern man sie erlaubt hätte, unmöglich gewesen. Noch Stunden nach seinem Feierabend hörte Benjamin das dumpfe Geräusch, das die Maschine verursachte, wenn sich der Stanzhammer mit brachialer Kraft senkte und die gewünschte Form aus dem Metall presste. Manchmal brummten seine Ohren noch, wenn er zu Bett ging.

Eine weitere Qual bestand in der Monotonie der Arbeit. Blech einlegen, mit beiden Zeigefingern die Knöpfe drücken, die die Stanze in Bewegung setzen, Restblech entfernen und das fertige Teil herauslösen. Dann wieder ein neues Blech einlegen und so weiter und so fort. Acht Stunden lang immer dieselben Handgriffe. Es kam nicht selten vor, dass ihm bei der Arbeit die Augen zufielen und er einem Sekundenschlaf erlag. Es war ihm äußerst peinlich, wenn es mal wieder soweit war. Verstohlen schaute er sich dann um und hoffte, dass keiner der Kollegen oder gar der Schichtleiter ihn dabei beobachtet hätten. Doch das Glück war auf seiner Seite und nach den ersten Tagen hatte er sich einen Trick gegen die sich regelmäßig gegen halb acht anschleichende Müdigkeit überlegt. Sein Rezept: Singen und pfeifen so gut und so laut es ging, hören konnte ihn bei dem Krach sowieso keiner. Also begann er mit seinem Repertoire von Abba bis Maffay, von Kirchenliedern zu Kinderliedern und wenn ihm gerade kein Text einfiel, dann pfiff er mit angespitztem Mund und in einer sicherlich unerträglichen Lautstärke. Aber, wie schon erwähnt, es konnte ihn sowieso keiner hören! Wenn allerdings der Strom ausgefallen wäre, dann hätte er mit Sicherheit die volle Aufmerksamkeit seiner Kollegen geerntet.

Benjamin war damals unsagbar froh gewesen, als endlich die Hälfte der Zeit vergangen war und er einen zeitlichen Horizont am Himmel sehen konnte. Er freute sich auf die Zeit nach diesem Ferienjob. Die letzten beiden Wochen seiner Ferien würde er in vollen Zügen genießen: Lange schlafen, faulenzen, tagsüber ins Schwimmbad gehen, sich abends mit Freunden treffen – ja, das Leben würde wieder fortgesetzt und die Sklaverei hätte ein Ende.

»Also Opa«, schwor Benjamin seinem Großvater Antonius, als er diesen wie gewohnt an einem Freitagnachmittag besuchte, »diesmal bin ich mir sicher, das war das allerletzte Mal, dass ich in einer Fabrik unter solch erschwerten Bedingungen malocht habe …«

In der Regel kehrte Benjamin freitags auf seiner Runde durch das Dorf bei seinen Großeltern mütterlicherseits ein. Denn freitags trug er das *Kasseler Sonntagsblatt* aus, an eine – altersbedingt – nach und nach kleiner werdende Zahl von Abonnenten. Schon von Kindesbeinen an übte er diesen Nebenjob aus, den er allmählich, aufgrund der Berufstätigkeit seiner Schwestern Klara und Ann-Kathrin, ganz übernommen hatte. Freitag für Freitag nahm er sich den Nachmittag Zeit – obwohl er seinen Job sicher in einer Stunde hätte erledigen können – um insbesondere seinen älteren Kundinnen, meist weit über 70, mehr Aufmerksamkeit schenken zu können, die sich schon immer auf den allwöchentlichen Plausch mit dem Jungen von Lexe freuten.

Der Dorfname Lexe ließ sich auf seinen Ururgroßvater Alexander zurückführen. Alex, wie man ihn damals kurz nannte, betrieb eine große Getreidemühle am Holzbach. So führte das umgangssprachliche *,dem Alex seine Mühle'* kurz über lang zu dem Namen, die ‚Lexe-Mühle'. Dieser Name ‚Lexe' etablierte sich so über Jahrzehnte im Dorf und wurde nun auch an Benjamin weitergegeben. Ja, auch in Gemünden war es üblich – wie wahrscheinlich überall in kleineren Ortschaften – dass die Einwohner neben ihrem amtlich eingetragenen Namen, einen aus Tradition gewachsenen Dorfnamen besaßen. Dieser basierte dann mehr oder weniger auf den Vorlieben oder Eigenarten oder gar Berufen ihrer Vorfahren. So kamen lustige Namen zustande, die sich im Dialekt besonders schön anhörten: ‚Deppeguckersch Ria', was so viel heißt wie: *,Die Maria, die ständig in den Topf schaut'.* Daraus lässt sich schließen, dass es da zu Vorzeiten jemand gegeben haben musste, der wahrscheinlich sehr neugierig in die Kochtöpfe anderer Leute geschaut hat. Oder ‚Stallfistersch Erne'! Der Vorfahre von Ernst, oder gar er selbst, hatte wohl ebenfalls einen neugierigen Blick. Wahrscheinlich linste er stets heimlich von innen durch das

Fenster im Stall auf die Straße und beobachtete unbemerkt, was sich dort abspielte. Oder, der Bauer namens Josef, der sich viel lieber auf den Schaufelstil lehnte um auszuruhen, als das noch zu bearbeitende Feld zu bestellen. Ihm wurde daher der Name ‚Scheppestils Jupp' zuteil.

»Nächstes Jahr werde ich den Ferienjob bei Onkel Günther annehmen!«, ergänzte Benjamin. »Ich weiß, der Job auf dem Bau ist nicht weniger anstrengend, aber dann bin ich wenigstens an der frischen Luft und kann mich mit Menschen unterhalten! Ich hätte sein Angebot schon in diesem Jahr annehmen sollen. Und nach der Schule ist Schluss mit solchen Arbeiten!«

Sein Großvater war froh über die Erkenntnis seines Enkels. »Das ist gut so, Ben! Wenn du dich in der Schule ordentlich anstrengst, dann kannst du später dein Geld mit dem Bleistift in der Hand und nicht mit der Kraft deiner Arme verdienen!«

Wenn jemand wusste, was es hieß körperlich und unter Lärmbedingungen zu arbeiten, dann war es Antonius. Sein ganzes berufliches Leben hatte er in der Mühle am Holzbach verbracht, die er bereits in jungen Jahren ob des frühen Todes seines Vaters Albert übernehmen musste. Sein Leben war geprägt von harter Arbeit. Noch heute erinnerte Antonius sich mit Freude an die Tage seiner Kindheit, an denen sein Vater ihm die Anweisung erteilte: *‚Heute gehst du raus aufs Feld!'* Ob er Kartoffeln setzen oder ernten sollte, oder das Heu einfahren musste, alles fand er besser, als die schwere Arbeit in der lärmenden und stickigen Mühle. Natürlich waren die Tätigkeiten, die er dort zu verrichten hatte genauso schweißtreibend, aber er konnte sie unter freiem Himmel erledigen – begleitet von Vogelgezwitscher und Naturgeräuschen.

Benjamin liebte seinen Großvater und freute sich immer auf ein Schwätzchen mit ihm, da er doch soviel aus seinem Leben erzählen konnte – ein Leben, das 1901 in der Lexe-Mühle begonnen hatte.

Als dann schließlich der letzte Tag seines Ferienjobs gekommen war, freute Benjamin sich schon darauf im Personalbüro der Fabrik seine Entlohnung, die er sich im Schweiße seines Angesichts verdient hatte, in Form eines dicken Verrechnungsschecks in Empfang zu nehmen. Voller Stolz zahlte er diesen auf sein Sparbuch ein und die schwarzen Zahlen dort verdrängten sehr schnell die erduldeten Strapazen. Außerdem hatte er es endlich geschafft, das Geld für den lang ersehnten Führerschein zusammenzusparen. Im Januar könnte er sich in der Fahrschule in Westerburg anmelden und mit dem theoretischen Unterricht beginnen. Drei Monate lägen dann bis zu seinem achtzehnten Geburtstag dazwischen und sollten genügen, den ‚Lappen' zu bekommen. Aber zunächst wollte er den Rest des Sommers genießen. Der anstrengende und zum Glück für dieses Jahr erledigte Job geriet in Vergessenheit – bis Johanna ihn schließlich wieder daran erinnerte.

***

»Studieren!«, überlegte Benjamin laut. »Ja, aber was könnte ich denn studieren?!« Eine richtige Vorstellung hierzu hatte er nicht parat. Gut, er konnte sich schon vorstellen, wie so ein Studentenleben außerhalb des Hörsaales aussehen würde. *,Wenn dort nur halb so viele Partys gefeiert werden'*, dachte er, *,wie zurzeit bei uns auf dem WG, dann wäre dies ein schlagkräftiges Argument für eine Akademiker-Laufbahn. Aber so ganz ohne Knete?'*

Die meisten seiner Freunde im Dorf waren längst berufstätig und verdienten Geld ,satt'. Hinzu kam, dass sie sich als freischaffende Handwerker, auch am Samstag noch so manche Mark nebenbei verdienten. Der eine oder andere Neuwagen mit entsprechender Ausstattung und Pferdestärke stand längst vor der Haustür, während Benjamin noch auf seinem Mofa fuhr. Ihm wurde stets ganz flau, wenn er hörte, über welche Summen seine Kumpels bereits disponierten. Und er, er hatte gerade das Geld für den Führerschein zusammengespart. Noch nicht einmal einen guten Gebrauchtwagen könnte er sich leisten ohne seine Eltern um eine Finanzspritze zu bitten! Ja, seine Kumpels hatten es bereits geschafft, während er noch die Schulbank drückte. Daher stand für ihn fast fest, jetzt galt es erst einmal Geld zu verdienen. Und das natürlich am liebsten als Pilot.

»Was steht eigentlich am Wochenende auf dem Plan?«, warf jemand in die mittlerweile schon recht lustige Runde und gab Benjamin die Chance, Johanna die Frage nach dem Studium schuldig zu bleiben. Ein einziges Achselzucken bewegte sich rund um den Tisch.

»Also, so wie es aussieht, habe ich sturmfreie Bude!«, fiel Manfred ein. »Meine Eltern sind dieses Wochenende irgendwo auf einer Feier in der Pfalz eingeladen und bleiben dort bis Sonntagabend. Das würde bedeuten, wir könnten uns am Samstag bei mir treffen. Jeder bringt etwas zu trinken mit und ich schaue, was die Vorratskammer meiner Eltern zu bieten hat. Ein paar Spaghetti und Tomatensoße finden sich da immer. Wer will, kann auch bei mir schlafen!«

Super, Manfred hatte das Wochenende gerettet. Die Feinabstimmung bezüglich der mitzubringenden Getränke begann.

»Du kommst doch auch, Benjamin – oder?« Johanna war aufgefallen, dass Benjamin sich vornehm zurückhielt und sich an der Getränkediskussion erst gar nicht beteiligte.

»Du, tut mir echt leid, aber wir haben am Samstag unsere Jahresfeier vom Sportverein. Da kann ich leider nicht nach Westerburg kommen. Es sieht blöd aus, wenn ich gerade an diesem Abend nicht dabei bin, da wir immer so kleine Aufführungen machen und ich da mit eingebunden bin.«

»Ich sag' ja immer: Langweiler und Spießer! Spooortverein! Toll, das nächste Mal ist es dann der Tupper-Abend, oder so!« Harry zog Benjamin auf, fühlte er sich doch wieder einmal in seiner Annahme bestätigt, dass dieser ein ,Normalo-hoch-zehn' war.

»Das ist aber megaschade. Ich hätte mich total gefreut, wenn du gekommen wärst. Aber ich kann das gut verstehen, wahrscheinlich habt ihr so eine Veranstaltung nur einmal im Jahr. Aber schade ist es trotzdem!« Benjamin war überrascht, Johanna wirklich enttäuscht zu sehen. Nie hätte er gedacht, es könne ihr tatsächlich etwas ausmachen, wenn er am Samstag nicht dabei wäre. Immerhin hatten sie, einmal abgesehen vom heutigen Nachmittag, noch nie richtig miteinander zu tun gehabt. Mehr als ab und zu in lockerer Runde zu quatschen oder zusammen mit mehreren Leuten gemeinsam Unsinn zu verzapfen, war bisher nicht geschehen.

Nun schaltete sich Manfred ein. Johanna schaute ihn fragend an, weshalb er sich genötigt fühlte, etwas zu sagen: »Du kannst auch noch später kommen, und wenn es erst um elf oder zwölf Uhr ist. Du weißt doch, wie lange wir es immer aushalten. Außerdem kannst du bei mir pennen. Meine Schwester ist nicht da, so haben wir genügend Platz für alle, die bleiben wollen! Das geht auch spontan!«

»Hm, da hast du Recht!« Benjamin war froh über Manfreds Lösung und beobachtete Johanna. Würde ihr Gesicht ein Signal aussenden, das ihm sagt: ,*Du, ich freue mich!*' Nun, dieses Signal ließ nicht lange auf sich warten.

»Mensch, super Idee, Manfred. Ich bleibe wahrscheinlich auch bis zum Frühstück. Oh, ich freue mich auf Samstag!« Sie schien aus dem Häuschen zu sein und Benjamin ließ sich anstecken. Von nun an alberten beide locker herum und der Rest des Nachmittags verging ruckzuck.

Gegen fünf Uhr wurde es Zeit zum Bus zu gehen. Da es draußen bereits dunkel war und es – wie im Februar nicht unüblich – hätte glatt sein können, fragte Johanna Benjamin, ob sie sich bei ihn einhaken könnte. Natürlich übernahm er diesen Job sehr gerne und es fühlte sich verdammt gut an, Johannas Arm zu spüren.

Am Bus angekommen löste sie sich und er ließ sie an der Hintertür einsteigen. Johanna drehte sich um, als sie spürte, dass er ihr nicht gleich folgte. »Willst du dich nicht zu Manfred und mir setzen, dann können wir uns noch ein wenig unterhalten!« Benjamin wäre ganz gerne zu ihr gekommen, doch er fühlte sich auch Kathrin verpflichtet, seiner Sitznachbarin bei der Anreise.

Kathrin und Benjamin waren sich sehr vertraut. Sie hatten einander an der Orientierungsstufe des Konrad Adenauer Gymnasiums in Westerburg kennen gelernt, das alle nur das KAG nannten. Sie besuchten gemeinsam die fünfte und sechste Klasse und verstanden sich auf Anhieb. Obwohl sie eine große Sympathie füreinander hegten, blieb ihr Verhältnis – wie bei Manfred und Johanna – stets auf rein platonischer Ebene. Sie waren einfach viel zu verschieden. Kathrin gehörte eher zu den Ausnahmeerscheinungen à la Harry. Sie trug weite Schlabberpullis, hauteng Jeans mit Wollstulpen und rauchte wie ein Schlot. Ihr gleichmäßiges Gesicht war sehr hübsch und die grünlichen Augen außergewöhnlich groß. Ihr langes rostrotes Haar steckte sie oft zu einem Dutt zusammen. Doch weder sie, noch Benjamin hatten je ernsthafte Anstrengungen gemacht, um einander ‚näher' kennen zu lernen. Nun gut, bis auf ein einziges Mal! Ja, einmal waren sie sich richtig nah gekommen.

***

Geschehen war dies auf einer ihrer ersten WG-Feten in der Elf. Den ganzen Abend unterhielten sie sich richtig gut. Eigentlich ein ganz normaler Abend, wie beide ihn schon des Öfteren erlebt hatten.

Die Luft in der Grillhütte war zum Schneiden. Der Zigarettenqualm und auch der offene Kamin ließen den Sauerstoffgehalt des Raumes gegen Null tendieren. Also beschlossen beide, einen kleinen Nachtspaziergang zu unternehmen. Das war bis dato ebenfalls nichts Ungewöhnliches, denn diese kleinen Spaziergänge waren nicht selten. Meist, wenn Kathrin irgendetwas auf dem Herzen hatte, waren sie zu solchen kleinen viertelstündigen Runden aufgebrochen. Also war diese Partypause nichts Neues und keiner von beiden verfügte über irgendwelche Absichten. Selbst ein ansonsten unverfänglinches Händchenhalten stand diesmal nicht zur Diskussion.

Die Nacht war klar und noch angenehm warm. Sie unterhielten sich und genossen den – im Vergleich zur Hüttenluft – fast verschwenderischen Sauerstoff. Plötzlich kreuzte ein kleiner Wassergraben ihren Weg und zwang sie zu einer Entscheidung. Entweder war nun ihr kleiner nächtlicher Ausflug bereits zu Ende, oder sie mussten es schaffen den Graben zu überqueren. Spontan entschieden sie sich für die zweite Alternative und Benjamin machte den Anfang. Mit ein wenig Anlauf sprang er hinüber und landete trockenen Fußes. Nun war Kathrin an der Reihe.

Sie versuchte es auf die vorsichtige Art und nahm einen zwei Meter weiter oben in der Mitte des Grabens liegenden Stein zur Hilfe. Vorsichtig trat sie mit dem rechten Fuß auf den Fels und nahm ein wenig Schwung. Fast auf der anderen Seite angekommen, geriet sie plötzlich ins Wanken und sah Benjamin mit ihren großen Augen fragend an. Noch im letzten Moment reichte dieser ihr seine Hand und Kathrin griff dankbar zu. Mit zielsicherem und doch sanftem Ruck zog er sie schließlich über das Hindernis.

Dankbar, sicheren und vor allem trockenen Fußes auf der anderen Seiten angekommen zu sein, schmiegte sich Kathrin an ihn. Für einen Moment verharrten sie in dieser Position. Noch nie waren sie sich so nahe gekommen. Kathrin spürte Benjamins muskulösen Oberkörper, den sie so noch nie wahrgenommen hatte. Er hingegen war verwirrt, plötzlich ihren üppigen Busen, den er durch das dünne T-Shirt sonst nur ahnen konnte, auf seiner Brust zu spüren. Beide fanden die Situation überraschend angenehm. Nach wenigen Augenblicken trafen sich ihre fragenden, doch stumm bleibenden Blicke.

Eigentlich wollte Kathrin nur Danke sagen, doch als sie in Benjamins Augen sah, steuerten plötzlich ihre Lippen auf seine zu. Innig und leidenschaftlich küssten sie sich. Sie ließen es zu, sie genossen es, schien dieser Kuss doch längst einmal fällig gewesen zu sein.

Nach geraumer Zeit lösten sich ihre Lippen voneinander und sie verharrten stumm mit geschlossenen Augen in ihrer Umarmung. Sie atmeten gleichmäßig und Kathrins Hand verschwand unter Benjamins Hemd, das er lose über seiner Jeans trug. Benjamin lief eine Gänsehaut den Rücken hoch und wieder hinab, als er ihre kühlen Finger auf selbigem spürte. Nun wagte auch er einen Vorstoß und ließ seine Hände unter ihr T-Shirt gleiten. Seine Fingerkuppen strichen sanft über ihre warme Haut. Es schien auf beiden Seiten zu prickeln und Benjamin fühlte wie Kathrins Haut feucht wurde. Ihr Atem ging schwerer und als Benjamin seine Augen für einen kurzen Moment öffnete, um sie im schwachen Licht der Nacht anzusehen, blickte er ebenfalls in sich soeben geöffnete Augen. Der plötzliche Blickkontakt machte beide verlegen, obwohl – oder vielleicht gerade weil – sie sich schon seit so vielen Jahren kannten. Wie sangen sie doch immer auf den Feten: ‚*Tausend Mal berührt, tausend Mal ist nichts passiert. Tausend und eine Nacht, und es hat Zoom gemacht!*' Nun, der Text des Liedes von Klaus Lage sollte an diesem Abend nicht wirklich einen großen Zoom-Effekt hinterlassen.

Unsicherheit und Überraschung ob dem, was soeben geschehen war, machte sich breit. Sie lächelten einander an und wahrscheinlich dachten beide: ‚*Upps, was war das denn gerade!*' Kathrin drückte Benjamin noch einmal einen dicken Schmatzer auf den Mund, während dieser sie ganz fest an sich zog, leicht hoch hob und anschließend sagte: »War schön, oder!« Sie nickte und schwieg grinsend. Nach wenigen Augenblicken trennten sie sich voneinander und schlenderten wieder zurück zur Fete, um den Abend fortzusetzen, als sei nichts gewesen.

***

»Hi Ben, wie waren deine Infoveranstaltungen? Hast du dich nun doch noch für ein Studium entschieden?« Kathrin strahlte Benjamin an, als dieser den Bus durch die Vordertür bestieg und schließlich die Sitzreihe erreichte in der sie auf der Hinfahrt gemeinsam gesessen hatten. Seitdem sie aufgrund unterschiedlicher Kurswahl in zwei verschiedenen Klassen waren, hatte sich ihr Verhältnis zueinander ein wenig verändert.

»Ja, war ganz interessant, aber ich versuche es doch erst einmal mit der Fliegerei! Du Kathrin, ich gehe mal zu Manfred und Hanni nach hinten – bist doch nicht sauer, oder?«

»Natürlich nicht!«, antwortete sie, da ihr bereits in der Studentenpinte nicht entgangen war, wie angeregt er sich mit Manfred und vor allem mit Hanni unterhalten hatte.

»Quatsch! Setze dich nur nicht zu weit nach hinten, du weißt ja, dass dir übel wird!« Oh ja, Benjamin konnte das Busfahren nicht gut vertragen, erst recht nicht, wenn er ziemlich weit hinten saß. Bis zur Hinterachse war es okay, aber alle Sitze die dahinter lagen, blieben für ihn tabu.

»Bist und bleibst ein Schatz!« Benjamin freute sich über Kathrins Fürsorge und drückte sie kurz. Er war froh zu sehen, dass sie mit Caroline und Charly, die in der Reihe neben ihr saßen, auch Gesprächspartner hatte, mit denen sie sich über das Erlebte austauschen konnte.

Zum Glück saßen Manfred und Hanni noch zwei Reihen vor der hinteren Busachse und zu seiner Verwunderung saß Johanna tatsächlich allein in einer Reihe. Manfred hatte hinter ihr Platz genommen; Silke saß neben ihm. Als Johanna Benjamin auf sich zukommen sah, stand sie sogleich auf und bot ihm den Platz neben ihr an.

»Willst du am Fenster sitzen?« Benjamin nahm dankend an und setzte sich. Wobei, eigentlich knieten alle auf ihren Sitzen, denn so konnten sie sich leichter mit den vorderen und hinteren Reihen unterhalten.

Es herrschte eine ausgelassene Stimmung und alle waren – unterstützt durch das eine oder andere Glas Bier in der Klause – richtig gut drauf. Sie scherzten und lachten. Es wurde gelästert und gemeckert. Benjamin fand es einfach nur toll neben Johanna zu sitzen. Er konnte ihren weichen selbstgestrickten Pullover in einigen rein zufälligen Berührungen spüren. Auch ihr ewig langes Haar fiel ab und zu wieder auf seine Hand. Immer wieder ergaben sich Gelegenheiten, wo beide sich anschauten und gemeinsam lachten.

Auch Johanna war ganz hin und weg – endlich konnte sie Benjamin näher kennen lernen. Er hatte dieses charmante Lächeln, was sie unheimlich faszinierte und unwillkürlich anzog. Jetzt neben ihm zu sitzen, mit ihm zu reden und zu lachen, fand sie einfach nur himmlisch. Beide genossen den Augenblick, wobei Benjamin ihre Intention noch nicht richtig zu deuten vermochte. Saß sie jetzt tatsächlich neben ihm, weil sie ihn mochte oder weil sie eine andere Absicht verfolgte? Aber er beschloss, dass er sich den Moment des Genusses nicht verderben lassen wollte und sagte sich: *‚Was soll's? Jetzt im Moment ist es einfach schön neben dieser Frau zu sitzen. Dann bilde ich mir doch einfach ein – und wenn es nur für diese Stunde Fahrzeit von Mainz nach Westerburg ist – sie sitzt hier wegen mir!'*

Mit der Zeit wurde ihre Sitzhaltung auf den Knien ungemütlich. Beide drehten sich daraufhin um und setzten sich normal hin. Noch ganz aufgedreht von den Scherzen und dem Gelächter, alberten sie weiter und neckten einander. Die mehr oder weniger rein zufälligen Berührungen erzeugten in dem Halbdunkel des Busses eine prickelnde Stimmung. Zwischendurch schaute Manfred immer wieder zur Kontrolle über den Rand der Rückenlehne und forderte scherzhaft: »Sitte, meine Herrschaften, Sitte!« Johanna verwies ihn auf ihre Privatsphäre und forderte Manfred weiter heraus, in dem sie Benjamin ihren Kopf zuwandte und ein Kussgeschmatze vortäuschte. Manfred griff natürlich wieder ein und stellte mit gespielter Empörung fest, dass es ja nicht mit anzusehen und anzuhören sei, was sich da vor ihm abspielte. »Sodom und Gomera!« Fluchs griff Johanna nach Manfreds grünem Halstuch und löste es von seinem Hals.

»Gomorra heißt das! Und wenn du es nicht mehr mit ansehen kannst, dann müssen wir uns wohl hinter deinem Tuch verstecken!« Sie nahm das Tuch und legte es über ihren und Benjamins Kopf. Benjamin fand es klasse. Da das Tuch nicht allzu groß war, musste Johanna ganz nah an ihn herankommen, was ihn in die Lage versetzte ihren Atem auf seinen Wangen zu spüren. Es knisterte. Wieder war ein gestellter Schmatzer zu hören und Benjamin spielte das Spiel mit, indem er entsprechende Geräusche erwiderte. Manfred zog das Tuch hoch und sah, dass es sich nur um eine Playback-Inszenierung handelte.

Johanna, noch nicht müde von diesem Spiel, griff erneut nach dem Tuch. Wieder verschwanden beide Köpfe darunter. Doch dieses Mal lehnte sich Manfred zurück in den Sitz, er hatte genug gesehen. Für Johanna wurde das Spiel nun erst richtig interessant. Wieder näherte sie sich ihrem Nachbarn. Auch Benjamin kam ihr entgegen. Als er die Lippen spitzend gerade ein vorgetäuschtes Kussgeräusch erzeugen wollte, spürte er, dass Johanna anscheinend vergaß abzubremsen. Sie kam ihm immer näher und näher. Ihre Blicke waren wie versteinert. Nichts und niemand hätte nun noch etwas ändern können.

Johannas Lippen trafen auf Benjamins und blieben dort. Das Tuch über beiden ließ andere nur erahnen, was sich gerade darunter abspielte. Benjamin schmolz dahin. Auch Johanna wären die Beine weggegangen, wenn sie gestanden hätte. Doch jetzt war der Moment gekommen, wo sie ihre Chance sah. Langsam öffnete sie ihren Mund und ihre Zunge versuchte ganz sanft auch Benjamins Lippen zu öffnen. Es dauerte nur den Bruchteil einer Sekunde, bis sich die beiden Zungen trafen. Zaghaft und dadurch äußerst zärtlich spielten sie miteinander. Zwischendurch berührten sich nur die Spitzen, um sich dann wieder der vollen, neu entdeckten Leidenschaft hinzugeben.

Das Gefühl war schön und spannend zugleich. Beide wünschten sich insgeheim, der Augenblick möge nie vergehen. Doch der Moment weilte nur kurz. Eine abrupte Abbremsung des Busses, der gerade die Autobahn A3 über die Ausfahrt Limburg-Nord verließ, um auf die Bundesstraße 54 in Richtung Westerwald zu fahren, schüttelte beide von ihrer ‚Wolke Nummer Sieben' und verwies sie zurück auf ihre Plätze. Sie ließen voneinander ab. Was war geschehen?

Johanna konnte es nicht glauben: Sie hatte ihn geküsst! Gestern noch hatte sie sich gewünscht, nur einmal mit ihm zu reden, ihn vielleicht irgendwann näher kennen zu lernen – und jetzt schon gleich ein Kuss. Und was für einer!

Benjamin war wie betäubt. Was war das denn gewesen? Sie hatte ihn geküsst, wow! Eine Frau wie Johanna. Sie, eine Klassefrau wie sie, hatte ihn, den Jungen vom Dorf, der noch nicht einmal einen Führerschein hatte, geschweige ein Auto besaß und schon gar nicht reich war, sie hatte ihn geküsst. Dabei könnte sie doch jeden Schönling, jeden reichen Typen haben. Er war wie hypnotisiert.

Als sich beide wieder gefangen hatten, fragte Johanna Benjamin recht nervös: »Hast du Lust gleich noch mit mir und ein paar anderen in die Funzel zu gehen?« Die Funzel war ein Musikcafé in Westerburg, welches sich die Schüler des WG, KAG und der FOT als Stammlokal auserkoren hatten, um dort gemeinsame Abende auf einer gemütlichen Couch und je nach Stimmung bei Bier, Kakao oder Cappuccino zu verbringen.

»So ein Mist! Ich würde schon gerne mitkommen, aber ich habe gleich Fahrschule. Vor zwei Wochen habe ich damit angefangen und will sie bis März durchziehen, da ich dann 18 werde!«

»Und wie wäre es, wenn du nachkommst? Ich bin bestimmt bis zehn Uhr da!«

»Hm, ich werde von meinem Vater abgeholt und muss anschließend in die Posaunen- chorprobe!« Benjamin hasste sich für die Antwort, insbesondere als er Johannas Enttäu- schung sah. Im Posaunenchor spielte er schon seit über zehn Jahren Trompete. Dass ihm diese Situation ausgerechnet heute zum Verhängnis werden würde und alles vermiesen sollte, war ihm undenkbar schlimm. Was würde Johanna nun von ihm denken? Er kam sich vor wie ein kleiner Schuljunge. ,Schlaffi! Spießer! Ultra-Normalo!' So, oder so ähnlich, würde Harry ihn jetzt titulieren, wenn er die Szene mitbekommen hätte.

»Schade!«, betonte Johanna nochmals. »Aber wir können uns ja morgen in der Pause treffen und uns unterhalten. Mir hat es heute mit dir total viel Spaß gemacht und ich würde mich freuen, wenn wir uns vielleicht näher kennen lernen könnten!«

»Ja, ich fand den Tag auch sehr schön und klar können wir uns morgen sehen!«

Der Bus bog auf den Parkplatz der Schule ein und kam zum Stehen. Alle sprangen von ihren Sitzen auf und verließen hektisch das Gefährt. Manfred, der sein Tuch wieder einforderte, bot Benjamin an, ihn zur Fahrschule mitzunehmen, da sich diese auf seinem Nachhauseweg befand. Er besaß schon den begehrten Lappen und durfte regelmäßig den Zweitwagen seiner Eltern, einen blauen Opel Kadett, benutzen. Benjamin war ihm für sein Angebot dankbar, konnte er doch so pünktlich im Unterricht erscheinen. Zu Dritt schlenderten sie zum Parkplatz.

Johanna fuhr seit ein paar Wochen sporadisch einen tannengrünen VW-Käfer. Eigent- lich hatten Wolfgang und sie sich diesen gemeinsam zugelegt, was Wolfgang jedoch nicht daran hinderte ihn fast ausnahmslos zu beanspruchen. Seine Freundin musste derweil die Fahrdienste von Richard in Anspruch nehmen. Dann aber hatte sich das Blatt gewendet. Wolfgang wurde zum Wehrdienst eingezogen. Da er die Kaserne mit dem Zug besser und vor allem kostenlos erreichen konnte, überließ er Johanna den Wagen. Sie wiederum genoss es, dass sie ,Herbie' ganz für sich hatte und vor allem genoss sie ihre uneinge- schränkte Mobilität.

Sichtlich enttäuscht darüber, dass Manfred ihr zuvorgekommen war, Benjamin zur Fahrschule zu fahren und dass dieser ihm bereits zugestimmt hatte, verabschiedeten sie sich voneinander und stiegen in die Autos. Zu gerne hätte sie noch ein paar Minuten mit ihm verbracht.

»Und, war doch ganz lustig heute – oder?«, stellte Manfred fest.

»Ja, fand ich auch!« Benjamin sah gedankenverloren aus dem Beifahrerfenster.

»Wie findest du eigentlich die Hanni?«, hakte Manfred nach. Ihm war nicht entgangen, dass Johanna in die vor zwei Wochen bereits besprochene Offensive gegangen war. Weshalb sollte sie sich stetig um Wolfgang bemühen, wenn dieser doch ganz augenscheinlich kein Interesse mehr an ihr zeigte? Ob er schon eine andere kennen gelernt hatte? Er vermied es damals, Johanna auf diese Möglichkeit anzusprechen, wenngleich ihm der Gedanke – nach ihren Andeutungen, er würde sie nicht mehr richtig begehren – gleich gekommen war. Aber es ging ihn nichts an, und wenn Johanna ihm etwas hätte erzählen wollen, dann hätte sie es getan.

Mit Benjamin, das wusste er, schließlich kannten sie sich schon seit Jahren, hatte sie auf jeden Fall jemanden entdeckt, der alles mitbrachte, was einen guten Freund ausmachte. Ob nun daraus mehr würde, wollte er nicht spekulieren. Allerdings hielt er Benjamin irgendwie für viel zu jung für sie. Er selbst, schließlich noch ein Jahr älter als Benjamin, käme sich sogar zu jung für sie vor. In seinen Augen passte Johanna, als richtiges Vollblutweib – und somit schon lange kein Schulmädchen mehr – eher zu einem Mann, der mit beiden Beinen längst im Leben stand und eine gesicherte Existenz vorweisen konnte. Sie selbst waren doch noch richtige Schuljungen!

»Mensch, die Hanni ist ja supernett. Ein richtiger Feger!« Benjamin riss Manfred aus seinen Gedanken. »Wenn ich eine Frau wie sie meinen Kumpels vorstellen würde, dann wären die bestimmt platt!« Manfred entging nicht, welche Begeisterung in Benjamins Antwort steckte. Aber er ließ weitere Fragen auf sich beruhen, da sie bereits den Hof der Fahrschule erreicht hatten. Schnell verabschiedeten sie sich und Benjamin sprang hinein zum Unterricht.

Eigentlich hätte er sich die Stunde gleich sparen können, denn seine Gedanken kreisten sowieso ganz woanders. Die ganze Zeit konnte er nur an den Kuss denken. Diese Zärtlichkeit und Sinnlichkeit, die er in diesem kurzen Moment gespürt hatte. Er war sich sicher, ein auch nur ähnlich elektrisierendes Gefühl, wie das, was er eben im Bus zu spüren bekommen hatte, das seinen ganzen Körper durchflutet und ihn förmlich zum Schweben gebracht hatte, war ihm noch nie in vergleichbarer Intensität begegnet. Wie in Trance saß er in dem leicht abgedunkelten Raum der Fahrschule und konnte nur rudimentär den Ausführungen des Fahrlehrers zu den gezeigten Dias zum Thema Prävention von Verkehrsunfällen folgen.

Johanna erging es nicht anders. Nach der kurzen und knappen Verabschiedung von Manfred und Benjamin, setzte sie sich in ihren Käfer und verlor sich für einige Zeit in Gedanken. Mensch, was war das eben im Bus? Durfte sie das tun? Ihr war bewusst, dass sie die Initiative zu dem Kuss ergriffen und überhaupt die Situation mit Manfreds grünem Halstuch eingefädelt hatte. Musste sie sich jetzt schlecht oder schuldig fühlen? Schließlich hatte sie einen festen Freund. Ja, sie war schuldig! Doch nein, sie bereute nichts. Erhobenen Kopfes war ihr danach in den alten Refrain von Edith Piaf einzustimmen: ‚Rien! Je ne regrette rien!'

Sie parkte ihren Käfer vor der Funzel, doch aussteigen konnte und wollte sie nicht. Zu sehr hing sie noch immer dem Augenblick des Kusses nach. Ein paar Minuten der Stille führten schließlich dazu, dass sie sich dazu entschloss nicht mehr zu den anderen hineinzugehen. Nein, sie wollte die Erinnerung, so frisch sie noch war, voll und ganz auskosten. Wer wusste schon, ob sich dieser Moment jemals wiederholen würde. Beschwingt von dem Gedanken, Benjamin morgen auf dem Schulhof wiederzusehen, fuhr sie nach Hause.

~ 2 ~

Mama, was soll ich bloß anziehen?«

Johanna war seit sechs Uhr wach und pendelte seitdem ständig zwischen ihrem Zimmer und dem der Eltern hin und her. Mal musste Mamas Bluse herhalten, dann die Hose und schließlich entschied sie, es passt doch nicht zusammen.

»Mensch Kind, was ist denn mit dir los? Musst du heute ein Referat halten oder so etwas? Du bist ja ganz neben der Spur!« Theresa fiel Johannas Treiben auf, doch diese gab keinen eindeutigen Hinweis darauf, warum sie gerade heute wie aus dem Ei gepellt aussehen wollte.

»Nee, es hat eigentlich nichts mit der Schule zu tun! Oder eher doch! Aber eigentlich wiederum nicht!« Genauere Erklärungen zu geben, dazu war ihre Tochter im Moment nicht im Stande. Theresa ließ sie gewähren und setzte sich zu Kurt in die Küche, um mit ihm eine Tasse Kaffee zu trinken, bevor auch er das Haus verlassen würde.

»Kurt, meinst du, wir müssen uns Gedanken machen?«, fragte sie ihn scherzhaft.

»Ich glaube nicht! Bestimmt hat Wolfgang sich kurzfristig angekündigt!«

»Heute ist doch erst Mittwoch. Wenn überhaupt, dann kommt er am Freitag! Also, wenn ich es nicht besser wüsste, dann würde ich denken, da ist ein anderer Kerl im Spiel!«

»Ach Theresa, unsere Hanna ist doch schon groß, was sollen wir uns da Gedanken machen. Sie weiß schon was sie tut!« Wie Recht er hatte. Aber, dass es ihre Tochter doch ziemlich neu und vor allem heftig erwischt hatte, hätten sie so bestimmt nie vermutet.

Als es für Johanna langsam Zeit wurde sich auf den Weg nach Westerburg zu machen, fand sie schließlich etwas Passendes anzuziehen. Ihr khakifarbener Overall war die letzte Wahl. »Eine gute Wahl!«, bestätigte ihr Theresa. Mit ihren frisch gewaschenen, aufgekämmten langen Haaren und ihrer auch im Winter gesund ausschauenden braunen Hautfarbe, sah sie - das wusste sie - einfach zum Anbeißen aus. Aber traf sie damit auch den Geschmack des Menschen, den sie heute unbedingt beeindrucken wollte?

Mit mulmigen Gefühl startete sie ‚Herbie': Sie schaltete den Kassettenspieler an und fuhr in Richtung Schule. Billy Joel sang *Sing me a song, you're the piano man, sing me the song tonight, …* ' und begleitete sie nach Westerburg. Super, kein LKW vor ihr. Es war halb acht als sie auf dem Parkplatz direkt neben dem Haupteingang einen freien Platz ergatterte. Beim Vorbeifahren am Zweiradparkplatz hatte sie bereits mit einem Auge gelinst, ob Benjamins Mofa dort stand. Aber sie konnte seine kleine Honda nicht erblicken. Wahrscheinlich war es ihm heute Morgen zu kalt gewesen und so hatte er den Bus genommen. Obwohl sie bereits recherchiert hatte, dass Benjamin an trockenen

Wintertagen gerne sein Gefährt benutzte. Insbesondere dann, wenn er am Nachmittag Unterricht hatte. So war er viel flexibler und konnte mit den anderen nach dem Unterricht ins Café Seekatz fahren. In diesem Café in der Westerburger Altstadt überbrückten die Schüler des WG sehr oft ihre Freistunden oder ließen bei einem Cappuccino den Schultag ausklingen.

Johanna beeilte sich und sprang mit – für diese Uhrzeit – ungewohnter Leichtigkeit die Treppen hinauf ins zweite Obergeschoss. Sie wollte vor Benjamins Klassenraum auf ihn warten und die verbleibende Zeit bis zum Unterrichtsbeginn für einen Guten-Morgen-Talk nutzen. Im Flur angekommen, spürte Johanna sogleich, dass da irgendetwas nicht stimmte. Benjamins Klassenraum lag neben dem ihren. Während dieser schon beleuchtet war und Stimmen nach draußen schallten, konnte sie durch die offene Tür der Nachbarklasse sehen, dass dort noch nicht einmal Licht brannte. *,Ungewöhnlich!'*

Manfred kam gemächlich über den Flur geschlendert. Es schien, als wollte er durch seine langsame Gangart jeden Meter bis zum Erreichen der Klasse und jede Sekunde vor dem Unterricht auskosten.

»Moin Manfred, was ist denn mit den anderen los? Wieso ist denn noch keiner da?«

»Hanni, hast du vergessen, der Wolli ist krank! Die haben doch die erste Stunde frei!«

»Stimmt, darüber haben wir ja gestern gesprochen!« Nun fiel es auch Johanna wieder ein. Der Klassenlehrer der 12a, Herr Wollschläger, war an Grippe erkrankt und so konnten die anderen heute ausschlafen.

,Also war die Hektik ganz umsonst gewesen!', dachte Johanna und begab sich auf ihren Platz im benachbarten Klassenraum. *,Na ja, zumindest fast! So kann ich mich wenigstens für die Pause noch einmal stylen!'*

Frau Moldau betrat den Raum und eröffnete ihre Lehrveranstaltung im Fach Volkswirtschaftlehre. Da sich alle noch soviel zu erzählen hatten, gelang es ihr erst nach geraumer Zeit, Ruhe in den Raum zu bekommen. Sie mochten Frau Moldau, wenngleich ihr Unterricht manchmal etwas trocken war. Aber sie wirkte immer so liebenswert, was vielleicht auch daran lag, dass alle Schüler um ihre Schwächen Bescheid wussten – die machten sie so menschlich. Zum einen bekannte sie sich offen dazu Glimmstängel zu mögen. Zum anderen stand sie auch ,süßen Schweinereien', wie Berlinern, Nussschnecken und ähnlichem, nicht abgeneigt gegenüber. Wenn ihr danach war, und das war häufig, dann spendierte sie ihrer Klasse eine Runde Süßes.

Johanna konnte sich heute nicht auf den Unterricht konzentrieren und begann Manfred einen Brief in Form eines kleinen Zettels zu schreiben. Es war üblich, dass man sich während des Unterrichts mit dem Schreiben von kurzen Briefchen beschäftigte. Wahrscheinlich handelte es sich bei diesen Botschaften um die Vorläufer der heute üblichen Handy-SMS.

In der Regel übernahm Johanna die Rolle der Postverteilzentrale – also heutzutage *Mailserver* oder *Router* genannt! Über sie liefen die meisten Briefe, überwiegend zu den Themen Langweile im Unterricht, Liebeskummer, anstehende beziehungsweise noch zu organisierende Treffen oder Partys und so weiter. Alles gehörte zu ihrem Ressort. Irgendwie bildete sie den Mittelpunkt der Klasse, was daraus resultierte, dass sie für alle und jedes Problemchen ein offenes Ohr hatte. Kein Wunder, dass sie – gemeinsam mit Manfred – auch zur Klassensprecherin gewählt wurde und sich darüber hinaus in der Schüler-Mitverantwortung, kurz SMV, engagierte.

,Du Manfred, ich muss laufend an Benjamin denken. Hat er gestern Abend noch etwas zu dir gesagt. Weißt du, wie er mich findet? Meinst du, er mag mich oder findet er mich blöde? sch.z.' Dabei stand „*sch.z.*' nicht für Schatzi oder ähnliche Kosenamen, sondern bedeutete schlicht und ergreifend die Aufforderung „*schreib bitte zurück'*.

Manfred antwortete ihr prompt. *,Ich glaube, er findet dich echt zum Kotzen! sch.z . Manfred'* Johanna wäre fast vom Stuhl gefallen, als sie den Zettel erwartungsvoll öffnete. Manfred hingegen konnte sein Lachen kaum zurückhalten. Als sie merkte, was Manfred mit ihr spielte, rammte sie ihm kurzerhand ihren Ellenbogen in seine Rippen. Manfred schrie auf. »Johanna, was machen Sie denn mit dem armen Manfred?« Frau Moldau war Johannas Attacke nicht entgangen.

»Glauben Sie mir, Frau Moldau, er hatte es verdient!« Johanna setzte ein Unschuldsgesicht auf und wusste, dass Frau Moldau dem nichts entgegenhalten konnte.

»Na gut, dann will ich Ihnen mal glauben. Wir Frauen müssen ja schließlich zusammenhalten!« Und genau diese Reaktion war ein Beispiel dafür, weshalb sie Frau Moldau mochten. Sie konnte auf der einen Seite streng sein, dort wo Strenge angebracht war, aber auf der anderen Seite brachte sie Verständnis auf. Und diese Reaktion von Johanna schien ihr plausibel genug!

»Jetzt mal ehrlich, Manfred, was hat er gesagt?«, flüsterte Johanna Manfred zu. Dieser nahm daraufhin einen neuen Zettel und begann zu schreiben. Der Hieb in die Seite hatte ihm nicht wirklich wehgetan und sauer konnte er auf Hanni ohnehin nicht sein. Dafür mochte er sie zu sehr.

,Benjamin war – so glaube ich, das Ganze interpretieren zu können – ganz hin und weg von dir! Er meinte, seine Kumpels würden sicher in Ohnmacht fallen, wenn er dich mal irgendwohin mitnehmen würde! Na zufrieden, Hanni? sch.z. Manfred' Diesmal war es Johanna, die mit ihrer auffälligen Gewinner-Bewegung bei Frau Moldau auffiel. »Entschuldigung, Frau Moldau, mir war gerade danach! Wird nicht wieder vorkommen!«

»Na gut, Johanna, dann erklären Sie mir mal die Maslow`sche Bedürfnispyramide! Sie kennen sich sicher gut mit den Bedürfnissen Ihrer Mitmenschen aus – oder?« Diesmal hatte Frau Moldau die Lacher auf ihrer Seite. Johanna lachte mit, wenn sie auch das Gefühl hatte, die Schamesröte würde sich auf ihrem Gesicht ausbreiten.

***

Auch Benjamin tat sich schwer dabei, die Garderobe für den heutigen Tag festzulegen. In der Regel suchte er sich seine Sachen schon abends raus, damit er morgens nur in sie reinzuschlüpfen brauchte. Doch gestern Abend nach der Posaunenchorprobe, wo er nicht gerade mit einer Glanzleistung aufgetreten war, konnte er sich beim besten Willen nicht auf die Klamotten für den nächsten Tag konzentrieren. Unruhig war er zu Bett gegangen und schlief in Gedanken bei Johanna erst nach Mitternacht ein.

Heute in der Früh wurde er von seiner inneren Stimme schon vor dem Radiowecker geweckt, der ihn ansonsten täglich mit den aktuellen Charts des Südwestfunks, damals noch SWF 3, aus dem Schlaf holte.

Behäbig – Bein für Bein – versuchte er gegen halb sieben aus dem Bett aufzustehen, als ihm plötzlich einfiel, dass sein Wecker noch gar nicht hätte klingeln sollen, denn schließlich hatte er die erste Stunde frei. Ganz langsam ergab er sich den Angriffen der Schwerkraft und ließ sich wieder rücklings ins Bett fallen. So blieb ihm noch jede Menge Zeit – Zeit um den gestrigen Tag zu analysieren.

Gegen acht Uhr wurde es dann Zeit. Nach einer ausgiebigen Dusche schlüpfte er schnell in eine seiner besseren Jeans, rasierte sich und föhnte sein dunkelbraunes halblanges Haar. Zum Schluss zog er seinen Lieblingspullover drüber. *„Mir gefällt der eigentlich ganz gut. Ich hoffe einmal, dass er ihr auch gefällt?'* Wenngleich er sich nicht ganz sicher war. Eine schnelle Tasse Kaffee und ein Nutellabrot reichten ihm heute zum Frühstück und er schwang sich auf seine Honda PX25.

Es war Viertel vor acht, als Benjamin mit seinem Gefährt in der Schule eintraf. Ein mulmiges Gefühl umgab ihn. Was war das gestern gewesen? *„Es muss irgendwie ein Ausrutscher von ihr gewesen sein!'* Im gleichen Moment überlegte er, wie schade das eigentlich wäre. Schon während der Fahrt nach Westerburg überlegte er, was er zu Johanna sagen sollte, wenn er sie gleich auf dem Pausenhof sehen würde. Würde sie den Anfang machen, oder müsste er? Würde sie vielleicht so tun, als sei nichts geschehen? Wenn er so überlegte, war das für ihn die wahrscheinlichste Alternative.

Langsam ging er zum Klassenraum, legte seine Schultasche auf seinen Platz und suchte dann – von Nervosität getrieben – erst einmal eine stille Örtlichkeit auf. Anschließend nahm er sich vor, selbstbewusst auf den Schulhof zu gehen. Vielleicht wäre sie nicht allein dort und er könnte sich erst einmal unverfänglich zur Gruppe stellen. So könnte er unauffällig ihre Reaktion abchecken und sehen, wie sie auf seine Anwesenheit reagierte.

Unterwegs traf er seinen Klassenkameraden Oliver, der auf dem Weg zum Schülersprecherraum war.

»Guten Morgen, Benjamin! Ich habe eben unseren Schülersprecher Daniel getroffen und der hat mich gebeten, dass ich mit dir in den SMV-Raum kommen soll. Er will irgendetwas mit allen Gruppensprechern bereden!«

»Mensch, das passt mir ja heute überhaupt nicht. Kannst du nicht ausnahmsweise einmal allein hingehen?«

»Kein Problem! Ich denke, es reicht, wenn einer von uns anwesend ist!« Benjamin, eigentlich der Klassensprecher, war froh über die Reaktion seines Stellvertreters, so konnte er getrost auf Johanna warten. Seine Nervosität schaukelte sich langsam hoch. Vorsichtig blickte er sich um und trat hinaus auf den kalten Hof. Zunächst konnte er nur einige seiner Klassenkameraden ausmachen, doch so nach und nach kamen auch die aus der 12b.

✳✳✳

Der Pausengong ertönte. Johanna war nervös. Sie verließ mit Manfred den Raum und linste in die Nachbarklasse. Benjamins Tasche lag auf dem Tisch, also musste er auf dem Gelände sein. Sie freute sich und sprang munter die Treppen hinunter. Doch gerade als sie mit Manfred die Schwingtür zum Hof aufstoßen wollte, wo sie Benjamin auch schon stehen sah, wurden sie von Daniel aus der FOT, seines Zeichens Schülersprecher, abgefangen und aufgefordert, unmittelbar mit ihm in den SMV-Raum zu gehen.

»Wir müssen heute dringend über die Organisation der Altweiber-Feier in der Aula reden. Ich habe gerade das Okay vom Rektor bekommen, aber nur unter der Bedingung, dass wir ihm noch heute eine Übersicht über das Programm zeigen werden. Er erwartet von uns, dass wir ein ansprechendes und nicht zu triviales Programm auf die Beine stellen, was darüber hinaus alle Schulabteilungen beteiligt. Also kommt gerade mit, die Sprecher von den Fachschulen und aus der Hauswirtschaft kommen auch gleich dazu. Wir müssen heute noch zu Potte kommen!«

»Müssen wir da beide mit oder reicht es, wenn Manfred anwesend ist?« Johanna sah ihre Felle davon schwimmen. Sie wollte doch hinaus auf den Hof und nach Benjamin schauen. Doch Daniel blieb hart und bestand auf die Anwesenheit von beiden. Schnell nahm er sie an der Hand und zog sie hinter sich her. Sie trottete ihm nach.

Johanna und Manfred blieben der Pause fern. Je länger Benjamin wartete, umso mehr ließ seine Anspannung nach. Immer wieder schaute er zur Tür. Er hoffte, jeden Moment würde sie sich öffnen und beide kämen freudestrahlend auf ihn zu. Doch sie blieb geschlossen oder es kamen andere hindurch. Enttäuschung machte sich in ihm breit. Anscheinend schien die von ihm befürchtete Handlungsalternative sich zu bestätigen, die besagte, dass Johanna keinen Gedanken mehr an ihn verschwendet hatte, nachdem sie sich gestern Abend am Bus verabschiedet hatten. Nun ja, wen sollte es wundern, bei dem was er ihr auf ihre Frage antwortete: Muss zur Fahrschule und anschließend in die Posaunenchorprobe. Hahaha! Es wäre aber auch zu unrealistisch gewesen, er und eine so tolle Frau! *Mensch, Benjamin, bist du naiv!'* dachte er. Die Worte von Clemens, einem seiner besten Freunde, kamen ihm plötzlich wieder in den Sinn. Dieser raubte ihm – Benjamin war damals gerade vierzehn – jede Illusion, auch ihn könnte irgendwann einmal ein Mädchen nett finden.

***

»Also, mich würde es wundern, so langweilig, wie du aussiehst«, brach aus Clemens hervor, als er sich auf dem Nachhauseweg von der Bushaltestelle über irgendetwas ärgerte, was Benjamin wohl gesagt oder getan hatte, »wenn du überhaupt jemals eine Freundin abkriegen würdest!« Clemens war zwei Jahre älter als er und sprach schon aus ‚jeder Menge' Erfahrungen, was ‚Frauen' betraf. Er sah gut aus, war der Star der Fußballmannschaft und obendrein noch Mannschaftskapitän! Wen wunderte es da, dass die Mädels auf ihn flogen!

Benjamin, mitten in der Pubertät steckend und mit einigen Kilos zu viel auf den Rippen, fühlte sich damals zutiefst verletzt. Clemens' unbedachte Worte trafen ihn empfindlich tief in seinem Inneren und zerstörten das kleine Pflänzchen von Selbstbewusstsein, das dort gerade erst vor kurzem – in Sachen Mädchen – zu keimen begonnen hatte. Was wäre, wenn Clemens Recht behalten sollte und er nie eine abbekäme?

Damals klärten sich seine Fragen ganz schnell von allein. Nur wenige Monate nach Clemens' spontaner und eigentlich nicht wirklich ernst gemeinter Äußerung, machte das erste Mädchen Benjamin Avancen. Die ersten Schmetterlinge breiteten in seinem Bauch die Flügel aus und begannen sie sanft zu bewegen. Ein verdammt schönes und für ihn ganz neues Gefühl kam zum Vorschein. Benjamin wusste, Clemens könnte auf Dauer nicht Recht behalten. So stieg nach und nach sein Selbstvertrauen wieder auf ein gesundes Normalmaß und er durfte damals seine ersten Erfahrungen mit dem anderen Geschlecht machen. Ganz normal halt!

***

Doch hier und heute begann er wieder mit seinem Selbstbewusstsein zu hadern. Johanna kam nicht in die Pause! Auf jeden Fall befand sie sich in der Schule, denn ihren grünen Käfer hatte er, natürlich nicht rein zufällig, bereits auf dem Parkplatz ausfindig gemacht. Enttäuscht schlenderte er zurück in den Klassenraum und setzte sich auf seinen Platz.

Johanna war froh, dass die Besprechung ein paar Minuten vor dem Gong endete und so hoffte sie es doch noch zu schaffen, rechtzeitig bei Benjamin auf dem Hof vorbeizuschauen. Sicher würden sich dort noch einige tummeln und vor dem Beginn der nächsten Stunde eine Kippe reinziehen. Wobei, eigentlich kam es ihr ja nicht auf einige, sondern nur auf den einen an! Eilig übersprang sie die wenigen Treppenstufen und erreichte in Null-Komma-Nix den Pausenhof. Fragend schaute sie sich um, doch Benjamin war nicht mehr zu sehen.

Harry, der genüsslich an seiner selbstgedrehten Zigarette zog, bestätigte ihr mit einem Blick über seine Nickelbrille:»Ja, der Benjamin war hier, ist aber wieder abgezischt!«

Nun hieß es also die Treppen wieder hinaufzuspurten, um schnell einen kurzen Blick in Benjamins Klasse erhaschen zu können. Als sie am Ende des Flures ankam, sah sie, dass die Tür seines Klassenraumes noch offen stand. *Gott sei Dank!*

Nur noch wenige Meter trennten sie von der Türklinke. Völlig außer Atem hielt sie inne, um kurz tief Luft zu holen. Schließlich wollte sie Benjamin nicht völlig abgehetzt gegenübertreten. *So, auf Los geht es los!* Johanna hatte den Gedanken noch nicht richtig ausgedacht, als plötzlich Lehrer Bremer nach draußen schaute, ihr höflich zunickte und die Tür zuzog. Ganz einfach vor ihrer Nase! Ganz einfach so!

Anscheinend war er kurz zuvor hineingegangen und beabsichtigte überpünktlich mit seinem Englischunterricht anzufangen. *Das gibt es doch nicht!* Johanna war fix und fertig. *Das Schicksal meint es anscheinend nicht gut mit mir!* Am Boden zerstört begab auch sie sich in ihren Klassenraum. Mehr oder weniger begeistert lauschte sie Herrn Gelders Ausführungen in Sachen Französisch.

Nach dem Unterricht verließ Benjamin sichtlich enttäuscht das Schulgebäude. Auch in der Fünfminutenpause zwischen den Unterrichtsstunden war es zu keinem Treffen, geschweige auch nur einem Blickkontakt, gekommen. Herr Gelder überzog in der 12b und Herr Alberts startete sehr pünktlich seinen Matheunterricht in der 12a.

»Erklärn Se mir mal die Definition!« Ausgerechnet heute hatte ihn sein Mathepauker, in seinem unverwechselbaren ,kölschen' Dialekt, aufgefordert, ein mathematisches Problem zu lösen. Als dieser merkte, dass der sonst eigentlich recht aufgeweckte Michels geistig völlig abwesend zu sein schien, bohrte er nicht nach. Er bat Harry, er möge Benjamin aus der Patsche helfen, was dieser – der Überrumpelung wegen – nur in einigen bruchstückhaften Äußerungen konnte. Herr Alberts zeigte sich zwar *,not amused'*, dennoch schienen ihn Harrys Rechenkünste einigermaßen zufriedengestellt zu haben.

Nach dem Unterricht setzte Benjamin sich auf seine Honda, startete und fuhr nach Hause. Nein, diesen Vormittag hatte er sich ganz anders ausgemalt. Nun gut, es sollte einfach nicht sein. Basta! Doch es tat weh!

Auch Johanna konnte es kaum erwarten, den Raum zu verlassen. Ausgerechnet heute hatte sie genau die Pauker erwischt, die in der Regel überzogen, so auch Herr Bruch in der letzten Stunde. Eilig packte sie ihre Sachen zusammen und stürmte aus dem Raum. Wie versteinert blieb sie unvermittelt stehen und konnte es nicht fassen. Die anderen hatten ihren Unterricht bereits beendet und schienen längst nicht mehr da zu sein. Zur Sicherheit schaute sie in den Klassenraum der 12a, doch es war tatsächlich niemand mehr zu sehen. Manfred sah ihr die Enttäuschung an und versuchte sie zu trösten.

»Warum ist er nicht wenigstens nach dem Unterricht für ein paar Minuten hier geblieben?«

»Soviel ich weiß, hat er heute Nachmittag eine Fahrstunde. Vielleicht musste er dorthin!« Es war ein Versuch, aber überzeugen konnte er Johanna nicht. Sie schlenderte, ebenfalls mit sichtbar gesenktem Haupt, zu ihrem ‚Herbie'.

‚Anscheinend war das für ihn gestern doch nichts Besonderes gewesen. Ihm hat es bestimmt nichts bedeutet! Vielleicht habe ich mir ganz einfach etwas vorgemacht!' Johanna kam zu keiner eindeutigen Erklärung, wieso und warum sie sich heute nicht begegnet waren. Sie startete den Wagen und eine Träne lief ihre Wange herunter. *‚Sing us the song you're the piano-man ...!'* Das Lied, das sie heute Morgen in Hochstimmung gebracht hatte, ließ ihre Stimmung auf den Nullpunkt sinken. *‚Dabei hätte ich ihn doch so gerne näher kennen gelernt!'*

Zu Hause angekommen, konnte Benjamin sich auf nichts und schon gar nicht auf seine Hausaufgaben konzentrieren. Bereits beim Mittagessen hatte er wortkarg am Tisch gesessen und kaum die Unterhaltung wahrgenommen, die seine Eltern führten, geschweige sich aktiv daran beteiligt. Selbst ein Nachfragen seiner Mutter, ob alles in Ordnung wäre, beantwortete er nur mit einem stummen Kopfnicken.

»Soll ich dich« nachher nach Westerburg fahren oder holt dich der Fahrlehrer ab?«, wollte Wilhelm von seinem Sohn wissen, damit er seinen eigenen Nachmittag entsprechend disponieren konnte.

»Hmm, ja ist okay!«

»Was denn jetzt, fahren oder nicht!«

»Er holt mich hier ab und ich habe eine Überlandfahrt, damit ich mich an das Auto gewöhnen kann, aber eigentlich habe ich gar keine Lust!«

»Was ist denn los?« Ella kannte ihren Junior gut genug, um zu spüren, dass irgendetwas nicht stimmte. »Hast du vielleicht eine schlechte Note geschrieben?«

»Nö, Mama, läuft alles prima! Ich bin einfach nicht so gut drauf. Ich gehe schon mal hoch und setze mich an die Hausaufgaben, dann habe ich die wenigstens bis zur Fahrstunde erledigt!« In seinem Zimmer angekommen, startete er seine Musikanlage und legte sich aufs Bett. Harry hatte ihm eine Platte der Gruppe *Journey* mitgegeben, deren

Name ihm bislang eigentlich nichts sagte. Doch die Musik war klasse, wenngleich sie seine Traurigkeit bezüglich des enttäuschenden Morgens noch verstärkte. *Warum war sie nicht in die Pause gekommen und ist lieber zu dieser blöden SMV-Veranstaltung gegangen? Wieso bin ich Trottel nicht auch dorthin gegangen?'* Oliver, der mit ihm nach Schulschluss zum Parkplatz gegangen war, erwähnte beiläufig, dass Johanna und Manfred an dem SMV-Gespräch teilgenommen und nach ihm gefragt hatten. Benjamin hätte sich in den A… beißen können und ärgerte sich umso mehr, dass er Oliver, seinen Stellvertreter, geschickt hatte. Schließlich hatte er gehofft Johanna auf dem Pausenhof zu treffen. Sie hatte doch auch Manfred als ihren Deputy, und der nahm in der Regel die offiziellen Meetings sehr gerne wahr. Nun, diesmal hatte er daneben gelegen.

Die Platte war zu Ende, wohl oder übel musste er sich nun an seinen Schreibtisch setzen, schließlich wollte er seine Hausaufgaben vor der Fahrstunde erledigen. Ständig erwischte er sich dabei, wie seine Gedanken am gestrigen Nachmittag hingen. Die süßen weichen Lippen. Der liebliche Geschmack. Ihre zarte Zunge und überhaupt diese Frau. Wahnsinn! Aber es war nur ein Traum und würde wahrscheinlich ein solcher bleiben.

Gegen vier Uhr hupte der Wagen der Fahrschule und Benjamin klemmte sich hinter das Steuer. Die einstündige Fahrt von Gemünden über Seck und Waldmühlen nach Rennerod und dann zurück über Bad Marienberg nach Gemünden tat ihm gut. So wurde er wenigstens für eine Stunde abgelenkt.

Johanna öffnete die Tür, schmiss die Tasche in den Flur und begab sich sofort in ihr Zimmer. Sie war allein zu Hause, so konnte sie ihren Gefühlen freien Lauf lassen. Auch sie startete zunächst ihre Anlage und drehte die Musik über die Zimmerlautstärke hinaus auf. Dann warf sie sich auf das Bett und begann herzerweichend zu heulen. Irgendwie war ihr plötzlich alles zuviel. Auf der einen Seite besaß sie einen Freund, Wolfgang, der sie aber irgendwie nicht mehr richtig wollte und sie ihn fast auch schon nicht mehr. Auf der anderen Seite stand nun dieser Junge aus der Parallelklasse, Benjamin, den sie gerne näher kennen lernen wollte, der aber anscheinend wiederum keinen Wert auf ihre Bekanntschaft legte. Alles kam nun zusammen.

Nach ein paar Minuten schnäuzte sie sich die Nase und legte sich rücklings auf ihr Bett. Wie konnte das sein, dass sie sich heute tatsächlich nicht gesehen hatten? War es Schicksal oder wurde es von Benjamin bewusst so gesteuert? Wollte er sie unter Umständen gar nicht sehen? Konnte das wirklich sein? Gestern war er so liebevoll gewesen. Gut, es war nur ein Kuss, aber sie hatte zuvor noch nie so etwas Elektrisierendes und Anziehendes verspürt. Das konnte doch noch nicht alles gewesen sein! Und immer wieder sang Billy Joel im Hintergrund: *„Sing us the song, you're the piano-man …!'*

Als sie sich wieder etwas beruhigt hatte, setzte sie sich an ihren Schreibtisch und nahm ein Stück Papier zur Hand. Sie überlegte, ob und wenn ja, was sie Benjamin schreiben könnte. Sie begann einfach und ihr Füllfederhalter schien sich seine Worte von selbst zu suchen:

Lieber Benjamin,

ich kann Dir nicht sagen, was ich im Moment fühle. Da ich aber schon immer Gedichte geschrieben habe, versuche ich meine Gefühle mit folgenden Worten zu beschreiben. Sie passen unheimlich gut zu unserem tollen Gespräch vom Dienstag:

Zuneigung

Ich möchte zu Dir fliegen,
doch meine Propeller sind zerbrochen,
an den Felsen der Angst.
Ich möchte Dein Herz finden,
doch irre ich umher
in den Nebelbänken der Unsicherheit.
Ich möchte Dich streicheln,
aber ich habe keine Landeerlaubnis;
die Hemmungen im Tower geben die Landebahn nicht frei.
Wenn ich eines Tages doch ankomme,
kann ich Dir Liebe und Wärme geben
oder werde ich dann schon zu kalt sein -
durchgefroren vom scharfen Wind der Enttäuschung?

Ich weiß nicht ob Dir meine Zeilen gefallen, aber glaube mir, sie sagen genau das aus, was ich im Moment fühle!

Johanna

,Ob ich ihm den Zettel überhaupt geben soll? Was wird er denken?' Johanna war nicht sicher, was sie am nächsten Morgen überhaupt machen sollte. Was, wenn Benjamin nicht nur annähernd fühlte, wie sie? Was, wenn er sich lustig darüber machen würde? Würde er mit Harry über sie lachen oder Manfred ansprechen und fragen was das Ganze solle? Sie war versucht einen Papierball daraus zu machen, doch irgendetwas in ihr sagte: *,Versuche es halt! Wenn er nicht darauf eingeht oder blöd reagiert, dann ist er sowieso den Gedanken nicht wert!'* Also

71

packte sie den Zettel in einen Briefumschlag und beschriftete diesen ganz einfach mit seinem Namen. Wenn sie eine Nacht darüber schliefe, dann sähe die Welt morgen eventuell ganz anders aus und der Brief würde gegebenenfalls in die grüne Papiermülltonne wandern. Sie wollte es einfach auf sich zukommen lassen und legte sich auf ihr altes Holzbett. Dieses war schon mindestens um die hundert Jahre alt und sie überlegte, wie viele Liebeskummertränen dieses Bett wohl im Laufe seines Daseins ertragen haben mochte!

***

Benjamin war froh, er hatte die Fahrstunde überstanden. Obwohl er mit seinen Gedanken ganz woanders gewesen war, musste sein Fahrlehrer kaum eingreifen.

Heute Abend hatte er keinen Bock mehr, noch irgendetwas zu unternehmen, geschweige denn zum Fußballtraining zu gehen. So aß er mit seinen Eltern zu Abend und verzog sich anschließend unter dem Vorwand für eine anstehende Chemieklausur lernen zu wollen, auf sein Zimmer. Die Journey-Platte von Harry musste herhalten: *'I run to you with open arms ...!'* Melancholie pur! Benjamin war von dem Song – eigentlich von der ganzen LP, also für die Spätgeborenen *'Langspielplatte'* – total begeistert. Wieso hatte er vorher noch nichts von dieser Gruppe gehört?

Träumend legte er sich aufs Bett, schloss die Augen und versuchte sich an jedes einzelne Detail von Dienstag zu erinnern. Warum sollte das von Johanna nur ein Ausrutscher gewesen sein? Nun gut, wenn er realistisch dachte, konnte es vielmehr nicht sein. Zudem besaß sie noch ihren Freund Wolfgang. Wahrscheinlich tat es ihr gestern Abend schon Leid. Oder sie machte sich keine Gedanken darüber, was sie in Benjamins Herzen hinterlassen hatte.

„Sie hat einen Freund, fertig und aus! Benjamin, wie kommst du überhaupt darauf, sie könnte sich für dich interessieren! Es ist doch völlig abwegig. Schau dich doch mal an. Du bist doch nun wirklich nicht der Typ, der eine Frau wie Johanna erobern könnte. Willst du sie etwa auf deinem Mofa mitnehmen? Sie hat doch längst jemanden, der ein Auto fährt. Sie braucht gewiss keinen Schuljungen!' Je länger Benjamin nachdachte, umso realistischer sah er seine Chancen bei Johanna schwinden. Rein auf die Fakten bezogen, hatte er eigentlich überhaupt keine bei ihr! Fertig! Tränen liefen ungebremst seine Wangen hinab.

***

Es war Donnerstag und von der Nervosität des Vortags war nichts mehr zu spüren. Resignation traf eher die Stimmung, die sich bei Johanna ausbreitete. Sie hatte einigermaßen geschlafen, war aber schon vor ihrem Wecker wach geworden. Sie grübelte immer wieder darüber nach, ob – und wenn ja, wie – sie Benjamin den Brief geben sollte, den sie am Vorabend von ihren Gefühlen übermannt verfasst hatte – oder müsste es nicht vielmehr ,überfraut' heißen? Zunächst steckte sie ihn vorsichtig in ihre hellbraune Ledertasche. Sie beschloss abzuwarten, was sich ergäbe. Eilig trank sie einen Kaffee im Stehen und verließ wortkarg das Haus. Ihre Eltern bemerkten die emotionale Veränderung gegenüber dem gestrigen, dem euphorischen, Morgen. Aber sie wussten aus Erfahrung, eine solche Stimmungsschwankung von gestern auf heute, musste ihren Grund haben und könnte zu heftigen Gefühlsausbrüchen führen, sollte das falsche Wort zur falschen Zeit fallen. Daher ließen sie ihre Tochter in Ruhe und nahmen es ihr nicht übel, als sie sich von ihnen knapp verabschiedete und die Tür hinter sich zuzog.

Im Auto sitzend, musste Johanna erst einmal tief durchatmen. Am liebsten hätte sie wieder angefangen zu heulen, doch diesmal gab sie ihren Gefühlen keine Chance durchzubrechen. Sie startete den Motor und fuhr Richtung Westerburg. Als sie bereits eine Zeit lang unterwegs war, wurde ihr plötzlich bewusst, dass sie sich rein gar nicht auf die Straße konzentrierte. Zudem hatte sie vergessen das Radio anzustellen, geschweige eine Kassette einzulegen. Routinemäßig switchte sie das Radio an und drückte die Kassette in den Schacht. So konnte Billy Joel sie wieder einmal bis Westerburg begleiten.

Gegen halb acht erreichte sie das Schulgelände und fuhr recht zügig in eine Parklücke, die sich in der Nähe des Zweiradparkplatzes befand. Sie war froh aufgrund ihrer abwesenden Gedanken und Unaufmerksamkeit bezüglich des Straßenverkehrs, die halbstündige Fahrt heil überstanden zu haben. ,Herbie' verstummte und als sie nach ihrer Tasche griff, die sich auf dem Beifahrersitz befand, blieb ihr fast das Herz stehen. Da war er!

Auch Benjamin schien erst angekommen zu sein und hatte gerade seine Schultasche vom Gepäckträger losgeschnallt. Sein Helm hing bereits am Arm. Ohne zu bemerken, dass er beobachtet wurde, kämmte er, in den Rückspiegel blickend, sein mittlerweile fast schulterlanges braunes Haar. Johanna fand, dass er in seinen Jeans, den weißen Adidas-Turnschuhen und den karierten Hemden, die er in unterschiedlichsten Varianten trug, immer total gut und manchmal sogar ein wenig verwegen aussah. Aber egal was er tragen würde, seine strahlend blauen Augen und sein verschmitztes Lächeln waren es, was ihn für sie so anziehend machte.

,*Was soll ich jetzt bloß tun? Beeile ich mich und gehe mit ihm ins Gebäude oder halte ich mich noch unauffällig im Auto auf bis er vorgegangen ist?*' Johanna kämpfte mit sich. Schließlich gewann ihre innere Stimme, die ihr riet auszusteigen und in die Offensive zu gehen. Und so tat sie es auch. Jedoch nicht, ohne selbst noch einmal in den Rückspiegel zu blicken. Doch beruhigt durfte sie feststellen, dass sie verdammt gut aussah!

Ihr großer Vorteil war, dass sie die Gene ihres Großvaters väterlicherseits geerbt hatte. Somit verfügte sie – wie dieser – ganzjährig über einen perfekten, leicht gebräunten natürlichen Teint. Das wiederum erlaubte es ihr auf morgendliche Schminkorgien oder schweißtreibende Solariumsbesuche zu verzichten. Die einzigen Utensilien, womit sie regelmäßig ein wenig ihrer Schönheit nachhalf, waren ihr dunkelroter Chanel-Lippenstift und ein entsprechender Kajal-Eye-Liner.

Auf den Kajal stand sie ganz besonders, da sie wusste, dass man bereits im alten Ägypten die in dem Stift verarbeitete heilsame Erde wegen ihrer antibakteriellen Wirkung schätzte. Doch natürlich verwendeten Nofretete und Co. diese Erde nicht nur der Pflege wegen, sondern auch zur Vervollkommnung ihrer ansonsten unverfälschten Schönheit. Johanna wusste, dass ein vorsichtig aufgetragener dunkler Lidstrich ihren Augen auf einfachste Weise das gewisse Etwas verlieh.

Deshalb gönnte sie sich beide Produkte regelmäßig selbst zu ganz besonderen Anlässen, wie der eigene Geburtstag oder zu Weihnachten. Als Belohnung für eine gute Note. Zum Trost, falls mal eine Klausur daneben ging. Weil sie im Moment im Angebot waren. Weil sie gut drauf war oder weil es ihr mies ging. Wenn sie Stress mit Mama oder mit Lehrern gehabt hatte – oder mit beiden Nervensägenpotenzialen gleichzeitig. Oder dann, wenn ihr der Knatsch mit Wolfgang unerträglich schien. Also, zu ganz besonderen Gelegenheiten! Manchmal ließ sie sich beides auch ganz einfach schenken.

Nach dem abschließenden Kontrollblick in den Rückspiegel, bei dem sie sich selbst zustimmend zuzwinkerte und sich mit einem selbstbewussten Kussmund von ihrem eigenen Spiegelbild verabschiedete, stand für sie fest, dass ihr Outfit für den heutigen Tag vollkommen okay schien! In Kombination mit ihrer stets makellosen Garderobe, die sie allzu gerne aus dem Fundus ihrer noch jung gebliebenen Mutter ergänzte, die glücklicherweise dieselbe Konfektionsgröße trug, stimmte das Äußere bis aufs i-Tüpfelchen. Das Äußere! Doch, wie sah es in ihrem Inneren aus?

Nach außen erschien sie ziemlich selbstbewusst bis resolut. Doch die junge Frau verbarg tief in ihrem Inneren das träumerische Wesen eines unentschlossenen kleinen Mädchens, das in bestimmten Situationen durchaus gerne noch einmal an die Hand genommen werden wollte.

Johanna stand vor der Entscheidung: Entweder sie ging nun sofort zu ihm und würde mit ihm sprechen, oder sie lief Gefahr auch heute Nachmittag wieder flennend allein auf dem hundert Jahre alten Bett zu liegen. Doch was sollte sie ihm sagen? Sollte sie überhaupt noch einmal auf den Dienstag zu sprechen kommen? Sollte sie ihm einfach ihren Brief in die Hand drücken?

Sie musste rasch reagieren, da Benjamin sich umdrehte und anschickte, den Parkplatz zu verlassen. Schnell schnappte sie sich ihre Schultasche vom Beifahrersitz und sprang aus dem Auto.

»Hallo Benjamin!«, rief sie ihm zu, als sie sah, dass er schnellen Schrittes los marschierte. Johanna war selbst über die enorme Lautstärke ihrer Stimme und der zuvor nicht erwarteten Spontaneität überrascht. Benjamin hielt inne und drehte sich um. Sichtlich verlegen spürte er, wie ihm warm ums Herz wurde. ,*Au Backe, da ist sie! Was soll ich jetzt nur sagen? Was wird sie wollen?*'

Johanna kam freudestrahlend auf ihn zu. Seine Wangen erröteten leicht. Sie fand es süß.

»Hallo Hanni, wo kommst du denn auf einmal her?« Benjamin fiel nichts Besseres ein. Es lag ihm daran möglichst locker und unverkrampft zu wirken.

»Bin auch gerade erst angekommen. Als ich da vorne geparkt und dich gesehen habe, dachte ich mir, beeilst du dich doch ganz einfach und gehst mit Benjamin rein! Was habt ihr denn als erstes auf dem Programm stehen?«

»Wir haben wieder einmal Englisch beim Bremer!« Johanna meinte, da sei er ja noch ganz gut dran, da sie sich jetzt mit Franz Kafkas *Das Urteil* auseinander setzen müsste und ihr Deutschlehrer, Herr Bruch, zurzeit ziemlich nervig sei und sie andauernd dran nehmen würde. Gemeinsam schlenderten sie in Richtung Haupteingang. Intuitiv verzögerten sie ihr Tempo, als wollten sie den kurzen gemeinsamen Moment künstlich verlängern.

»Du?«, kam es plötzlich aus beiden gleichzeitig heraus. »Nein, du zuerst!«

»Nein, du!«

»Hm, weißt du, dass ich mir gestern Gedanken um dich gemacht habe?«, gestand Johanna leicht nervös. Sie wusste nicht, wie sie mit dem Thema beginnen sollte.

»Inwiefern?«

»Ja, ich dachte, ich würde dich auf dem Flur oder sonst wo treffen, aber du warst nirgends zu sehen. Schließlich hoffte ich, dass ich dich nach der letzten Stunde antreffen könnte, doch dann war euer Unterricht früher aus und bei uns wurde überzogen. Als du dann nicht auf mich gewartet hast, war ich ziemlich desillusioniert und total traurig. Ich hätte dich gestern so gerne gesehen, um mit dir – unter anderem auch über Dienstag – zu sprechen!« So jetzt war es raus. Benjamin spürte das Aufsteigen von Wärme. Wahrscheinlich glühten seine Wangen feuerrot.

»Ja, auch ich hätte dich gerne gesehen. Dann aber habe ich gedacht, da du in den Pausen nicht auf dem Schulhof warst, dass du mir vielleicht bewusst aus dem Weg gehen würdest, damit ich dir keine blöden Fragen stellen kann!«

»Wieso blöde Fragen?«

»Na ja, du weißt schon, wegen dem Kuss und so!« Jetzt war es Johanna, deren Wangen ein übernatürliches Rouge erhielten.

»Was würdest du mich denn fragen wollen – bezüglich des Kusses?« Benjamin traute sich nicht recht. Mittlerweile waren sie die Treppe hochgegangen und fast an ihren Klassenräumen angekommen, wo die ersten Mitschüler standen und die beiden heranschlendern sahen.

»War dir das unangenehm?«, hakte Johanna nach.

»Nein, natürlich nicht! Aber ich kann mir nicht richtig vorstellen, was das sollte. Wolltest du es einfach einmal ausprobieren? Ernst hast du das doch bestimmt nicht gemeint – oder?« Johanna setzte gerade an, ihm zu erklären, was der Auslöser für ihre Reaktionen am Dienstag gewesen war, doch die herannahenden Pauker ließen ihr keine Zeit für ihre Sicht der Dinge oder klärende Ausführungen. Sie griff in ihre Tasche, zögerte kurz, sah ihn erneut an und holte schließlich doch das cremefarbene Kuvert heraus. Obwohl sie sich nicht hundertprozentig sicher war, ob ihre Zeilen überhaupt passten, überreichte sie ihm diesen ohne einen weiteren Kommentar.

»Sehen wir uns gleich in der Pause?«

»Ja gerne, ich warte hier oben auf dich!« Johanna war überglücklich, als sie hörte, dass Benjamin heute auf sie warten würde. Beide betraten die Klassenräume wie in Trance. Weder sie noch er waren in der Lage auch nur einen Moment den Ausführungen ihrer Lehrer zu folgen.

Benjamins Hände waren feucht. Seine Finger hinterließen kleine Kränze auf dem Kuvert. Ganz langsam und möglichst unauffällig versuchte er Johannas Brief zu öffnen. Motzi grinste. Er saß im rechten Winkel zu Benjamin und hieß eigentlich Moritz. Rüde stieß er mit seinem Ellenbogen seinem Tischnachbarn Arno in die Seite, der zunächst kurz aufschrie und Herrn Bremers missbilligenden Blick erntete: »Guck mal, der Benjamin hat `nen Liebesbrief bekommen!« Harry, der wiederum direkt neben Benjamin saß, wurde ebenfalls aufmerksam und beobachtete Benjamins heimliche Versuche das cremefarbene Kuvert zu öffnen.

»Mensch Alter, brech dir keinen ab! Leg' das Teil ganz einfach auf den Tisch! Wir schauen schon nicht weiter zu, solange du uns nachher erzählst, was drin steht!« Benjamin rollte die Augen und versuchte vorsichtig den Briefumschlag zu öffnen. Ein rosafarbenes Briefpapier leuchtete ihm entgegen. Sachte zog er den Zettel heraus, hielt ihn unter die Tischkante und begann zu lesen. Er war beeindruckt. Mehr als das!

‚*Wow, echt cool! So etwas hat ja noch nie jemand für mich geschrieben!*', dachte er heimlich und leise in sich hinein. Er war gerührt. Johanna hatte sich anscheinend ihre Gedanken bezüglich ihres gemeinsamen Erlebnisses gemacht. Tatsächlich schien sie etwas für ihn zu empfinden. Konnte das sein? Immer und immer wieder las er den Brief von vorn. Sollte sie tatsächlich das meinen, was ihr Gedicht ausdrückte? Wow, das wäre unheimlich schön! Doch ein gesundes Quantum an Misstrauen blieb. Was sollte eine Frau wie sie an ihm schon finden können – zumal sie noch einen Typen hatte! Trotzdem, die schönen Gefühle überwogen! Unruhig rutschte er auf seinem Stuhl hin und her. Wann würde endlich dieser blöde Pausengong ertönen!

Johanna erging es ähnlich. Doch sie sorgte sich vielmehr, ob der Zeitpunkt ihrer Briefaktion jetzt überhaupt der richtige gewesen war. Ob er ihn schön findet? Oder ob er und Harry sich jetzt vor Lachen auf die Oberschenkel klopfen und sich über sie lustig machen würden? Aber ihre innere Stimme, die sie als festen Bestandteil in ihre individuelle Lebensphilosophie eingebaut hatte, sagte ihr: ,Johanna, es war richtig, ihm den Brief zu geben! Das Gedicht ist toll!'

Da sie ausgerechnet heute ihre Uhr zu Hause vergessen hatte, blieb ihr nichts anderes übrig, als abwechselnd mal Manfred, mal Silke, auf den sprichwörtlichen Zeiger zu gehen und sie im Zehnminutentakt nach der verbleibenden Unterrichtszeit zu fragen. ,Mensch, heute zieht sich der Unterricht ja wie ein gut durchgekautes Kaugummi!' Schließlich beendete Herr Bruch pünktlich mit dem Gongschlag seinen Unterricht. Ihm war zwar Johannas Unaufmerksamkeit nicht entgangen, aber irgendwie schien er heute keine Lust auf nervenaufreibende Diskussionen mit ihr zu haben.

Erlöst erhob sie sich von ihrem Platz, fuhr sich sorgfältig noch einmal mit ihrer Bürste durch das leicht gewellte Haar und zog ihren Lippenstift nach. Sie holte tief Luft und trat mit klopfendem Herzen hinaus auf den Flur.

Benjamin lehnte tatsächlich am Treppengeländer. Auch er konnte seine Nervosität kaum verbergen. Kein Wunder nach solch einem Brief.

»Hi! Na, wie war deine Deutschstunde?«, eröffnete Benjamin die Partie.

»Welche Deutschstunde? Ich habe nicht viel mitbekommen. Du?«

»Wenn ich ehrlich bin, Null und Nix!« Gemeinsam bummelten sie die Treppen hinab und unterhielten sich über die Lehrer und eher belanglose Sachen. Auf dem Hof angekommen, reihten sie sich in den Kreis der anderen ein. Da keiner von beiden auch nur einen Moment dieser Viertelstunde versäumen wollte, stellten sie sich demonstrativ so hin, dass kein Dritter eine Chance bekam, ihr Gespräch zu stören.

»Mensch, so einen tollen Brief habe ich ja noch nie bekommen. Er gefällt mir sehr! Stammt das Gedicht wirklich von dir?« Johanna nickte und war total erleichtert – es schien ihm tatsächlich gefallen zu haben. Bingo! Benjamin wirkte dennoch etwas nachdenklich.

»Aber mal ehrlich, was soll er mir sagen. Das, was drin steht?« Johanna wurde verlegen.

»Was glaubst du?«

Manfred kam dazwischen und gab allen Anwesenden grünes Licht für das anstehende Wochenende. Seine Eltern seien bereits ab Freitagnachmittag verschwunden und so stünde der Fete am Samstag nichts mehr im Wege. Was an Getränken mitgebracht werden solle, sei noch genauer abzustimmen. Mittlerweile hatten sie sich auf den Codex geeinigt, dass derjenige der eine Räumlichkeit organisierte oder zur Verfügung stellte, von allen weiteren Verpflichtungen, sei es die bunte Palette der Getränke oder gar der kleine

Imbiss für zwischendurch, entbunden wurde. Somit übernahmen in der Regel die Partygäste die Aufgabe des Caterings.

»Was meint ihr, wer wird alles kommen?« Manfred lag daran, vorab zu wissen, mit wievielen Gästen er zu rechnen hatte und wer über Nacht bleiben würde.

»Mal schauen, am Besten lassen wir – wie gewohnt – einen Zettel durch beide Klassen laufen, dann sehen wir sehr schnell, wer sich anmeldet. Anschließend können wir über die Getränke- und Speisenfrage diskutieren.« Johanna nahm das Heft in die Hand, nicht zuletzt deshalb, weil sie eine Chance witterte, Benjamin ein weiteres Mal außerhalb der Schule sehen zu können. Doch ihr Enthusiasmus wurde abrupt gedämpft, als Benjamin sie daran erinnerte, dass er sehr wahrscheinlich nicht an der Party teilnehmen würde. Johanna legte enttäuscht ihre Stirn in Falten. Sie erinnerte sich, dass er bereits in Mainz von diesem ominös wichtigen Abend erzählt hatte.

»Wir haben leider nur einmal im Jahr eine Feier mit dem gesamten Sportverein – wir nennen den Abend den ‚Gemütlichen'. An diesen Abenden wird ein Programm geboten, an dem sich möglichst alle Abteilungen des Vereins beteiligen sollen. Somit übernimmt auch meine Fußballmannschaft in diesem Jahr einen Part und es wäre nicht fair von mir, jetzt – zwei Tage vorher – zu sagen: ‚Sorry Leute, ich mache nicht mit!' Meine Kumpels würden mich steinigen und mir das sehr übel nehmen. Schade!«

»Aber kannst du denn nicht später noch nachkommen? Ich würde dich sogar in Gemünden abholen, wenn du willst!« Johanna versuchte die Situation zu retten. Doch Benjamin war nicht genau im Bilde, wie der Programmablauf an diesem besagten Abend aussehen würde und hielt sich mit einer definitiven Zusage zurück. Johanna schien wirklich enttäuscht; er konnte an ihren Augen sehen wie sehr. Auch ihm tat es in der Seele weh. Sollte er bis eben noch Zweifel an ihren Avancen gehabt haben, so konnte er diese nun beruhigt über Bord werfen.

So beschloss er insgeheim, sobald der Auftritt am Samstag absolviert wäre, alles in Bewegung zu setzen, um doch noch nach Westerburg zu kommen. Allerdings verriet er weder Manfred noch ihr etwas von seinen geheimen Plänen, schließlich wollte er ihre Enttäuschung nicht vergrößern, falls doch etwas unerwartet schief laufen würde.

Johannas Lust an der Party, geschweige den Zettel dafür in Umlauf zu bringen, tendierte gegen Null. Ein Name würde ja auf jeden Fall darauf fehlen! *‚Vielleicht haben die anderen ja auch schon etwas vor und keiner hat Lust auf eine Fete!'* Nun, sie hatte Manfred versprochen, die Liste in beiden Klassen herumzugeben und so tat sie dies auch.

Das Ergebnis des Rücklaufs war allerdings ganz anders als sie im Stillen gehofft hatte. Anscheinend waren alle von der Idee begeistert und niemand schien irgendetwas anderes geplant zu haben. Niemand, außer Benjamin! Und gerade um den ging es ihr persönlich doch am meisten. Sie sah aber auch keine Möglichkeit, ihn irgendwie überreden zu können. Die Angst ihn zu etwas zu veranlassen, was er vielleicht nicht wollte oder was ihn vielleicht in Misskredit bei seinen Kumpels vom Verein bringen könnte, war größer als ihr Verlangen ihn sehen zu können. Also unterließ sie jede weitere Anstrengung in diese Richtung. *Mensch, so viele haben sich eingetragen – warum gerade er nicht?'*

***

Als sie sich am Freitag in der Schule sahen, gab es kaum eine Gelegenheit ein Gespräch zu zweit zu führen. Jeder Versuch wurde permanent von jemandem gestört, der eine Frage bezüglich der Getränke oder anderer lebenswichtiger Dinge hatte. So vergingen die zwei großen Pausen im Nu und keiner von beiden war dem anderen irgendwie nähergekommen. Selbst nach der letzten Stunde, nach der man sie ins wohlverdiente Wochenende entließ, war ihnen kein Moment vergönnt, miteinander zu reden. Ein gegenseitig zugerufenes: »Dir auch viel Spaß morgen!«, war alles was zustande kam.

Johanna war heute nicht mit ihrem ‚Herbie' gekommen. Dieser musste sich der zweijährigen Untersuchung beim TÜV unterziehen und Wolfgang, der aufgrund seiner Wachdienste in der letzen Woche schon früher ins Wochenende zurückgekehrt war, hatte den Wagen bereits gestern Abend abgeholt. So war Johanna heute Morgen mit Richard zur Schule gefahren. Da Richard immer einen ‚vollen' Terminkalender vorgab, drängte er nach Schulschluss auf einen raschen Abgang.

Johanna und Benjamin blickten sich noch einmal tief in die Augen und konnten die Enttäuschung des jeweils anderen sehen. Doch es war nicht zu ändern. Johanna verschwand mit Richard auf dem Autoparkplatz, während Benjamin erst mal tief Luft holen musste, bevor er sich zu seinem Mofa begab. Im Stillen freute er sich schon auf Johannas Gesichtsausdruck, wenn er morgen bei Manfred auftauchen würde. Sicher würde sie aus allen Wolken fallen.

Johanna saß stumm neben Richard. Dieser vertrieb rasch ihre trübe Stimmung, indem er die Musik seiner Lieblingssängerin Madonna auflegte. Sein weißer Golf bebte. Er war mit einem exquisiten Stereosystem ausgestattet, das den Anwesenden das Gefühl gab, Madonna würde ihr ‚*Like a prayer'* live vom Rücksitz schmettern. So kam auch Johanna – Enttäuschung hin, miese Laune her – nicht drum herum, zumindest mit ihrer Hand den Takt mitzuklopfen.

Nach der Hälfte der Strecke und in einer kurzen Beschallungspause, fragte sie Richard ganz direkt: »Was hältst du eigentlich von dem Benjamin?« Sie wusste, sie konnte Richard so etwas fragen, denn es herrschte ein ausgesprochen gutes Vertrauensverhältnis zwischen beiden.

So kannte sich auch Richard in der Regel bestens in Johannas Liebesgeschichten aus. Deshalb wusste sie auch, sie brauchte sich bei ihm mit ihren privaten Problemen nicht zurückzuhalten. Auch konnte sie ihn – insbesondere was Liebeskummer betraf – voll und ganz ihr Herz ausschütten.

»Hm, ich kann nicht viel zu ihm sagen, da ich ihn kaum kenne. Er ist mir bisher nicht aufgefallen – weder positiv noch negativ. Außerdem ist der noch so jung und hat bestimmt noch Eierschalen hinter den Ohren! Aber wieso fragst du nach dem?« Richard war fünf Jahre älter und Johanna anderthalb, daher zählten sie sich zu den Älteren – im Sinne von ‚Reiferen‘. Somit lagen solche jungen Schnösel ganz unter Richards Niveau.

»Das ist ein ganz lieber Kerl und ich glaube, ich mag den ganz gerne!«

»Mein liebes Hannilein!«, so Richards Lieblingsbezeichnung für Johanna, »du willst doch wohl nix mit so einem Jüngelchen anfangen. Dir liegen Männer – hörst du MÄNNER – zu Füßen und du denkst da echt an so ein Bubilein. Ich fasse es nicht!«

»Der wird bestimmt einmal ein hübscher, attraktiver Mann, du wirst sehen! Außerdem hast du keine Ahnung, welche Männer mir zu Füßen liegen! Nee, danke!« Richard schüttelte wortlos seinen Kopf und legte die nächste Kassette ein – Lisa Stansfield übernahm das Mikrofon auf dem Rücksitz und heizte beiden richtig ein. Johanna verlor sich in Gedanken und ließ die im Februar so trostlose Westerwälder Landschaft unbeachtet an sich vorbeiziehen.

Zu Hause angekommen, traute sie ihren Augen nicht. ‚Herbie‘ stand schon vor dem Haus und nachdem sie sich vergewissert hatte, erkannte sie, dass auch die begehrte Plakette, die das Okay für die nächsten beiden Jahre gab, auf dem Nummernschild klebte.

»Super! Vielleicht kann ich morgen am Nachmittag nach Westerburg fahren und Benjamin zu einem Eis in der Eisdiele überreden.« Aber ihr Plan löste sich schnell in Luft auf. Gerade als sie die Tür aufschließen wollte, wurde diese bereits von innen geöffnet.

»Hallo, mein Schatz! Da bist du ja. Stelle dir vor, ich habe entgegen meiner ursprünglichen Planung das ganze Wochenende frei bekommen und muss erst am Sonntagabend wieder in die Kaserne!« Ach du Schande, sie hatte Wolfgang bei ihren Plänen ja ganz vergessen. Nachdem er gestern Abend den Wagen abgeholt und sich von ihr überschwänglich verabschiedet hatte, stand für sie fest, er habe am Wochenende wahrscheinlich Dienst und sei wieder einmal nicht da. Wenngleich es ihr diesmal ja nicht ganz ungelegen gekommen wäre.

»Du, ich habe gar nicht mit dir gerechnet. Jetzt habe ich morgen Abend einer Klassenfete zugesagt, zu der ich auch ganz gerne hingehen möchte! Sie ist bei Manfred in Westerburg.« Wollte sie eigentlich wirklich noch hingehen? Sie war sich nicht mehr ganz sicher. Aber auf der anderen Seite stand ihr nicht der Kopf danach, das Wochenende mit

Wolfgang allein zu verbringen. Bevor sie sich jedoch weitere Gedanken bezüglich ihrer Freizeitgestaltung machen konnte, kam Wolfgang ihr zuvor.

»Die Fete bei Manfred in Westerburg, ich weiß schon!«

»Wie, du weißt schon davon – woher?«

»Äh, ja«, zögerte er. »Ich habe gestern Abend noch den Gregor angerufen. Äh, genau so war es!« Johanna schaute ungläubig, da Gregor heute überhaupt nichts davon erwähnt hatte. »Also, da komme ich ganz einfach mit! Ich kenne doch eh die ganze Bagage. Und wenn der Gregor auch da ist, dann kann ich mich mit ihm ein wenig über unsere Tennissaison unterhalten. Super Idee, Schatz!« Er küsste sie auf die Wange. »Und außerdem bietet es sich sowieso an, dass ich mitkomme, so können wir im Anschluss zu mir nach Hause fahren!«

Nun brach Johannas geistiges Kartenhaus komplett zusammen: Kein Benjamin, stattdessen volle Dröhnung Wolfgang. Wolfgang kommt mit zur Party, wo er sich – wie üblich – den ganzen Abend nur über Tennis unterhalten wird. Dann die eine Nacht bei ihm in Willmenrod. Nun, wenn es wenigstens seine eigene Wohnung wäre. Aber nein, obwohl er schon Ende zwanzig war, besaß er noch keine eigene. Somit bedeutete es, wenn er sagte: ‚Wir fahren zu mir!', dass sie zu seinen Eltern fahren würden.

Johanna mochte Wolfgangs Eltern und auch seine Geschwister sehr gerne, das war eigentlich nicht das Problem. Zudem besaßen seine Eltern zwei Pferde. Somit kam er dem Primär-Attribut bezüglich ihres Traummannes, wonach dieser ja etwas mit Pferden zu tun haben sollte, schon ziemlich nahe. Eigentlich hätte sie diese zu jeder Zeit reiten können, doch sie hielt sich recht selten in Willmenrod auf. Das hatte wiederum damit zu tun, dass man sie schon sehr schnell in eine familiäre Rolle hineinpressen wollte, die sich jedoch diametral von ihrer eigenen Lebensplanung unterschied.

Wolfgangs Familie war sich dagegen einig, wie das Leben ihres Sohnes aussehen sollte. Nach Johannas Abitur und Wolfgangs Wehrdienst, die Zeitpunkte lagen so ziemlich zusammen, sollten beide heiraten. Anschließend stünde Kinderkriegen auf dem Programm. Diese würden dann von ihr als Hausfrau und Mutter aufgezogen. Ach ja, das passende Haus dazu gab es auch schon auf dem Reißbrett, da die Architektenzeichnung des Schwager nochmals verwendet werden sollte. Der Haustyp hatte sich bereits für die Familien von Wolfgangs Bruder und Cousin bewährt, also musste er auch auf Wolfgangs Bedürfnisse passen – Johannas Vorstellungen spielten in diesem Zusammenhang überhaupt keine Rolle. Doch es stand fest, mit vereinter Kraft würde man es schaffen, noch während Johannas Schwangerschaft in dem soeben erschlossenen Neubaugebiet – in dem die Familie glücklicherweise das eine oder andere Grundstück besaß – das eigene Nest fertig zu stellen. So könnte es gelingen zeitgleich mit der Geburt des ersten Kindes das Eigenheim beziehbar einzurichten. Was die Familie jedoch bei der ganzen Planung nicht berücksichtigte, waren Johannas völlig konträren Vorstellungen - sie erwartete mehr von ihrem Leben.

»Also, das können die sich abschminken!«, hatte sie, als das Thema auf einer der letzten Familienfeiern heiß diskutiert wurde, empört zu Wolfgang gesagt. Dieser jedoch war ob der vorgestellten Pläne auffällig locker geblieben und konnte ihre Aufregung nicht nachvollziehen.

»Ist doch eine schöne Vorstellung: Haus, Heim und Kind zu haben.« Johanna ging zunächst davon aus, dass er sie nur aufziehen wollte. Als sie jedoch erkannte, dass er derselben Meinung war, hätte sie auf der Stelle ausrasten können. Sie beschloss, sollte seine Einstellung sich nicht grundlegend ändern, würden sie nicht zusammen alt werden.

Wolfgangs Einstellung änderte sich nicht. Somit blieb das Thema eine Art Dauerbrenner in seiner Familie, weshalb sie es vorzog, sich dort rar zu machen. Vielleicht war Wolfgang auch deswegen in der letzten Zeit so anders zu ihr. Vielleicht erkannte er, dass er mit Johanna nie eine emsige Hausfrau für sich und eine treu sorgende Mutter für seine noch nicht gezeugten Kinder bekommen würde. Für Johanna stand diese Form der biederen, häuslichen Zukunft auf jeden Fall außer Diskussion. Daher schlug sie das Angebot von Wolfgangs Eltern aus, die Pferde zu reiten und zu pflegen, als seien es ihre eigenen. Es würde ihr schwer fallen, da sie sich dabei irgendwie fühlen würde, als beuge sie sich dem Willen der Familie und würde allein durch ihr, der Jurist würde sagen, durch ihr *konkludentes* Handeln, also durch schlüssiges, stillschweigendes Verhalten, der ihr zugedachten Rolle einer Hausfrau und Mutter zustimmen. Aber das kam gar nicht in die Tüte!

Nun aber konnte Johanna ihre Pläne, Benjamin am Wochenende zu sehen, komplett abschreiben. Irgendwie sollte es nicht sein. Alles schien sich gegen sie verschworen zu haben. Johanna machte gute Mine zum traurigen Spiel und stellte sich auf das Wochenende mit Wolfgang ein. Sie konnte sich schon genau ausmalen, wie die Tage ablaufen würden: Heute Abend stünde – wie jeden Freitag – ein Tennistraining oder -spiel auf dem Programm. Sie würde sich bestimmt den ganzen Abend mit Marion und Sabine, zwei Spielerfrauen, die sich ihrem Schicksal schon längst ergeben hatten, über deren Kinder- und Eheprobleme unterhalten. Nach der Mannschaftsbesprechung, die stets dem Spiel folgte und je nach Spielergebnis unterschiedlich lange ausgebaut wurde, also auch schon einmal bis Mitternacht, würden sie nach Willmenrod fahren. Dort würden sie gegebenenfalls noch etwas vor dem Fernseher sitzen, bevor sie völlig erschöpft – er vom Tennisspielen, sie vom Zuschauen – einschlafen würden. ‚Toll!'

Johanna trank schnell eine Tasse Kaffee und begann ihre sieben Sachen zu packen. Viel benötigte sie nicht. Weder brauchte sie sich für die Tennishalle, noch für die morgige Fete besonders aufkratzen. Somit war sie schnell fertig und beide brachen gen Willmenrod auf. Johanna sollte Recht behalten, was ihre Erwartungen an diesen Freitagabend betrafen.

Nach dem Fußballtraining war Benjamin nicht in der Stimmung etwas Großartiges zu unternehmen. Immer wieder musste er an den morgigen Abend denken. Permanent überlegte er, wie er es anstellen konnte, sich am geschicktesten von der Abendveranstaltung zu verdrücken. Die Gesellschaft würde sich so gegen acht Uhr im Saal des Gasthauses Wolf einfinden. Nach einigen routinemäßig kurzgehaltenen Reden würde das 'bunte Programm' gegen halb neun beginnen. Laut Programmablauf wären sie mit ihrer Aufführung ebenfalls recht früh dran, so dass bis zirka halb zehn alles – im wahrsten Sinne des Wortes – über die Bühne gegangen sein müsste. Eine halbe Stunde würde er mit seinen Kumpels ein oder zwei Bierchen zischen und dann, über einen geschickt eingefädelten Toilettengang, den Abgang machen. Sicher würden sie ihn beim nächsten Treffen fragen, wo er denn den ganzen Abend gewesen sei. Doch nachdem er sich ihre Storys anhören müsste und erfahren würde, was er alles verpasst habe, würde bereits nach kurzer Zeit kein Hahn mehr danach krähen, dass er den Abend nicht ausschließlich mit ihnen verbracht hätte. Im Gegenteil, vielmehr könnte er vielleicht in einiger Zeit auftrumpfen, wenn er mit Johanna zusammen wäre und sie ihm bei seinen Fußballspielen zuschauen würde. Spätestens dann sollte jeder Verständnis für seine plötzliche Flucht vom 'Gemütlichen Abend' zeigen.

~ 3 ~

Den ganzen Samstag begleitete Benjamin eine permanent nagende Nervosität. Was sollte er heute Abend nur anziehen, schließlich kannte er Johannas Geschmack, was Männermode anbetraf, noch überhaupt nicht. *„Wenn sie auf die Sachen von Richard steht, dann muss ich heute noch nach Westerburg fahren und mich komplett neu einkleiden. Sollte sie auf die Sachen stehen, die Wolfgang trägt, dann tun es Jeans und Hemd!'* Doch beide Varianten konnten ihn nicht richtig begeistern. Variante Richard war zu teuer und die Variante Wolfgang schien ihm zu normal. Also musste ein Zwischending her. Kurzerhand fuhr er nach Westerburg. Im *Trendhouse*, ein bei der Jugend angesagtes Geschäft was lockere Mode betraf, ließ er sich von Martina inspirieren, einer ehemaligen Klassenkameradin von der Grundschule. Sie selbst absolvierte dort gerade ihre Lehre. Und siehe da, auf Anhieb fand sie ein paar schöne Sachen. Mit einer großen Tüte beladen, fuhr er wieder nach Hause und war froh das Klamottenproblem gelöst zu haben.

Dann war es soweit. Frisch geduscht und neu eingekleidet machte er sich auf den Weg ins Gasthaus. Seine Kumpels saßen bereits an einem langen Tisch und hatten die erste Runde bestellt. Benjamin setzte sich wie gewohnt neben Philipp, einen Jungen aus der Nachbarschaft und einer seiner besten Freunde. Schnell kam eine ausgelassene Stimmung auf und nachdem die obligatorischen Reden gehalten waren, begann das bunte Unterhaltungsprogramm. Einzelvorträge in Form von Büttenreden, aber auch kleinere Rollenspiele wurden zum Besten gegeben. Benjamins Mannschaft hatte ein altes Fußballerlied, das eigentlich das Heimstadion des 1. FC Kaiserslautern – den Betzenberg – besang, auf Gemündener Verhältnisse umgedichtet und mehrstimmig einstudiert.

Wie erwartet wurde ihr Auftritt ein voller Erfolg und die Anwesenden belohnten den Einsatz mit einem tosenden Applaus. Zu Benjamins Entsetzen forderten sie jedoch eine Zugabe, was seinen ohnehin schon aus den Fugen geratenen Zeitplan weiter in Gefahr brachte. Da sich jedoch seine Mitspieler von der Begeisterung des Publikums anstecken ließen, kam auch er nicht drum herum, das Lied noch einmal aus vollem Halse zu trällern.

Gegen Viertel vor zehn verließen sie dann schließlich die Bühne und begaben sich zum Umziehen in einen Nebenraum. Zur Belohnung spendierte der Vorstand des Vereins dort noch einen Westerwälder Kümmel und Korn, womit die geschundenen Kehlen wieder gut geschmiert sein sollten. Erst gegen zehn fanden sie sich wieder am Tisch im Saal ein. Benjamin stürzte ziemlich schnell ein frischgezapftes Hachenburger Pils herunter und verzog sich, als ein neuer Auftritt angekündigt wurde, heimlich, still und leise über die Hintertreppe.

Draußen war es nass und kalt. Februar halt! Schnellen Schrittes machte er sich auf in Richtung Ortsausgang. Hinter dem Ortsschild, welches ihm die erbarmungslose Strecke von vier Kilometern anzeigte, versperrte ihm plötzlich eine Baustelle den Weg und zwang ihn, weitläufig um sie herum zu laufen.

Die weitere Fahrbahn, eine Schotterpiste, wartete mit ziemlich ausgefahrenen Spuren auf. Benjamin versuchte seine Geschwindigkeit zu halten, doch plötzlich übersah er ein mit Wasser gefülltes Schlagloch. Er geriet ins Stolpern. Gott sei Dank, konnte er sich gerade noch auf seinen Handflächen abfangen, ansonsten wäre er längs auf die Straße geknallt. Allerdings gelang es ihm nicht zu verhindern, dass sich ein Teil des Spritzwassers auf seiner niegel-nagel-neuen Rifle-Jeans verewigte und einige unansehnliche erdfarbene Flecken hinterließ.

„So ein Mist! Wie sehe ich jetzt bloß aus?" Die rechte Handfläche schmerzte und begann aus kleinen Aufschürfungen zu bluten. Da sich am Ortsausgang keine Straßenleuchten befanden, konnte er nur erahnen, welchen Schaden sein Outfit genommen hatte. Fast hatte er sich dazu entschlossen, seine Mission abzubrechen und nach Hause zu gehen, als ihn das Licht zweier Scheinwerfer davon abhielt. Ein Auto kam vorsichtig auf der Schotterpiste entlanggefahren und blieb abrupt vor ihm stehen. Noch vom Lichtschein geblendet konnte Benjamin kaum erkennen, wer dort angehalten hatte. Erst als er zum Fahrerfenster ging, sah er, um wessen Fahrzeug es sich handelte. Der Fahrer war Mario, ein Junge aus seinem Dorf. Mario war ein Jahr älter als er und spielte mit ihm im Posaunenchor. Mit Fußball hatte Mario nichts am Hut. Vielmehr stand er auf Kampfsport und Bodybuilding. Das erklärte auch, weshalb er nicht mit dem Rest der Clique, zu der er durchaus gehörte, die Veranstaltung im Gasthaus besuchte. Mario hatte Benjamin gleich erkannt und deshalb angehalten. Verwundert fragte er: »Was machst du denn hier draußen? Kann ich dich mitnehmen?«

»Oh ja, Mario, dich hat der Himmel geschickt! Fährst du zufällig nach Westerburg?« Mario meinte: »Eigentlich nicht direkt, aber ich kann dich trotzdem schnell dorthin fahren. Ich habe ein Date und bin viel zu früh dran!« Benjamin war dankbar und genoss es, im gewärmten Wagen chauffiert zu werden. In einer vagen Kurzfassung erklärte er Mario, warum er die Vereinsfeier bereits verlassen hatte. Bereits nach wenigen Minuten – viel länger dauerte die Fahrt nicht, konnte er auf dem Parkplatz vor dem Haus von Manfreds Eltern aussteigen.

Die Uhr zeigte halb elf, somit war die Party erst anderthalb Stunden im Gange. Benjamin ging langsam die Treppe hinauf und hörte aus einem offenen Fenster leise Musik und lautes Stimmengewirr, was auf eine – wie gewohnt – lebhafte Diskussion schließen ließ.

Aber auch das wichtigste positive Vorzeichen für einen schönen Abend war Benjamin nicht entgangen: ‚Herbie'! Er stand vor der Tür! *Es scheint eine verdammt gute Party zu werden!*, dachte er, als er mit zitternden Händen den Klingelknopf drückte. Sein Herz schlug bis zum Anschlag. Er musste ein zweites Mal klingeln, bevor sich etwas tat. Durch das Milchglas in der Haustür konnte er Manfred anhand seines schlurfigen Gangs erkennen. Dieser drehte vorsichtig den Schlüssel um und öffnete etwas zögerlich die Tür. Sein Gesicht erhellte sich sofort, als er Benjamin grinsend vor sich stehen sah und begrüßte ihn überschwänglich, in dem er ihn an sich drückte.

»Mensch, klasse, dass du da bist. Hätte nie erwartet, dass du deine Fußballerfeier vorzeitig verlassen und hier aufkreuzen würdest. Aber, wie siehst du denn aus, bist du unter einen Laster geraten? Was ist mit deinen Klamotten und deiner Hand passiert?« Benjamin erzählte ihm kurz von seinem Beinahe-Sturz auf der Straße und seinem Glück von Mario mitgenommen worden zu sein.

»Hier schau mal, ich habe hier eine Kleiderbürste. Dann geh erst einmal kurz ins Bad, wo du dir die Hände waschen kannst. Solltest du ein Pflaster benötigen, verarzte ich dich auch noch schnell. Du wirst sehen, anschließend siehst du aus, wie aus dem Ei gepellt!«

Benjamin verschwand schnell ins Bad. Neben seinen Händen wusch er sich zur Sicherheit auch noch das Gesicht. Zum Glück steckte stets eine grüne Bürste in der Innentasche seiner Jacke, so konnte er auch bei seiner Frisur noch retten, was zu retten war.

Manfred war zwischenzeitlich nach oben gegangen, um ein Pflaster aus der Wohnung seiner Eltern zu holen. Er hatte den Luxus, im Parterre eine eigene abgetrennte Wohnung zu besitzen. Seit seine Schwester in Mannheim studierte, konnte er über zwei Zimmer und ein eigenes Bad verfügen. Er gab Benjamin einen Streifen Hansaplast und wartete bis dieser seine Wunde versorgt hatte. »Siehst fast wieder aus wie ein Mensch!«, bestätigte er, als beide das Bad verließen. Manfred ging vor, um den anwesenden Partygästen den neuen Gast gebührend anzukündigen. Noch waren alle im Wohnzimmer versammelt und scharten sich um den kleinen Glastisch, der mit den unterschiedlichsten Getränken und Knabberzeug bespickt war. Das änderte sich gewohnheitsgemäß im Laufe des Abends. Die Raucher zogen sich dann in der Regel in den Flur zurück und andere nutzten Manfreds Schlafzimmer als weiteren Gesprächsraum.

Manfred öffnete die Tür und verkündete: »Ihr werdet es nicht glauben, wer da gerade vor der Tür aufgekreuzt ist und um Einlass gebeten hat. Um bei uns zu sein, hat er eine schier unbezwingbare Strecke durch Eis und Schnee hinter sich gelassen und musste dabei größten Gefahren trotzen. Fast hätte ihn sogar eines jener berühmt-berüchtigten schwarzen Löcher geschluckt, doch er konnte sich durch einen waghalsigen Quantensprung retten. Ich musste ihn zwar erst ein wenig zurechtflicken, doch nun steht er vor der Tür: Wolle wir ihn roi losse?« Ein einstimmig lautes »Ja!« erklang und er riss die Tür auf. Benjamin trat mit großen Schritten ein und verbeugte sich vor dem gespannten Publikum.

»Gut'n Aabend!«, grüßte er, wie eines dieser Mainzelmännchen aus dem ZDF. Als er sich wieder aufrichtete und den Applaus genoss, ließ er sogleich seinen Blick durch den Raum schweifen. Er hoffte, möglichst bald in zwei große braune Augen blicken zu können, die ihm dann ohne Worte sagen würden: ‚Mensch, die Überraschung ist dir geglückt! Toll, dass du doch noch gekommen bist!‘ Benjamin erspähte das erhoffte Augenpaar. Am liebsten hätte er diesen Augenblick angehalten – doch dann schien es, als würden ihm seine Beine wegknicken. Nein, das konnte doch nicht sein! Er traute seinen Augen kaum. Mit Mühe versuchte er Fassung zu bewahren. In seinen Gedanken hatte er sich bereits ausgemalt, wie er nach einer Anstandsbegrüßungsrunde versuchen wollte, irgendwie einen Platz neben Johanna zu ergattern. Doch meistens kam es anders, als man dachte! Erschrocken sah er in ein weiteres Augenpaar – zwei hellblaue Augen. Diese sahen ihn eindringlich an; sie gehörten Wolfgang. *‚Wieso hatte Johanna nicht erwähnt, dass Wolfgang sie zur Party begleitet?‘*

Alle Mühen und sämtliche Hoffnungen auf eine Wiederholung der Vorgänge vom Dienstag waren dahin. Den ganzen Tag hatte er an nichts anderes denken können. Er stellte sich vor, wie Johanna und er sich die ganze Nacht unterhielten. Wie sie – zwar gemeinsam mit anderen, vielleicht aber nebeneinander – im Matratzenlager liegen würden. Wie sie ihn morgens vielleicht heimlich mit einem Kuss wecken würde. Wie sie nach dem Frühstück vielleicht noch irgendwo spazieren gehen würden. Wie sie ihn dann – vielleicht sogar erst gegen Abend – nach Hause fahren würde. Wie sie sich vielleicht mit einem ähnlichen Kuss wie am Dienstag im Bus verabschiedet hätten. Nun war alles nur ein ‚vielleicht‘ und schnöde Illusion. Alles nur Wunschträume, die innerhalb weniger Sekunden wie Seifenblasen platzten.

Johanna spürte Benjamins Unsicherheit und konnte nur ahnen, was in ihm vorging. Sie versuchte die Situation zu retten, indem sie Benjamin einen Platz direkt neben ihr auf der Couch anbot. Ihr sonderbarer Blick und ein Anheben der Augenbrauen sollten Benjamin signalisieren, dass es ihr Leid tat. Ja, ihr tat es Leid! Schließlich wusste sie, dass Benjamin die Vereinsfeier nur wegen ihr verlassen hatte, nur um sie zu sehen. Sie!

Sie versuchte sich erst gar nicht vorzustellen, wie enttäuscht – oder vielmehr wie geschockt – er sein musste, plötzlich Wolfgang gegenüberzustehen. Zum Glück besaß Wolfgang nicht die geringste Ahnung, was sich in diesen Sekunden direkt vor ihm abspielte. Oder?

Benjamin lehnte Johannas Angebot höflich ab und nahm zunächst auf der Erde neben Maximilian und Kathrin Platz. Er goss sich ein Glas Bier ein und trank es in einem Zug leer. Er war völlig aus dem Konzept und musste sich erst wieder sammeln. So sehr hatte er gehofft, einen Abend mit Johanna verbringen zu können. *‚Und nun das!*

Auch Johanna gingen viele Dinge durch den Kopf. Wenn sie gewusst hätte, dass Benjamin tatsächlich kommen würde, dann wäre es ihr bestimmt irgendwie gelungen ohne Wolfgang zur Party zu kommen. Doch da sie im Entferntesten nicht damit gerechnet hatte, war es ihr letztendlich egal gewesen.

‚Wie kann ich mich nur mit Benjamin unterhalten? Wie kann ich ihm sagen, wie sehr ich mich über sein Kommen freue?' Johanna rang mit den Tränen, die ihr plötzlich in die Augen traten. Zum einen vor Wut, weil sich die Situation nun nicht mehr ändern ließ. Leider hatte man das Beamen, wie es schon seit Jahrzehnten im *Raumschiff Enterprise* praktiziert wurde, noch nicht auf der Erde freigegeben. Ansonsten hätte sie sogleich die Anweisung erteilt: *‚Scotti, beam me up!'* Obwohl sie Benjamin schon ganz gerne in die unendlichen Weiten des Weltalls mitgenommen hätte. Einfach *'Per Anhalter durch die Galaxis'* und wenn es zum *‚Kampfstern Galactica'* gegangen wäre, ihr *‚Star Wars'* wert.

Zum anderen kamen ihr die Tränen vor Freude, als sie durch Benjamins Auftauchen feststellen konnte, dass sie ihm anscheinend doch etwas bedeutete. Wenn er seine Kumpels verließ, um sie auf einer ganz normalen Party – wie sie fast wöchentlich stattfand – zu sehen, dann musste schon etwas dahinter stecken. Aber vielleicht bildete sie sich das auch nur ein und er war gar nicht ausschließlich wegen ihr gekommen? Die ersten Zweifel wollten sich einschleichen. Jedoch trafen sich ihre Blicke erneut. Sie sah welche Enttäuschung seine Augen widerspiegelten – so war sie sich sicher, dass er wirklich wegen ihr da war. Das sonst so leuchtende Blau seiner stets lachenden Augen wirkte matt und signalisierte etwas, was sie am liebsten nie wieder sehen wollte – Traurigkeit!

Währenddessen unterhielt Benjamin sich mit Maximilian und Manfred über die bevorstehende Klassenfahrt. Es war geplant, dass sie im März auf eine Klassenfahrt nach Luzern gehen wollten. Obwohl die Schüler sich in der Mehrzahl für eine Fahrt nach Rom, Paris oder Wien ausgesprochen hatten, waren ihre Klassenlehrer übereingekommen, Luzern sei das Ziel der Ziele. Insbesondere Herr Wollschläger hatte sich auf diese Destination festgelegt. Sein Schwager, Geschäftsführer eines großen Softwareunternehmens vor Ort, bot ihnen die einmalige Gelegenheit, zu einer Betriebsbesichtigung. Das gab einerseits der Fahrt einen gewissen betriebswirtschaftlichen Touch und eröffnete andererseits die Möglichkeit, aus diversen finanziellen Töpfen von offizieller Seite Zuschüsse zu beantragen. Dass für Wollschläger zufälligerweise auch die Möglichkeit bestünde, seine Schwester und die neugeborene Nichte zu sehen, habe bei der Entscheidung für das Ziel natürlich keine Rolle gespielt.

Nachdem die Klassengemeinschaft sich zunächst mit der unwiderruflichen Entscheidung schwer getan hatte, konnte sie jedoch die Kostenkalkulation, die Herr Wollschläger und sein Kollege Maier triumphierend in Kopie austeilen ließen, überzeugen. Letztendlich sprachen die Zahlen für sich, wonach Luzern eindeutig günstiger sein würde, als eine Reise nach Paris, Wien oder Rom.

So ließen sich alle bereits geistig darauf ein und die Vorfreude auf das Event begann zu steigen. Die ersten Pläne wurden geschmiedet, wie man den Ort am Vierwaldstätter See gemeinsam aufmischen könnte.

Harry und Laurie, die sich mit Kathrin darüber unterhielten, dass am Dienstag die von Spanien 1969 geschlossene Grenze zu Gibraltar nun nach 16 Jahren wieder vollständig geöffnet wurde und Harry belächelte, als Kathrin meinte, dass sich vielleicht auch einmal die deutsch-deutsche Grenze öffnen könnte, zogen sich kopfschüttelnd auf eine Kippe in den ‚Raucherflur' zurück.

Nachdem Johanna sich vergewissert hatte, dass Wolfgang und Gregor das gestrige Tennisspiel erneut analysierten und sich dabei in ihre Fachsimpelei vertieften, nutzte sie den freien Platz und gesellte sich zu den Jungs auf den Boden. Da Kathrin der Po vom Sitzen auf dem Teppich schmerzte, zog sie es vor, die von Johanna auf dem weichen Sofa hinterlassene Lücke zu schließen. Nachdem auch Manfred kurz aufstand und für Nachschub in Sachen Knabberzeug sorgte, rutschte Johanna näher zu Benjamin. Schier zufällig ließ sie ihre Hand über seine gleiten. Benjamin zuckte zusammen und sah ihr für den Bruchteil einer Sekunde tief in die Augen. Das unvermittelte Gefühl schien eines elektrischen Stromschlags gleich, wenngleich es sich nicht mit den Empfindungen vom Dienstag vergleichen ließ. Zudem wusste er, dass Wolfgang ihm im Nacken saß. Was hätte er dafür gegeben, jetzt mit Johanna allein zu sein. Aber sie hatte ihn mitgebracht – und das kam ansonsten ziemlich selten vor. ‚Also, wieso gerade heute?'

Die Stimmung nahm langsam Fahrt auf und die Unterhaltungen wurden lauter. Bald schon war es eine Party wie jede andere. Johanna und Benjamin sahen sich zwischendurch mehr oder weniger zufällig tief in die Augen. Dieser stets äußerst kurze Moment zauberte ihnen für einen unglaublich schönen Augenblick ein verlegenes Lächeln ins Gesicht. Selbst Wolfgangs Anwesenheit geriet fast in Vergessenheit. Dieser tauschte sich mit Gregor und Kathrin, die ebenfalls dem Tennisgott frönte, über die Philosophie dieses Sportes aus. So wurde es insgesamt ein lockerer und lustiger Abend.

Allerdings endete dieser anderthalb Stunden später sehr abrupt. Mittlerweile war es nach zwölf. Die Realität holte sie auf den Boden der Tatsachen zurück, als Gregor bereits den Anfang machte und aufstand. Er verabschiedete sich, da er am anderen Tag schon sehr früh Verpflichtungen hatte. Zwar unterhielten sich Kathrin und Wolfgang noch eine geraume Zeit, doch schienen sie plötzlich irgendwie unterschiedlicher Meinung zu sein. Kathrin gestikulierte wild und Wolfgang bat sie, sich zurückzuhalten. Kurz darauf stand auch sie auf, verabschiedete sich kurz und knapp und verschwand.

»Du, lass uns auch fahren!«, bat Wolfgang, als er sich zu Johanna kniete. »Die Nacht-schichten in dieser Woche hängen mir noch nach. Ich will einfach nur ins Bett!« Sie schaute ihn groß an, erkannte aber seine Entschlossenheit. Sie wusste, er wollte nach Hause und es hatte dann kaum Zweck – ohne die gute Partystimmung für alle zu riskieren – den Abend künstlich in die Länge zu ziehen. Zudem hatten ähnliche Situationen schon allzu oft zu langen Diskussionen geführt, die sogar in handfeste Streitereien ausufern konnten – und darauf hatte sie nun gar keinen Bock.

Benjamin hingegen versetzten Wolfgangs Worte gleich mehrere Stiche ins Herz und in die Magengegend. ‚Ins Bett!' Allein der Gedanke daran, dass die beiden gleich gemeinsam ins Bett verschwinden würden, drehte ihm fast den Magen um – allerdings war dies ihr gutes Recht, sie waren ja liiert!

»Nur noch ein paar Minuten, wir sind gerade dabei, die Klassenfahrt zu organisieren!«, bat Johanna auf eine gespielt lockere Art und Weise. Ein Flehen wäre in diesem Moment wahrscheinlich zu auffällig gewesen, obwohl es ihrer momentanen Situation eher entsprochen hätte. Wolfgang aber verschwand im Flur, wo Kathrin sich gerade noch von Harry und Laurie verabschiedete. Er versuchte Kathrin, ob des von ihr anscheinend konträr vertretenen Standpunktes zu beschwichtigen, während Harry und Laurie sich wieder zu den anderen ins Wohnzimmer gesellten. »Was haben die denn?«, wollte Johanna von Laurie wissen. »Es ging wohl irgendwie um ein mieses Spiel – oder so!«, antwortete Laurie, die den beiden nicht genauer zugehört, diese Floskel aber noch aufgeschnappt hatte. »Die und ihr Tennis!«, bemerkte Manfred. Allerdings bot der kleine Disput im Flur ein paar Minuten Aufschub!

Als Wolfgang wenig später in den Raum zurückkehrte und bereits Johannas Jacke in der Hand hielt, wurden ihr und Benjamin bewusst, dass der Abend gelaufen war!

Traurigkeit überkam Benjamin. Johanna sah seinen Blick und konnte nur erahnen, was in ihm vorging. Doch sie wusste, Wolfgang würde unter keinen Umständen länger bleiben wollen. Gut, sie könnte bleiben und sich anschließend von jemandem, der sich noch als fahrtüchtig erweisen würde, fahren lassen – Willmenrod lag ja quasi in der Nachbarschaft. Doch dann müsste sie sich morgen wieder diese elenden Diskussionen anhören, auf die sie absolut keine Lust mehr hatte und an denen sich nicht selten die ganze Familie beteiligte. ‚Nein danke!' Sie stand auf und verabschiedete sich von allen, während Wolfgang bereits nach draußen ging. Als sie Benjamin ansah, sagte sie stumm: ‚Es tut mir Leid!' Sie schien es ehrlich zu meinen, wenngleich dies an der heutigen Situation nichts mehr änderte. Ebenso wortlos, antwortete er selbiges. So unerträglich es sich auch anfühlte, sie mussten sich dem Schicksal beugen.

Nun ging alles sehr schnell. Wolfgang rief vom Flur »Tschö!« und Johanna verschwand flotten Schrittes. Einen Moment später hörte man ‚Herbie' auf dem Parkplatz anspringen und davonfahren.

Während die anderen ihre tiefgründigen Gespräche und hitzigen Debatten fortsetzten, konnte Benjamin kaum einen klaren Gedanken fassen. ‚*Was wird sich bei den beiden jetzt abspielen?*' Der Gedanke daran, dass Wolfgang mit Johanna allein sein durfte, war kaum auszuhalten. Er verschwand ins Badezimmer. Zum Glück hatte er die plötzlich in seinen Augen auftauchenden Tränen frühzeitig bemerkt, bevor sie einer der anderen entdecken konnte. Er rang nach Fassung. Erneut wusch er sein Gesicht mit kaltem Wasser.

Als er sich wieder besser fühlte, kehrte er mit einer gespielt lockeren Miene ins Wohnzimmer zurück und nahm sich gleich ein weiteres Bier. Mittlerweile war er, er bedauerte es fast, wieder völlig nüchtern und klar. Während der Diskussion auf dem Boden und der auf Johanna liegenden Aufmerksamkeit, hatte er förmlich vergessen etwas zu trinken. So tat ihm das Bier, das er nun ansetzte und in einem Zug austrank, richtig gut. Und er kippte noch ein weiteres nach. Und dann noch eins. Gegen ein Uhr löste die Gesellschaft sich nach und nach auf. Fast wie immer blieben nur noch Harry und Manfred übrig.

»Was sollen wir mit diesem jungen Abend jetzt noch anfangen?«, fragte Harry, dem es nicht in den Sinn kam, nach Hause zu fahren.

»Sollen wir noch in der Funzel reinschauen?«, schlug Manfred vor. Schnell einigten sie sich auf einen Lokalwechsel. Zu Fuß liefen sie zur Funzel, um dort noch einen Absacker zu nehmen.

Ja, die Funzel war der beliebteste Treffpunkt für die Schüler des WG und des KAG, obgleich die Einrichtung vielmehr einer alte Puppenstube glich. Mit viel Liebe zum Detail und einer anscheinend unerschöpflichen Sammellust hatten die Inhaber, Friedel und Marianne, so allerlei Raritäten zusammengetragen. Und gerade diese Gemütlichkeit hob die Funzel ab von den anderen allzu nüchternen und lauten Kneipen, die es sonst so in Westerburg wie auch auf den Dörfern gab. Regelmäßig verbrachten sie ihre Abende hier. Billardspielen, diskutieren und das alles zu zivilen Preisen. Manfred, Harry und Benjamin nahmen auf einem der Sofas und Ohrensesseln aus Omas Zeiten Platz und orderten ein frischgezapftes Hachenburger Pils.

Johanna saß stumm neben Wolfgang und schmollte. Als wüsste er, dass sie mit ihren Gedanken ganz weit weg war, versuchte er ihre Aufmerksamkeit auf sich zu ziehen und sie aufzumuntern. Doch alle seine Bemühungen waren vergebens. Wie gerne wäre sie noch geblieben. Aber im Beisein von Wolfgang hätte es sowieso nicht gelingen können, eine gelockerte Stimmung zwischen ihr und Benjamin zu erzeugen. Sie dachte an den schönen Nachmittag zurück und wie gut sie sich verstanden hatten. Tatsächlich kam es ihr so vor, als könnte sie sich noch an den Geschmack von Benjamins Lippen erinnern. *„Quatsch!'* Dennoch durchzog sie plötzlich ein wohliges Gefühl. Schon jetzt konnte sie es kaum erwarten, Benjamin am Montag wiederzusehen. Als erstes würde sie ihm sagen, wie unendlich Leid es ihr tat, nicht allein zur Party gekommen zu sein und wie froh sie darüber gewesen war, Benjamin plötzlich in der Tür stehen zu sehen. Ihr Herz hatte fast einen Aussetzer gehabt!

Am liebsten wäre sie vor Freude aufgesprungen, um ihn zu umarmen und um ihm zu sagen: »Mensch, ist das schön, dich zu sehen!« Aber das alles musste sie sich verbieten und ihre Freude sollte gezügelt bleiben. *„Ob es Benjamin trotzdem aufgefallen war, wie sehr sie sich gefreut hatte?'* Sie hoffte es so sehr.

Zu Hause, also in Willmenrod, angekommen, sprangen sie schnell aus dem Auto und flugs ins Haus. Es hatte zu regnen begonnen und bei diesen kalten Temperaturen im Februar bildete sich sofort Glatteis auf der Straße und im Hof. Im Haus war bereits alles dunkel und so gingen sie direkt in Wolfgangs Zimmer.

»Mensch, bin ich jetzt durchgefroren, ich glaube ich muss mich erst einmal an dir wärmen!«

„Auch das noch!' dachte Johanna. Danach war ihr nun absolut nicht zumute. Was sollte sie tun? Wie immer verschwand sie zuerst ins Bad. *„Ich kann natürlich nicht die ganze Nacht hier drin bleiben! Da muss ich dann wohl durch!'* gestand sie sich ein. Also putzte sie sich die Zähne, zog ihren Pyjama an und trat über den Flur zurück ins Zimmer. Das Licht war schon gelöscht. Sie schlüpfte ins Bett und erwartete, dass Wolfgang sich an sie schmiegte.

An und für sich, hatte sie es sich ja noch bis vor ein paar Tagen so sehr gewünscht, dass ihr Freund sie einmal wieder begehrte und mit ihr schlief. Zu Beginn seiner Wehrdienstzeit hatte sie sich immer darauf gefreut, wenn er am Wochenende ,ausgehungert nach ihr und ihrem Körper' heim kam. Sie hatten tollen Sex und sie müsste lügen, wenn sie sich nicht auch im Bett gut verstanden hätten. Doch dann ließ es Woche für Woche nach und sie wusste nicht, was sie falsch zu machen schien. Wolfgang sagte nie etwas dazu. Dann kamen die Diskussionen, von wegen Eigenheim und Familiengründung und das Verhältnis erhielt einen Riss.

Johanna drehte sich zur Seite und wartete noch immer auf eine Reaktion. Plötzlich vernahm sie ein gleichmäßiges Schnauben und erkannte, dass Wolfgang bereits eingeschlafen war.

Harry, Manfred und Benjamin waren hingegen noch gar nicht müde. Im Gegenteil. Sie amüsierten sich prächtig. Bereits den dritten Absacker hatten sie zu sich genommen und freuten sich auf den vierten. Auch Benjamin war inzwischen ganz ausgelassen und vergaß die verpatzte Party. Mittlerweile hatten sich noch mehrere zu ihnen gesellt. Unter anderem auch Nadine und Sabrina. Beide Mädels kannten Benjamin und Manfred schon länger.

Nadine und Benjamin waren seit einigen Jahren sehr voneinander angetan, doch irgendwie konnte Benjamin anscheinend nicht über seinen Schatten springen und ihren Avancen bezüglich des Miteinandergehens nachgeben. Selbst die kleinen Präsente und Briefchen, die Benjamin bis vor einem Jahr noch regelmäßig an seinem Mofa hängend vorgefunden hat, ließen ihn nicht den letzten Schritt gehen. Eigentlich verstanden sie sich großartig und es wurde immer lustig, wenn sie zusammen waren. Doch nachdem er die Realschule absolviert und einen schulischen Neubeginn auf dem Wirtschaftsgymnasium unternommen hatte, verloren sie sich irgendwie aus den Augen. In den Ferien hatten sie sich noch des Öfteren im Freibad getroffen und unbeschwert herumgealbert.

Benjamin mochte Nadine. Sie war so unbekümmert, lebensbejahend und immer lustig. Nachdem sie bereits mehrmals auf Partys miteinander geschmust hatten, war Nadine auch die erste Frau gewesen, mit der er geschlafen hatte. So geschehen, damals – vor gut zwei Jahren – nach einer Fete.

Nadine hatte ihm und noch ein paar anderen angeboten, dass sie bei ihr übernachten könnten, da die Feier in Westerburg stattfand. Gemeinsam verbrachten sie die Nacht in seinem Schlafsack. Wenngleich dies nicht das erste Mal war, dass sie aneinander gekuschelt irgendwo übernachtet hatten, so war es an diesem Abend dann doch über sie beide gekommen.

Allerdings blieb dieses für Benjamin unheimlich aufregende Erlebnis beiderseits unbewusst unkommentiert, weshalb in ihm eine gewisse Unsicherheit wuchs. Hatte er alles richtig gemacht? Schließlich war es sein erstes Mal gewesen! Nein, sie sprachen nicht über das Geschehene. Benjamin nicht, weil er sich nicht traute und Nadine nicht, da es auch für sie die erste Nacht gewesen war und sie kein Problem erkannt hatte, das es zu diskutieren gab. Vielmehr war es eine schon lang ersehnte Nacht gewesen. Vielleicht sprachen sie auch nicht darüber, da es einfach nicht vorkam, dass sie sich allein trafen.

Benjamin fand Nadine ausgesprochen anziehend, insbesondere ihre supersportliche Figur. Schon öfter – also auch bereits vor der besagten Nacht – hatte es ihn total angemacht, wenn sie sich beim Tanzen oder vor allem im Schwimmbecken unbewusst, manchmal bestimmt auch ganz bewusst, an ihn geschmiegt hatte. Trotzdem hemmte ihn etwas daran, eine feste Beziehung mit ihr einzugehen. Vielleicht wollte er es schlicht und einfach nicht riskieren, das herrlich freundschaftliche Verhältnis aus irgendeinem Grund zu verlieren.

Auch heute Abend war es wieder richtig lustig. Sabrina und Nadine kamen ebenfalls von einer Party und hatten beschlossen, wie die drei Jungs, noch einen Gute-Nacht-Trunk zu sich zu nehmen, bevor sie zu Nadine nach Hause gehen wollten. Mittlerweile war die

Runde auf fast zehn Personen angewachsen. Der Uhrzeiger zeigte auf die Zwei und die Sperrstunde nahte.

»Was sollen wir machen, wenn Friedel uns in ein paar Minuten auf die Straße setzt?«, fragte Harry schon ganz beunruhigt, da er absolut noch nicht an einen Abbruch dachte.

»Also, ich kann euch anbieten, dass ihr mit zu mir kommt! Wir könnten uns eine Pizza in den Ofen schieben und genügend zu trinken habe ich auch.« Für Nadine war es nichts Neues so spät Leute mit nach Hause zu nehmen, um mit ihnen dort weiterzufeiern. Nicht selten blieben einige über Nacht. Wie Manfred, so hatte auch sie das Glück, dass sie über eine eigene abgeschlossene Wohnung im Haus ihrer Eltern verfügen durfte.

Manfred, Harry und Benjamin sowie zwei Schüler vom KAG erhoben sich von ihren Sitzen und bezahlten an der Theke die offene Rechnung. Zum Glück war es nicht weit bis zu Nadines Wohnung, denn der einsetzende Regen hatte die Fahrbahn in eine spiegelglatte Rutschbahn verwandelt. Sie hatten Mühe sich auf ihren Beinen zu halten, wenngleich dies nicht ausnahmslos am glatten Untergrund zu liegen schien.

Leise schlichen sie durch den Hausflur, um nicht bereits beim Betreten des Hauses aufzufallen. Die Wohnung lag im Obergeschoss und bestand aus einem großen Schlaf- und Wohnraum sowie einer kleinen Küche. Außerdem verfügte sie über ein relativ großes Bad. Es dauerte nicht lange und alle fühlten sich heimisch. Couch, Stühle und Fußboden wurden belagert. Nadine und Sabrina begannen sofort mit den Vorbereitungen für die Mafiatorte. Schon nach kurzer Zeit duftete es nach gebackenen Zwiebeln, Salami und Peperoni. Nadine wusste, womit sie Benjamins Herz erobern konnte – zumindest was das Kulinarische betraf.

Die Stimmung war super und sie alberten herum. Alle waren gut drauf und auch das Getränkesortiment in Nadines Kühlschrank traf genau den Geschmack der Anwesenden. Manfred und Benjamin gehörten eigentlich schon fast zum Inventar. Des Öfteren hatten sie den Abend bei Nadine ausklingen lassen und waren erst am frühen Morgen Richtung Heimat aufgebrochen. Auch heute schien es spät – oder besser früh – zu werden.

Voller Genuss ließen sie sich die Pizza schmecken und die männlichen Gäste lobten ihre Gastgeberinnen für ihre gute Tat. Gegen vier Uhr verabschiedeten sich die anderen. Harry, der ob der ihn überkommenden Müdigkeit nicht daran dachte aufzubrechen, besetzte einen roten Sitzsack. Wie er schnell erkannte, eignete dieser sich prima als Schlafsessel. So dauerte es nicht lange und seine kleine Nickelbrille hing ihm schief über dem Gesicht. Er schnaufte und schlief den Schlaf der Gerechten.

»Den bekommen wir bestimmt nicht mehr wach«, äußerte Benjamin seine Zweifel.

»Macht doch nichts, wenn er hier schläft. Ihr wolltet doch eh bei Manfred übernachten, also könnt ihr auch hier pennen!«, schlug Nadine vor.

»Würde dich das nicht stören?« Benjamin war im Stillen froh, dass sie das Angebot unterbreitete, da er zum einen keine Lust mehr hatte die Strecke zu Manfred zu laufen und zum anderen mittlerweile den Alkohol ganz schön heftig spürte. Der das Mahl abrundende und ,lediglich zur Verdauungsförderung' abgekippte doppelte Pernod hinterließ seine Spuren. Auch Manfred schien über Nadines Offerte ganz glücklich zu sein. Sogleich begann er die ,Bettenverteilung' vorzunehmen. Eine rege Diskussion kam auf und schließlich einigten sie sich darauf, dass Sabrina und Nadine das Bett haben sollten. Manfred könnte sich auf dem zurückklappbaren Fernsehsessel ausbreiten, während Benjamin es sich auf der Couch gemütlich machen sollte.

Sabrina und Manfred warteten nicht lange und bezogen ihre Stellungen. Benjamin und Nadine hingegen schienen noch nicht richtig müde zu sein. So viele Dinge kamen ihnen plötzlich in den Sinn und ein unerschöpflicher Fundus an lustigen Schulgeschichten, Kindheitsepisoden und so weiter tat sich auf. Die Schule, die Leute, die sie gemeinsam kannten und natürlich auch darüber, wieso es anscheinend mit ihnen beiden nicht funktionieren wollte, alles wurde mehr oder weniger ausführlich zum Thema.

»Macht doch wenigstens das Licht aus, wenn ihr nicht schlafen wollt!«, raunzte Manfred schon halb im Schlaf liegend. Benjamin stand auf und knipste die Birne der Stehlampe aus, die sich direkt hinter dem Sofa befand. Jetzt war es fast total dunkel und nur das schwache Licht einer Straßenlampe, die im angrenzenden Park stand, hellte das Zimmer mit kaum wahrnehmbarem Schein auf. Benjamin setzte sich aufs Sofa und stellte gleich fest, wie schön weich es im Gegensatz zum harten Fußboden war. Nadine gesellte sich im Schneidersitz zu ihm und beide setzten ihre Unterhaltung fort. Da sie sehr leise reden mussten und auch wollten, rückten sie immer näher zusammen. Das, was die anderen unter keinen Umständen mitbekommen sollten, flüsterten sie einander ins Ohr. Hierbei berührten häufig ihre Lippen die Ohren des anderen. Eine knisternde Spannung entstand und beide fanden diese total schön.

Allmählich berührten auch ihre Hände einander und ehe sie es sich versahen, saßen sie Händchen haltend auf dem Sofa. Dann geschah, was geschehen musste. Beide wollten zur gleichen Zeit dem anderen etwas ins Ohr flüstern und drehten synchron die Köpfe zueinander, als sich ihre Lippen berührten. Für eine Millisekunde erschraken sie darüber. Sie wichen zurück. Allerdings bewegten sie sich bereits kurz darauf – wie abgesprochen – wieder aufeinander zu. Sie küssten sich. Es war aufregend und schön. Aufgestaute Leidenschaft konnte sich entladen. Langsam ließen sie sich zurückfallen und nach wenigen Momenten lagen sie eng umschlungen auf dem Sofa. Sie streichelten einander und drückten sich. Als sie es schließlich nicht mehr aushielten, endlich die nackte Haut des anderen zu spüren, verschwanden sie unter der Dekordecke. Schnell streiften sie ihre Klamotten ab und ließen ihren Gefühlen freien Lauf.

Gegen Morgen rief Manfred die Natur. Er traute seinen Augen nicht, als er das Flur-
licht anknipste, wodurch ein leichter Lichtschein in das Zimmer geworfen wurde. Waren
das tatsächlich Nadine und Benjamin, die dort gemeinsam unter der Decke lagen und
zusammen auf dem Sofa eingeschlafen waren? Natürlich war es von Manfred seit Jahren
nicht unbemerkt geblieben, dass es zwischen den beiden mal mehr mal weniger knisterte.
Allerdings rechnete er im Augenblick nicht damit, da Benjamin erst in dieser Woche
Johanna nähergekommen war.

‚Na ja, vielleicht haben die beiden sich einfach nur bis zur Erschöpfung unterhalten!', dachte Manfred und verschwand im Bad. Als er wieder zurückkam, löschte er das Licht und legte sich
auf seinen Sessel. Jetzt war die Party endgültig beendet.

Gegen neun wachte Sabrina auf und begann mit lautem Geklapper Kaffee zu kochen.
Nadine reckte sich und sah sich ein wenig verlegen um, da sie nicht auf dem ihr zugewie-
senen Schlafplatz wach geworden war. Schnell fingerte sie unter der Decke ihr T-Shirt
und den Slip hervor und zog beides vorsichtig an. Langsam lupfte sie noch einmal die
Decke, als brauchte sie eine eindeutige Bestätigung für das, was heute gegen Morgen
zwischen ihr und Benjamin passiert war. Ja, auch er war völlig nackt – sie hatte nicht
geträumt!

Bevor sie behutsam, ohne ihn aufzuwecken, das Sofa verließ, fuhr ihre Hand noch
einmal sanft über seine Brust. Ehe sie zu Sabrina in die Küche ging, beugte sie sich zu ihm
hinab und gab ihm einen kleinen Schmatzer auf die Wange. Benjamin schlief tief und fest.
Nadine wusste, wenn er aufwachte, war höchstwahrscheinlich wieder alles so wie zuvor.
Schon des Öfteren hatten sie sich nach einer durchgequatschten Nacht schmusend und
aneinander kuschelnd niedergelassen. Doch am Morgen danach war die Situation dann
stets so, als sei nichts zwischen ihnen gewesen. In der Regel war es Benjamin von dem am
anderen Tag nichts zurückkam. Nadine konnte es nur schwer begreifen, doch es gelang
ihr es zu akzeptieren, da sie nicht gegen ihre Gefühle für Benjamin ankämpfen wollte. So
war sie dankbar dafür, dass sie ihm wenigstens in ein paar Nächten etwas näherkommen
konnte. Ihr würde es schlechter gehen, wenn sie wüsste, es würde nie wieder geschehen.
Außerdem gab sie die Hoffnung niemals auf, dass vielleicht doch noch einmal ein
richtiges Paar aus ihnen würde. *‚Wer weiß, vielleicht ist es ja heute soweit!'*

Sabrina und Nadine bemühten sich zunächst um ein einigermaßen ansehnliches Aussehen, bevor sie ihre Vorbereitungen für ein gutes Frühstück fortsetzten. Der Duft von
gebratenen Spiegeleiern, knusprigem Toast und einem frisch aufgebrühten Kaffee
hauchte den drei noch recht verkatert aussehenden Gesellen neue Lebenskraft ein. Nach
und nach reckten sie sich. Harry kramte nach seiner Nickelbrille. Sein langes rotes Haar

stand kreuz und quer und er hatte Mühe es mit seiner Bürste zu begradigen. Benjamin kam als Letzter zu sich.

Sein Gesicht war ganz verknautscht und zunächst wusste er gar nicht, wo er eigentlich war. Er war nackt! Verstohlen blickte er sich um. Das Stimmengewirr in der Küche versicherte ihm, dass alle sich bereits dort eingefunden hatten. Schnell sprang er auf, zog die Decke hoch und schnappte sich seine Klamotten. Nadines Jeans lag noch als Knäuel am Fußende des Sofas.

Schnell schlüpfte er in seine Shorts und streifte sich das T-Shirt über. Anschließend verschwand er ein wenig wackelig auf den Beinen ins Badezimmer. Zum Wachwerden ließ er sich kaltes Wasser über den Kopf laufen, wenngleich dieser fast zu groß zu sein schien, um unter den Wasserhahn zu passen. Wie sagte seine Schwester Ann-Kathrin immer, sollte sie – was äußerst selten vorkam – einen über den Durst getrunken und am nächsten Tag mit dem Kater zu kämpfen haben: »Ich habe einen Kopf, den kratze ich mir am besten mit einer Heugabel, so dick ist der!« Au Backe, auch er hatte einen dicken Kopf! Und noch einmal ‚au Backe‘, Mensch, hatte er Kopfschmerzen!

Bevor er zu den anderen gehen konnte, musste er sich zunächst noch ein wenig auf dem Rand der Badewanne ausruhen. Draußen hörte er Gelächter und leise Musik. Was war geschehen? Warum waren sie jetzt eigentlich nicht bei Manfred? Wie kam es, dass sie sich noch immer in Nadines Wohnung befanden? Was war heute Nacht passiert? Er hatte noch eine vage Erinnerung und im Stillen hoffte er, er habe alles nur geträumt. Was sollte er sagen, wenn er jetzt nach draußen gehen würde? Noch einmal atmete er tief durch und ging mit recht unsicheren Schritten hinüber in die Küche. Die anderen saßen bereits am Frühstückstisch und warteten darauf, dass auch er sich zu ihnen gesellte. Nadine strahlte ihn an und fragte mit leicht ironischem Unterton, ob er gut geschlafen habe. Spätestens jetzt war ihm klar, dass er nicht geträumt hatte.

Der Kaffee tat tierisch gut und aktivierte die Lebensgeister, wenngleich Benjamin ein flaues Gefühl in seiner Magengegend spürte. Doch dadurch, dass die Stimmung am Tisch recht gelockert schien, konnte auch er schon bald wieder lachen. Gegen elf hoben sie die Runde auf.

Als die Männer sich an der Haustür von Nadine und Sabrina verabschiedeten, waren sie sich einig, dass diese Nacht nach einer Wiederholung schrie. Wobei Nadine ihre Wiederholungswünsche eher auf die Zeit am frühen Morgen bezog. Fragend schaute sie Benjamin in die Augen und hoffte, er würde noch etwas zu ihrem gemeinsamen nächtlichen Erlebnis sagen. Der nahm sie jedoch wieder einmal nur stumm in den Arm und lächelte sie an. Dann gaben sie einander, wie sie es immer taten, einen sanften Kuss auf die Wange. »Nadine, vielen lieben Dank! Ich hab dich total gerne!«, bedankte sich Benjamin. *Ich will dich unbedingt heute Nachmittag wiedersehen! Ich will mit dir ins Kino zum*

Knutschen gehen! Anschließend will ich mit dir das von heute Nacht wiederholen! Gemeinsam will ich mit dir kuscheln und schmusen! Danach will ich mit dir etwas essen gehen! Ich will von dir träumen! Ich will dein Partner sein – ja, will mit dir durch dick und dünn gehen...', doch all diese Worte blieb er ihr wiedereinmal schuldig. Nadine war enttäuscht und Sabrina bemühte sich redlich, sie wieder aufzumuntern. Schließlich gelang es ihr und je länger Nadine über die letzte Nacht nachdachte, umso sicherer wurde sie, dass sie die Hoffnung nicht aufgeben würde.

***

Johanna wachte früh am Morgen auf und grübelte über den verpatzten Abend. Letztendlich verlief das ganze Wochenende anders, als sie es sich eigentlich vorgestellt hatte. Der einzige Lichtblick war das unerwartete Erscheinen von Benjamin gewesen und dass sie ihm, wenn auch nur neben ihm sitzend, doch noch so nah sein durfte. Dann sein Lächeln und die Augen. *,Wow!'*

Johanna kam richtig ins Schwärmen und wurde fast rot, als sie bemerkte, dass sie im Bett eines anderen Mannes lag – ihres Freundes. Was passierte mit ihr? Sie konnte es sich selbst nicht richtig beschreiben, aber sie spürte ganz tief ein Kitzeln in sich. Ja, vielleicht handelte es sich um eine kleine flackernde Flamme, die mehr und mehr aufzulodern begann. Doch sie wusste, neben diesem wohlig wärmenden Schein, barg dieses kleine Feuer auch die Gefahr, sich an ihm zu verbrennen. Durfte sie es überhaupt zulassen, solche Gefühle in ihrem Herzen zu bewegen? Sie hatte doch Wolfgang!

Gut, die Hitze der Leidenschaft vom Anfang war längst abgekühlt. Wenn sie so überlegte, dann kam sie zu dem erschreckenden Ergebnis, dass sie sogar erkaltet war und sie nicht darum herum käme, die Situation so zu beschreiben: Die Leidenschaft, sofern sie diese Residualempfindungen überhaupt so nennen konnte, köchelte höchstens noch auf Sparflamme! Dennoch brodelte da etwas und war noch nicht vollends erloschen. Allerdings ließ sich das, was sie fühlte, in keiner Weise mit dem vergleichen, was sie für diesen Jungen aus ihrer Nachbarklasse empfand. Damals, also schon vor ein paar Wochen, war sie erschrocken, als ihr irgendetwas den Atem nahm, wenn sie ihm auf dem Flur in der Schule begegnete. Grüßte er sie freundlich mit »Hallo Hanni!«, dann war es sogleich um sie geschehen gewesen. Zunächst wusste sie nicht, warum sie nach Luft ringen musste, um rechtzeitig ein einigermaßen klar intoniertes »Hi Benjamin« herauszubringen – gerade sie, die eigentlich nie so schnell in Verlegenheit zu bringen war.

Unvermittelt begann sie zu grinsen, als sie an die Szene im Bus dachte, hinter Manfreds grünem Tuch. Sie fragte sich: *,Ob er und die anderen noch einen schönen Abend hatten?'* Sie war sich sicher, dass sie ihn heute am Nachmittag anrufen würde. Wolfgang müsste sowieso gegen vier Uhr zum Dienst fürs Vaterland aufbrechen und so ergäbe sich vielleicht doch eine Gelegenheit Benjamin zu treffen. Ob sie es überhaupt so lange aushalten konnte? Ob er nicht vielleicht schon verplant war? Sie müsste ihn eigentlich früher erreichen und mit ihm etwas verabreden. Doch ihr kam keine treffende Idee in den Sinn. Wie oder von wo konnte sie ihn möglichst unauffällig erreichen? Wollte er das überhaupt? „*Manfred!*', fiel es ihr wie Schuppen von den Augen. „*Ja, Mensch, dass ich daran nicht früher gedacht habe! Die haben doch bei ihm gepennt und was spräche dagegen, wenn ich mich ganz unverfänglich – bei Manfred – erkundige, wie der Abend noch so gelaufen ist. Vielleicht ist Benjamin anwesend und kommt ans Telefon, wenn er hört, dass ich dran bin?*' Johanna schien ob ihrer blendenden Idee plötzlich in bester Laune und hell wach zu sein. Vorsichtig schlich sie sich aus dem Bett. Für Wolfgang, der gerne etwas länger schlief, war das nichts Ungewöhnliches, schließlich gehörte Johanna zu den Frühaufstehern. Leichten Fußes verschwand sie im Badezimmer, wo sie zunächst eine ausgiebige Dusche nahm. Anschließend wickelte sie ihre noch feuchten langen Haare in ein Frotteehandtuch und schlang dieses wie einen Turban um den Kopf. Sie tat es immer so und wusste, dass wenn man(n) sie so sah, man(n) nur dahin schmelzen konnte, da sie in diesem exotischen Outfit, unterstützt von ihrem südländischen Teint, äußerst verführerisch aussah. Schnell zog sie ihren Slip an, warf einen etwas längeren Pullover über und ging hinunter in die Küche. Johanna wusste, dass am Wochenende selten jemand dort anzutreffen war. Wolfgangs Eltern begaben sich in der Regel früh nach draußen und versorgten die Pferde.

Sie kochte sich einen starken Kaffee, schließlich wollte sie bei vollem Bewusstsein sein, wenn sie mit Benjamin telefonierte. Dann stellte sie das Telefon aus dem Flur auf den Küchentisch und betrachtete es stumm. Vorsichtig schlürfte sie ihren heißen und wirklich stark aufgebrühten Trunk. Sie wartete ein paar Minuten, damit sie sicher gehen konnte, dass sich dessen Wirkung voll entfaltet hatte und sie aus dem ‚Standby-Betrieb' auf ‚On' switchte. Es war soweit und sie fühlte sich fit. Die Uhr in der Küche zeigte auf die Elf. Sie beschloss, dass es somit spät genug sein sollte und sie die jungen Männer anrufen oder gar aus dem Bett klingeln konnte.

Mit zittrigen Fingern und leicht flauem Gefühl im Magen, drehte sie die Wählscheibe des Telefons. „*Wie altmodisch!*', dachte sie, denn ihre Eltern besaßen bereits ein Telefon mit moderner Tastatur. Gerade heute kam es ihr vor, als rattere die gelöcherte Kunststoffscheibe schneller zurück als sonst. Anscheinend sollte sie keine Zeit bekommen, doch noch einen Rückzieher zu machen. Ein gleichmäßig piependes Freizeichen war zu vernehmen. Sie ließ es klingeln. Es dauerte ganz schön lange und die ersten Zweifel ob ihres Unternehmens stiegen in ihr auf. Was tat sie hier und jetzt? Wollte sie das Ganze überhaupt durchziehen? Mit einem Ohr lauschte sie nach oben und hörte, ob Wolfgang sich bereits auf den Beinen befand. Doch sie vernahm keine störenden Geräusche! „*Mensch, sind die etwa noch immer am pennen!*' Sie wollte gerade auflegen, als sich eine Stimme am anderen Ende meldete.

»Hey Manfred, ich bin's, Hanni! Ich wollte nur mal hören, wie es euch so ergangen ist. Habt ihr alle Flaschen noch leer gemacht?« Manfred musste erst einmal seine Gedanken sortieren und vor allem überlegen, was er jetzt überhaupt sagen sollte. ‚Auch das noch! Muss Johanna ausgerechnet mich anrufen?' Manfred konnte es nicht glauben. Schließlich war er soeben erst nach Hause gekommen und Harry fuhr Benjamin gerade nach Gemünden. Manfred wusste im ersten Moment nichts zu sagen. Johanna bemerkte sein Zögern am anderen Ende. »Habe ich euch etwa gerade geweckt? Tut mir leid, ich kann auch später noch einmal anrufen!«

»Nein ist schon gut!«, rang Manfred mit sich selbst. »Harry und Benjamin sind eben gefahren!« Johanna war enttäuscht, dass ihr Versuch mit Benjamin zu sprechen fehlgeschlagen war.

»Was habt ihr denn so getrieben? Ward ihr noch in der Funzel oder seid ihr bei dir zu Hause versumpft?«

»Hm«, entglitt es Manfred etwas zögerlich und Johanna spürte, dass da irgendetwas nicht stimmen konnte. Entweder war Manfred noch tierisch müde oder verkatert oder gar beides. Oder es war irgendetwas passiert, was er nicht unbedingt preisgeben wollte. Johanna kannte Manfred sehr gut und wusste nachzuhaken. »Also, was habt ihr noch gemacht?«

»Ja, wir waren in der Funzel und haben noch mächtig was getrunken. Es waren auch ein paar andere da, von der FOT und vom KAG.«

»Seid ihr lange da gewesen und musste euch der Friedel wieder rausschmeißen, weil ihr nicht nach der Sperrstunde gehen wolltet?«

»Ja, kann man so sagen. Wir haben wirklich mal wieder bis zum Schluss durchgehalten. Haben uns aber Friedel nicht zur Wehr gesetzt und sind freiwillig heim.«

»Na, dann ward ihr nicht ganz so spät zu Hause. Aber wahrscheinlich habt ihr da noch weitergemacht?« Manfred überlegte ob und was er ihr sagen sollte. Doch im Endeffekt käme es ja sowieso raus und wieso sollte gerade er Johanna nicht die Wahrheit sagen dürfen. Schließlich hatte er selbst nichts zu verbergen.

»Nun, wir sind anschließend noch zu einer Bekannten von mir und Benjamin gegangen. Sie wohnt in der Nähe der Funzel und es war ja so verdammt glatt draußen. Und bei unserem Alkoholpegel wäre es ziemlich halsbrecherisch gewesen, die Strecke bis zu mir zu gehen. Nadine hat eine eigene Wohnung und so konnten wir da noch einfallen. Dort haben wir zusammen Pizza gegessen. Und mit dem Trinken waren wir auch noch nicht fertig. Ja, so wurde es immer später und später. Mit vollem Magen und dem ganzen Alkohol im Blut haben wir es schließlich vorgezogen, dort zu übernachten.«

»Wie, ihr seid nicht mehr die paar Meter zu euch nach Hause gegangen?«, fragte Johanna fast ungläubig. »Ja, hat die denn so eine große Wohnung, dass ihr mit allen Leuten da pennen konntet?«

»Ach so, die anderen beiden vom KAG sind dann doch gegangen!«

»Da sieht man es mal wieder, die Männer vom KAG haben wenigstens noch Manieren! Ja, und ihr, habt ihr dann da auf dem Fußboden geschlafen? War doch bestimmt total unbequem?«

»Ach du, es ging eigentlich. Harry lag zusammengekauert auf einem Knautschsack, Sabrina im Bett, ich auf einem umklappbaren Fernsehsessel und Benjamin hat es sich auf der Couch bequem gemacht!«

»Hm, dann hatte es der ja wenigstens noch am Bequemsten, das freut mich!«

»Ja, das kann man wohl so sagen, dass er es sehr bequem hatte!« Johanna spürte gleich den leicht ironischen Unterton. Irgendetwas schien nicht zu stimmen.

»Wie meinst du das, Manfred?« Am anderen Ende der Leitung war nichts zu hören. Auch Manfred nahm im gleichen Moment wahr, dass er wohl nicht die optimale Antwort gegeben hatte. Krampfhaft versuchte er die Situation zu retten, indem er Johannas Frage ignorierte. »Was machst du denn heute noch so, seid ihr gestern noch weg gewesen oder habt ihr euch direkt ins Bett verzogen? Wenn man sich die ganze Woche nicht sieht, dann freut man sich doch aufeinander, im wahrsten Sinne des Wortes – oder?«

Johanna konnte über Manfreds Scherzversuch nicht lachen. Im Gegenteil, diesmal ignorierte sie seine Gegenfrage. Sie merkte aber gleich, worauf er anspielte und dass sie eigentlich kein Recht hatte, ihn nach seiner Nacht zu fragen, beziehungsweise aus ihm herauszuquetschen, was die Jungs in der letzten Nacht getrieben hatten. Doch es wurmte sie.

Manfred hatte eine Andeutung gemacht, die ihr Angst bereitete. Nun wusste sie nicht, wie sie an eine Antwort herankommen konnte, die sie eigentlich nicht hören wollte. Völlig aufgelöst saß sie am Hörer und überlegte, wie sie die nächste Frage geschickt formulieren konnte, ohne gleich mit der Tür ins Haus zu fallen.

»Ihr seid also die ganze Nacht bei den Mädchen geblieben und hattet euren Spaß! Sei euch gegönnt!« Sie hasste sich für diesen zweiten Satz, aber vielleicht sprang Manfred ja darauf an.

»Ja, war ganz nett. Wir kennen die beiden schon lange. Wir waren schon oft mit mehreren Leuten bei Nadine. Ihre Eltern zeigen sich da ganz locker. Aber wir sind auch immer ganz vorsichtig und machen keinen Krach.«

»So ein Ausweichquartier ist nicht schlecht, wenn man gerade gut drauf ist und die Lieblingskneipe schon so früh schließt. Aber, dass ihr nicht zu dir nach Hause gegangen seid, wo du quasi um die Ecke wohnst! Hat einer von euch vielleicht nähere Ambitionen?« Johanna war gespannt was Manfred nun sagen würde.

»Hm, eigentlich läuft das immer ganz harmlos ab – also auf rein freundschaftlicher Basis. Gut, Nadine steht oder stand schon immer auf Benjamin, aber irgendwie hat es bei ihm wohl nie so richtig gefunkt!« Manfreds Erklärungen wirkten etwas vage und ließen genügend Platz für einige Interpretationen. Johanna spürte, dass sie ihr Gefühl von vorhin nicht getäuscht hatte. Es schien tatsächlich eine Verbindung zwischen Benjamin und dieser Nadine zu geben. Sollte hinter diesem *,Benjamin hatte es am Bequemsten!'* doch noch mehr stecken?

»Und heute Nacht, wie war das da? Hat es da zwischen den beiden gefunkt?« Jetzt ging Johanna aufs Ganze. Manfreds Pause verriet ihr, dass er überlegte, was er ihr sagen konnte, was nicht.

»Was soll ich dir sagen, Johanna. Die beiden haben sich, nachdem wir uns alle zum Schlafen legen wollten, noch lange unterhalten – ich meine wirklich verbal. Als ich am Morgen aufgewacht bin, lagen sie dann gemeinsam unter der Decke auf der Couch. Ich kann dir nicht sagen, ob und was da gelaufen sein könnte. Ich habe nach den ganzen Bierchen echt gut und tief geschlafen. Ich weiß nur eines, als wir am Frühstückstisch saßen und anschließend die Wohnung verließen, hatte es nicht den Anschein, als habe sich da bei beiden irgendetwas über Nacht verändert. Wenn da etwas gewesen wäre, dann hätte man dies am Verhalten der beiden spüren müssen.«

Für Johanna stand jedoch die Antwort fest. Es war etwas geschehen. Etwas, das sie sich in ihren schlimmsten Träumen nicht vorstellen wollte. Nie wäre sie auf den Gedanken gekommen, das Telefonat könnte eine derartige Wendung nehmen und solch ein schreckliches Ergebnis mit sich bringen. Sie wünschte sich, sie hätte nicht angerufen. Es wäre wahrscheinlich besser gewesen, auf Benjamins Variante am Montag zu warten. Vielleicht hätte er ihr alles verschwiegen oder sie gar angelogen, aber dann wäre ihr wenigstens der Schmerz, der sie jetzt den ganzen Tag quälen würde, erspart geblieben. Johanna kämpfte mit den Tränen und versuchte das Gespräch einigermaßen unauffällig zu beenden.

»Nun, dann erhole dich mal gut, Manfred. Wir sehen uns morgen in der Schule.«

»Okay, Hanni. Ich hoffe, ich habe dir den Tag nicht völlig verdorben. Aber glaube mir, da war bestimmt nichts! Mach's gut! Grüße mir Wolfgang – er soll ordentlich fürs Vaterland kämpfen!«

,Ach du Schande, Wolfgang!' Für einige Zeit hatte sie ganz vergessen, dass sie nicht zu Hause war, sondern bei Wolfgang. Manfred holte sie mit seinen Grüßen an ihn wieder in die Realität zurück. Wenngleich sie kaum glauben konnte, was sie gerade gehört hatte,

blieb ihr jetzt gar keine Zeit, um darüber nachzudenken. Sie atmete durch, packte das Telefon und stand auf.

Sie traf fast der Schlag – Wolfgang stand in der Küchentür und lehnte am Rahmen.

,Wie lange mochte er da schon gestanden haben?', erschrak Johanna und versuchte eine gute Miene zum gefährlichen Spiel mit dem Feuer aufzusetzen.

»Guten Morgen, mein Schatz!«, sagte Wolfgang süffisant. Seine Augen schienen sie zu durchdringen.

***

»Mach's gut und übertreibe es heute nicht mehr so sehr!« Benjamin schlug die Tür von Harrys orangefarbenen R4 zu. Benjamin fühlte sich gut und schrecklich zugleich. Eigentlich war es letztendlich doch noch ein richtig toller und lustiger Abend gewesen. Auch die Nacht war eigentlich toll! Eigentlich! Eigentlich!

Trotzdem, er fühlte sich gleichzeitig schlecht. Es war nicht allein das Gefühl, eine Nacht durchgezecht zu haben. Ein gänzlich anderes Gefühl knetete in seinen Eingeweiden herum. Was war passiert?

Das mit Nadine war nichts Neues. Sie kannten und mochten sich schon ewig lange. Auch dass beide gemeinsam kuschelnd oder miteinander schlafend eine Nacht verbracht hatten, war schon öfter passiert. Nein, aber dieses Mal war alles ganz anders. Schon beim Frühstück musste er an Johanna denken. Wie sollte er ihr jemals wieder unter die Augen treten können? Gleichzeitig schämte er sich Nadine gegenüber. Er hatte Angst auch sie zu verlieren.

Zwischendurch, auf dem Weg zu Manfred, kam ihm dann der Gedanke: *,Was soll's, schließlich sind Johanna und ich kein Paar. Außerdem war sie es, die gestern mit dem Typen ins Bett verschwunden ist. Wer weiß, was die beiden da angestellt haben!'* Schon bei dem Gedanken, was Johanna und Wolfgang in der Nacht alles miteinander getrieben haben könnten, schnürte es ihm die Kehle zu. Sollte er ihr überhaupt irgendetwas von Nadine erzählen? Was aber, wenn Harry oder Manfred aus Unwissenheit irgendetwas erzählten?

Sie würde ihn bestimmt nie wieder anschauen, geschweige ihn küssen wollen. Auch dieser Gedanke drehte ihm fast den Magen um. Er öffnete die Tür zu seinem Elternhaus. Seine Mutter hatte gerade das Essen aufgetischt und bat ihn, gleich Platz zu nehmen. *,Auch das noch',* dachte er bei sich, aber er wollte möglichst unauffällig bleiben. So nahm er am Tisch Platz und beteiligte sich mehr oder minder am Gespräch. Seinen Eltern entging nicht, dass er an diesem Mittag recht wortkarg war, doch sie schoben seine Teilnahmslosigkeit auf die durchgezechte Nacht.

»Seid ihr bei Manfred geblieben oder ward ihr noch in Westerburg unterwegs?«, wollte sein Vater wissen.

»Zunächst haben wir bei Manfred mit ein paar Leuten aus der Klasse gefeiert und sind anschließend in die Funzel!«

»Wer war denn alles da?« Benjamins Eltern kannten die meisten Klassenkammeraden, schließlich hatten sie auch schon des Öfteren bei ihnen gefeiert.

»Harry war da, der Gregor aus Seck. Silke und Laurie. Der Arno und der Steve. Die Kathrin, die kennt ihr ja auch, und noch ein paar andere. Nachher in der Funzel haben wir noch Sabrina und Nadine getroffen.« Benjamins Eltern kannten ebenfalls die beiden Mädchen. Schon mehrfach war Nadine am Telefon gewesen und hatte nach Benjamin verlangt. Manchmal kam sie einfach hereingeschneit und gab Briefchen oder kleine Geschenke für Benjamin ab. Sie fanden Nadine sehr nett und konnten nicht verstehen, weshalb ihr Junior nicht anbiss und sich zwischen beiden mehr als nur platonische Freundschaft entwickelte.

Benjamin aß mit gemäßigtem Appetit seinen Teller leer und verzog sich anschließend in sein Zimmer. Wieder legte er die Schallplatte von *Journey* auf und überlegte, wie er das fast vergangene Wochenende bewerten sollte. Er musste ständig an Johanna denken und daran, wie er ihr alles schonend beibringen könnte, ohne sie zu verlieren. Ja, sie zu verlieren, das war seine größte Angst. *‚Aber kann man überhaupt etwas verlieren, was man noch gar nicht besessen hat?'*

Auf jeden Fall war das Wochenende für ihn gelaufen und am liebsten hätte er sich für immer in seinem Bett vergraben.

~ 4 ~

Johanna wachte bereits recht früh auf.

Noch immer schwirrte ihr der gestrige Tag im Kopf herum. Letztendlich hatte sie ihn doch mehr oder weniger gut überstanden. Den ersten Schock hatte ihr natürlich das Gespräch mit Manfred verpasst, wenngleich der zweite, Wolfgangs Anschleichmanöver, ihr ebenfalls unter die Haut gegangen war. Zunächst dachte sie, er würde sie nun ‚stundenlang verhören', eventuell gefolgt von einer Eifersuchtsattacke, doch genau das Gegenteil war der Fall gewesen.

»Mit wem hast du denn telefoniert?«, wollte er wissen. Doch zu ihrer Verwunderung, gab er sich sofort damit zufrieden, als Johanna ihm erzählte, sie habe sich bei Manfred nach dem restlichen Verlauf der Party und seinem allgemeinen Befinden erkundigt. Da er um das enge freundschaftliche Verhältnis der beiden Bescheid wusste und Manfred auch persönlich kannte, sah er in diesem schlaksigen Kerl nie einen ernsthaften Konkurrenten.

Der Blick, den Johanna zunächst als süffisant und angriffslustig gedeutet hatte, war ganz anderer Natur gewesen. Stumm trat Wolfgang auf Johanna zu und nahm ihr das Telefon aus der Hand. Er stellte es zurück auf den Tisch. Dann griff er nach ihrem Handtuchturban und zog eine Schleife heraus, worauf dieser in sich zusammenfiel. Ihr feuchtes langes Haar glitt an ihr herunter. Er zog sie an sich heran und Johanna konnte sofort durch seine dünne Pyjamahose spüren, dass er erregt war. Seine rechte Hand glitt unter ihren Pulli und tastete sich über den Rücken bis zu ihren Schulterblättern hinauf, bevor sie sich einen seitlichen Weg zu ihrem Busen suchte. Johanna wusste nicht wie ihr geschah und sie reagieren sollte. Sie erschrak erneut – diesmal jedoch über sich selbst, denn auch sie fühlte sich tatsächlich erregt. Seine Lippen suchten ihre und sie begannen sich leidenschaftlich zu küssen. Ihre Hand verschwand unter seinem T-Shirt, wo sie seine vor Erregung schon feuchte Haut spürte, während seine Finger in ihren Slip glitten ...

Johanna war noch immer völlig konfus ob des gestrigen Morgens. Sie hatten sich tatsächlich auf dem Küchentisch seiner Eltern geliebt. Und es war einfach toll gewesen! Das Telefon war zu Boden gekracht, doch es hatte sie nicht stören können. So etwas hatten sie bisher noch nie gemacht und Johanna fragte sich, wie und warum Wolfgang sie gerade gestern so heiß verführt hatte.

Anschließend setzten sie sich gemeinsam an den selbigen Tisch und frühstückten ausgiebig. Sie fand es schön. Tatsächlich gelang es ihr sogar Benjamin für einige Stunden aus ihrem Kopf zu verdrängen – und das war ihr noch nicht einmal schwer gefallen. Anschließend, während sie sich in Wolfgangs Zimmer wieder angezogen und sie ihre Sachen zusammengepackt hatte, schämte sie sich sogar ihrer Gefühle für Benjamin.

Der einzige Wehrmutstropfen an diesem Tag war jedoch, dass sie in Wolfgangs weiterer Tagesplanung keine Rolle mehr spielte.

»Ich möchte Edgar besuchen, der ist auch beim Bund. Du kennst ihn nicht und wahrscheinlich würdest du dich nur langweilen!«, hatte er gesagt, ohne ihr die Möglichkeit zu eröffnen, diesen Edgar kennen zu lernen. Gemeinsam würden sie sich am frühen Nachmittag auf den Weg zur Kaserne machen. Als sie daraufhin feststellte, dass sie sich dann erst in zwei Wochen wiedersehen würden, hob Wolfgang fragend die Schultern: »Mensch, das tut mir jetzt Leid, aber ich möchte auch ungern meine Teilnahme an dem Turnier absagen, das nächstes Wochenende in Kastellaun stattfindet. So wie ich Gregor gestern verstanden habe, ist unser Team ein wenig knapp besetzt. Die Kathrin aus eurer Klasse erzählte gestern Abend, dass auch sie mit ihrer Mannschaft am Wettbewerb teilnimmt! Somit könntest du doch mitfahren und mit mir das Weekend im Hunsrück verbringen.«

»Oh, nein danke! Also, nicht wegen Kathrin! Aber ich habe wirklich keine große Lust von Freitag bis Sonntag in der Tennishalle zu sitzen! Sorry!«

Kurz darauf verabschiedeten sie sich mit einem zärtlichen Kuss. Johanna fand den Gedanken, nun zwei Wochen Aufschub für ihre Gedankensortierung zu erhalten, gar nicht so schlecht. Immerhin war dies, abgesehen von dem blöden Telefonat mit Manfred, ein Sonntagmorgen gewesen, wie sie ihn schon lange vermisst hatte. Ja, in diesem Moment war sie glücklich.

,Wenn es bloß diesen Benjamin nicht gäbe!'

Außerdem war sie heilfroh darüber, dass Wolfgang ihr das Auto überlassen konnte und lieber den neuen Golf seiner Mutter nahm. Hin- und hergerissen von ihrer Gefühlswelt saß sie gedankenverloren am Steuer. Irgendwie fühlte sie sich gut. *,Habe ich mich nun doch wieder für Wolfgang entschieden?'* Sie fuhr nicht gleich nach Hause, sondern kehrte spontan bei ihren Großeltern ein, die in Hachenburg wohnten. Als hätte ihre Großmutter es geahnt, stellte sie ihrer Enkelin deren Lieblingskuchen auf den Tisch, eine Milka-Torte. Nun ging es Johanna noch besser und sie verputzte sogleich zwei Stücke. *,Und es stimmt doch, dass Schokolade wirklich glücklich macht!'*

∗∗∗

Heute Morgen sah die Welt wieder etwas anders aus. Johanna wurde wach und musste direkt an Benjamin denken. Zunächst war es ein warmes Gefühl, dass sie in ihrem Bett ereilte, doch dann kam ihr die Erinnerung an das gestrige Telefonat mit Manfred wieder.

‚Ich muss herausfinden, was mit diesem Mädchen ist. Ich will wissen, ob sie ihm etwas bedeutet oder ob er sie gar liebt?'

Sie sprang aus ihrem Bett und suchte ein Stück Papier, um Manfred einen Brief zu schreiben. Noch im Pyjama, setzte sie sich an ihren Schreibtisch und überlegte, wie sie es anstellen könnte, um ihm die Wahrheit über Samstagnacht zu entlocken. Doch so sehr sie auch überlegte, sie fand keinen richtigen Einstieg. Oder sollte sie Benjamin lieber direkt ansprechen? Vielleicht wäre es aber sinnvoller abzuwarten, ob er in der Pause von allein mit der Sprache herausrücken würde. Außerdem, warum sollte sie überhaupt noch wissen wollen was geschehen war? Hatte Wolfgang sie gestern nicht längst wieder auf seine Seite geholt? Unentschlossen verschwand sie im Bad. Eine halbe Stunde später saß sie in ihrem Käfer und fuhr gen Westerburg.

***

Benjamin hatte die halbe Nacht wach gelegen. Immer wieder wurde er von seinem Gewissen gequält. Er wusste, er hatte definitiv etwas falsch gemacht! *‚Aber sie ist doch auch mit Wolfgang verschwunden!'*

»Ich will ins Bett!« Wolfgangs Worte klangen ihm noch im Ohr. Sollte er Johanna überhaupt etwas von Nadine erzählen? Vielleicht würde sie gar nicht erst fragen! Schließlich beschloss er, alles einfach auf sich zukommen zu lassen. Er schlenderte zur Bushaltestelle. Das Wetter war richtig mies und ließ es nicht zu, dass er heute mit dem Mofa fahren konnte. Ehrlich gesagt hatte er auch absolut keinen Bock dazu.

In Westerburg angekommen war es ein gut zehnminütiger Fußweg zwischen Bushaltestelle und Schule. Völlig in sich gekehrt und vertieft, nahm er erst im letzten Moment wahr, dass Manfred sich zu ihm gesellte und fragte: »Na, seid ihr gestern gut nach Hause gekommen? Hast du noch etwas unternommen?«

»Nee du, ich war zu fertig, um noch weg zu gehen. Hast du noch was angestellt?«

»Eigentlich nicht!«

»Was heißt denn hier ‚eigentlich'. Ja oder nein?«

»Na ja, ich war nicht mehr weg oder so. Habe aber gestern noch mit der Hanni telefoniert. Sie rief gerade an, als ihr vom Parkplatz gefahren seid. Ich glaube, sie hatte im Stillen gehofft, dich noch anzutreffen, um mit dir zu reden.«

»Und worüber habt ihr so gequatscht?« Benjamin wurde ganz flau und hielt die Luft an. Was, wenn Manfred ihr etwas von der Nacht bei Nadine erzählt hat? Na, so taktlos oder unüberlegt wird er wohl nicht gehandelt haben! Oder? Nein, Manfred war schon immer ein Diplomat gewesen, jemand der Situationen gut einschätzen und lösen konnte.

»Ja, Hanni hat mich gefragt, was wir noch so angestellt haben. Da habe ich ihr erzählt, dass wir in der Funzel und anschließend bei Nadine gewesen sind. Sie war überrascht, als sie hörte, wir hätten bei ihr übernachtet!«

»So? Was hat sie denn gesagt?« Benjamin wurde es jetzt richtig schlecht und spürte wie das Blut aus seinem Kopf wich. Er konnte Manfred ansehen und anmerken, dass dieser nicht mit offenen Karten spielte und mehr zu erzählen hatte.

»Mir ist halt so rausgerutscht, nachdem Hanni meinte, wir hätten es dort sicher unbequemer gehabt als bei mir zu Hause, dass du es ganz besonders bequem hattest. Mensch, tut mir leid! Du weißt, ich bin sonst vorsichtiger, in dem was ich sage! Es war unbedacht und kam einfach so heraus, weil ich es gerade in diesem Moment gedacht hatte.«

»Oh Mann, Manfred, das kann doch nicht wahr sein. Ich kann nicht glauben, was ich da höre! Wie hat Hanni reagiert? Hast du noch mehr erzählt?«

»Nein, was sollte ich denn erzählen? Gibt es da was zu berichten? Ich habe nur gesagt, dass ich in der Nacht aufgestanden bin und gesehen habe, wie du und Nadine gemeinsam auf dem Sofa gelegen habt! Sonst nichts!«

»Ich fasse es nicht, Manfred. Mensch, was wird die Hanni jetzt von mir denken!« Benjamin wäre am liebsten zurück zum Bus gegangen, nach Hause gefahren und wieder ins Bett gestiegen.

Sie erreichten gerade das Schulgebäude, als Benjamins Knie weich wurden. Johanna kam vom Parkplatz und ging auf den Haupteingang zu. Noch hatte sie die beiden Jungs nicht gesehen und Benjamin überlegte, ob er sich nicht schnell irgendwohin flüchten könnte. Aber da war es bereits zu spät. Ihre Blicke trafen sich.

Johannas Gesicht erhellte sich für einen Moment und Benjamin wurde unsicher. Sollte Manfred ihn vielleicht veräppelt haben? Sie warteten auf sie.

»Na, ihr Nachtschwärmer, seid ihr fit für die Woche?« Johanna wollte es auf die direkte und coole Tour versuchen, wenngleich sie sich alles andere als cool fühlte. Ihre Knie wurden ebenfalls weich, als sie Benjamin sah. Obwohl sie dachte, sich mehr oder weniger doch wieder für Wolfgang entschieden zu haben, schlichen sich bereits beim ersten Blickkontakt mit Benjamin die ersten Zweifel ein. Allerdings schien Manfred nicht gescherzt zu haben, denn Benjamin sah unsicher aus und wusste anscheinend nicht so recht, was er sagen sollte.

»Ja, ja, geht so!«, kam aus beiden hervor.

»Das kann ich mir denken. Da reicht natürlich so ein Sonntag nicht aus, um sich zu regenerieren!«

»Was haben denn Wolfgang und du noch so am Samstagabend und gestern angestellt?« Manfred versuchte mit aller Gewalt zu retten, was zu retten war. Immerhin fühlte er sich nicht ganz unschuldig an Benjamins Erklärungsnotstand. ›*Kluger Schachzug von Manfred*‹, dachte Benjamin dankbar, denn Manfreds Offensiv-Frage brachte Johanna aus ihrem vorgestrickten Konzept.

»Nun, nicht viel. Wolfgang hat gestern einen Freund besucht und ich war bei meinen Großeltern in Hachenburg. Also nichts Spannendes, wenngleich etwas Schönes. Ich bin gerne bei meinen Großeltern.« Sie erreichten ihre Klassenräume und Benjamin verabschiedete sich von beiden. Das war jetzt erst einmal überstanden, wenngleich er sich nicht wesentlich besser fühlte als zuvor. Sollte er in der nächsten Pause Johanna ansprechen? Wollte er versuchen, ihr alles zu erklären? Würde sie ihm glauben, dass er gestern nur an sie gedacht hatte? Würde er sie verlieren – oder hatte er sie bereits verloren? Herr Alberts holte Benjamin aus seinen Gedanken und ließ ihn eine Matheaufgabe an der Tafel lösen. *Auch das noch!*, dachte Benjamin. *Das scheint heute mein Glückstag zu sein!*

Johanna hatte ihren Platz noch nicht richtig eingenommen, da holte sie einen Zettel raus und fing an zu schreiben:

Hallo Manfred,
Du musst mir jetzt genau schreiben, was Samstagnacht passiert ist. Was hat Benjamin gemacht, hat er eben etwas dazu gesagt? Meinst du, er mag mich mehr als das andere Mädchen? Mag er mich überhaupt? Bitte, bitte sag' mir alles, auch das, was er dir erzählt hat. Hast du ihm erzählt, dass ich mir Gewissensbisse gemacht habe, weil ich Wolfgang mit zu dir gebracht habe? Ich glaube, das mit uns gibt nichts! Was meinst du? Sch.z. Hanni

Manfred wurde bewusst, was seine unbedachten Äußerungen bei Johanna verursacht hatten und er fühlte sich schlecht. Er wusste nicht, wie und was er ihr zurückschreiben sollte. Aber er wusste, Benjamin hatte sich seine Gedanken gemacht. Aus seinen Äußerungen konnte er heraushören, dass es ihm im Nachhinein unangenehm gewesen war, beziehungsweise richtig Leid tat, was am Sonntagmorgen bei Nadine geschehen war. Er versuchte Johanna vorsichtig zu erklären, wie es um Benjamin und Nadine stand. Er schrieb ihr kurz auf, dass die beiden schon seit langem enger befreundet seien, aber nie wirklich ein Paar wurden, weil Benjamin es irgendwie nicht zuließ. Anscheinend sei von seiner Seite nicht so viel Gefühl im Spiel wie bei Nadine. Das sei aber ganz anders, wenn er von Johanna erzähle.

,... dann leuchten seine Augen und er kommt richtig ins Schwärmen. Du, glaube mir, der Benjamin mag dich sehr. Wenn ich ganz ehrlich bin, dann war am Wochenende neben dem Alkohol, der natürlich nichts entschuldigen soll, auch sehr viel Enttäuschung dabei. Er war schließlich extra wegen dir nach

Westerburg gekommen und hatte nie, also nicht im Entferntesten, damit gerechnet, plötzlich Wolfgang neben dir sitzen zu sehen. Ihm ist ja fast alles aus dem Gesicht gefallen, als er euch beide gesehen hat. Ist dir doch sicher auch aufgefallen, oder? Als ihr dann gefahren seid, war es natürlich um ihn geschehen. ,Na, was werden die beiden jetzt wohl zusammen anstellen?' fragte er mich, als ihr mit ,Herbie' vom Hof gefahren seid. Also, ich glaube, das darf man bei all dem, was passiert sein mag, nicht vergessen. Er hatte sich tierisch auf dich gefreut und der Abend sollte eigentlich dazu dienen, dich noch näher kennen zu lernen. Glaube mir, ich weiß, er hat dich total gerne. Er ist aber schüchtern und geht selten aus sich heraus. Er kann, so glaube ich, seine Gefühle nicht gleich zeigen. Insbesondere bei Menschen, die er noch nicht so kennt. Und das Verhältnis zu Nadine ist irgendwie nicht so richtig zu erklären. Ich glaube, er mag sie schon sehr gerne. Beide kennen sich eine ewige Zeit. Nadine hat ihm bereits vor mindestens drei Jahren klar gemacht, dass sie in ihn verknallt ist. Die beiden flachsen herum, quatschen und tanzen leidenschaftlich miteinander und geknutscht haben sie auch schon. Ich glaube aber nicht, dass er sie wirklich liebt – er mag sie über alle Maßen als reine Freundin, mehr aber nicht.

Liebe Hanni, ich weiß nicht, ob in der Nacht etwas passiert ist, aber glaube mir, er mag dich wirklich sehr! Und wenn da etwas war, dann ist das aus den Gründen geschehen, die ich dir oben genannt habe! Mensch, ich hoffe, mit euch beiden gibt es was. Ihr würdet ein tolles Paar abgeben. Allein mir zuliebe müsstet ihr es miteinander probieren.   Manfred'

Johanna lass Manfreds Briefchen und eine Träne suchte sich den Weg durch ihre Wimpern. Manfred hatte Recht. Die Umstände unter denen der Abend abgelaufen war, waren äußerst ungünstig gewesen – insbesondere für Benjamin. Nicht, dass sie das, was er vermeintlich getan hatte jetzt entschuldigen würde. Nein, aber sie konnte ein gewisses Verständnis für ihn aufbringen. Außerdem waren sie nicht zusammen. Sie hatten miteinander geredet und sich im Bus mehr oder weniger zufällig geküsst. Für keinen von beiden war die Situation geklärt gewesen. Außerdem war sie mit Wolfgang zusammen. *,Und der Sonntagmorgen mit ihm war wunderschön gewesen!'* Sie beschloss abzuwarten, was gleich in der Pause geschehen würde. Auf keinen Fall wollte sie etwas tun, was dem Näherkommen mit Benjamin schaden könnte. Vielleicht hatte auch er sich etwas überlegt und würde versuchen die ganze Sache aus seiner Sicht zu erklären. Sie riss sich zusammen und versuchte sich auf den Unterricht von Herrn Gelder zu konzentrieren, was ihr aber nur eingeschränkt gelang. Sie verlor sich völlig in ihren Gedanken und begann wieder einmal ein Gedicht zu schreiben. Die Feder ihres Füllers schien wie von Geisterhand bewegt.

***

Der Pausengong ertönte. Benjamin bekam eine Gänsehaut. Jetzt kamen die Minuten der Wahrheit. Er fasste sich ein Herz, stand auf und ging nach draußen. Die Tür der Nachbarklasse war noch geschlossen, somit blieb ihm die Chance tief Luft zu holen. Gelder schien zu überziehen. Ausgerechnet jetzt, wo er allen Mut zusammengekratzt hatte und fest entschlossen war, Johanna seine Sicht der Dinge zu erklären. Endlich, die Tür ging auf. Richard und Monika kamen kopfschüttelnd heraus.

»Dieser ausländische Krimskrams, ich kann es nicht mehr ertragen!«, hörte Benjamin Richard fluchen. Er wusste aber, dass nichts außergewöhnliches passiert war, da Richard mit Französisch auf dem Kriegsfuß stand. Als nächstes verließen Manfred, Silke und Laurie sowie Gregor und Britta heiß diskutierend den Raum. Manfred zwinkerte Benjamin zu, was dieser wiederum nicht zu interpretieren vermochte. Wo blieb Johanna? Ob sie nicht in die Pause gehen wollte? Benjamin wurde bange ums Herz. Doch dann wurde er erlöst und Johanna trat heraus.

Als sie Benjamin sah, stoppte sie kurz. Benjamin hielt den Atem an. *„Sie wird doch jetzt nicht wieder in den Raum zurückkehren?',* dachte er und ging einen Schritt nach vorne. Johanna setzte ihren Weg fort und ging geradewegs auf ihn zu. Sie lächelte ihn schwach an, was Benjamin wiederum verunsicherte. *,Was wird jetzt kommen? Ist das ein ernst gemeintes Lächeln oder verbirgt sich dahinter nur Ironie?'*

»Hallo, hast du etwa auf mich gewartet?«

»Ich denke schon!«, stammelte Benjamin halb verlegen und zugleich überrascht ob ihres freundlichen Tons. »Ich muss mit dir reden und dir etwas sagen. Können wir uns irgendwo unter vier Augen unterhalten?«

»Klar, komm lass uns einfach da unten aus dem Hintereingang gehen. Auf dem Lehrerparkplatz ist in der Pause niemand und wir können ungestört quatschen. Was hast du mir denn zu erzählen, hört sich ja sehr wichtig an?« Johanna wirkte gelassen und souverän.

»Ich denke, du weißt bereits in etwa, worüber ich mit dir reden möchte. Ich habe heute Morgen mit Manfred gesprochen und der hat mir von eurem gestrigen Telefonat erzählt. Aber lass uns erst einmal nach draußen gehen!« Sie gingen zwei Etagen nach unten und verließen das Gebäude durch die Tür, die die Lehrer oftmals am Morgen durchhechteten, wenn sie etwas spät die Schule erreichten.

Draußen angelangt versicherten sie sich, dass sie niemand belauschen konnte und sie ganz allein waren. Benjamin holte tief Luft. Er hatte sich vorgenommen, nicht um den heißen Brei herumzureden. »Du Hanni, ich muss dir etwas sagen, was den Samstagabend betrifft. Ich weiß nicht, vielleicht liege ich falsch in meinen Annahmen und das, was ich dir erzählen will, ist für dich sowieso uninteressant, da ich wieder einmal mehr in etwas hineininterpretiert habe, als da überhaupt ist!«

»Ehrlich gesagt, Benjamin, ich verstehe nicht ganz, was du mir sagen willst!«

»Nun, am Samstag bin ich nur zu Manfred gekommen, da ich dachte, wir würden uns dort sehen und unterhalten können – auch über das, was am Dienstag im Bus geschehen ist. Mir fällt es schwer, das Ganze richtig auf die Reihe zu bekommen. War da etwas zwischen uns oder war es einfach nur Rumgealbere – oder was war es?«

»Ja, das habe ich mich auch die ganze Zeit gefragt. Ich kann dir nur eines sagen, ich fand es total toll, mit dir zu reden und im Bus neben dir zu sitzen. Und zu dem Kuss kann ich dir nur sagen, dass es anscheinend über uns gekommen ist und es einfach passierte.« Johanna blieb sehr sachlich und Benjamin überlegte, welchen Schritt er gehen sollte. Was hatte Manfred ihr gesagt? Sollte er vielleicht doch lieber einen Rückzieher machen? Sollte er sagen: ‚Nun gut, dann ist ja alles klar!'? Und die Nacht mit Nadine, sollte er sie erwähnen? Nein, er musste ihr die Wahrheit sagen, ansonsten würde diesbezüglich für alle Zeit ein Damokles-Schwert über ihm hängen. Er müsste immer Angst haben müssen, dass Harry oder Manfred etwas ausplaudern könnten – und dann wäre erst recht alles vorbei.

»Johanna, ich finde dich richtig nett!« Benjamin hatte keine Übung im Umgang mit Komplimenten. ‚Richtig nett', bedeutete für ihn die Einstufung in eine höhere Sympathieklasse. Johanna schaute skeptisch und spürte, dass da noch etwas kommt. ‚*Ob er mir wirklich alles ‚gestehen' wird?*' Benjamin rang erneut nach Luft und begann: »Also, ich war natürlich total enttäuscht von dem Abend bei Manfred.« Er ließ alles raus und erzählte davon, wie er sich am Samstagmorgen neu eingekleidet, sich von der Feier geschlichen und wie Mario ihn unterwegs aufgelesen hatte. Von seiner Freude ‚Herbie' auf dem Parkplatz zu sehen und der Enttäuschung, als Wolfgang neben ihr saß. Johanna hörte ihm aufmerksam zu und war froh sich vorab auf Benjamins Geschichte, seine Argumente und auch Gefühle eingestellt zu haben. Manfred schien mit allem Recht gehabt zu haben.

»Und als ihr dann so früh gemeinsam abgehauen seid, da war es um mich geschehen. Ich verstand die Welt nicht mehr und wollte mich am liebsten in Luft auflösen. Doch es kam alles ganz anders! Wir sind in die Funzel und haben mit ein paar Leuten etwas getrunken. Dort haben Manfred und ich zwei Bekannte getroffen, oder besser zwei Freundinnen, mit denen wir uns echt gut verstehen und die wir schon ewig kennen.« Johanna konnte es nicht glauben, Benjamin wollte ihr anscheinend alles erzählen. Aber, ob er wirklich alles erzählen würde? ‚*Mal abwarten!*', dachte sie.

Benjamin setzte fort und schilderte, wie sich bis zum Pizzaessen alles zugetragen hatte. Dann machte er eine kurze Pause und schaute Johanna tief in die Augen. Johanna erschrak. Eigentlich sagte ihr Kopf: ‚*Bleib hart!*' Doch der Einfluss ihres Herzens schien stärker. Was würde sie tun, wenn der Moment der Wahrheit kommen und er mit allen Details aufwarten würde? Benjamin fuhr tatsächlich fort.

»Nach dem Essen«, so Benjamin, »waren alle tierisch müde und haben sich auf die verschiedensten Schlafplätze verteilt. Ich hatte das Glück das Sofa zu erwischen. Ich war aber nicht müde und Nadine ebenso wenig, so haben wir noch lange Zeit gequatscht. Manfred beschwerte sich zwischendurch, es sei zu hell und so haben wir das Licht gelöscht und uns im Dunkeln unterhalten.« Johanna spürte, dass die Wahrheit näherrückte und bereitete sich darauf vor. Benjamin erzählte ihr alles, von der zufälligen Berührung der Lippen beim Ohrenflüstern bis zu dem was sich noch zugetragen hatte. »So, und wenn du jetzt nichts mehr mit mir zu tun haben willst, dann verstehe ich das voll und ganz. Du kannst mir jetzt eine runterhauen, einfach gehen oder was auch immer. Ich wollte aber von Anfang an ehrlich zu dir sein! Aber eines sollst du wissen, ich mag dich sehr! Ich weiß aber auch, dass du einen festen Freund hast, weshalb ich mich besser aus deinem Leben raushalten sollte.«

Eine fast unerträgliche Stille und noch unerträglichere Spannung umgab beide. Sie blickten einander in die Augen, wie zwei Boxer im Ring, und keiner von beiden traute sich Luft zu holen. Johanna konnte es nicht glauben, was sich im Moment in ihr abspielte. Wie konnte das sein, sie empfand nichts Böses für ihn. Das war doch nicht normal. Was sie fühlte, war eine große Leere! Diese breitete sich in ihr aus. Zudem das Gefühl der Enttäuschung. Manfred sollte Recht behalten. Im Stillen hatte sie immer noch gehofft, dieser hätte sich geirrt. Sie schwankte zwischen dem Wunsch, ihn in die Arme zu nehmen oder ihn zum Teufel zu schicken! Sollte sie das, was er ihr gerade gesagt hatte, einfach akzeptieren und auch noch in gewisser Weise verstehen? Nein. ›Oder doch?‹ Es war eine komische Situation – oder eher beängstigend? Vergleichbares hatte sie noch nicht erlebt. Völlig irreal! Normalerweise hätte sie den Typen, der ihr so eine Geschichte erzählte – von wegen andere Tussi gef...–, sofort und ohne Gnade, wahrscheinlich von einer Ohrfeige begleitet, in die Wüste geschickt. Wieso nicht diesen Kerl, der hier und jetzt vor ihr stand?

»Liebst du das Mädchen?«, war das einzige, was sie hervorbrachte.

»Nein, ich liebe sie nicht. Ich mag sie wirklich sehr und wir kennen uns seit Jahren. Ich weiß auch, dass von ihrer Seite viel mehr Gefühl im Spiel ist. Ich für mich weiß: Nein, ich liebe sie nicht!«

Nun sah Johanna Benjamin tief in die Augen. Sie wusste nicht, was sie tun sollte. Sollte sie ihm eine Ohrfeige geben oder ihn küssen? Sie zögerte. Dann trat sie einen Schritt auf Benjamin zu und nahm seine Hand. Benjamin stand hypnotisiert da und konnte sich nicht regen. Der Gong ertönte und holte sie in die Realität zurück.

»Du, ich mag dich sehr gerne und das, was du mir gerade erzählt hast, wird mich noch lange beschäftigen. Ich weiß nicht genau, was ich dir jetzt im Moment sagen soll oder kann. Mein Kopf meint, dass er nicht genau weiß, ob er dich immer noch näher kennen lernen will. Mein Herz scheint wiederum ganz anderer Meinung zu sein. Es hofft, dass ich uns vielleicht doch die Gelegenheit dazu geben soll!« Sie hob ihre Schultern und sah ihn desillusioniert an. Gemeinsam schlenderten sie zurück ins Schulgebäude.

Vor den Klassenräumen angekommen, lächelten sie einander an und schauten sich tief in die Augen. Unvermittelt griff Johanna in ihre Jackentasche und zog einen Zettel heraus, der mehrfach gefaltet war und auf dem Benjamins Name in Druckbuchstaben stand. Kathrin kam vorbei gehastet, kniff Benjamin – wie sie es bei ihrem guten Freund öfter tat – in den Po und rief beiden zu: »Jetzt aber schnell, ihr Turteltäubchen!« Doch die beiden ließen sich nicht ablenken.

»Das ist ein Gedicht für dich. Ich habe es zwar bereits vor Jahren verfasst, doch es kam mir wieder in den Sinn; es scheint in meine oder unsere Situation zu passen. Lies es mal und sage mir, wie du es findest. Was machst du in der Mittagspause, sollen wir uns nach dem Unterricht treffen?« Benjamin nahm mit zitternden Fingern den Zettel entgegen und meinte nur kurz: »Ja gerne, bis gleich!«

Beide verschwanden im jeweiligen Raum. Sie wussten beide, dass jeglicher Unterricht, egal von wem und egal wie er gehalten wurde, völlig umsonst war. Keiner würde sich in den nächsten 45 Minuten auf irgendetwas konzentrieren können.

Benjamin nahm wie ferngesteuert seinen Platz ein. Noch immer konnte er nicht fassen, was gerade passiert war. Er hatte es ihr gesagt, wirklich alles gebeichtet. Und sie, sie hatte ihm keine Szene gemacht, geohrfeigt oder ihn einfach stehen lassen. Er hätte alles akzeptiert – auch wenn sie gesagt hätte, dass sie nichts mehr mit ihm zu tun haben wollte, er ein Halunke oder gar ein Schwein war. So aber war er froh darüber, reinen Tisch gemacht zu haben. Nichts stand unausgesprochen im Raum. Fortan könnte er frei mit ihr reden; aber ob sie das überhaupt noch wollte?

Benjamins Tischnachbarn beobachteten gespannt dessen Miene. Wieder hatten sie mitbekommen, dass er weiblichgeartete Post in den Händen hielt. Motzi nickte Harry zu und dieser ergriff natürlich sofort das Wort. »Mensch Alter, kriegst du jetzt etwa jeden Tag Post von irgendwelchen Tussis – oder ist es immer ein- und dieselbe. Komm erzähle uns mal was drin steht. Motzi und ich sind schon ganz gespannt!«

Benjamin ignorierte Harrys Bemerkungen und öffnete vorsichtig den Brief. Dabei sah er aus, als würde er in kriminalistischer Kleinarbeit ein wichtiges Beweisstück untersuchen. Doch das Corpus Delicti war sehr wichtig für ihn und er war gespannt wie ein Flitzebogen, was Johanna geschrieben hatte. In zartem Blau erkannte er Johannas feine Handschrift und begann zu lesen:

114

Hallo Benjamin!

Heute träume ich von dir!

Heute träume ich einen Traum,
von schönen Stunden, die die Zukunft uns noch bringt
und die Vergangenheit schon längst zurückgelegt hat.

Heute träume ich einen Traum,
der alle meine Träume übertrifft.
Ein Traum, der im Traum zur Wirklichkeit wird.

Heute träume ich einen Traum,
in dem du mir deine ganze Zärtlichkeit und Liebe gibst.

Heute träume ich einen Traum
und wünsche mir, dass ich einmal in deinen Armen einschlafen kann.

Gestern träumte ich
und als ich aufwachte, bemerkte ich, dass es nur ein Traum war.
Doch dieser Traum gab mir, was ich vermisste.
Er brachte dich in meine Welt.
Er gab mir mehr, als du nur zu träumen wagst.
Illusionen wurden wahr.

Der Traum, dich zu spüren war kein Traum –
es war eine hautnahe Erfahrung!
Und doch bleibt dieser Traum immer nur ein Traum.
Er wird durch die Realität verdrängt,
die uns kaltherzig und kühl auf einen Weg führt,
weit ab von allen Träumen.

Die Realität ist es, die uns benutzt! Sie ist es, die uns gewinnen und verlieren
lässt.
Nur des nachts lässt sie von uns ab. Dann öffnet sie uns ein Tor:
Das Tor zum Träumen,
in dem ich mich durch den Traum an dich verlor!

Johanna

Benjamin erkannte, dass Johanna tief verletzt war. Ja, er hatte etwas getan, wofür es so schnell keine Entschuldigung gab. Eine Träne versuchte sich in sein Auge zu schleichen, doch er verbot es ihr und rieb sie trocken, bevor irgendjemand sie bemerken konnte. *‚Was für eine Frau!'* Er war fassungslos. Dann diese Worte. Sie stammten tatsächlich aus ihrer Feder? *‚Schöner kann es auch im Liebesfilm nicht sein! Echt Wahnsinn!'*

Für Benjamin stand plötzlich fest, Johanna könnte SIE sein! Lange hatte er gehadert, ob es jemals in seinem Leben eine ‚sie' geben würde. Er war sich nie sicher, ob er ‚sie' suchen müsste oder ob ‚sie' ihn finden würde. Gleichzeitig glaubte er daran, dass wenn es ‚sie' dann doch gäbe, er es spüren müsste, wenn sie vor ihm stünde. Ja, er stellte sich vor, ein Gefühl müsste ihn überkommen, das ihm ganz langsam warm ums Herz werden ließe – er verglich es stets mit einem Sonnenaufgang, der langsam den Himmel erleuchtet und dabei die Erde wärmt. ‚SUNRISE!'

Johanna bewegten ebenfalls tausend Gedanken und Fragen. Sie hoffte, der Gong würde bald ertönen und sie endlich in die Mittagspause entlassen. Heute war sie froh darüber, dass sie auch noch am Nachmittag Unterricht hatte. Zum einen, weil es ihr die Gelegenheit gab, mit Benjamin die Mittagspause zu verbringen und mit ihm zu reden. Obwohl, sollte sie überhaupt mit ihm die Mittagspause verbringen? Gut, sie hatte ihn bereits gefragt, aber wollte sie tatsächlich mit ihm über die Ganze Sache reden – sollte sie nicht lieber ein wenig Zeit verstreichen lassen?

Andererseits bot es sich an, denn heute Nachmittag stand Chemie auf dem Stundenplan und da würden sie ohnehin wieder gemeinsam in einem Raum sitzen, denn es gab für beide Klassen nur einen Kurs. Wie Benjamin, so hatte auch Johanna sich für Chemie und gegen Physik entschieden. Wenngleich es bei beiden nicht unbedingt an einer besonderen Vorliebe für das Untersuchen chemischer Verbindungen lag, als vielmehr an Achim, dem Lehrer, mit dem sie sich gut verstanden und mittlerweile sogar duzten.

Achim, selbst erst um die Dreißig, pendelte wöchentlich von Speyer nach Westerburg, wo er ein kleines Apartment gemietet hatte. Da es ihm abends oftmals zu langweilig war, kam es nicht selten vor, dass er in seiner Wohnung Partys organisierte, zu denen er auch Schüler einlud. Neben Chemie unterrichtete er Sport und sah deshalb ziemlich durchtrainiert aus. Das erklärte wiederum die zahlreichen Schülerinnen im Wahlfach Chemie. Sein einziges Manko: er maß lediglich einen Meter siebzig. Etwas größer gewachsene Frauen, wie zum Beispiel Johanna, die ihn mit ihren einsachtundsiebzig deutlich überragte, flogen deshalb nicht so sehr auf ihn. Aber Achim war selbstbewusst, vor allem nett und kam mit seinem Pfälzer Dialekt charmant rüber.

Johanna mochte ihn gut leiden und wusste, dass Achim voll auf sie abfuhr.

»Gell Hannche«, Achims Sprache kam selten ohne ein deutliches ,ch' aus, »gecht doch mal mit mir esse, oder?« Johanna war bereits volljährig und hatte damals eingewilligt. Sie ging mit ihm aus, signalisierte ihm jedoch noch am selbigen Abend ganz deutlich, dass zwischen beiden nicht mehr als nur Freundschaft zu erwarten sei. Sie fand ihn zwar auch sehr adrett, aber letztendlich stand sie auf große, dunkelhaarige Männer mit breiten Schultern. Und bis auf breiten Schultern, war es Achim nicht vergönnt weitere der Kriterien zu erfüllen.

Benjamin hatte da schon bessere Karten vorzuweisen. Schon des Öfteren hatte sie ihn beobachtet, als sie gemeinsam im Chemiesaal saßen. Dort war er ihr überhaupt erstmalig aufgefallen. Er sollte eine Chemieformel entwickeln und stand ziemlich verloren an der Tafel. Als er sich mehr oder weniger nach Hilfe suchend im Saal umsah, trafen sich ihre Blicke zufällig. Sofort tat er ihr Leid und am liebsten hätte sie ihm sogleich geholfen.

Auch heute würden sie wieder gemeinsam im Chemiesaal sitzen. Allerdings hatte sich alles zu einer Scheißsituation entwickelt. Gegen Ende letzter Woche, war sie sich fast sicher gewesen, Wolfgang zu verlassen und Benjamin für sich zu gewinnen. Nun aber, nach diesem tollen Sonntagmorgen mit Wolfgang und dem schrecklichen Erlebnis bezüglich Benjamin, war sie sich überhaupt nicht mehr sicher, was sie wollte. Nur eines war ihr bewusst, im jetzigen Stadium durfte keiner um sie herum von der verzwickten Lage, in der sie sich befand, erfahren.

Wie ein Tennisball im Match, so pendelten ihre Gefühle zwischen diesen beiden Männern hin und her. Sie spürte, dass da noch ganz viele Gefühle für Wolfgang waren. Wenngleich sie im nächsten Moment daran denken musste, wie viele bereits verloren gegangen waren. Sie wusste nicht woran es lag. Ständig hatte sie die Ursache dafür nur bei sich selbst gesucht: Fand Wolfgang sie nicht mehr attraktiv? Warum hat er ein gewisses Maß an Interesse an ihr verloren? Wieso hielt er sich – bis zum vergangenen Sonntag – so sehr mit körperlichen Kontakten zurück? Und dabei fehlte ihr nicht nur der Sex, der in den letzten Monaten nur noch sporadisch stattfand! Nein, vielmehr waren es die kleinen Berührungen, die ihr fehlten – und gerade die sollten doch eine Beziehung ausmachen, oder?

Mittlerweile war es so, dass Wolfgang sie lediglich bei der Begrüßung am Freitag und bei der Verabschiedung am Sonntag in den Arm nahm. Händchenhalten fand er ohnehin doof und Küssen stand nur im äußersten Notfall zur Debatte. Dennoch spürte sie, dass er sie noch sehr gerne zu haben schien. *„Sonst wäre es am Sonntag auch nicht so über ihn gekommen!'* Johanna wurde plötzlich ganz heiß. Verschämt blickte sie sich im Klassenraum um, ob jemand etwas von ihrer Erregung gespürt haben konnte. *,Zum Glück nicht!'*

Nur was sollte sie tun? Glücklich war sie in dieser Lage nicht und so schob sie viel auf die gegenwärtige Ausnahmesituation: Wolfgang war die ganze Woche beim Bund und beide hatten keine einheitliche Vorstellung darüber, wie ein gemeinsames Leben künftig aussehen könnte. Nach dem Bund wollte Wolfgang Journalismus studieren – überall, aber nur nicht in Siegen. Für Johanna stand fest, sie würde nach Siegen gehen, um für das Lehramt zu studieren. Sie konnte und wollte es ihren Eltern nicht zumuten, ihr in irgendeiner anderen Universitätsstadt eine Wohnung zahlen zu müssen. Siegen war okay.

Sie hatte häufig mit Wolfgang über die Zukunft geredet und beide blieben gerade was dieses Thema betraf, irgendwie dickköpfig. Keiner wollte von seiner Position auch nur einen Zentimeter weichen, weshalb diese Gespräche in der Regel in Meinungsverschiedenheiten größeren Ausmaßes endeten.

Nun kam auch noch die Sache mit Benjamin dazwischen. Sie stellte für sich fest, dass sie Benjamin mochte, obgleich sie ihn gar nicht richtig kannte. Dennoch war er ihr gleich so vertraut und sympathisch. Fast beängstigend kam es ihr vor, dass sie ihn tatsächlich noch mochte, obwohl er ihr eben diesen … Fehltritt gestanden hatte. *,Wieso ändert dies nichts an meinen Gefühlen für ihn? Was passiert da gerade? Wohin wird das alles führen? Soll ich mich jetzt schon entscheiden?'* Fragen über Fragen durchschossen ihren Kopf. Der Gong erlöste sie.

Sie trafen sich im Treppenhaus. »Hast du Lust mit mir ins Café Seekatz zu fahren? Dort können wir eine Kleinigkeit essen.«

»Gerne, wenn du mich noch mitnehmen willst!« Benjamin war verunsichert und gleichzeitig froh über Johannas Angebot. Sie nickte und so schlenderten sie wortlos zum Auto. Erstmalig stieg er zu ihr in den Wagen und war ganz nervös neben ihr zu sitzen. Nun waren beide tatsächlich ganz allein. Eigentlich hatte er sich diesen Augenblick einmal ganz anders vorgestellt.

»Magst du Billy Joel?«, brach Johanna das Schweigen.

»Hm, ehrlich gesagt, ich kenne nicht viele Lieder von ihm. Was ich kenne ist ,Piano Man' und das finde ich echt klasse!« Johanna sah ihn ungläubig an. Das gab es doch nicht!

»Weißt du, dass das mein Lieblingsstück von ihm ist! Ich lasse es ständig laufen. Kaum ist es aus, dann spule ich die Kassette zurück und lasse es von vorne beginnen!« Ja, das war wirklich Johannas Macke, wenn sie ein Lied mochte, dann wurde es gehört bis zur einseitigen Gesichtslähmung und zum Verlust der Muttersprache.

»Wenn ich jetzt mein Autoradio anschalte und die Kassette rein drücke, was meinst du, was dann läuft?«

»Ich gehe mal spontan davon aus, es handelt sich um Billy Joel, oder? Doch nicht etwa ,Piano Man'?«

»Ha ha, Scherzkeks, aber du hast Recht!« Sie drückte die Kassette in den Schacht und die ihnen so vertraute Stimme sang die amerikanische Version des Liedes von dem ‚Mann am Klavier‘. Da beide das Lied auswendig kannten, sangen sie laut mit.

Benjamin musterte Johanna während der Fahrt aus den Augenwinkeln. Sie sah einfach gut aus. In ihrem weißen Overall, dem rosafarbenen Schal, den langen blondbraunen Haaren, den zarten Gesichtszügen und der gesunden Gesichtsfarbe, sah sie für ihn aus wie ein Modell. Er konnte es nicht fassen, neben dieser Frau zu sitzen und mit ihr Kaffee trinken zu gehen. ‚Wahnsinn!‘

Im Café angekommen, machten sie es sich an einem kleinen Tisch gemütlich. Schnell fanden sie Themen über die sie ununterbrochen reden konnten. Die Schule, die Lehrer und auch die Freunde lieferten genügend Stoff.

Wie ein Wasserfall während der Regenzeit erzählte Johanna, dass sie nicht dem Unterricht hatte folgen können. »Würde man mich jetzt fragen, was der Gelder eben unterrichtet hat, ich müsste passen!« Sie sei so in ihren Gedanken verloren gewesen. Manfred hätte versucht herauszukriegen, ob Benjamin geständig gewesen wäre, doch sie hätte ihm keine Antwort gegeben. »Als er spürte, dass ich nichts sagen wollte, ließ er mich in Ruhe. Ich hingegen versuchte im Geiste abzuwägen, ob ich dich wirklich näher kennen lernen möchte. Was spricht dafür und was dagegen? Überwiegen die Für- oder Wider-Argumente? Ich versuchte sogar die Zahl der Wider zu deinem Nachteil zu manipulieren, doch es schlug fehl! Anscheinend mag ich dich.«

Benjamin konnte nur fragend und simultan die Augenbrauen und seine Schultern heben. Zu erklären vermochte er es nicht. Immerhin hatte er ihr von seiner Nacht mit dem anderen Mädchen erzählt.

»Eigentlich kenne dich noch gar nicht. Dennoch scheint mich deine Offenheit, so weh sie auch tut, zu überzeugen!«

Sie redeten und redeten. So fiel ihnen nicht auf, wie schnell die Zeit vergangen war. Zu guter Letzt mussten sie sich sputen, um es rechtzeitig zum Chemieunterricht zu schaffen. Es würde knapp, da er bereits in fünf Minuten beginnen sollte und Achim stets großen Wert auf Pünktlichkeit legte. ‚Jetzt kommen wir auch noch zu spät. Noch auffälliger kann man sich ja wohl nicht anstellen!‘, dachte Johanna so bei sich.

»Mensch, es gäbe noch so viel zu erzählen!«, meinte Benjamin, als er ein paar Münzen aus seinem Geldbeutel fingerte, um seinen Cappuccino zu bezahlen.

»Na, es wird wohl noch Gelegenheiten geben. By the way: Kommst du am Freitag auf Maximilians Geburtstagsparty?« Ihr war plötzlich eingefallen, dass Silke sie eben selbiges fragte, als sie völlig geistesabwesend im Unterricht gesessen hatte.

»Weiß noch nicht. Ich würde schon gerne. Manfred wusste nicht, ob der das Auto seiner Mutter bekommt.«

»Wenn Manfred nicht fahren kann, dann hole ich euch ab!«, schlug Johanna vor.

»Das ist lieb von dir! Aber Manfred war ganz optimistisch! Schön, dann sehen wir uns ja dieses Wochenende schon wieder!« ‚*Hoffentlich ohne Wolfgang!*‘ Benjamin schluckte diesen Nachsatz runter.

Johanna freute sich, da sie wusste, dass Wolfgang sein Wochenende im Hunsrück mit Tennisspielen verbringen würde.

Sie fuhren so schnell, wie es unter Einbeziehung sämtlicher Toleranzen gestattet war, zur Schule. Das Glück schien auf ihrer Seite, denn auch Achim hatte sich ein wenig verspätet. Gerade wollte er die Tür schließen, als Johanna den oberen Etagenflur erreichte. Da auch Charly ziemlich knapp dran gewesen war, fiel es keinem auf, dass Johanna und Benjamin gemeinsam den Chemiesaal betraten – bis auf Kathrin, die Johanna mit einem breiten Grinsen anlächelte. Johanna grinste augenzwinkernd zurück.

Benjamin saß eine Reihe vor Johanna und konnte nicht umher ab und zu nach hinten zu schauen. Meist verband er dies mit einem belanglosen Gespräch mit Charly, der aus seiner Sicht das Glück hatte, neben Johanna zu sitzen. Unauffällig zwinkerte er Johanna zu, während sie ihm immer wieder ein kurzes Lächeln oder Augenzwinkern schenkte. Charly hätte blind sein müssen, wäre ihm entgangen, dass da etwas im Gange war!

Zwischen Charly und Johanna bestand von Anfang an eine freundschaftliche Bindung. Die Sympathie war beiderseits sofort übergesprungen und sie verstanden sich richtig gut – bei beiden stimmte die Chemie. Charly zwinkerte Johanna zu und meinte ein wenig provozierend, schließlich war ihm schon auf der Fahrt nach Mainz nicht entgangen, dass zwischen den beiden etwas im Busch war: »Na Hanni, was ist denn mit dir los, du lässt den Benjamin ja gar nicht mehr aus den Augen. Muss ich mir etwa Gedanken machen?«

»Wie kommst du denn darauf?«

»Wenn ich sehe, wie du ihn laufend fixierst und er sich jede Minute – völlig unauffällig und zufällig natürlich – nach dir umsieht, dann mache ich mir da halt so meine Gedanken!« Johanna grinste und wusste, dass Charly das Spiel durchschaut hatte. Da es aber Charly war, wusste sie, dass es nicht notwendig war sich zu verstellen und zog einfach zustimmend die Schultern nach oben. Außerdem wusste sie, dass auch Benjamin und Charly, der eigentlich den konservativen Namen Karl-Josef besaß und darauf bestand ‚Charly‘ und nicht etwa ‚Jupp‘ genannt zu werden, sich bestens verstanden.

Der Chemieunterricht zog sich tierisch. Achim schien selbst keine große Lust zu haben und schaffte es daher kaum die Meute zu begeistern. Als schließlich der Gong ertönte und sie erlöste, stöhnten alle auf, inklusive Achim.

»Dech war aber heut vielleicht ‘en anstrengde Daach!«, entwich ihm. Seine Schüler stimmten ihm zu und verließen den Saal. Draußen versammelte sich eine kleine Gruppe und diskutierte, wer alles am Freitag zu Maximilians Geburtstagfeier fahren würde und was man ihm als Geschenk mitbringen könnte. Johanna und Benjamin beteiligten sich an der Besprechung und signalisierten, dass auch sie zu seiner Fete im evangelischen Gemeindehaus kommen würden. Maximilian erklärte Johanna und Manfred den Weg. Nachdem dieser sich ein wenig schwer tat, der Beschreibung zu folgen, bot Johanna spontan an, dass sie ihn und Benjamin abholen und sogar wieder nach Hause bringen könnte. Benjamin sah Manfred fragend an, bevor beide ihren Vorschlag gerne annahmen.

»So, ich muss mich jetzt beeilen«, unterbrach Benjamin, »ich habe in zehn Minuten eine Fahrstunde und muss noch zur Fahrschule laufen!«

»Das ist doch kein Problem, ich fahre dich ganz einfach dahin – ich will eh in die Stadt!«

»Hey, das finde ich echt nett von dir, Hanni!« Benjamin war froh, dass er es so noch rechtzeitig schaffen würde. Beide verließen die Schule und stiegen ins Auto.

»Ich freue mich schon auf Freitag, du auch?« Johanna sah Benjamin an und lächelte.

»Und wie!« Benjamin wurde es ganz warm ums Herz und er konnte nichts mehr sagen. Als sie den Hof der Fahrschule erreichten, stand der Fahrlehrer bereits mit dem Auto parat und wartete auf Benjamin.

»Au Backe, der Peter wartet schon! Nun gut, drei Minuten müssen drin sein. Vielen Dank, Hanni, war echt nett von dir, mich zu fahren. Komm' gut nach Hause. Wir sehen uns morgen!«

»Fahr vorsichtig. Bis morgen!« Sie fuhr davon und er winkte ihr so lange nach bis ‚Herbie' nicht mehr zu sehen war. Schnellen Schrittes marschierte er zum Fahrschulauto. Peter grinste.

»Mensch, war das etwa deine Freundin? Ist das aber ein heißer Käfer mit Käfer! Ich hoffe, du kannst dich jetzt noch aufs Fahren konzentrieren?« Benjamin wusste nicht recht, was er antworten sollte. Zum einen war er mit seinen Gedanken wirklich noch ganz woanders, zum anderen war Hanni gar nicht seine Freundin. So entglitt ihm nur ein zustimmendes »Ja ja!«, und er stieg in den roten Fahrschulgolf ein.

Peter spürte sehr schnell, dass Benjamin nicht ganz bei der Sache war und musste ein- bis zweimal eingreifen. Erst zwei Stotterbremsen und einen mahnenden Blick später kam Benjamin wieder auf den Boden der Realität zurück. Doch dann konzentrierte er sich und meisterte den Rest der Fahrstunde völlig problemlos.

***

Die Tage bis zum Fetenfreitag vergingen recht zügig. Die beiden trafen sich in den Pausen und tauschten kleine Briefchen aus. Die jeweiligen Banknachbarn hatten sich mittlerweile daran gewöhnt und wussten, dass in den ersten Minuten nach der Pause weder Benjamin noch Johanna für irgendjemanden zu sprechen war. Stets vertieften sie sich in die Zeilen des anderen und ließen keine Störung zu – noch nicht einmal von den Lehrern. Sofern sie nachmittags Unterricht hatten, verbrachten sie auch ihre Mittagspause gemeinsam. Wenngleich häufiger auch Manfred oder Harry oder sonst jemand dabei war. Sie redeten viel. Johanna vermied es jedoch Benjamin körperlich näher zu kommen. Sie wollte nichts überstürzen und ihn wirklich erst kennen lernen.

Am Freitagmorgen waren alle in Partylaune und besprachen, wer was am Abend mitzubringen hatte und welche Musik laufen sollte.

Bereits auf dem Nachhauseweg hatte Johanna sich ihre Gedanken gemacht, was sie wohl anziehen sollte. Schließlich wollte sie heute Abend ganz besonders gut aussehen. Zu Hause angekommen wusch sie ihr Haar und drehte es auf kleine bunte Kunststoffwickler. Sie sah total lustig damit aus, wenngleich sie selbst bei sich dachte: ‚Gut, dass mich so keiner sieht!'

Bis zum Abend blieb noch genügend Zeit, so suchte sie sich mit aller Ruhe die passenden Klamotten raus. Mehrfach verschwand sie im Schlafzimmer der Eltern und betrachtete sich kritisch im großen Schrankspiegel. Letztendlich, ihre Mutter kam nicht umher, ihr dies zu bestätigen, sah sie wieder einmal fantastisch aus. Ihr Haar glich einer engelhaften Lockenpracht und ihr Vater überlegte sogleich, ob er es wagen sollte, sie überhaupt aus dem Hause zu lassen. »Du siehst ja super aus, Kind! Ich weiß nicht, ob ich dich allein fahren lassen kann. Hast du wenigstens jemanden, der auf dich aufpasst, wenn Wolfgang schon nicht da ist?« Seine Besorgnis war berechtigt, schließlich plante seine Tochter, dass sie erst mitten in der Nacht wieder nach Hause fahren wollte – und das ganz allein.

»Ja, Papa, ich nehme zwei Klassenkameraden mit, die werden schon gut auf mich aufpassen. Zum einen kommt der Manfred mit und dann noch einer aus meiner Parallelklasse, der ist auch total nett!«

»Wie heißt der denn, damit ich ihn zur Verantwortung ziehen kann, falls er nicht richtig aufpasst!«, flachste Kurt.

»Er heißt Benjamin und ist ein total lieber Kerl«, beruhigte ihn Johanna. «Außerdem hat er ganz breite Schultern, da soll mal einer kommen! Also, sei ganz beruhigt, ich bin in guten Händen, äh, in guter Gesellschaft, meine ich natürlich!« Kurt und Theresa sahen einander an und schienen zu erkennen, weshalb Johanna in der letzten Zeit irgendwie anders war. Vielleicht hing es mit diesem Benjamin zusammen? Manfred hatten sie bereits kennen gelernt, als sie Johanna zu einer Fete nach Westerburg gebracht hatten. Er war damals ans Auto gekommen und hatte sich bei ihnen vorgestellt. »Scheint noch ein Gentleman der alten Schule zu sein!«, dachten sie und dass seine Eltern anscheinend ganze Arbeit geleistet zu haben schienen.

»Wirst du nachher noch nach Hause kommen oder bleibst du irgendwo über Nacht? Nur damit wir Bescheid wissen und uns keine Gedanken machen müssen.«

»Nein, Mama, eigentlich wollte ich heim kommen. Sollte sich aber etwas anderes ergeben, dann rufe ich euch frühzeitig an.«

»Gut, Kind, fahr vorsichtig und viel Spaß. Schönen Gruß an Manfred und an diesen Benjamin, unbekannterweise!«

»Werde ich machen, ist echt ein ganz lieber Kerl!« Johanna verabschiedete sich von ihren Eltern und fuhr froh gelaunt in Richtung Westerburg.

Manfred wartete bereits an der Haustür und stieg ein. Anschließend fuhren sie nach Gemünden und holten Benjamin ab. Manfred dirigierte Johanna durch den Ort. Auch Benjamin wartete vor der Haustür. Sein Vater stand im Blaumann neben ihm im Hof, und ließ wie gewöhnlich seine Pfeife lässig im Mundwinkel hängen. Seine Mutter stand mit der Kittelschürze auf der Treppe hinter ihm. Zwar wollten sie nicht neugierig erscheinen, gleichwohl interessierte es sie, wer ihren Sohn da abholen kam. Manfred stieg aus und reichte beiden die Hand. Sie kannten sich schon lange, denn er war schon oft bei Benjamin zu Hause gewesen, meist jedoch an den Terminen, an denen Benjamins Eltern mit der Feuerwehr unterwegs waren und Benjamin die Partylocation anbot.

Johanna stieg ebenfalls aus dem Auto und begrüßte Benjamins Eltern. »Ich bin die Hanni und gehe auf dieselbe Schule wie Benjamin«, stellte sie sich höflich vor.

»Hallo Hanni, musst du etwa die beiden Kerle durch die Gegend chauffieren? Nee, nee, wie die Zeiten sich ändern! Früher haben wir die Mädchen zu Hause abgeholt. Na, die Kerle von heute sind wohl auch nicht mehr das, was sie einmal waren! Fahrt bloß vorsichtig und passt auf euch auf, es könnte glatt sein!«, scherzte und mahnte Wilhelm.

»Da haben Sie Recht, Herr Michels! Die alte Schule der Höflichkeit geht immer mehr verloren! Aber was will Frau machen? Ich passe aber trotzdem gut auf die beiden Jungs auf und sollten wir mal eine Panne haben, dann können die zwei einmal zeigen, wie stark sie wirklich sind!« Benjamins Eltern lachten und fanden das hübsche Mädchen mit dem sympathischen Lächeln im Gesicht auf Anhieb nett. Die drei nahmen gut gelaunt in ,Herbie' Platz und fuhren winkend davon.

»Dot wor ewer mo e richdisch nett un scheeh Maadche!«, musste Wilhelm auf seinem Gemündener Dialekt gestehen, was soviel hieß wie, dass er Johanna sehr nett und hübsch fand. Ella stimmte ihm zu und beide gingen zurück ins Haus.

Als die drei am Gemeindehaus in Grosseifen ankamen, hörten sie bereits die Musik von Phil Collins ,*You can't hurry love...*' bis hinaus auf den Parkplatz. Drinnen schien es heiß herzugehen. Sie parkten in einer äußeren, wenngleich dunkleren Ecke des Platzes, um möglichst ein Zuparken zu verhindern. Das kam nicht von ungefähr, denn auf einer der letzten größeren Feten musste Johanna ihr Auto stehen lassen und ein Taxi nehmen, weil irgendjemand ihren ,Herbie' dermaßen zugeparkt hatte, dass ein Rauskommen unmöglich gewesen war.

Am Stimmengewirr konnten sie erahnen, dass schon ziemlich viele anwesend waren. Auch glich der kleine Raum einer gut eingenebelten Räucherkammer. Freudestrahlend nahm Maximilian sie in Empfang und erläuterte kurz und knapp, wer bereits anwesend war und wer noch kommen würde. Dann verschwand er wieder um Getränke zu organisieren. Harry und Laurie saßen in einer Ecke und schienen bereits in ein ernstes Gespräch vertieft zu sein.

Als sie alle mit Getränken versorgt waren, suchten sie sich einen schönen Platz, an dem die Musik nicht zu laut schallte, schließlich wollten sie sich unterhalten können. So nach und nach trudelten immer mehr Gäste ein, wie auch der Rest der avisierten Mannschaft des WGs.

Von Anfang an wurde es ein lustiger und unterhaltsamer Abend. Benjamin und Johanna unterhielten sich unverfänglich miteinander und mit den anderen, wenngleich sie sich auch nur mit sich hätten beschäftigen können. Manchmal zwinkerten sie sich zu oder schauten einander tief in die Augen. In diesen Momenten blendeten sie alles um sich herum aus und es bedurfte eines vehementen Zuprostens oder eines Hiebs in die Rippen von dritter Seite, um beide von ihrer Wolke zu holen.

Die Party kam richtig in Gang und der kleine Raum schien fast zu bersten. Natürlich wurde die Luft davon nicht besser und den meisten rann der Schweiß in kleinen Sturzbächen von der Stirn – ohne auch nur einen Tanzschritt auszuführen. So beschlossen einige der WG-Clique die Fete nach draußen in den Flur zu verlagern. Ein Aufatmen ging durch die Reihe, als sie das frischluftige Treppenhaus erreichten. Doch schon nach wenigen Minuten erkannten sie, dass es dort definitiv zu kühl war, um länger stehen zu bleiben. Also machten sie sich auf, den Rest des Gemeindehauses zu erkunden. Irgendwo würde es bestimmt eine Nische geben, in der ein Unterhalten ohne lähmende Erfrierungserscheinungen möglich wäre.

Das Vorkommando oblag Harry, der den ersten Stock erkundete. Nach wenigen Minuten schien er den geeigneten Raum entdeckt zu haben und rief den anderen von oben zu: »Mensch Leute, ich habe was gefunden. Sieht zwar ein wenig bieder aus, ist aber warm! Kommt hoch!« Laurie, Manfred und Silke sowie Steve folgten Harrys Lockruf. Auch Johanna und Benjamin schlossen sich an.

Harry hatte den Gemeinderaum entdeckt, der von innen aussah wie eine kleine Kapelle. Die Stühle standen ordentlich in Reihen, während man in der Mitte einen Gang freigelassen hatte. Vorne stand ein hölzernes Rednerpult, das an eine Kirchenkanzel erinnerte. An der Wand hing ein großes Kruzifix aus Holz.

Die ersten vier betraten den Raum und wurden von Harry mit Musik empfangen. Diesem war sogleich die kleine Orgel aufgefallen. Fluchs hatte er Platz genommen und nach allen möglichen Einstellungen geschaut, die er tätigen musste bevor Musik erklingen konnte. Schließlich zog er alle Register und betätigte mit dem rechten Fuß den Blasebalg. Stöhnend pustete dieser die notwendige Luft durch die eingebauten Kanäle. Mit geschickten – wenngleich ungelernten – Tastenbewegungen ließ er die Töne aus den entsprechenden Pfeifen erklingen. Obwohl er nur improvisierte, hörte sich seine Ouvertüre nicht schlecht an. Stilvoll schritten Manfred und Silke in den Raum und nahmen in der ersten Reihe Platz. Steve marschierte sogleich zur Kanzel. Benjamin und Johanna betraten die kirchenartige Halle zuletzt. Sie blickten sich um und nahmen die ihnen zugedachte Rolle an. Sie fassten sich an der Hand, nickten dem schelmisch über seine Nickelbrille dreinschauenden Organisten zu und warteten auf die Musik. Sogleich stimmte Harry seine Interpretation eines Hochzeitsmarsches an. Er bedeutete den anderen aufzustehen und sich umzudrehen, während Johanna und Benjamin im Takt der Musik durch den Mittelgang schritten. Steve, der sich bereits vorab die Rolle des Pfarrers zugedacht hatte, eilte hinter dem Rednerpult hervor und erwartete das Paar mit erhobenem Haupt am Ende des Gangs. Manfred und Silke mimten die Trauzeugen und standen ebenfalls auf, während Laurie sich als Haus- und Hoffotografin betätigte.

Als das Paar vor dem Pfarrer angekommen war, wurde es entsprechend begrüßt. Die Musik verstummte und Steve begann seine Vermählungszeremonie.

»Liebes Brautpaar, wir haben uns hier eingefunden, um euch in den Stand der Ehe zu erheben!« Plötzlich, unterstützt von Steves perfekt betonter Ansprache, wirkte die Szene sehr authentisch, dazu das gedämpfte Licht sowie die zuvor von meisterlicher Hand gespielte Musik, die im Laufe des Einmarsches tatsächlich immer besser und feierlicher geworden war. Und nun die ernsten Worte des vermeintlichen Pfarrers Steve. Johanna bekam eine Gänsehaut. Keiner der Anwesenden musste lachen. Mit einer erschreckenden Ernsthaftigkeit waren alle bei der Sache, sodass es beinahe unheimlich war.

Steve setzte mit pointierten Worten seine Ansprache fort. Er schien ein Naturtalent zu sein, was das Abhalten von Hochzeitszeremonien betraf. »Willst du, Johanna, den hier anwesenden Benjamin zum Manne nehmen, ihn ehren und ihm treu sein, bis der Tod euch scheidet? So antworte mit: Ja, ich will!« Johanna blickte ernst drein und ihr wurde auf einmal ganz anders. Steves Betonungen und Gesten wirkten so realistisch. Sie fasste sich ein Herz und antwortete: »Ja, ich will!«

»Nun gut«, setzte Pfarrer Steve fort. »Jetzt du, Benjamin. Wie steht es mit dir? Willst du die hier anwesende Hanni zur Frau nehmen, sie ehren und ihr treu sein, bis der Tod euch scheidet? Wenn das so ist, dann antworte auch du mit: Ja, ich will!« Auch Benjamin blickte sich noch einmal kurz um und sah in die erwartungsvollen Gesichter der Freunde, die um sie herumstanden. Er kam sich vor, wie in einem dieser alten Hollywood-Streifen. Fragend schaute er Johanna an. Sie strahlte und wartete auf eine erlösende Antwort. Endlich sagte auch er aus voller Überzeugung: »Ja, ich will und wie!«

»Kraft des mir von euch verliehenen Amtes, erkläre ich euch hiermit zu Mann und Frau. Der Ehemann darf die Braut jetzt küssen.« Benjamin zuckte zusammen. Ach, das gehörte ja ebenfalls zur Zeremonie, daran hatte er gar nicht gedacht. Die Vorstellung Johanna jetzt ‚offiziell' küssen zu dürfen, fand er zwar total aufregend, aber durfte er es wirklich? Schließlich waren doch alle anderen dabei. Was würden die denken? Er zögerte.

»Was ist los, Alter?«, unterbrach Harry den surreal-romantischen Augenblick. »Jetzt knutsch die Braut! Hast doch sonst nicht solche Skrupel!« Auch die anderen forderten vehement hier und jetzt den ‚Vollzug der Ehe'. Johanna schaute Benjamin tief – ganz tief – in die Augen und nickte ihm mit kaum zu sehender Bewegung und unter Absenkung der Augenlider zustimmend zu. Benjamin atmete leicht auf und bewegte zielstrebig seinen Kopf auf Johanna zu. Sie kam ihm entgegen und es dauerte nicht lange, da trafen sie sich und beide schmeckten die Lippen des anderen. Für einen kurzen Moment verharrten sie in dieser Stellung und lösten sich dann widerwillig voneinander. Ihre Blicke verharrten während der ganzen Zeit aufeinander. Als sie wieder auf Distanz standen, herrschte für einen kurzen Moment totale Stille im Raum. Den anderen war nicht entgangen, wie zärtlich beide ihre Hochzeit mit dem Kuss besiegelt hatten. Spontan erschallte Applaus und riss das Brautpaar aus seinen Träumen. Harry haute in die Tasten und eine Mischung aus Hochzeitsmarsch und Rockfanfare ertönte. Die Gratulanten stürmten auf das Paar zu und umarmten sie. Ja, es war vollbracht. Johanna und Benjamin waren jetzt ein Paar.

Mit schallenden Orgelklängen verließ die Gemeinde den geweihten Raum und begab sich wieder auf die Feier, die nun unter ganz anderen Vorzeichen stand.

»Ich glaube, ich habe dich wirklich lieb!«, flüsterte Johanna Benjamin heimlich ins Ohr, als sie durch das Treppenhaus gingen. Die gespielte Zeremonie schien sie überwältigt zu haben.

»Ich glaube, ich habe dich auch lieb!«, antwortete Benjamin.

Sie nahmen sich an den Händen und wussten, dass heute der Tag sein könnte, an dem sie ein neues Leben beginnen sollten. Ein Leben mit den lustigsten und tragischsten, den spannendsten und romantischsten Momenten, welche die Wirklichkeit zu bieten hat. An diesem Abend könnte sich das von Johanna beschriebene ‚Tor der Träume' geöffnet haben. Auch Benjamin spürte das Licht und die Wärme, die Johanna in seinem Herz verbreitete. Könnte sie es tatsächlich sein? SUNRISE?

~ 5 ~

Johanna und Benjamin sahen sich regelmäßig in der Woche – auch nach der Schule. Sie quatschten und lachten viel. Das Wochenende hingegen blieb Wolfgang vorbehalten. Benjamin tat sich schwer mit dieser Situation, doch er arrangierte sich mit dem Wissen darum, dass es nur für kurze Zeit sein würde.

Johanna selbst fühlte sich zwar auch nicht richtig wohl in ihrer Haut, gleichwohl wollte sie nichts überstürzen. Es war aber wie verflixt, denn plötzlich schien sich das Verhältnis zu Wolfgang wieder einzurenken. Nach seinem Tenniswochenende im Hunsrück war er wie verwandelt zurückgekommen. Entgegen seiner Absicht, hatte er doch noch am Sonntag bei ihr reingeschaut und ja, zum guten Schluss war sie ihm und seinen plötzlich wiedererwachten Verführungskünsten erlegen.

Seine Laune senkte sich kaum noch ab. Selbst neue Klamotten hatte er sich an einem freien Nachmittag während der Woche zugelegt. Johanna genoss seine Veränderung, denn so ähnelte er wieder dem Typen, in den sie sich vor geraumer Zeit verliebt hatte. Alles war wieder offen.

So vermied sie es auch, sich ganz allein mit Benjamin zu treffen. In der Regel verabredeten sie sich mit anderen in der Funzel. Trotzdem fand sie die Zeit toll. Sie erzählten sich Geschichten aus ihrer Kinderzeit oder diskutierten über dieses und jenes. Sie spürte, wie ihre Begeisterung für Benjamin von Tag zu Tag wuchs. Die Flugzeuge in ihrem Bauch schienen einer Kunstflugstaffel anzugehören. Viel zu schnell vergingen die Abende und somit auch die Wochentage.

Manchmal jedoch wagte Johanna den Vorstoß. Dann bat sie Benjamin noch ein wenig zu bleiben und bot ihm dann an, ihn nach Hause zu fahren. Benjamin, der sich selbst nicht getraut hätte, sie zu fragen, war stets froh über ihr Angebot. So war er nicht auf einen seiner Kumpel angewiesen, die ihn in Ermangelung eines eigenen Führerscheins mit nach Westerburg hatten nehmen müssen. Oftmals blieben sie noch viel länger sitzen und quatschten über Gott und die Welt. Nicht selten kam es vor, dass sie die Letzten waren, die die Kneipe verließen – und das auch nur widerwillig, weil es die Uhrzeit vorgab.

Wenn sie dann gemeinsam nach Gemünden fuhren, gelang es ihnen kaum den Blick nach vorne zu richten und der Käfer rückte dem Straßengraben nicht selten gefährlich nahe. In Gemünden angekommen, stellte Johanna schnell den Motor aus, um weder die Nachbarschaft, noch Benjamins Eltern zu wecken und um weiterzuplaudern. Zu guter Letzt fieberte Benjamin stets auf den Höhepunkt zu und konnte es kaum erwarten, Johannas Lippen für einen kurzen Moment zu spüren. Ihm kam es stets vor, als würden sich bei diesem Zusammentreffen Blitze entladen, die den ganzen Straßenzug erleuchten müssten. Allerdings war es bisher stets bei einem finalen Abschiedskuss geblieben.

***

Auch heute war es soweit gekommen. Wieder einmal saßen sie gemeinsam in Johannas Käfer. Der Motor war aus, das Licht ebenfalls. Nur die Straßenlampe warf ihr pseudoromantisch anmutendes Neonlicht in den Wagen – genau so hell, dass sie sich schemenhaft erkennen konnten. Gerade hatten sie sich zum Abschied geküsst. Kurz bevor Johanna den Zündschlüssel drehen wollte, kam ihr spontan eine Idee.

»Hast du am Donnerstag schon was vor?« Sie sah ihn erwartungsvoll an. »Also, wenn nicht, dann könnten wir bei mir etwas kochen. Meine Eltern brechen am Mittwoch zu einem Ausflug mit ihrem Kegelclub auf und bleiben bis Sonntag außer Haus. Ich koche einfach ein paar Spaghetti mit Soße und dann könnten Harry und Laurie, Manfred und Silke und wer noch möchte – du natürlich – zu mir kommen. Das hätte für mich den Vorteil, dass ich ausnahmsweise einmal nicht zu fahren bräuchte. Wie wäre das?«

»Gute Idee, aber du brauchst dir doch gar nicht so viel Mühe machen. Wir können auch zu Hause essen und einfach etwas zu Trinken mitbringen, oder?«

»Quatsch!«, empörte sich Johanna. »Ich koche total gerne und würde mich freuen, wenn ihr kommt! Hast du eigentlich Angst vor Hunden?«

»Wie kommst du denn darauf?«

»Tja, wir haben da halt so ein Prachtexemplar. Es, oder besser er, ist ein Afghane und sein Name ist Tollpatsch. Normalerweise ist er ganz lieb und beißt nur die, die ich nicht mag. Also, von daher hättest du gute Karten ungeschoren davon zu kommen. Allerdings erkennt er auch, wenn jemand Angst vor ihm hat und nutzt das schamlos aus. Aber eigentlich ist er lammfromm.«

»Nein, Angst vor Hunden habe ich nicht. Ich muss aber gestehen, einem Windhund bin ich noch nie begegnet. Daher werde ich sicher Respekt haben. Angst, nein Angst habe ich nicht wirklich! Wir haben doch selbst einen Hund. Allerdings handelt es sich hierbei um Prinz, einen Mischlingshund, dem man sicher erst einmal beibringen müsste, wie man einen Menschen beißt. Wie heißt euer Hund noch?«

»Tollpatsch. Wenn du ihn am Donnerstag siehst, dann wirst du sehen warum. Schön, dass du keine Angst vor oder gar Abneigung gegen Hunde hast. Wolfgang mag Tollpatsch nicht so, was wohl wiederum auf Gegenseitigkeit beruht! Morgen bringe ich einen Zettel in den Umlauf und frage, wer Lust hat nach Steinebach zu kommen.«

Sie nahmen sich noch einmal kurz in die Arme und trennten sich widerwillig voneinander. Benjamin stieg aus und winkte Johanna nach.

Gleich am nächsten Morgen wurde die Sache dingfest gemacht. Natürlich hatten einige große Lust, Hanni zu besuchen – zumal ein gutes Essen in Aussicht stand.

***

Im Anschluss an die Schule war Johanna nach Hachenburg gefahren und hatte großzügig frische Zutaten eingekauft. Schließlich lag ihr daran, ihren Gästen etwas Gutes zu tun. Neben der Verwendung von frischen Zutaten, war es ihr genauso wichtig, eine mehr als ausreichende Menge anzubieten.

Bevor sie mit dem Kochen anfing, deckte sie den Tisch ein und überzeugte sich, dass wirklich alles zum gesamten farblichen Erscheinungsbild des Raumes und zum Essen passte – schließlich aß das Auge mit. Sie war richtig gut drauf, wenngleich auch ein wenig nervös. Immerhin war dies das erste Mal, dass sie für Benjamin kochte. *„Hoffentlich geht mir gerade heute nichts daneben!"* Sie stellte die Stereoanlage an, legte eine Schallplatte von Billy Joel auf und begann mit dem Putzen des Salates.

Am Donnerstagabend war Benjamin ganz aufgeregt und gespannt, wie und wo Johanna wohnen würde. Gegen sechs Uhr holte Manfred Benjamin zu Hause ab. Mittlerweile hatte Benjamin zwar den theoretischen Teil der Führerscheinprüfung erfolgreich hinter sich gebracht, doch bis zum Termin der praktischen Prüfung sollte es noch ein wenig dauern. Außerdem fand sein achtzehnter Geburtstag erst in drei Wochen statt. Vorher hätte er sowieso nichts mit der Fahrerlaubnis anfangen können.

»Warst du schon einmal bei Johanna?«, wollte Benjamin von Manfred wissen.

»Ja, ich habe sie zu einer Party abgeholt. Damals hatte Wolfgang das Auto mitgenommen und Johannas Eltern konnten sie nicht fahren, da sie selbst auf eine Feier mussten.« Benjamin wurde nervös, als Manfred in die Hofeinfahrt des Bungalows einbog. Das Haus sah hübsch aus und war umgeben von hohen Tannen. Sie stiegen aus und gingen die Treppe hinauf. Johanna hatte ihren Gästen bereits das Licht angeschaltet, sodass diese nicht die Treppenstufen hinaufstolperten. Oben angekommen klingelten sie dreimal.

Johanna öffnete die Tür und lächelte ihnen freundlich entgegen. Benjamin hätte sofort dahin schmelzen können. Sie trug ihre Haare hochgesteckt, während eine enge weiße Hose und eine ebenso weiße – allerdings tief ausgeschnittene – Bluse, die Phantasie der beiden jungen Männer anregte.

»Na, Hanni, meinst du, das ist das richtige Outfit für einen Spaghettiabend? Ich will nicht wissen, wie deine Klamotten nach dem Essen aussehen werden. Nun gut, ein paar tomatenrote Tupfer passen sicher ganz gut zu deinem Lippenstift!« Sie lachten. Manfred und Benjamin legten ihre Jacken ab und hängten sie an die Garderobe im Flur. Es roch appetitlich nach frischen Kräutern und etwas Knoblauch.

»Geht schon einmal geradeaus ins Wohnzimmer. Ich komme gleich nach. Nehmt euch einfach was zu trinken. Ich habe Wein und auch nichtalkoholische Getränke auf den Tisch gestellt.« Benjamin ging als Erster ins Wohnzimmer. Die Wohnung war sehr modern eingerichtet und gefiel ihm auf Anhieb gut. Aus der Stereoanlage lief - wie konnte es anders sein - Billy Joel.

»Können wir dir etwas helfen?«, bot Benjamin an, doch Johanna lehnte dankend ab. Vielmehr bat sie darum, dass er für alle einen Sherry ausschenken sollte, der sich in der kegelförmigen Kristallkaraffe auf einem kleinen Beistelltisch befand. ‚Na, ob das mit den Eltern abgestimmt ist?‘, dachte Benjamin und füllte die Gläser vorsichtshalber nicht ganz voll. Wenn er richtig überlegte, hatte er eigentlich noch nie Sherry getrunken und war gespannt auf den Geschmack.

Johanna stieß zu ihnen, sie prosteten einander zu. Gerade wollte sie sagen, wie froh sie wäre, wenn auch die anderen langsam eintreffen würden, als es an der Tür klingelte. Manfred öffnete und Johanna verschwand nach einer kurzen Begrüßung schnell wieder in die Küche.

Schließlich bat Johanna ihre Gäste zu Tisch. Erneut zog sie sich zurück und kehrte mit einer riesigen Schüssel voll Spaghetti wieder. Anschließend verschwand sie nochmals und servierte – in natürlich zu den champagnerfarbenen Tellern passenden Terrinen – eine Tomatensoße aus frischen Tomaten, Zwiebeln und Basilikum sowie dem Knoblauch, der sich bereits aus der Küche angekündigt hatte. »Eine Prise aus geriebenen feurigen Chilis rundet den Geschmack ab!« Eine scharfe Sache – al arrabiata! Außerdem bot sie ihren Gästen eine cremige Käsesahnesoße an, die sie aus vier verschiedenen Sorten Käse angerührt hatte. Eine große Schüssel italienischen Salats mit Tomaten, Thunfisch und sonstigem Allerlei, rundete das mediterrane Tafelbild ab.

»Los Leute, haut rein, es darf nichts übrig bleiben!« Das ließen sich die Anwesenden nicht zweimal sagen, wenngleich angesichts der servierten Portionen, der Kampf aussichtslos schien. Johanna hatte getreu ihrer Philosophie: ‚Niemand soll hungrig das Haus verlassen!‘, wieder einmal den Wochenbedarf einer fünfköpfigen Familie serviert. Sie sonnte sich in den Komplimenten ihrer Gäste, die mit ihrem überschwänglichen Lob nicht geizten.

Die Runde war richtig gut drauf. Thema Nummer 1: Die Klassenfahrt nach Luzern. Eifrig diskutierten sie, wie sie Wollschlägers ausgefeilten Plan abwandeln könnten, um dadurch mehr Spaß für alle aus dem Trip herauszuholen. Alle freuten sich darauf, endlich einmal raus zu kommen. Auch für Johanna und Benjamin stand fest, dass sie die Woche in Luzern dazu nutzen würden, um sich noch besser kennen zu lernen. Sie konnten es kaum abwarten. Sie hatten sich vorgenommen, möglichst viel Zeit miteinander zu verbringen. Am liebsten wären sie rund um die Uhr zusammen.

»Ganz besonders erschwerend kommt jedoch auf uns zu, dass wir in einer Jugendher-berge übernachten – sehr wahrscheinlich werden dort Männlein und Weiblein in getrennten Schlaftrakten untergebracht!«, gab Manfred zu bedenken. Nun gut, dies ließ sich nicht mehr ändern und stellte ein großes taktisches Problem dar. Doch dieser Herausforderung, da waren sie sich einig, wollten sie sich sehr gerne stellen. »Schließlich sind wir fast alle volljährig und können selbst über unser Leben entscheiden!«, meinte Harry und stupste dabei Benjamin in die Seite. »Selbst du Küken gehörst dann zu den Großen!« Alles lachte. Er hatte Recht, denn im Moment befand Benjamin sich noch in der Gruppe der Minderjährigen. Am Tag vor ihrer Abreise würde er jedoch seinen 18. Geburtstag feiern und als Erwachsener nach Luzern fahren. »Da kann der Wolli sich aber auf den Kopf stellen, wenn ich abends keinen Bock mehr auf sein Gesülze habe, oder mir das Programm zu stressig ist, dann setze ich mich einfach ein paar Stunden ab und nehme eine Auszeit!« Harry war schließlich schon zwanzig und somit nicht gewillt, sich in seiner Freizeit irgendeinem Pauker zu unterwerfen.

Nachdem die offiziellen Punkte bezüglich Luzern beredet und geklärt waren, wandten sie sich auch heute Abend wieder lebhaften Diskussionen über die verschiedensten Themen zu. In dem kleinen Kreis, in dem sie heute zusammensaßen, erübrigte es sich, sich in verschiedene Gesprächsrunden zu separieren. So blieben sie gemeinsam am Esstisch sitzen und genehmigten sich das eine oder andere Glas Rotwein. Auch Kurts Sherry wurde immer wieder probiert und für gut befunden. Nach und nach lockerten sich die Zungen und eine gelöste Stimmung entstand.

Benjamin und Johanna saßen nebeneinander. Zwar war es mehr als offensichtlich, dass sich beide voneinander angezogen fühlten, erst recht nach der aufregenden Hochzeitsze-remonie auf Maximilians Feier, doch verzichteten sie darauf, ihre wenigen Momente der Zuneigung in aller Öffentlichkeit zu zeigen. Hie und da berührten sich ihre Hände mehr oder weniger zufällig. Und der Kuss auf die Wange – vorhin in der Küche, als Benjamin Johanna half den Tisch abzuräumen – konnte auch eher als flüchtig oder freundschaftlich bezeichnet werden. Johanna wollte es vermeiden, solange sie sich nicht einig über ihre Gefühle für Wolfgang und Benjamin war, irgendetwas zu tun, was die Situation brisant machen könnte. Aber auf keinen Fall hätte Wolfgang es verdient, sollte sie sich für Benjamin entscheiden, dass er es irgendwie von anderer Seite erfahren müsste. So wartete sie noch immer auf den zündenden Moment, der sie dazu veranlassen würde, einen Schlussstrich zu ziehen.

Bisher kannte sie Benjamin kaum. ‚*Was, wenn er nicht der Richtige ist, obwohl er im Moment die Schmetterlinge in meinem Bauch ganz schön scheucht? Was, wenn meine Gefühle für ihn nur von kurzer Dauer sind? Was, wenn ich im Augenblick nur blind vor Romantik bin?'* Sie konnte ja noch nicht einmal in Worte fassen, was es überhaupt war, was sie an diesem neuen Typen so fesselte.

131

War es tatsächlich Verliebtheit oder gab es ein anderes Wort für dieses ungewöhnliche Gefühl? Sie wusste nur, dass sie innerlich zu brennen schien und es stets kaum erwarten konnte ihn zu sehen, mit ihm zu sprechen und manchmal einfach nur schweigend neben ihm zu sitzen. Wenngleich letzteres ihr schwer fiel, da sie stets eines Wasserfalls gleich redete und redete. Zudem wusste sie nicht genau, wie es um Benjamins Gefühle stand. Sie spürte, dass er sie mochte, aber war er auch in sie verliebt?

Benjamin blieb sehr schweigsam, wenn es um das Thema – um sie beide – ging. Das war ihr schon aufgefallen. Seine Gefühle wirkten so kontrolliert und waren selten spontaner Natur. Auch ging er sehr sparsam mit Komplimenten um. Nein, es ging ihr nicht um ein *fishing for compliments*. Oh nein, gerade dieses Süßholzgeraspel – wie sie es oftmals bezeichnete –, das sie von manch einem Verehrer hatte ertragen müssen, war ihr eher zuwider. Ein seltenes Kompliment zur rechten Zeit von Herzen kommend, berührte sie viel mehr. Aber wahrscheinlich lag es wirklich daran, dass es ihm im Moment nicht anders erging als ihr. Sicher konnte er das, was zwischen ihnen im Moment passierte, ebenso wenig wie sie interpretieren. Außerdem hatte sie ihren Freund.

Mittlerweile schrieben sie sich jeden Tag kleine Briefchen, in denen es allerdings mehr oder weniger um Alltagsgeschichten ging, die sich in der Klasse und allgemein an der Schule abspielten. Oder sie erzählten sich, was sie nachmittags und abends – getrennt voneinander – unternommen hatten. Beide wünschten sich, sie könnten ganz normal miteinander umgehen. Sie wünschten sich, Händchen haltend durch die Schule zu schlendern oder in der Pause – sich umarmend – beieinander zu stehen oder gar hier und da ganz öffentlich einen Kuss auszutauschen. Doch ihnen blieb bewusst, dass dieses erst gehen würde, wenn Johanna sich Wolfgang offenbart und von ihm getrennt hätte.

So kam sie mehr und mehr zu der Überzeugung, sie müsse eine Entscheidung herbeiführen. Sie konnte es nicht ertragen Wolfgang weh zu tun. Jeder Tag fiel ihr schwerer und schwerer. Außerdem konnte sie es auch nicht länger ertragen auf Benjamins Nähe und Zuneigung zu verzichten. Aber war er denn wirklich in sie verliebt? War sie denn nicht auch noch ein wenig in Wolfgang verliebt? War der denn überhaupt noch in sie verliebt?

Mensch, dieses Wort ‚verliebt' drehte sich andauernd in ihrem Kopf herum. Verliebt, normalerweise verursachte dieses Wort und das dahinter stehende Gefühl ein schönes Kribbeln in jeder Körperzelle, doch im Moment nahm sie es vielmehr als eine Art Folterinstrument wahr. Ständig zermarterte sie sich ihr Hirn darüber, wie es um sie stand und wie ihre Zukunft aussehen und insbesondere mit wem sie diese gestalten sollte. In ihr selbst brannte eine Flamme für Benjamin - das wusste sie - die gerne ihr Licht nach außen verbreiten wollte. Doch die Verdunkelungszeit hielt an und könnte erst nach einer Entscheidung ihrerseits beendet sein.

***

Die Diskussionen am Tisch wurden heftiger. Es ging um das Thema ‚Rauschmittel und Joints'. Harry und Laurie waren der Überzeugung, der Umgang mit Rauschmitteln wie Haschisch, müsste liberalisiert oder vielmehr legalisiert werden. Oh je, da hatten sie ein Thema angeschnitten! »Mensch Leute, in Holland klappt es doch auch. Und was ist dabei, wenn jemand mal einen kleinen Joint raucht? Dann muss der doch nicht gleich kriminell sein!«, gab auch Kathrin zu bedenken.

Manfred wunderte sich über sie, da sie doch zu den Sportlern gehörte. Seine Position bezog sich auf die möglichen gesundheitlichen Schäden, die von Rauschmitteln ausgingen, während Steve die Beschaffungskriminalität verurteilte, die einsetzen würde, wenn jemand – von seiner Sucht getrieben – das Geld besorgen müsste. Beide wurden in ihren Argumentationen von Silke, die ebenfalls Sportlerin war, eifrig unterstützt. Als Johanna und Benjamin, nachdem sie gemeinsam in der Küche eine Käseplatte vorbereitet und sich dabei viel Zeit gelassen hatten, ins Wohnzimmer zurückkehrten, spürten sie wie konträr die Diskussion verlief.

»Nicht jeder, der an einem Joint zieht, muss gleich abhängig oder kriminell sein!«, unterstrich Harry noch einmal Kathrins Thesen.

Benjamin, der die Diskussion nicht von Anfang an verfolgt hatte und nur die Worte ‚Joint' und ‚kriminell' aufschnappte, schaltete sich direkt in das Gespräch ein und äußerte eine folgenschwere Aussage: »Die müssten alle ins Kittchen, diese Rauschgifttypen!« Kathrin, Harry und Laurie schauten Benjamin entsetzt an, waren sie doch selbst nicht abgeneigt, sich ab und zu einmal einen kleinen Zug an der Haschischpfeife oder ein ‚Tütchen' zu gönnen. Johanna bemerkte die skeptische Reaktion der anderen und versuchte, die Situation zu retten: »Du kannst doch nicht alle über einen Kamm scheren, Benjamin!«

Doch es war zu spät und aus Benjamin platzte ein weiterer folgenschwerer Satz heraus: »Meiner Meinung nach müssen alle, die was mit Rauschgift zu tun haben, in den Knast!« Diese Äußerung gab der Debatte weiteren *Drive*. Die Diskussion entzündete sich einer Stichflamme gleich und wurde heftiger als zuvor. Doch Benjamins Aussage kam nicht von ungefähr, denn was Recht und Ordnung betraf, zählte er zu den sehr konservativen Menschen, wenngleich er nicht so weit ging, die Todesstrafe für Mord wieder einzuführen. Doch seine Eltern erzogen ihn so, dass er immer streng nach *gut* und *schlecht* unterscheiden sollte. ‚Rauschgift', das gehörte nun einmal eindeutig zur Rubrik ‚*schlecht*'. Mit diesem Teufelszeug und den Menschen, die damit zu tun hatten, wollte er selbst absolut nie etwas zu tun haben. Erst recht nicht, nachdem er den Film ‚*Wir Kinder vom Bahnhofzoo*' gesehen und tagelang mit der Verarbeitung der Story zu kämpfen gehabt hatte. Nie, das schwor er sich, wollte er mit solchen Menschen zu tun haben. Vielmehr schwebte ihm sogar vor, dieses Übel aktiv zu bekämpfen. Ja, er selbst wollte zur ‚guten' Seite gehören!

Deshalb hatte er sich auch im Alter von sechzehn Jahren bei der Polizei beworben, um nach dem Abschluss der Realschule Polizist zu werden. Mit Mittlerer Reife einen Platz zur Pilotenausbildung zu bekommen schien damals so unrealistisch, dass er sich damit abgefunden hatte, nie ein solcher zu werden. Und dass er doch noch die Chance bekäme Abi zu machen, daran konnte er damals nicht glauben. Doch nachdem er zunächst den schriftlichen und sportlichen Eignungstest in einer Polizeikaserne erfolgreich absolviert hatte, scheiterte er am mündlichen Teil. Er war damals einfach zu jung gewesen und hatte somit keine Chance gegen die Abiturienten, mit denen er sich messen lassen musste.

„Aus der Traum! Auch dieser!' dachte er damals bei sich, als er im Zug nach Hause fuhr. Er war enttäuscht. Einige Zeit später erkannte er jedoch, wie gut das Schicksal es an diesem Tag mit ihm gemeint hatte. Schließlich entschied er sich doch sein Abitur zu machen und konnte so seinen Traum vom Fliegen wieder aufnehmen – außerdem lernte er somit neue Freunde kennen – und natürlich nun Johanna! Seiner Einstellung bezüglich Recht und Ordnung tat diese verpatzte Eignungsprüfung jedoch keinen Abbruch. So war Benjamin schockiert von dem was die anderen erzählten.

Harry und Laurie gaben ganz offen zu, die eine oder andere Erfahrung gemacht zu haben. »Willst du uns jetzt als Kriminelle bezeichnen und nichts mehr mit uns zu tun haben?«, wollte Harry ganz aufgeregt wissen. Kathrin ergriff für Harry Partei und schockierte Benjamin damit aufs Neue. Ausgerechnet von ihr hätte er das ehrlich gesagt nicht erwartet – von seiner ‚ehemaligen Busenfreundin'! Ehemalig? Seit dem Kathrin in der 12b war, war ihr Kontakt ein wenig abgeklungen, wenngleich sie sich immer noch gut leiden mochten. Auf der anderen Seite verbrachte Benjamin nun auch definitiv mehr Zeit mit Johanna. Als diese jedoch auch in dieselbe Kerbe schlug und andeutete, dass sie einige Menschen zu ihrem engeren Bekanntenkreis zählen würde, die hin und wieder einmal eine Tüte kiffen würden, war Benjamin völlig durch den Wind – auch Johanna hatte mit diesen Rauschgiftleuten zu tun!

Auf der anderen Seite aber kannte er Kathrin, Harry und Laurie zu gut, um ihnen irgendetwas Schlechtes nachsagen zu können. Im Gegenteil, er konnte sie doch so gut leiden. Wie konnte er aus dieser Situation wieder rauskommen?

»Ihr seid ja nicht süchtig und müsst euch nicht kriminell betätigen. Versteht mich bitte nicht falsch!« Benjamin wusste, dass dies ein magerer Rettungsversuch war. »Ich meine ja nur, jeder ist für sich und seine Gesundheit selbst verantwortlich. Aber die, die das Zeug mit allen Mitteln an den Mann oder die Frau oder insbesondere das Kind bringen wollen, die müssten echt aus dem Verkehr gezogen werden!« Sie stimmten ihm zu, doch das zuvor Gesagte saß. Sie fühlten sich trotzdem über einen Kamm geschoren. Die

Diskussion entflammte erneut und es dauerte einige Zeit bis es ihnen gelang, ein neues Thema zu finden. Doch die gelöste Stimmung, die noch beim Essen vorgeherrscht hatte, konnte nicht mehr hergestellt werden.

Gegen Mitternacht beschlossen sie den Abend zu beenden und halfen Johanna den Tisch abzuräumen. Bei der Verabschiedung spürte Benjamin, dass Johanna anders war. Sie hatte seine erste Äußerung zu hart gefunden. Sie umarmte ihn, wie alle anderen auch. Er fragte ein wenig verunsichert: »Sehen wir uns morgen in der Pause?« Und sie antwortete wortkarg: »Ich denke schon! Schlaf gut, Benjamin!« Dieser stieg mechanisch zu Manfred ins Auto, während seine Gedanken bei Johanna verharrten.

»Habe ich wirklich so etwas Schlimmes gesagt?« Manfred beruhigte ihn. Er stand ihm und seinen Aussagen bei. »Wir können morgen weiterquatschen und dann kann jeder seine Standpunkte erneut vertreten!«, schlug Manfred vor, als sie in Gemünden ankamen und Benjamin gedankenverloren aus dem Auto stieg.

»Ja, das müssen wir wohl und ich hoffe, Hanni versteht mich dann besser!« Benjamin schlug die Autotür zu und winkte Manfred nach, bis dieser um die Ecke gebogen war. Verunsichert schloss er die Haustür auf und ging ausnahmsweise ohne die Zähne zu putzen zu Bett. Die Nacht würde kurz, denn der Wecker sollte um halb sieben klingeln. Doch vielleicht war sie ja lang genug, um die Wogen wieder zu glätten.

Auch Johanna legte sich, nachdem sie die letzten Spuren beseitigt hatte, ins Bett. Irgendwie fühlte sie sich aufgekratzt. Sie musste an Benjamin denken. Natürlich hatte er grundsätzlich Recht, doch sein Pauschalieren störte sie noch immer. Die innere Unruhe ließ sie nicht einschlafen. Irgendwie wollte sie loswerden, was sie im Moment empfand. Um diese Uhrzeit konnte sie ihn aber nicht mehr anrufen. So schnappte sie sich einen Zettel und schrieb ihre Gedanken nieder.

Noch während sie nach einem Einstieg für den Brief suchte, fiel ihr ein Gedicht ein, welches sie irgendwo aufgeschrieben hatte. Wo war es nur? Sie durchstöberte ihren kleinen Holzschrank mit der Marmorplatte, der zum hundertjährigen Bett passte und in dem sie solche Sachen eigentlich fein säuberlich aufbewahrte. Sie fand es und begann zu schreiben:

Hallo Benjamin,
ich muss dir noch etwas zu heute/gestern Abend sagen. Wie du gestern an meiner und der Reaktion der anderen gemerkt hast, konnten wir deine pau-schale Meinung nicht teilen. Ich kann dir nicht beipflichten, dass alle Kiffer <u>*kriminell sind*</u> *und hinter Gitter müssen. Meiner Meinung nach muss niemand, der ab und zu ein Tütchen raucht gleich eingesperrt werden. Selbst in meinem*

engeren Bekanntenkreis gibt es einige, die auch einmal, wenn sie gut drauf sind, einen Joint rauchen. Ich habe sogar selbst bereits an einem gezogen. Meine Erfahrung hat mir aber gezeigt, dass die Wirkung schrecklich ist. Nun weiß ich, ich brauche es nie wieder zu tun. Bin ich deswegen kriminell? Die anderen sind ansonsten auch ganz normal und keineswegs Verbrecher. Sei nicht allzu sauer, wenn du das liest. Ich weiß natürlich, dass du das nicht so direkt gemeint hast und du insbesondere die Bestrafung der Dealer im Auge hattest.

Natürlich stimme ich dir im großen Ganzen zu und weiß, dass zu viele Menschen an diesem Sauzeug sterben. Irgendwann habe ich mich schon einmal mit dem Drogenthema auseinander gesetzt und verfasste das folgende Gedicht. Ich hoffe, ich gehe dir nicht langsam auf die Nerven mit meinem Geschreibsel. Du bist aber der Erste der meine Gedichte liest, ich schwöre es dir!!!

Was man so sagt

Als sie lachte,
sagte man ihr, sie sei kindisch.
Also machte sie fortan ein ernstes Gesicht.
Das Kind in ihr blieb,
aber es durfte nicht mehr lachen.

Als sie liebte,
sagte man ihr, sie sei zu romantisch.
Also lernte sie, sich realistischer zu zeigen
und verdrängte so manche Liebe.

Als sie reden wollte,
sagte man ihr, darüber spreche man nicht.
Also lernte sie zu schweigen.
Die Fragen die in ihr brannten,
blieben ohne Antwort.

Als sie weinte,
sagte man ihr, sie sei einfach zu weich.
Also lernte sie, die Tränen zu unterdrücken.
Sie weinte zwar nicht mehr,
doch hart wurde sie auch nicht.

Als sie schrie,
sagte man ihr, sie sei hysterisch.
Also lernte sie, nur noch zu schreien,
wenn niemand sie hören konnte,
oder sie schrie lautlos in sich hinein.

Als sie zu trinken begann,
sagte man ihr, das löse ihre Probleme nicht,
Sie solle eine Entziehungskur machen.
Es war ihr egal,
weil ihr schon so viel entzogen worden war.

Als sie wieder draußen war,
sagte man ihr, sie könne jetzt von Vorne anfangen.
Also tat sie, als begänne sie ein neues Leben,
aber wirklich leben, konnte sie nicht mehr.
Sie hatte es verlernt.

Als sie ein Jahr später sich versteckt zu Tode gefixt hatte,
sagte man nichts mehr.
Und jeder für sich versuchte,
leise das Unbehagen mit den Blumen ins Grab zu werfen.

Ich hoffe, du bringst etwas Verständnis für das auf, was Kathrin, Harry, Laurie und ich gestern Abend meinten. Aber natürlich muss man hinter die Kulissen schauen. Dann schafft man es vielleicht zu erkennen, was es ist, das einen Menschen so weit bringt, dass er nur noch mit harten Drogen leben kann. Kriminell muss der nicht gleich sein! Aber mit solchen Drogen hatten weder Kathrin und Harry noch Laurie, noch irgendjemand den ich kenne, jemals etwas zu tun und wollen auch nie etwas damit zu tun haben!!!!!!! Ehrlich!!!!!!!
Ich freue mich darauf mit dir zu reden und dich zu sehen. Nicht dass du denkst, du wärst mich jetzt los. Also, bis nachher in der Pause!

Hanni

So, jetzt ging es ihr besser. Morgen würde sie mit ihm reden. Morgen würde sie aber auch Wolfgang wiedersehen. Komisch, irgendwie freute sie sich tatsächlich auf ihn – also auf Wolfgang! Sie löschte das Licht und schlief rasch ein.

***

In der ersten Pause trafen sich alle wie gewohnt auf dem Hof. Johanna sah Benjamin auf sich zukommen und bekam weiche Knie. ‚*Warum bloß?*‘, dachte sie. Sie sah ihn an, während er versuchte, seine Reaktion vom Vorabend zu relativieren.

»Du, ich habe dir mal wieder einen kleinen Brief geschrieben«, sagte sie, als der Pausengong ertönte. »Ich denke, du verstehst meine Reaktion von gestern Abend besser, wenn du ihn gelesen hast.« Während sie mit Harry und Laurie hinaufschlenderten, schafften sie es die kleine Disharmonie vom Vorabend aufzulösen und wieder miteinander zu lachen. Vor den Klassenräumen angekommen, ließen sie den anderen den Vortritt und als niemand mehr zu sehen war, nahm Johanna Benjamins Hand und drückte sie ganz fest.

»Na, na, na!«, rief Kathrin, als sie an den beiden vorbeihuschte, Benjamin wie gewohnt in seinen Po zwickte und schief grinste.

Benjamin war froh über Johannas Geste, zumal sie sich an den nächsten beiden Tage nicht sehen sollten, da an diesem Wochenende Wolfgang angesagt war. Wie Benjamin raushören konnte, als Johanna sich mit Gregor unterhielt, würde Wolfgang sie heute sogar von der Schule abholen. ‚*Auch das noch!*‘ Für Benjamin stand fest, dass er auf jeden Fall bis zuletzt im Klassenraum bleiben würde. Um keinen Preis der Welt wollte er sich ansehen müssen, wie die beiden sich küssend begrüßen würden. Allein der Gedanke, die beiden dabei zu sehen, verursachte in ihm ein Gefühl des innerlichen Sterbens – abgesehen davon, was sich sonst noch alles ereignen würde.

Vorsichtig faltete Benjamin den Zettel auseinander. Johannas Worte trafen voll ins Schwarze und er verstand sehr gut, was sie ihm mit ihrem Brief sagen wollte.

Nach dem Unterricht, alle anderen hatten bereits den Raum verlassen, packte er gemächlich seine Tasche, setzte sich und begann erneut das Gedicht zu lesen. Er war völlig vertieft, als plötzlich die Tür aufging und jemand hineinkam. Er erschrak und faltete das Papier im Affekt zusammen. Als er sich umdrehte, erschrak er ein zweites Mal. Es war Johanna, die plötzlich neben ihm stand.

»Mensch Hanni, hast du mich jetzt erschreckt!«

»Ich habe draußen auf dich gewartet. Ich konnte nicht einfach ins Wochenende gehen, ohne dich noch einmal vorher gesehen zu haben. Ich muss dir etwas sagen.« Benjamin erschrak ein drittes Mal. Was würde es sein, das ihr so wichtig schien? Würde sie jetzt sagen: »Mensch Junge, vergiss alles was bisher war, ich glaube ich habe mich in dir geirrt ...!« oder so etwas ähnliches?

»Was gibt es denn so wichtiges?«

»Du, Ben«, Benjamin staunte, denn erstmalig nannte sie ihn nun so, »ich wollte dir sagen, dass ich dich sehr gerne habe!« Sie beugte sich zu Benjamin hinab, der immer noch wie angewurzelt auf seinem Stuhl saß und gab ihm einen dicken Kuss auf den Mund. Als sie sich wieder entfernen wollte, nahm Benjamin all seinen Mut zusammen und umarmte sie. Er zog sie noch einmal an sich heran, drückte sie und flüsterte ihr ins Ohr: »Du, Hanni, ich glaube, ich habe mich in dich verliebt!« Sie schauten einander in die Augen. Dann bewegten sie sich aufeinander zu bis ihre Lippen sich erneut trafen. Sie küssten sich und keiner von beiden wollte damit aufhören. Schließlich trennten sie sich doch und schauten einander verliebt an.

»Du Hanni, vergiss mich nicht, wenn du jetzt gleich hier rausgehst!«, stammelte Benjamin recht atemlos.

»Es ist jetzt nicht einfach für dich, wenn ich dich hier zurücklassen muss, das weiß ich! Aber vertraue mir. Übrigens, meine Eltern nennen mich ‚Hanna‘, das gefällt mir viel besser als ‚Hanni‘. Die anderen sagen alle immer ‚Hanni‘, da denke ich immer an Hape Kerkelings ‚Hannilein‘, mit dicker Brille und vorstehenden Zähnen. Bei den anderen macht mir das nichts aus, aber ehrlich gesagt, denke ich, passt Hanna wesentlich besser zu mir. Gefällt dir ‚Hanna‘ nicht auch besser?«

»Hm, ja, Hanna finde ich auch richtig gut!«

Zum Abschied küssten sie sich erneut und wünschten sich insgeheim, die Zeit könnte für immer stehen bleiben. Doch sie wussten, dass vor dem Gebäude jemand auf Johanna wartete und bevor dieser jemand sich auf die Suche nach ihr machen würde, müssten sie sich verabschieden. Schweren Herzens trennten sie sich und Johanna verließ mit traurigem Blick den Raum.

Benjamin blieb noch einen Moment auf seinem Stuhl sitzen, um sich zu sammeln. Er geriet ins Träumen und vergaß fast, dass er eine Fahrstunde zu absolvieren hatte. Als die Tür erneut aufging und ihn aus seinen Träumen riss, dachte er, Johanna sei tatsächlich wieder zurückgekommen, doch es war lediglich eine Putzfrau, die mit ihrer Arbeit begann. Benjamin stand auf und verließ das Schulgebäude. Zum Glück waren draußen weder Johanna und Wolfgang, noch sonst jemand, zu sehen. Er schwang sich auf sein Mofa und fuhr zur Fahrschule. Peter, der Fahrlehrer, spürte, dass mit dem Jungen irgendetwas nicht stimmte, da er so ungewohnt schweigsam blieb. Auch ließ seine Konzentration zu wünschen übrig. So waren beide froh, als die Fahrstunde ohne größere Probleme endete.

∗∗∗

Benjamins Wochenende verging im gewohnten Trott. Freitagabend ging er zum Fußballtraining und glich im Anschluss daran, die verbrauchten Kalorien mit ein paar Bierchen aus. Seine Kumpels wunderten sich, dass er heute etwas schneller und etwas mehr trank als sonst. Auch seine Schweigsamkeit war auffällig. Doch anstatt zu fragen, woran es lag tranken sie lieber mit ihm.

Johanna saß zur gleichen Zeit in der Turnhalle in Selters. Sie schaute Wolfgang und seiner Mannschaft beim Tennisspielen zu, während sie unentwegt an Benjamin denken musste. Ab und zu wurde sie aus ihren Gedanken herausgerissen, als die eine oder andere Mannschaft für sich einen Punkt erringen konnte. Wenn das Publikum ganz aufgeregt klatschte, machte Johanna einfach mit. Erst als Gregor sich neben sie gesellte und fragte, warum sie gerade für die gegnerische Mannschaft einen Applaus gespendet hatte, wurde ihr bewusst, wie sehr sie geistig weggetreten war.

»Uppsl«, rutschte ihr raus. »Da habe ich mich wohl vertan, aber der Punkt wurde von dem Typen gut herausgespielt. Manchmal muss man auch die sportliche Leistung des Gegners honorieren, meinst du nicht, Gregor?«

»Ja, ja, hast Recht! Aber für uns sieht es im Moment nicht so toll aus. Müssen wir denn ausgerechnet zu Hause gegen die da verlieren?« Er stand auf, schüttelte seinen Kopf und ging zu seinem Coach, wo auch Wolfgang stand. Johanna musste derweil wieder an Benjamin denken. Was würde er im Moment machen?

Das Spiel ging, wie Gregor vermutet hatte, zu Gunsten der Gastmannschaft aus und das Team war sehr enttäuscht und stinksauer. Deshalb mussten auch sogleich die gemachten Fehler diskutiert werden. Kurzerhand wurde, wie so oft, eine Mannschaftsbesprechung anberaumt.

»Du Schatz, es wird nicht lange dauern«, kam Wolfgang auf sie zu und Johanna wusste worauf sie sich einzustellen hatte: Zunächst würden die Spieler unter die Dusche gehen und anschließend ihren Misserfolg bei einem Glas Bier besprechen. In der Regel zog sich dann dieses ‚nicht lange' über den ganzen Restabend. »Na toll, dann bleiben wir wohl mal wieder die ganze Zeit hier in der Halle?«

»Vielleicht sind wir ja früher fertigl«, versuchte Wolfgang sie zu beruhigen. »Dann können wir auf einen Absacker in die Funzel fahren. Ich muss jetzt erst mal unter die Dusche. Bis gleichl« Wolfgang gab ihr einen verschwitzten Schmatzer auf die Wange und verschwand. Johanna war sauer. Eigentlich hatten sie heute Nachmittag vereinbart, unmittelbar nach dem Spiel in die Funzel zu gehen. Sie freute sich schon den ganzen Abend darauf und war eigentlich nur deshalb mitgekommen.

Aber Johannas Befürchtung bewahrheitete sich und der Abend endete in Selters. Nach Mitternacht kamen sie los und fuhren direkt nach Willmenrod. Wolfgang meinte, er sei nach dem anstrengenden Spiel und den Bieren zu müde, um noch irgendwo einzukehren. Schweigend, aber innerlich kochend, ging sie ins Badezimmer und zog sich aus. Entgegen ihrer Erwartung für dieses Wochenende, war dies wieder einmal so ein Abend gewesen, an dem sie am liebsten weggelaufen wäre. Ja, in diesem Augenblick war sie überzeugt, sie wollte und konnte so nicht weiterleben. Doch schon einen Augenblick später, sie putze sich gerade ihre Zähne, kamen ihr wieder die Zweifel. Wolfgang schlenderte ins Bad und küsste sie sanft in den Nacken, gurgelte kurz mit einer Mundspülung und verschwand. Sie wusste nicht, was sie denken sollte. Schließlich lag ein Wochenende zwischen Benjamin und ihr. *,Wer weiß, was da alles passieren kann?'*

Sie beendete ihre Abendtoilette und ging ins Schlafzimmer. Wolfgang lag seitlich im Bett und schlief den Schlaf der Gerechten. Das letzte Bier schien wohl doch zu viel gewesen zu sein. Vorsichtig legte sie sich neben ihn.

Wie würde es sein, mit Benjamin in einem Bett zu liegen, seinen Atem und seinen Herzschlag zu spüren? Würde er sie genauso sanft anfassen, wie er sie küsste? Die Schmetterlinge in ihrem Bauch begannen trotz der fortgeschrittenen Nachtzeit mit ihren Flügeln zu schlagen und Johanna wünschte sich nichts sehnlicher, als Benjamin zu sehen, ihn in den Arm zu nehmen und ihn zu küssen.

,In Luzern, ja, dort werde ich ganz viel Zeit mit ihm verbringen. Ich hoffe, ich bekomme die Gelegenheit ihn näher kennen zu lernen!' Mit diesen Wunschgedanken schlief sie ein, und entschwand in ihren Träumen der Wirklichkeit.

$$***$$

Der Rest des Wochenendes wies keine Besonderheiten auf. Benjamin verbrachte den Samstagabend mit seinen Freunden in der Dorfkneipe, da die Witterungsverhältnisse keine großen Touren möglich machten. Es war glatt auf den Straßen. Spontan beschlossen die Autofahrer unter seinen Kumpels, dass sie den Abend beim Kartenspiel und mit Knobeln verbringen wollten. Benjamin schloss sich an, verließ aber gegen elf Uhr das Lokal. Somit lag er sehr früh im Bett. Allerdings gelang es ihm nicht einzuschlafen. Immer wieder stellte er sich vor, wie Johanna und Wolfgang beieinander lagen. Sie würde bestimmt an alles, nur nicht an ihn denken. Dann wiederum kam ihm die letzte Szene im Klassenraum in den Sinn, wie sie sich von ihm verabschiedet hatte. *,Das konnte nicht alles gespielt sein. Sie hat sich bestimmt etwas dabei gedacht!'*

Auch sein Sonntag blieb ohne Höhepunkte. Nach dem Mittagessen drehte er mit Prinz, dem schwarzen Pudelmischling, eine Runde durch den Wald. Benjamin konnte sich noch genau daran erinnern, als er eines Mittags aus der Schule kam und ihm ein kleiner kläffender Kerl in der Küche entgegensprang. Es war Liebe auf den ersten Blick gewesen. Prinz begleitete Benjamin stets bei seinen Spazierrunden durch die Holzbachschlucht, dem Naherholungs- und Naturschutzgebiet direkt in Gemünden. Auch wenn Benjamin etwas auf dem Herzen hatte, war Prinz immer ein dankbarer – wenngleich sehr schweigsamer – Zuhörer. So drehten sie auch an diesem Sonntagnachmittag wieder eine Runde durch die Gemarkung Gemündens. Sie genossen die warmen Sonnenstrahlen, in den noch recht frischen Märztagen. Ein Hauch von Frühling schien sich jedoch bereits bemerkbar zu machen. Benjamin konnte es kaum abwarten bis der Sommer an der Tür klopfen würde.

Wieder zu Hause angekommen, legte Benjamin seine Jacke ab und nahm am gedeckten Kaffeetisch Platz. Wie jeden Sonntag, gab es Kuchen zum Kaffee – er ließ ihn sich schmecken. Ansonsten stand nichts mehr auf dem Programm. Nach dem Kaffee verzog er sich in sein Zimmer und setzte sich an den Schreibtisch. Eigentlich hätte er alle seine Gedanken sammeln und für die BWL-Klausur am Mittwoch lernen müssen, doch es gelang ihm nicht. Immer wieder dachte er an Johanna und was sie wohl gerade machen würde. Am liebsten hätte er zum Hörer gegriffen und ihre Nummer gewählt. Da er jedoch nicht wusste, ob Wolfgang in Steinebach war oder bereits auf dem Weg zum Bund, ließ er es sein. Er würde sie damit unter Umständen in eine schwierige Situation bringen – und das wollte er auf jeden Fall vermeiden. Immer und immer wieder versuchte er seine Gedanken für ein paar Minuten auf die Themen ‚Beschaffung, Produktion und Absatz‘ zu lenken, aber es blieb bei äußerst kurzen Sequenzen. ‚*Es hat eigentlich keinen Zweck!*‘ gestand er sich nach einem fast zweistündigen Kampf ein. Entspannt legte er sich auf sein Bett und begann Johanna einen Brief zu schreiben:

»*Liebe Hanna, ...*«

Benjamin stoppte. Was wollte er eigentlich schreiben? Im Erklären oder Beschreiben von Gefühlen hatte er absolut keine Übung. Ihm fiel es ja schon schwer, über sich selbst und über das, was er für andere empfand zu reden – geschweige etwas dazu zu schreiben. Er spürte nur, dass irgendetwas Besonderes in ihm vorging. Das ganze Wochenende konnte er an nichts und niemand anderen denken als an Johanna. Selbst seine Freunde schafften es nicht, ihn heute dazu zu überreden, mit ihnen ins Kino zu fahren – wo doch gerade er so ein leidenschaftlicher Cineast war!

Sein Kopf quoll über mit Gefühlen und Gedanken, die er in dieser Intensität noch nie gespürt hatte. War das jetzt das, was man Liebe nannte? Er kannte sie doch erst seit ein paar Tagen in dieser Art. Das Jahr vorher zählte er nicht mit, denn da war sie nur eine Klassenkameradin gewesen, wenngleich sie ihm schon – allein der Optik wegen – öfter aufgefallen war. Dass eine Frau wie sie sich für ihn interessieren könnte, wäre ihm nie in den Sinn gekommen. Aber dann war es doch geschehen. Nun, und nach der Verabschiedungsszene vom Freitag, da war er sich fast sicher, dass bei ihr etwas mehr im Spiel war.

Allerdings lag ein langes Wochenende dazwischen. ‚*Was wird am Montag sein? Wird sie zu der Einsicht gelangt sein, Wolfgang ist doch der Einzige für sie?*‘ In seinem Kopf ratterten die Zahnräder und versuchten ein Getriebe in Gang zu setzen, welches noch nicht wusste, welches Rad es wie in Bewegung setzen sollte. In welche Richtung sollte es sich drehen?

142

Sollte er vielleicht einen Schritt nach vorne machen und ihr schreiben, wie sehr er sie dieses Wochenende vermisst hatte und wie sehr seine Gedanken bei ihr waren? Oder sollte er gleich schon den Rückwärtsgang einlegen und schreiben, dass es mit beiden sowieso keinen Zweck hätte?

Wenn er an die vergangenen beiden Tage zurückdachte, dann konnte er sich an keinen Augenblick erinnern, an dem er länger als eine Minute nicht an sie gedacht hatte. Also ging er in die Offensive und begann damit, seine Gefühle zu beschreiben. Bei den ersten Sätzen tat er sich sehr schwer. Doch plötzlich fiel es ihm ganz leicht aufzuschreiben, was er fühlte. Ein Brief von über zwei DIN A4-Seiten kam zustande. Gut, er wusste nicht, ob er ihr den Brief jemals geben würde, wenngleich er genau das beschrieb, was er fühlte. Es tat ihm gut, alles aufgeschrieben zu haben und beim nochmaligen Durchlesen ging es ihm bereits viel besser. Er hatte sich alles von der Seele geschrieben.

Nach dem gemeinsamen Abendessen mit seinen Eltern, zog Benjamin sich erneut auf sein Zimmer zurück. Erschöpft – von was auch immer – legte er sich zeitig ins Bett. Erleichtert dachte er über seinen Brief nach, während seine Augen immer schwerer wurden. Dann schlief er ein.

✳✳✳

In dieser Nacht träumte Benjamin von seinem Spaziergang mit Prinz. Doch plötzlich, sie gingen gerade durch den Wald, kam Johanna aus dem Nichts auf ihn zu. Prinz begrüßte sie überschwänglich und es war, als würde er sie schon immer kennen.

»Wo seid ihr zwei so lange gewesen? Ich habe euch fast zwei Stunden gesucht!« Johanna nahm Benjamins Hand. »Ich muss dir etwas ganz Wichtiges sagen: Ich habe dich total lieb und ich will mit dir zusammen sein, nur mit dir allein!« Benjamin war aus dem Häuschen und zog Johanna an sich. Prinz sprang aufgeregt und Schwänzchen wedelnd an ihnen hoch.

»Ich liebe dich auch, Hanna! Ich habe so sehr auf diese Worte gewartet, wenngleich ich mir kaum Hoffnung machte!« Sie küssten sich. Ein wohliges Gefühlt durchzog beide Körper.

Das Sonnenlicht brach sich in den Zweigen der Bäume und zauberte eine besonders schöne Stimmung. Beide genossen den Augenblick und hofften, er würde nie wieder enden. Alles schien perfekt und nichts und niemand sollte sie trennen können.

Doch plötzlich vernahm Benjamin eine Stimme. Er wusste nicht woher sie kam, auch kannte er sie nicht. Johanna schien sie nicht zu hören und schmiegte sich an ihn. Doch immer wieder kam die Stimme durch. Benjamin konnte sie nicht einordnen.

»Hörst du das auch, Hanna?«, fragte er sie, doch sie ging nicht auf seine Frage ein. Plötzlich sah Benjamin jemanden aus dem Nichts auftauchen. Er erkannte sofort, um wen es sich handelte. Es war Wolfgang. Wie konnte er in diesen Wald gelangen? Wie konnte er sie finden? Was war mit seiner Stimme? Sie klang so fremd. Benjamin war zuerst erschrocken, doch dann fasste er sich wieder. Er musste handeln. Er nahm sich vor Wolfgang zu sagen: »Johanna gehört zu mir und ich liebe sie!«

Die Szene erinnerte ihn an einen Hollywood-Streifen, der je nach Autor mit einem Happyend für das Liebespaar oder mit einem Drama für alle Beteiligten ausgehen konnte. Johanna schien Wolfgang noch immer nicht wahrzunehmen. Wolfgang kam näher und näher. Benjamin holte tief Luft, doch Wolfgang schien ihm zuvorzukommen. Er hörte dessen Stimme, konnte den Inhalt allerdings nicht zuordnen. Seltsam war das Ganze schon, denn Wolfgangs Worte waren mit leichter Musik unterlegt und ergaben für ihn keinen Sinn. Benjamin hörte ihn sagen: »... auf der A3, Köln in Richtung Frankfurt, zwischen Niedernhausen und Wiesbadener-Kreuz drei Kilometer, auf der A66 Wiesbaden Richtung Frankfurt, zwischen Hofheim und Eschborn sowie ...!« Sprach er von Straßenverkehrsproblemen? Was sollten ihm seine Worte sagen? Benjamin wurde völlig aus dem Konzept gebracht. Alles was er sich geistig zurechtgelegt hatte, konnte er vergessen. Welches Spiel wollte Wolfgang mit ihm spielen? Erst nach einigen Sekunden - Benjamin hatte versucht das Verwirrspiel zu ignorieren - kam ihm die Erleuchtung. Er öffnete die Augen und sah gegen seine Zimmerdecke.

Die Stimme, die er hörte, stammte nicht von Wolfgang, sondern gehörte einem Radiomoderator vom Südwestdeutschen Rundfunk. Sie erschallte aus dem Radiowecker, der bereits vor einigen Minuten angesprungen war, um ihn kurz vor sieben zu wecken. Allmählich erlangte Benjamin sein Bewusstsein. Jetzt erst erkannte er, dass es Montagmorgen war und er in seinem Bett lag. Der Wecker hatte seinen Zweck, ihn aus dem Schlaf zu reißen, erfüllt.

„Auch das noch, alles nur geträumt! dachte er enttäuscht. *„Aber vielleicht ist dieser Traum ein Omen. Vielleicht wird er irgendwann zur Wirklichkeit!'*

Zwei Minuten der Besinnung gab er sich, bevor er wie in Zeitlupe aufstand und sich schleppend unter die Dusche begab. Gespannt, was der neue Tag, bringen würde, schwang er sich nach einem schnellen Frühstück auf sein Mofa. Trotz Glatteiswarnung im Rhein-Main-Gebiet, ließ es ausnahmsweise das Westerwälder Wetter zu, dass er nach Westerburg fahren konnte. Und das war auch gut so, da er am Nachmittag wieder eine Fahrstunde hatte – eine der letzten, so hoffte er. Am kommenden Samstag war sein achtzehnter Geburtstag. Sonntags würde die einwöchige Klassenfahrt nach Luzern losgehen und am Dienstag in der Woche drauf, würde er es endlich riskieren. Bis auf die letzte Stunde, waren die vorherigen recht gut gelaufen und Peter bot ihm zufrieden an:

»Also, von mir aus bekommst du das Okay! Einen Tag vorher setzen wir die General-probe an und dann wirst du sehen, wie das am Dienstag fast von allein geht!« *Hoffentlich!*, dachte Benjamin.

Zudem sollte er übermorgen das Geburtstagsgeschenk von seinen Eltern bekommen, obgleich sie ein wenig abergläubisch deswegen waren. Wie hatte sein Vater gesagt: »Eigentlich soll man den Sattel nicht vor dem Pferd kaufen!« Doch das Autohaus bei dem Benjamins Vater seit Jahr und Tag seine Autos kaufte und reparieren ließ, hatte einen grünen VW Golf reinbekommen. »Der ist zwar etwas betagt, aber durchaus gut in Schuss!«, bestätigte der Werkstattleiter, als Benjamin mit seinem Vater das Kaufobjekt begutachtet hatte.

»Grün, die Farbe der Hoffnung!« Benjamin war total happy. Er hatte nicht erwartet, so schnell einen eigenen mobilen Untersatz zu bekommen. Doch seine Eltern waren der Auffassung, er müsse gleich im Training bleiben und dürfe das Gelernte nicht wieder verlernen. Durch seine Ferienjobs hatte Benjamin sich das Geld für den Führerschein erarbeitet. Auch zu dem Wagen wollte er noch etwas dazusteuern, doch seine Eltern bestanden darauf, diesen komplett zu bezahlen. »Deine Schwestern haben mit 18 ihre Aussteuerversicherungen ausgezahlt bekommen und du bekommst das Auto. Basta!«

***

Für Johanna war dieses Wochenende ein Reinfall gewesen. Diesmal hatte sie so große Erwartungen in das Zusammensein mit Wolfgang gesteckt und wurde auf ganzer Linie! enttäuscht. Kein Wunder, dass sie jede freie Minute an Benjamin hatte denken müssen.

Ihr wurde ganz warm ums Herz, als sie daran dachte, wie sie sich zum Abschied im Klassenraum geküsst hatten. Gut, eigentlich hatte sie ihn mehr oder weniger überrumpelt, aber letztendlich schien es ihm gefallen zu haben. Musste sie deswegen ein schlechtes Gewissen haben? Wenn ja, dann Wolfgang gegenüber! Zwischendurch waren ihr solche Gedanken gekommen.

Sie wunderte sich, dass er an diesem Wochenende gar keine Avancen bezüglich Sex angestrebt hatte, nachdem die letzten Male doch sehr aufregend gewesen waren. Diesmal war er wieder so abweisend gewesen. Bis auf den kurzen Nackenschmatzer am Freitag-abend im Bad und dem üblichen Verabschiedungskuss am Sonntagnachmittag waren sie sich nicht näher gekommen. Wolfgang wirkte nachdenklich oder gar abwesend. Irgend-etwas schien ihn zu beschäftigen, aber sie konnte nicht ahnen, was es war. Als er schließlich meinte, er wollte den restlichen Sonntag für sich ,genießen', war Johanna sogar ein wenig gekränkt gewesen. Selbst als sie ihm sagte, dass sie sich vor der Klassenfahrt nur noch einmal sehen könnten, schien ihn das nicht richtig zu interessieren.

Allerdings nutzte Johanna das Stimmungstief und kündigte an, dass sie am Samstagabend schon etwas vor hätte und mit Manfred auf Benjamins Geburtstag fahren würde. Sie könnten sich Freitag und bis Samstagnachmittag sehen und dabei auch ‚Herbie' wieder austauschen. Wolfgang stimmte wortkarg zu, das war es.

Johanna war froh den Käfer bis Freitag behalten zu können und somit die Möglichkeit zu erhalten, sich mit Benjamin ins Café abzusetzen. Sie konnte es kaum abwarten, ihn zu sehen. *Hoffentlich geht es ihm genauso wie mir! Hoffentlich hat er mich nur halb so viel vermisst, wie ich ihn! Nur noch eine Woche bis Luzern! Luzern wird bestimmt toll und ich werde versuchen, so viel Zeit mit ihm zu verbringen, wie nur möglich!'

Mittlerweile war es ihr fast egal, was die anderen sagen würden, wenn sie die beiden zusammen sähen. Nun gut, nur fast! *Die Hauptsache aber ist, dass wir uns verstehen und uns näher kommen!'

***

Sie trafen sich erst in der Pause. Das Herzklopfen auf beiden Seiten musste eigentlich vom ganzen Pausenhof gehört werden. Eine knisternde Spannung breitete sich aus, die aber außer den beiden niemand wahrzunehmen schien. Sie schauten einander tief in die Augen und begannen fast gleichzeitig zu lächeln. Eine für andere nicht zu registrierende Berührung ihrer Hände nahm die Spannung auf und ließ den Strom wechselseitig zwischen beiden fließen. Worte waren fast überflüssig. Dennoch ergriff Johanna die Initiative und fragte Benjamin: »Wie war dein Wochenende, Ben?«

»Hm, eher ruhig. Habe nicht viel gemacht und war überwiegend zu Hause. Und du, wie war deine Zeit?«

»Es ging, es war nicht unbedingt das, was ich als besonders toll bezeichnen würde.« Sie beugte sich zu ihm und flüsterte ihm ins Ohr: »Ich habe sehr viel an dich denken müssen! Ich habe dich total vermisst!« Benjamin lächelte ihr zu, griff in seine Jackentasche und zog seinen Brief raus.

»Ich habe dir etwas geschrieben. Es wird vielleicht ausdrücken, was ich am Wochenende gefühlt habe. Obwohl ich nicht so sicher in meinen Worten bin, wenn es darum geht, meine Gefühle zu beschreiben. Also, falls es sich blöd oder unbeholfen liest, dann lache bloß nicht! Außerdem habe ich nicht so tolles Briefpapier wie du!« Sie war ganz gespannt und freute sich fast schon auf den Pausengong, um endlich zu lesen, was er ihr geschrieben hatte. Hoffentlich handelte es sich um nichts Negatives bezüglich ihm und ihr. Gemeinsam gingen sie zum Unterricht und verabschiedeten sich mit jener fast unmerklichen Berührung ihrer Hände.

Johanna fand es rührend, was sie von Ben las. Gut, die erste Hälfte des Briefes war etwas holprig formuliert, doch es schien aus seinem Herzen zu kommen und das war für

146

sie das Wichtigste. Er versuchte ihr zu erklären, dass es ihm schwer fiel über seine Gefühle zu reden oder gar zu schreiben. Sie konnte ihn verstehen. Ihre gemeinsame Lage war ja dermaßen verzwickt. Keiner von beiden wusste so richtig, wie und wo er dran war. Gerade deshalb fand sie den Schluss von seinem Brief so mutig, wo er, wohl all seinen Mut zusammennehmend schrieb: *„... und ich glaube, ich habe mich tierisch in dich verliebt! Dein Ben!'*

Vor Freude über diesen Schlusssatz konnte sie ein kurzes *„Juchhe'* nicht unterdrücken. Natürlich wurde sie von Herrn Gelder umgehend ermahnt. Dieser merkte, dass Johanna sich weniger auf das *„passé composé'* der französischen Verben konzentrierte, als vielmehr auf einen kleinen Zettel, den sie wie einen Lottoschein, der ihr einen Sechser versprach, fest in der Hand hielt.

In der Fünfminutenpause, hielt sie nichts auf ihrem Stuhl. Kaum hatte Herr Gelder angedeutet, der Unterricht sei vorbei, sprang Johanna auf und stürmte zur Tür.

»Ich wünschte, Sie würden auch während meines Unterrichts solch einen Elan an den Tag legen, ma chère Jeanne!«, konnte Herr Gelder sich nicht verkneifen.

»Tut mir Leid, ich meine natürlich: ,Pardon Monsieur Gelder', aber es ist total wichtig, Sie wissen ja: ,C'est la vie'!« Herr Gelder grinste und packte seine Tasche. Draußen vor der Klasse stand Benjamin. Sie nahm ihn bei der Hand und lief mit ihm ein Stockwerk tiefer, dort wo sie keiner ihrer Klassenkameraden belauschen konnte.

»Ich habe mich auch in dich verliebt! Das ist mir gerade an diesem Wochenende klargeworden!« Sie umarmten sich. Im oberen Stockwerk räusperte sich jemand und als sie nach oben sahen, stand Kathrin dort und grinste kopfschüttelnd. Johanna winkte ihr zu und hob die Augenbrauen, womit sie ihr höflichst bedeuten wollte, dass sie nicht beobachtet werden wollten. Kathrin verstand den Wink und verschwand. »Das ist ja ein total lieber Brief von dir! Echt süß, dass du die Minuten gezählt hast, bis sich der Zug in Bewegung setzt, der uns nach Luzern bringen wird. Ich freue mich auch tierisch auf die Zeit mit dir. Vielleicht gelingt es uns in Luzern, dass wir endlich einmal anfangen, über uns zu sprechen. Du wirst sehen, deine Angst vor einem solchen Gespräch ist völlig umsonst. Du bist echt ein toller Mensch. Ich spüre, dass du für mich und mein Leben noch ganz wichtig werden wirst!« Benjamin blieb die Luft weg und er wusste nicht was er ihr entgegnen sollte. Bei ihr hörte sich alles so perfekt an. Er genoss ihre Worte, die so unverblümt und gleichzeitig so romantisch waren. Leider waren die fünf Minuten im Nu vergangen und sie hörten, wie es eine Etage weiter oben ruhig wurde und die Türen ins Schloss fielen. Schnell, aber doch sehr zärtlich, gaben sie sich einen Kuss und blickten einander sehnsüchtig in die Augen. »Sehen wir uns gleich?«, fragte Johanna, fast um ein ,Ja' flehend.

»Gerne, ich bleibe heute eh länger in Westerburg, da ich nachher eine meiner letzten Fahrstunden habe. Sollen wir vorher ins Café fahren?« Johanna hatte so gehofft, er würde genau dies fragen.

»Au ja, gerne! Bis gleich!« Sie verschwanden in den Klassenräumen und versuchten die Zeit bis zum nächsten Gong einigermaßen zu überstehen.

∗∗∗

Diese letzte Woche vor Luzern schien kein Ende zu nehmen. Sie sahen sich, wann immer sich eine Möglichkeit bot. Selbst das Telefon war jetzt nicht mehr vor ihnen sicher. Benjamin rief Johanna gleich nachdem er die Fahrstunde hinter sich gebracht hatte an. Obwohl sie bereits fast zweieinhalb Stunden im Café miteinander geredet hatten, schien ihr Fundus an Gesprächsstoff nicht auszugehen. Das Eis war gebrochen und so schnellten im Hause Sonderberg und Michels die Telefonkosten überproportional in die Höhe.

Johanna genoss es, kurz vor dem ins Bett gehen eben noch einmal mit Ben, wie sie ihn jetzt nur noch nannte, zu reden – sie versprach sich positive Gedanken, die sich in romantische Träume verwandeln sollten. Doch meist blieb es nicht bei dem Telefonat und so holte sie, wenn alles besprochen war, in der Regel ihr Briefpapier heraus und schrieb schnell noch ein paar Zeilen. Benjamin erging es nicht anders. Allmorgendlich etablierte sich das Ritual, dass sie ihre niedergeschriebenen Gedanken austauschten.

Fortan fiel es ihnen immer schwerer sich möglichst unauffällig zu verhalten. »Wie sollen wir uns in Luzern näher kommen, wenn wir uns immer zurückhalten müssen. Vielleicht werden wir gar keine Chance bekommen, auch einmal richtig allein zu sein?«, hatte Benjamin sie gefragt.

Johanna wusste, dass sie es irgendwie schaffen musste, am Wochenende mit Wolfgang Schluss zu machen. Schließlich hatte sie sich vorgenommen, in Luzern in die längst fällige Offensive zu gehen. Ja, sie wollte endlich ihre Gefühle für Ben offen zeigen. Als sie jedoch mit Manfred darüber sprach, konnte dieser nur müde lächeln. »Glaubst du im Ernst, du könntest noch irgendjemanden überraschen. Mich wundert es vielmehr, dass Wolfgang nicht schon längst Bescheid weiß.« Während Johanna und Benjamin noch an ihre Schauspielkünste geglaubt hatten, war es für die anderen lange glasklar, was sich da zwischen den beiden abspielte. Also konnten sie auch in Luzern ihre Karten offen auf den Tisch zu legen. Gleichzeitig sagte jedoch Johannas innere Stimme: »Be careful!« Und sie war vorsichtig. Wie könnte sie es Wolfgang am Freitag oder spätestens am Samstag schonend beibringen? Müsste sie es ihm überhaupt vor Luzern noch sagen?

Eines hatte sie auf jeden Fall erkannt: Ben war der Mann, mit dem sie zusammen sein wollte. Er war so ganz anders als Wolfgang!

Doch sie wollte sich auch nicht dazu hinreißen lassen, anhand einer Pro- und Contra-Liste zu entscheiden, welcher von beiden nun der Richtige war. Ihr Herz schien sich bereits entschieden zu haben und zwar für den Jungen aus der Nachbarklasse. Obwohl dieser weder einen Führerschein, noch ein Auto besaß. Obwohl er anderthalb Jahre jünger war als sie. Obwohl er noch lange keinen Job aufweisen würde. Und obwohl er nicht gerade das war, was man als ‚wohlhabend' bezeichnen würde. Trotzdem hatte es ihr dieser Mann mit seinen blaugrauen Augen und dunklen halblangen Haaren, mit den gleichmäßigen Gesichtszügen und seinen kleinen Lachfalten sowie den breiten Schultern angetan. Wenn sie es sich erneut überlegte, so gab es eigentlich nichts mehr zu entscheiden, dieser Mann sollte ganz einfach ‚ihr Ben' werden.

~ 6 ~

Fast wäre alles schief gegangen.

Schon früh am Morgen hing Johanna über der Toilettenschüssel und würgte, was das Zeug hielt. Doch es kam nichts raus und das war das Schlimmste.

»Kind, wirst doch wohl nicht schwanger sein!«, flachste Theresa und erntete dabei einige mürrische Blicke. Obwohl sie ihre Pille regelmäßig nahm, war ihr dieser Gedanke ebenfalls spontan gekommen. *,Das würde noch fehlen!',* dachte sie, doch dann war ihr eingefallen, dass es nicht sein konnte, da sie erst in dieser Woche ihre Tage gehabt hatte.

Mensch, ging es ihr übel. Sie durfte sich nicht ausmalen, was passieren würde, wenn sie tatsächlich um elf Uhr den Zug nach Luzern verpassen würde. Wochenlang fieberten sie und Ben auf diesen Tag hin und jetzt, da er endlich gekommen war, ging es ihr so schlecht. Gut, gestern auf Bens Geburtstagsparty hatte sie ein ,paar Schlückchen' Alkohol zu sich genommen, aber über den ganzen Abend verteilt, war es wirklich nicht der Rede wert gewesen.

Nachdem Manfred sie gegen eins nach Hause gebracht hatte, war sie ins Wohnzimmer gestiefelt, wo Kurt und Theresa noch den Rest eines Krimis im Fernsehen schauten, hatte sich auf den Boden zu Tollpatsch gesetzt und vor sich hin gegrinst. Kurt wollte wissen, wie der Abend verlaufen sei, doch außer einem verschmitzten Grinsen konnte er nichts herausfinden. Schließlich war sie aufgestanden, ins Schlafzimmer gegangen, wo sie sich laut auflachend auf das Bett hatte fallen lassen. Sie war gut drauf und der Abend auf Bens Fete war – im wahrsten Sinne – ein voller Erfolg gewesen.

Die meiste Zeit hatte sie mit Ben gesprochen und eng umschlungen getanzt. Auch konnte sie weitere Freunde von ihm kennen lernen. Den einen oder anderen kannte sie bereits von den Abenden in der Funzel. Andere waren ihr nicht mehr fremd, da Benjamin ihr von ihnen erzählt hatte. Dann, wo sie leibhaftig vor ihr gestanden hatten, musste sie manchmal in sich hineinlachen und denken: *,Wenn du wüsstest, was ich über dich weiß!'*

Der Abend war total harmonisch und unterhaltsam verlaufen. Vor allem war es aber der letzte Abend, der sie von Luzern trennte. Zum Glück war auch ihr Geburtstagsgeschenk bei Ben sehr gut angekommen. Sie hatte ihm ein schönes Briefpapier besorgt und es mit seinem Namen und seiner Adresse bedrucken lassen. Eigentlich ein Geschenk, das in Richtung Eigennutzen tendierte.

Ben war hin und weg, als er das schwere Paket, welches Johanna ihm liebevoll eingepackt hatte, entgegengenommen und vorsichtig die rote Schleife gelöst hatte. »Wow, das ist ja super! Vielen Dank, Hanna, und ich weiß auch schon, wer die meisten dieser Blätter erhalten wird!«

»Ja, ja. Jetzt müssen noch mehr Tussis deine schreckliche Handschrift entziffern und das einzig lesbare ist die Adresse, die oben im Briefkopf steht!«, zog Harry Benjamin auf, wobei dessen Handschrift im alten Ägypten sicher zur Sonntagsnachmittagsausgehschönschrift gehört hätte, wenn sie in den direkten Vergleich zu deren Hieroglyphen gesetzt würde.

Benjamin bedankte sich bei Hanna mit einem freundschaftlichen Kuss auf die Wange und drückte sie dabei ganz kurz und fest an sich. Ihr selbstgestrickter Pulli, von dem sie wusste, dass er ihm ganz besonders gut gefiel, fühlte sich sehr weich an und ihr Parfum betörte ihn für einen Augenblick. Aber er wusste, er durfte sie nur kurz in den Arm nehmen, denn ‚Big Brother' in Form von potenziellen Weitersagern könnten um sie herum stehen und sie beobachten – obwohl die Person, die er diesbezüglich seit geraumer Zeit unter Verdacht hatte, kurzfristig abgesagt hatte.

***

Johanna hatte es Wolfgang nicht sagen können, obwohl sie es sich fest vorgenommen hatte. Doch es sollte anscheinend nicht sein. Wolfgang war mit einem Freund nach Steinebach gekommen, um ‚Herbie' abzuholen. Sie tranken zu Dritt einen Kaffee, unterhielten sich kurz über die vergangene Woche und dann verabschiedete Wolfgang sich sogleich wieder von ihr. Am Abend stünde ein Match an, weshalb er und sein Freund sich beeilen müssten, wenn sie noch eines der beiden Autos in Willmenrod abstellen wollten. Somit war die Chance vergeben, Wolfgang alles zu beichten und gegebenenfalls einen Schlussstrich zu ziehen.

So gerne hätte sie Benjamin dieses zusätzliche Geschenk gemacht, aber es lag diesmal nicht an ihr. Und zwischen Tür und Angel beziehungsweise unter Aufsicht von Wolfgangs Freund, wollte sie den Schritt auch nicht wagen. Müde lächelnd winkte sie den beiden zu, als sie die Treppe ums Haus hinabgingen, in die Autos stiegen und davonfuhren.

‚Was war das denn jetzt?', dachte Johanna. So hatte sie sich ihren Freitag eigentlich nicht vorgestellt. Die ganze Woche über hatte es ihr permanent den Schlaf geraubt, weil sie darüber nachgrübelte, wie sie die richtigen Einstiegsworte finden konnte. Sie wollte es Wolfgang schonend beibringen – und jetzt diese Blitzaktion. Anscheinend lag Wolfgang nicht sehr viel an einem gemeinsamen letzten Abend. Doch das konnte sie nur in ihrem Vorhaben bestärken, ihn endgültig zu verlassen. Gleich wählte sie Benjamins Nummer und freute sich, dass er den Hörer abnahm. Sie erzählte ihm, was sich gerade ereignet hatte und meinte sofort eine gewisse Enttäuschung am anderen Ende des Hörers zu

151

spüren. Doch sie schaffte es, ihn wieder aufzumuntern, indem sie ihm die genaue Zahl der Minuten präsentierte, die es dauerte, bis sich der Zug in Richtung Luzern in Bewegung setzen würde. Außerdem verflog Bens Enttäuschung auch deshalb relativ zügig, da er nun sicher gehen konnte, dass Hanna und Wolfgang sich vor Luzern nicht mehr körperlich näher kommen würden.

Der Freitag hatte ihm schon schwer im Magen gelegen. Immer wieder stellte er sich vor, wie die Abschiedszeremonie zwischen beiden wohl aussehen mochte. Schließlich würden sie die nächsten zwei Wochen, da sie sich erst wieder am Wochenende nach der Luzernfahrt sehen könnten, keinen Sex haben. Was läge da näher, wenn Wolfgang und sie sich noch einmal mit einem Feuerwerk der Lust voneinander verabschieden würden. Allein bei dem Gedanken, wie beide nackt beieinander lägen, schnürte es ihm die Kehle zu. So war seine Erleichterung umso größer, als er erfuhr, dass Wolfgang nur auf Stippvisite nach Steinebach gekommen war und zudem noch einen Freund mitgebracht hatte. Jetzt schien ihrer beider Glück – zumindest für die nächsten Tage – nichts mehr im Wege zu stehen. Danach wäre Johannas Schlussstrich unter das Thema ,Wolfgang' nur noch eine reine Formalität.

***

Auch Benjamin kämpfte am Sonntagmorgen mit den Nachwehen der Party. Nachdem Johanna und Manfred gefahren waren, hatte er noch das eine oder andere Bier getrunken und sich zu Harry gesetzt. Beide sahen sich zwar jeden Tag, doch in letzter Zeit kamen sie kaum noch dazu miteinander zu reden. Die Pausen gehörten ausschließlich Johanna, wie auch die letzten Partys. Jetzt erst blieb ihnen Zeit für ein richtiges Männergespräch. So nach und nach verabschiedete sich der Rest der Gesellschaft und beide blieben allein übrig.

»Mensch Alter, dich hat es ja ganz schön erwischt!«, warf Harry ein.

»Wie soll ich das denn jetzt verstehen?«, fragte Benjamin nach, schon ahnend, worauf Harry hinauswollte.

»Hey Alter, meinst du ich hätte Tomaten auf den Augen? Was da zwischen euch beiden abgeht, das ist doch mehr als offensichtlich. Ist echt ne tolle Braut, die Hanni!«

»Hm, da hast du Recht!« Benjamin versuchte gar nicht erst irgendetwas zu leugnen. Er erzählte ihm, wie alles zwischen ihnen angefangen hatte und auch von dem Problem, das da Wolfgang hieß.

»Wenn die dich richtig mag, und davon gehe ich aus, bei dem, was ich bisher gesehen – und ich gestehe – heimlich mitgelesen habe, dann handelt es sich nur noch um ein paar Tage oder Wochen bis sie sich für dich entscheidet und ihre Konsequenzen was Wolfgang betrifft ziehen wird!«

»Meinst du? Und meinst du eine Frau wie Hanni könnte sich wirklich für einen Kerl wie mich erwärmen? Jemanden der noch keinen Job hat, mit dem er richtig Kohle verdient, kein reiches Elternhaus und so weiter. Wenn man mit ihr unterwegs ist, das heißt ich war bisher ja nur mit ihr in der Funzel, da musst du mal sehen, wie die anderen Kerle klotzen. Da wäre bestimmt der eine oder andere dabei, der ihr wesentlich mehr bieten könnte als ich!«

»Ja, aber vielleicht will sie das gerade nicht. Sie ist doch selbst so eine starke Persönlichkeit, meinst du, die würde sich von irgendeinem Typen abhängig machen, alles nur des schnöden Geldes wegen? Nee, die Hanni bestimmt nicht. Schau dir doch an, welche Rolle sie bei uns übernimmt. Sie ist für alle der erste Ansprechpartner, wenn irgendjemand Probleme hat oder wenn es um die Organisation von irgendetwas geht. Die ist so eine tolle Frau, die hat es gar nicht nötig sich von so einem Typen aushalten zu lassen. Bei ihr kommt es in der Hauptsache aufs Herz an, glaube es mir. Und ihr Herz scheint sie an dich verloren zu haben!«

Benjamin war ganz erstaunt über Harrys Worte. Nicht, dass er selbst schon ähnliches gedacht hatte. Nein, es war die Ernsthaftigkeit, die Harry dabei an den Tag legte. Kein Begriff wie ‚Tussi’ oder ‚Alte’ fiel. Harry meinte es ernst. Sie unterhielten sich toll und vergaßen dabei völlig die Zeit. Plötzlich, es war so gegen halb drei, da hämmerte jemand an die Wand des Nachbarzimmers.

»Wollt ihr jetzt nicht bald einmal Schluss machen, es ist schon so spät und ihr müsst morgen früh raus!« Benjamin schaute auf seine Uhr und wusste, dass seine Mutter Recht hatte. Wenn sie morgen einigermaßen fit in den Zug einsteigen wollten, dann sollten sie jetzt langsam die Feier beenden.

»Bleib doch hier und fahr morgen früh schnell nach Hause. Dann bist du wenigstens wieder einigermaßen klar!«, bat Benjamin seinen Klassenkameraden. Doch der ließ sich weder überzeugen noch überreden – zumal er sich an diesem Abend mit dem Alkohol tatsächlich zurückgehalten hatte. Langsam begaben sie sich nach draußen. Es war eine sternenklare Märznacht. Lausigkalt war es obendrein. Die Scheiben von Harrys Auto waren nahezu gefroren.

»Mensch Alter, hoffentlich komme ich überhaupt noch heim. Ich habe ganz vergessen zu tanken. Als ich hergekommen bin, ging gerade das Reservelicht an!« Benjamin schüttelte den Kopf - das war wieder typisch Harry.

»Am liebsten wäre mir ja, du würdest hier pennen!«

»Ja toll, Alter, und mit welchen Klamotten soll ich dann morgen in die Schweiz fahren. Nix für ungut, dein Geschmack was die Frauen betrifft in Ehren, aber was deine Klamotten angeht, da liegen Welten – und Größen – zwischen uns!« Er lachte schelmisch und sah über seine beschlagene Nickelbrille, während er sich noch eine Zigarette für den Weg drehte.

»Hast ja Recht, aber fahr vorsichtig und am besten über Westerburg, da gibt es einen Tankautomat, wo du rund um die Uhr tanken kannst!«, riet er ihm.

»Mal schauen, vielleicht klappt es ja doch noch bis nach Hirtscheid!« Harry war optimistisch und legte den Gang ein.

»Also dann, bis morgen. Tank aber lieber noch, und wenn es nur für `nen Zehner ist!« Harry ließ den Motor zwei Mal aufheulen und fuhr los.

,*Wenn das mal gut geht'* dachte Benjamin bei sich, als er ins warme Haus zurückkehrte. Schnell räumte er Flaschen und Gläser beiseite, bevor er sich sichtlich ermüdet ins Bett legte.

Es schien ihm, als hätte er gerade erst die Augen zugemacht, als seine Mutter ihn zum Frühstück weckte. Sie sah, wie verkatert Benjamin unter der Bettdecke hervorschaute. »Kein Wunder, wenn du nicht aus dem Bett kommst. Wenn ihr unbedingt so lange aufbleiben müsst!«

Benjamin brummte nur ein kurzes zustimmendes Geräusch und war froh, als Ella das Zimmer wieder verließ. Es dauerte einige Minuten bis er realisierte, dass die Nacht tatsächlich vorbei war. Plötzlich fiel ihm aber ein, dass heute der große Tag war – der Tag, auf den er und Hanna schon so lange hingefiebert hatten. Wie von magischen Kräften getrieben, sprang er aus dem Bett und nahm sich vor, sich einer erfrischenden kaltwarmen Dusche zu unterziehen; immerhin wollte er ihr nicht völlig verkatert begegnen. Nach der Dusche und einem starken Kaffee, zu dem er Rosinenstuten aß, ging es ihm bereits wesentlich besser. Er konnte es kaum abwarten, dass seine Eltern ihn zum Bahnhof nach Westerburg fahren würden.

Sie waren fast alle versammelt, als Benjamin mit seinen Eltern den Bahnhof erreichte. Nur von Johanna war weit und breit nichts zu sehen. In fünf Minuten würde der Zug einlaufen. Wo blieb sie nur?

Manfred versicherte Benjamin mehrmals, er habe Johanna gestern Abend wohlbehalten nach Hause gebracht. »Ich habe sogar gewartet, bis sie mir aus dem Küchenfenster das Okay gegeben hat!«

»Hoffentlich ist sie nicht krank geworden! Hoffentlich ist ihr und ihren Eltern unterwegs nichts passiert!« Er wusste nicht was er machen sollte, wenn sie tatsächlich nicht auftauchen würde. Nicht auszumalen, wenn sie verschlafen hätte und den Zug nicht mehr erreichen würde. Für ihn stand fest, dass die Fahrt nach Luzern dann ,für die Katz' war.

Der Bahnhofslautsprecher ertönte und kündigte mit kratzigen Tönen den einfahrenden Zug an.

Als das pfeifende Ungetüm in Form eines dunkelroten Schienenbusses, der regelmäßig auf der Strecke zwischen Altenkirchen und Limburg verkehrte, nach einem ohrenbetäubenden Quietschkonzert endlich stillstand und ihm alle ankommenden Passagiere entstiegen waren, forderten die Klassenlehrer Wollschläger und Meier ihre Schützlinge auf, zügig einzusteigen und möglichst nur einen Wagon zu besetzen. Benjamin überkam Panik. *Wo bleibt sie nur?*

Nach und nach stieg die Meute ein. Benjamin hatte die Hoffnung fast aufgegeben, als er drei Personen auf den Bahnsteig stürmen sah. Allen voran, das konnte er an den wehenden Haaren erkennen, lief Johanna. Er lief ihr entgegen und schnappte sich ihren Koffer, damit sie schneller vorankommen konnte.

»Wo bleibt ihr denn? Ich dachte schon, ich müsste allein nach Luzern fahren. Welch eine Horrorvorstellung! Ich überlegte schon einen Ohnmachtsanfall oder eine Herzattacke vorzutäuschen, um den Zug am Bahnhof aufzuhalten!« Benjamin wuchtete Johannas Koffer in den Wagon. Die krächzende Stimme aus dem Lautsprecher wies alle Reisenden an, die Türen zu schließen.

Johanna und Benjamin suchten sich einen Platz und öffneten schnell das Fenster, um sich von den Eltern zu verabschieden. Sie hatten es – Gott sei Dank – geschafft. Ihr erstes gemeinsames Abenteuer konnte beginnen. Beide freuten sich tierisch auf die vor ihnen liegende Woche, insbesondere auf die Zeit, die sie miteinander verbringen wollten. Vielleicht blieben ihnen sogar ein paar Augenblicke, in denen sie sich von der Meute absetzen und ganz allein sein konnten. Sie würden es sehen und alles auf sich zukommen lassen!

Nachdem der Bahnhof von Westerburg außer Sichtweite war, schlossen sie das Fenster und setzten sich nebeneinander. Ihre Hände berührten sich. Alle um sie herum schienen etwas mitgenommen zu sein und nutzten den ersten Streckenabschnitt bis Limburg dazu, den fehlenden Schlaf des Wochenendes nachzuholen.

Nachdem das erste Umsteigen auf dem provinziellen Limburger Bahnhof reibungslos verlaufen war, erreichte der Bummelzug eine weitere Stunde später rechtzeitig die Metropole Frankfurt. Eilig sprangen alle aus dem Zug, orientierten sich und rannten – wie ihnen zuvor gesagt wurde – zum Bahnsteig 12, da dort der Zug nach Luzern abfahren sollte. Eine halbe Stunde sollte ihnen zum Umsteigen bleiben! Doch Wollschläger und Meier waren bereits bei der Einfahrt in den Hauptbahnhof ganz nervös geworden und befürchteten nicht alle Schützlinge würden es schaffen, die Strecke von sage und schreibe 73 Metern in nur einer halben Stunde zu überwinden und rechtzeitig in den Intercity *452 Wilhelm Tell* einzusteigen. Herr Meier hatte als Mathelehrer natürlich zuvor eine Wegberechnung vorgenommen und ermittelt, wie schnell seine Schüler zu laufen hatten, sollte der Zug mit einer bestimmten – noch tolerierbaren – zeitlichen Abweichung in Frankfurt eintreffen.

Ganz stolz klopfte Wollschläger sich und seinem Kollegen Meier auf die Schultern, als er nach dem Abzählen alle im reservierten Großraumwagen wiederfand. Jetzt konnte vorerst nichts mehr schief gehen. Beide Pauker setzten sich entspannt nebeneinander und versuchten ihrerseits eine Mütze voll Schlaf zu bekommen.

Johanna und Benjamin saßen erneut zusammen und unterhielten sich über das, was in der letzten Zeit so passiert war, über Benjamins Geburtstagsparty und natürlich auch über das, was vor ihnen lag. Sie konnten es beide nicht glauben, dass heute der Tag war, auf den sie anderthalb Monate hingefiebert hatten. Außerdem stand für beide fest, dass sie sich nicht länger vor den anderen verstecken oder gar Theater spielen wollten. Außerdem, wenn sie Manfred glauben konnten, schienen die anderen sowieso Bescheid zu wissen. Warum sollten sie ihnen weiterhin falsche Tatsachen vorspiegeln? Gut, sie müssten sich erst daran gewöhnen, es tatsächlich in der Öffentlichkeit zu tun: Offen miteinander reden – nicht nur über Pauker und Mitschüler, über Politik oder Sport. Anfassen – nicht nur schier zufällig. Händchen halten – nicht nur unter dem Vorwand, man wolle prüfen, ob der andere auch kalte oder warme Hände hatte. Küssen – nicht nur zur Begrüßung und zum Abschied auf beide Wangen. Ja, das wünschten sie sich und beide waren davon überzeugt, in der Schweiz würde alles anders.

Bereits im Zug rutschten sie ein wenig näher zusammen und genossen es den anderen zu spüren. Hanna hatte sich für die lange Fahrt wieder ihren selbstgestrickten Wohlfühlpulli angezogen, da sie wusste, dieser gefiel Benjamin besonders gut. Im Nachhinein fiel ihr auf, dass sie ihr gesamtes Gepäck, soweit sie es damals einschätzen konnte, völlig auf Bens Geschmack abgestimmt hatte. Zum Glück war sie so vorausschauend gewesen und hatte den Koffer bereits am Samstag gepackt. Denn die Zeit, die sie dort für die Modenschau vor dem großen Spiegel im elterlichen Schlafzimmer benötigt hatte, hätte sie heute absolut nicht mehr gehabt.

,Hab ich auch alles?' Immer wieder schlich sich dieselbe Frage in ihr noch leicht lädiertes Gehirnskästchen ein. Natürlich durften der weiße und der khakifarbene Overall in ihrem Repertoire nicht fehlen. Schon zu oft hatte Benjamin betont, wie gut ihr gerade die Overalls stehen würden. Zunächst dachte sie, er hätte es mehr oder minder, wie die anderen Männer auch, auf die manchmal etwas weiter herabgezogenen Reißverschlüsse abgesehen. Doch schließlich stellte sie fest, dass er es tatsächlich ernst zu meinen schien. Anscheinend hatte er eine gewisse Ader was Mode betraf und mochte ihr Outfit des Aussehens und nicht des Ausschnitts wegen. Sie war glücklich seinen Geschmack in punkto Kleidung zu treffen.

Benjamins Hand fuhr des Öfteren über Johannas Arm. Er war hin und weg, neben ihr zu sitzen, sie zu spüren. Sie fühlte sich so zart und sanft an, was wiederum nicht nur auf ihren Pulli zurückzuführen war. Hanna hatte sehr filigrane Arme und Hände. Er war ganz vorsichtig und wenn er so seine Unterarme neben ihren sah, hatte er fast Angst, er könnte sie bei seinen Berührungen verletzen, so zerbrechlich schienen sie.

Nach und nach erwachten die Lebensgeister in den müden Schülern. Die ersten Sektkorken knallten und flogen recht unkontrolliert durch das Abteil. Es wurde plötzlich gelacht und munter erzählt. Maximilian und Harry sorgten für Musik und warfen ihren Ghettoblaster an. Die Lieder der ‚Neuen Deutschen Welle', also die, die eigentlich vor fünf Jahren bereits auf ihrem Höhepunkt gewesen waren, beherrschten das Abteil. Natürlich waren sie fast alle textfest und sangen lauthals den „Sternenhimmel" von Hubert K. und Joachim Witts ‚Goldenen Reiter' mit. ‚Life is Life', ein Lied der Gruppe Opus, hatte es ihnen besonders angetan, weshalb Harry es auch mindestens zwei- bis dreimal hintereinander laufen ließ.

Die Zeit verging wie im Flug. Ehe sie es sich versahen, krächzte die Stimme des Zugbegleiters durch die Abteillautsprecher und kündigte die Einfahrt in den Bahnhof von Luzern an. Zügig packten sie ihre Sachen zusammen. Die Nervosität ihrer Klassenlehrer stieg erneut. An ihren sich hektisch umschauenden, roten und mit Stressflecken übersäten Gesichtern konnte man sehen, wie sehr sie bemüht waren, die wilde, plötzlich flügge gewordene Horde zu überblicken.

Im Bahnhof angekommen, sammelten sie sich vor der großen ratternden Anzeigetafel. Wollschläger und Meier unternahmen drei Anläufe, um die sich ständig neu formatierende Schülermenge zu zählen. Nachdem die ersten drei Anläufe, mit – natürlich für einen Mathematiker wie Herrn Meier – nicht zu akzeptierenden Ungenauigkeiten behaftet waren, erfolgte eine systematische Erfassung der Gruppe, in dem ein Bewegungsverbot ausgesprochen wurde. Und siehe da, alle waren dem Zug entstiegen. Mit Rucksäcken, Taschen oder Koffern beladen, setzte der Trupp sich in Bewegung. Das Ziel: Eine Jugendherberge in nicht allzu weiter Entfernung.

»Zapfenstreich ist um dreiundzwanzig Uhr, verstanden! Das heißt, da ist jeder in seinem Bett und dann herrscht absolute Ruhe!« Ratlos und sichtlich erschrocken schauten die jungen Leute zunächst den Herbergsvater und dann einander an. Schließlich waren fast alle achtzehn – also erwachsen, selbstständig, von der Mutter-Fürsorge entwöhnt, auf eigenen Beinen stehend – und dann das: Ein Zapfenstreich! Also davon hatten die Pauker nun überhaupt nichts erwähnt.

»Kaserne!«

»Knast!«

»Lager!«

»Rette sich wer kann!«

»Revolution!«

»Ich verständige Amnesty International!«

Lautstark ließen sie ihrem Protest freien Lauf. Aber jegliches Jammern und Wehklagen stieß bei dem sehr resolut und autoritär auftretenden Herbergsleiter auf taube Ohren. »Nehmen Sie sich doch ein Hotelzimmer, wenn Sie es sich leisten können!«

Wollschläger grinste Meier vorsichtig an und gab durch ein leichtes Zucken seiner buschigen Augenbrauen zu verstehen, dass ihr Plan aufgehen würde. Sie waren ihrerseits froh, dass durch die strengen Regeln, die unter anderem – wie von den Schülern zuvor befürchtet – auch die strikt getrennte Unterbringung von Männlein und Weiblein vorsah, ausschweifende Feten und durchzechte Nächte verhindert würden. Dachten sie zumindest!

Die Zimmerverteilung war schnell vollzogen. Diese waren sehr einfach und mit je drei Hochbetten ausgestattet. Zum Entsetzen aller befanden sich vor den Fenstern Gitterstäbe.

»Also, ich weiß ja nicht, wie es euch geht, aber ich wollte schon immer einmal wissen, wie es im Knast aussieht!«, lästerte Robert, als er sich nacheinander die Räume anschaute. Er, Manfred und Gregor sowie Charly, Harry und Benjamin bezogen ein Zimmer. Schnell losten sie aus, wer unten oder wer oben schlafen durfte. Resignation machte sich breit. Schließlich sahen ihre vorab geschmiedeten Pläne so aus, dass sie die Herberge ganz einfach durch die Zimmerfenster verlassen und die Nacht zum Tage machen würden. Dies konnten sie aber knicken! Als sie sich mit den anderen auf dem Flur trafen, um gemeinsam zum Abendessen zu gehen, entflammte die Diskussion erneut.

»Das kann ja heiter werden. Jetzt sind wir *on Tour* und von zu Hause weg, da stecken die uns hier in den Kerker. Ob dem Wolli die Ausstattung vorher bekannt war?«, warf Charly in den Raum. Die anderen nickten. Doch sie waren sich einig, egal was auch passierte, diese Spielregeln konnten sie so nicht akzeptieren. Gemeinsam mit den Mädels würden sie sich einige Modifikationen einfallen lassen und in das Rahmenprogramm ihrer Pauker einbauen. Schließlich waren sie wirklich fast alle volljährig und somit für ihr Tun und Lassen selbst verantwortlich. Erwachsene halt!

Zum Glück wurde im großen Speisesaal, der zur Abendbrotzeit förmlich aus allen Nähten zu platzen schien, keine Geschlechtertrennung vorgenommen. Cliquenweise nahmen sie an den für sie reservierten Tischreihen Platz und tauschten die ersten Erfahrungen aus.

»Tische 11 bis 14 sind für das Wirtschaftsgymnasium Westerburg, Deutschland, vorgesehen! Alles klar!« Mit militärischem Ton gab der Herbergsvater ihnen zu verstehen, wer hier das Sagen und wo das Rudel aus dem Westerwald in den nächsten Tagen sein Essen einzunehmen hatte.

»Jawoll, Herr General!«, rief einer aus ihrer Mitte und zog damit den grimmigen Blick von Wolli auf sich. Der Herbergsleiter, der seine beruflichen Erfahrungen - da waren sich alle einig - in der Armee gesammelt haben musste, antwortete jedoch mit einem lockeren »So isch's richtig!« Sein Dialekt und das plötzlich breit aufgesetzte Grinsen ließen ihn letztendlich ein wenig sympathischer und vor allem menschlich erscheinen. Fortan schien das Eis gebrochen und den Schülern wurde klar, dass sein resolutes Verhalten zu seiner Herbergsvaterrolle gehörte.

»Sollen wir den Tisch 13 nehmen?«, fragte Gregor und nahm ohne die Antwort abzuwarten gleich Platz.

»Oh ja, die Wilde 13. Wie bei dem Stück der Augsburger Puppenkiste, wie hieß es gleich noch?«

»Jim Knopf«, half Manfred Johanna auf die Sprünge.

»Stimmt!«, bestätigte sie und fing gleich an, das Lied des Marionettenstücks zu singen. Zum Erstaunen aller, konnten die meisten mit einstimmen: »Eine Insel mit zwei Bergen ...!« Sie lachten, als sie erkannten, dass in den vermeintlich so erwachsenen jungen Menschen noch ganz viele kindliche Züge steckten.

Das Essen wurde serviert. Die Gesprächsthemen kreisten um die Pläne für die kommenden Tage und natürlich die karge Unterkunft. Auch die Damenwelt schien nicht begeistert von der Ausstattung ihrer Schlafgemächer.

»Wie soll ich diese Woche nur überstehen und überhaupt ...!« Britta, die für ihr tägliches Styling sehr früh aufstand, um ihre blondierte Mähne zu bändigen und ihrem Teint ein wenig nachzuhelfen, war völlig aus der Fassung. »... um halb acht frühstücken! Dann muss ich ja um halb sechs aufstehen!«

»Was, für diese ‚Bauernmalerei'?«, neckte Robert.

»Ich halte es eher für ‚naive Malerei'!«, schob Charly nach. Am meisten vermisse sie den fehlenden Frisierspiegel im Bad. Doch mehr als ein nicht wirklich ernst gemeintes: »Ohhh, du Ärmste!« konnte sie von den anderen nicht ernten.

»Also, ich glaube, heute fehlen uns die richtigen Ideen und der Elan!«, schloss Johanna die hitzige Diskussion am Tisch ab. »Wir werden uns morgen in irgendeiner Pause ...«

»Sofern wir die haben werden!«, warf Robert ein wenig ironisch ein. »Unsere Dompteure haben bestimmt nicht nur den Käfig ausgesucht, sondern auch die passende – zumindest für sie – bis auf das i-Tüpfelchen ausgeklügelte Dressurnummer dazu!«

»Da hast du wahrscheinlich Recht, Robert, aber wir lassen uns nicht wie Zirkustiere vorführen, oder!« Ein zustimmendes Raunen erhob sich vom Tisch 13. »Aber da wir heute alle ziemlich fertig sind, sollten wir uns morgen – vielleicht in der Mittagspause oder auf dem Schiff – zusammensetzen und die Pläne für die restlichen Abende schmieden! Denn, da wo ein Wille ist, ist doch auch ein Weg!«

»Oder ein Gebüsch!«, rief Charly.

»Oder ein einsamer Flur!«, sprudelte aus Manfred hervor.

»Oder ein ...!« Jeder hatte plötzlich etwas draufzusetzen. Die Stimmung löste sich.

»Na ihr Säcke, dann lassen wir es heute Abend halt ohne die Mädels krachen! Munition haben wir ja genügend dabei!« Harry schien sich mit der Situation bereits abgefunden zu haben und beschloss für sich und seine männlichen Mitstreiter das Beste aus dem angebrochenen Abend zu machen. Die Jungs stimmten ihm zu. Vielleicht war es ja gar nicht so übel, den Abend nur unter richtigen Männern zu verbringen. »Dann können wir endlich einmal über Weltpolitik, die angespannte Lage im Osten oder über anspruchsvolle Literatur reden!«, meinte Manfred ironisch und alle lachten. »Ja, einfach nur über Männersachen!« Papierservietten und Zahnstocher kamen ihm entgegen geflogen.

»Ja, ja und die Welt ist eine Scheibe!«, revanchierte sich Britta.

»Okay Mädels, und wir ziehen uns eine oder zwei Flaschen Schampus rein. Schließlich sind wir hier nicht im Kloster!«, ergänzte Johanna und erntete von ihren Klassenkameradinnen Szenenapplaus. Somit fügten sie sich am ersten Abend ihrem Schicksal – zumindest musste es den Anschein für Außenstehende erweckt haben. Deshalb wogen auch die Herren Wolli und Meierlein, wie sie liebevoll von ihren Schützlingen betitelt wurden, sich auf der sicheren Seite. Ihr ‚Jugendcamp-Konzept' schien tatsächlich zu funktionieren.

Am nächsten Morgen hieß es früh aufstehen. Schließlich war der Tag von den Begleitern minuziös geplant. Mehr oder minder schwer quälten sich alle aus dem Bett und schleppten sich zum Frühstück.

Heute standen eine ausführliche Stadtbesichtigung in Form eines geführten Rundgangs und eine erholsame Schiffstour auf dem Vierwaldstätter See auf dem Programm. Sie waren sich einig, dass Wolli und Meierlein gut daran getan hatten, die Schiffstour für den Nachmittag vorzusehen, da es ansonsten zu mehr oder weniger peinlichen Vorfällen bezüglich unerlaubter Fischfütterung hätte kommen können. So aber konnten sie an diesem sonnigen Morgen, im Rahmen einer zweistündigen Tour, die Stadt Luzern per pedes kennen lernen.

Das Glück schien auf ihrer Seite zu sein, denn mit Urs, einem Philosophiestudenten im unzähligsten Semester, begleitete sie ein sehr engagierter und sich auf den Umgang mit jungen Leuten wohl spezialisierter Stadtführer. Nun gut, auch er schien erst Ende zwanzig zu sein und hätte seinem Aussehen nach auch gut Sportstudent oder Lebensretter am Strand von Malibu sein können. Kein Wunder, dass es ihm recht leicht fiel, die

Damenwelt bei der ‚stadthistorischen' Stange zu halten. Doch schon nach kurzer Zeit gelang es ihm sogar einen Draht zu der schlaffen männlichen Meute zu finden. Ausgelöst durch seinen Charme, sprang ein Funke der Begeisterung, die er für seine Heimatstadt Luzern hegte, auf alle über. »Also, Grüezi miteiand! Mein Name ist Urs und ich zeige euch heute meine Heimatstadt Luzern.« Die Damenwelt schmolz förmlich dahin.

»Fangen wir also mal ganz von vorne an: Luzern ist die Hauptstadt unseres gleichnamigen Kantons und liegt hier am Ausfluss der Reuss aus dem Vierwaldstätter See, den ihr ja, wie ich von euren Lehrern gehört habe, heut Nachmittag erkundet.«

»Hey Alter, hast du gehört die Reuss hat nen Ausfluss«, Harry hieb Benjamin mit dem Ellenbogen in die Seite. »Hab ich mir doch gedacht, dass die Tussie nicht ganz dicht ist!« Benjamin sah Harry mit einem Stirnrunzeln an.

Man muss wissen, die Tussie namens Reuss, war Kunstlehrerin am WG und Harry stand mit dieser ansonsten sehr netten älteren Dame auf Kriegsfuß. Irgendwie – doch wen wunderte es – schienen beide völlig konträre Vorstellungen von dem zu besitzen, was sich als Kunst bezeichnen ließ. »Herr Harrenberg, Kunst kommt von Können! Käme es von ‚Wollen', dann würde es Wullst heißen! Also, können Sie nicht besser oder wollen Sie nicht besser?« Mit diesem Satz und einem abschätzigen Blick auf Harrys abstraktes Werk, hatte sie sich seine Sympathie verspielt.

»Freut euch darauf, der See ist echt schön!«, beendete Urs seine Einleitung. Waren da vorher Zweifel oder Desinteresse bezüglich der Tagesordnung, Urs hatte es geschafft sie verschwinden zu lassen.

»Kommst du heute Nachmittag auch mit?«, traute sich eine der anwesenden Damen zu fragen, da auch die Tour am Nachmittag eine Informationsfahrt sein sollte.

»Leider nicht, ich muss auch mal an die Uni, sonst werde ich nie mit dem Studium fertig! Heute Mittag gibt der Kapitän die Infos über die Bordlautsprecher!« Ein allgemeines „Schade!" war zu vernehmen.

Urs fuhr fort: »Neben einem der bekanntesten Fremdenverkehrsorte der Schweiz ist Luzern auch das Verwaltungs- und Kulturzentrum des Kantons. Die Stadtrechte erhielt Luzern 1178, doch erst mit der Eröffnung des Sankt-Gotthard-Passes im dreizehnten Jahrhundert, entwickelte sich die Stadt zu einem wichtigen Handelszentrum. Mittlerweile leben hier jetzt etwa fünfzigtausend Menschen. So, und jetzt sehen wir uns erst einmal die Schönheiten meiner Stadt an!«

»Au ja, Schweizer Schnecken!«, rutschte Harry voller Begeisterung raus.

»Schnecken?«, fragte Urs ungläubig nach.

»Ach, unser spätpubertierender roter Chauvinist meinte, du wolltest uns in die Luzerner Damenwelt einführen!« Alles lachte. Urs verstand nach Lauries Erläuterungen, warum.

»Nein, heute werde ich mich eher auf die architektonischen und historischen Schönheiten der Stadt beschränken. Aber natürlich kann ich euch auf unserer Tour auch für das Abendprogramm den einen oder anderen Tipp geben.« Wollis und Meierleins Minen boten ein Meer aus Falten.

»Jetzt gehen wir aber erst einmal in unsere malerische historische Altstadt. Hier könnt ihr neben den zahlreichen prunkvollen Bürgerhäusern und natürlich dem schönen Rathaus, auch das ehemalige Ursulinenkloster im oberitalienischen Renaissancestil sehen. Los geht's!« Er hatte es geschafft, sie folgten ihm ohne Murren und Knurren und jeder von ihnen erkannte für sich die zunächst unterschätzten wahren Schönheiten dieser Stadt. Auch das Wetter meinte es sehr gut mit ihnen und schenkte ihnen ein sanftes Sonnenlicht.

»Mensch, ich hätte nicht gedacht, dass Luzern so eine schöne Stadt ist!« Benjamin war sichtlich begeistert. Nun gut, bis dato hatte er noch nicht allzu viel von dieser großen Welt gesehen. Aber auch die anderen konnten ihre Begeisterung nicht verbergen.

»Wow, die haben aber sehr schöne Kirchen hier!«

»Schaust du dir auch gerne Kirchen an, Johanna?« Sie nickte und war ganz beeindruckt von dem Gotteshaus, an dem sie gerade mit Urs vorbeigegangen waren – der Jesuitenkirche.

»Ja, sehr gerne. Schade, dass wir uns diese hier nicht angeschaut haben. Zwar wirkte sie von außen irgendwie unscheinbar, doch durch das offene Portal konnte ich erkennen, dass sie im Inneren reichlich verziert war. Ich konnte sogar einige Putten erkennen!«

»Putten?«

»Weißt du nicht, was Putten sind, Ben?«

»Du, ehrlich gesagt, nicht wirklich!« Er bekam rote Wangen und wusste nicht, ob er nun ziemlich dämlich vor Hanna dastand.

»Putten, das sind diese kleinen, meist mit etwas Babyspeck behafteten Engelchen, die man überall in den Kirchen sieht!«

»Ach die, mit Pausbacken und mit Lockenschopf!«

»Genau, die meine ich!«

Ben wog den Kopf nachdenklich hin und her. »Also, kann ich dann, wenn ich dich künftig einmal als mein kleines Engelchen bezeichnen möchte, ganz einfach ‚mein Püttchen' sagen?«

»Kindskopf!« Johanna boxte ihm leicht auf die Schulter und musste lachen

»Aah, von wegen Engelchen, wohl eher der boxende B-Engel! Aber Scherz beiseite, vielleicht besteht ja in den nächsten Tagen die Gelegenheit, dass wir uns diese Kirche auf eigene Faust anschauen können.«

»Das wäre echt toll, Ben!«

Am berühmten ‚Sterbenden Löwen' legten sie einen weiteren Halt ein. Auch hierzu konnte Urs einiges berichten. Sein Wissen um seine Heimatstadt schien unerschöpflich. »Dieses Denkmal wurde 1821 nach einem Entwurf des dänischen Bildhauers Bertel Thorvaldsen geschaffen und besteht aus Sandstein. Die Skulptur ist den Soldaten der Schweizergarde des französischen Königs gewidmet, die 1792 bei der Bewachung der Pariser *Tuilerie* in einem Gemetzel den Heldentod fanden.«

Wollschläger und Meier konnten es kaum fassen. Keiner ihrer Schützlinge verzog auch nur das Gesicht oder dröhnte sich mit Musik aus dem Walkman zu. Nein, dieser junge Mann da vorne hatte es geschafft, sie alle für seine Stadt zu begeistern. Damit hatten sie nun wirklich nicht gerechnet. Doch der einzige Widerstand von dem sie zu hören bekamen, war der, den Urs gerade im Zusammenhang mit dem Löwen-Denkmal erwähnt hatte. So machte auch ihnen der Rundgang mit diesem jungen Schweizer richtigen Spaß.

Ziemlich genau gegen zwölf Uhr endete die Führung am bekanntesten Wahrzeichen der Stadt, der im Jahr 1333 komplett aus Holz erbauten und über zweihundert Meter langen hölzernen Kapellbrücke über die Reuss. Auch hier gab ihnen Urs noch einmal eine volle Breitseite seines Wissens.

»Ich hoffe, es hat euch ein wenig gefallen und ihr fühlt euch in den nächsten Tagen wohl – hier in meinem Heimatstädtchen.« Beifall ertönte. Manfred, der von den anderen ausgelobt wurde, Urs ein während der Tour gesammeltes Trinkgeld zu überreichen, bedankte sich ganz herzlich bei ihm im Namen der Gruppe und betonte, er hätte dazu beigetragen, dass sich die Grundeinstellung und auch die Grundstimmung bezüglich der Entscheidung nach Luzern zu fahren, total geändert habe.

»Übrigens, wenn ihr abends ein Bierchen trinken möchtet, dann kann ich euch das Lokal ‚Fritschis' empfehlen. Hier gibt es neben einigen Kleinigkeiten zu essen auch Getränke zu erschwinglichen Preisen. Außerdem gehört es zu einem meiner Stammlokale, wo ich mit meinen Kommilitonen des Öfteren einkehre!« Diesen letzten Satz hätte er sich besser verkniffen, denn damit hatte er jede Grundlage für eine demokratische Entscheidung bezüglich der Abendlocation zerstört. Keine der anwesenden Damen war natürlich mehr dazu zu bewegen, auch nur ein anderes Lokal in Augenschein zu nehmen.

Zwei Stunden blieben ihnen bis zum Ablegen des Bootes. Sie nutzten die Gelegenheit zum gemeinsamen Mittagessen. Sie überlegten, wie sie ihre Pauker überreden könnten, ihnen abends entsprechenden Ausgang zu gewähren. Zum Glück lag die Jugendherberge relativ zentral. Das bedeutete, dass ihnen nach dem Abendessen, das es schon um sechs Uhr gab, locker ein Zeitfenster von vier Stunden bliebe, um sich irgendwo zu vergnügen.

»Und wenn alles nix hilft und wir um halb elf in der Herberge sein müssen«, warf Gregor in die Runde, »dann machen wir es uns einfach da noch etwas bequem!« Alle stimmten zu und die aufmüpfigen Anmerkungen vom gestrigen Abend schienen vergessen. Keiner aber hatte mitbekommen, dass Gregor, der neben Britta saß, im selben Moment sanft ihre Beine streichelte. Eigentlich würden sie sich nicht als ein festes Paar bezeichnen, dennoch fühlten sie sich irgendwie stark voneinander angezogen. Auf der einen Seite stritten sie heftigst miteinander, wenn es darum ging, die oder der Bessere zu sein. Andererseits hingen sie aneinander wie ein altes Ehepaar. Alles könnte so einfach sein, da beide Single waren, aber nein. Nur auf Feten, wenn beide durch den Alkohol etwas enthemmt waren, ließen sie ihren Gefühlen freien Lauf.

Nach dem entspannten Mittagessen brachen sie zur Bootsanlegestelle auf, von wo das Schiff um zwei Uhr ablegen sollte. Pünktlich und zuverlässig wie ein Schweizer Uhrwerk startete das Ausflugsschiff zu einem wunderschönen und im Vergleich zu dem Zweistundenmarsch am Morgen äußerst erholsamen Ausflug über den Vierwaldstätter See. Die sich im seichten Wasser widerspiegelnden Berge ließen die Szenerie fast schmerzhaft romantisch wirken. Sie genossen das Panorama und schmunzelten, als der Kapitän durch die Außenlautsprecher seine Informationen in einem typischen ‚Schwitzerdeutsch' durchgab. Die Ruhe dazwischen war Balsam für ihre armen party- und reisegestressten Seelen. Auch die klare Luft half dabei, wie ein überdimensionales Sauerstoffzelt, den müden Körperzellen wieder frischen Schwung einzuhauchen.

Sichtbar relaxed und mit gesundem Teint kehrten sie rechtzeitig zum Abendessen in die Jugendherberge zurück. Tisch 13 war als erstes komplett und die Raubtierfütterung konnte beginnen. Also, heute konnten sie sich noch nicht einmal über das Essen beschweren und es schien, als ginge ein fast perfekter Tag dem Ende zu. Die Stimmung war locker und unbeschwert. Es wurde viel gelacht. Selbst Wolli und Meierlein schienen vollauf zufrieden zu sein und unterhielten sich gelöst mit den Schülern, die an ihrem Tisch saßen.

Eine der Servicekräfte kam an Tisch 12 und fragte: »Ist unter euch ein Benjamin Michels?« Da Benjamin an Tisch 13 saß, zeigten einige mit erschrockenem Blick hinüber und tuschelten untereinander: »Ach du Schande, was wird denn passiert sein? Hoffentlich nichts Schlimmes?«

Die junge Dame ging zielstrebig auf Tisch 13 zu und fragte erneut: »Wer von euch ist Benjamin Michels?« Auch hier zuckten zunächst alle zusammen und ahnten nichts Gutes. Benjamin meldete sich, nicht weniger erschrocken. »Ja hier, ich bin es. Was gibt es denn?«

»Du musst mal zu Hause anrufen, es sei dringend!« Was konnte nur passiert sein? Alle stellten das Essen ein und starrten Benjamin an. Auch Johanna war regungslos.

»Du, Hanna, ich gehe mal eben anrufen!«

»Soll ich mit dir kommen?«

»Würdest du?«

»Klar doch!« Beide standen auf und baten die anderen, ihnen etwas übrig zu lassen.

Mit zittrigen Fingern warf Benjamin ein paar Franken in den Münzfernsprecher, der sich in der Eingangshalle befand. Der Hörer gab ein Freizeichen preis und Benjamin wählte. Es dauerte nicht lange, bis sich am anderen Ende der Leitung Ella meldete. »Ja, hallo Mama, ich bin es. Ich sollte zurückrufen, ist was passiert?« Obwohl die Lage durchaus spannend und unbekannt war, musste Hanna leicht grinsen. Natürlich fand dieses Gespräch nicht in Hochdeutsch statt, sondern in einem für ihre Ohren doch sehr derb klingenden Westerwälder Dialekt.

»Dot girret doch nett!« Benjamins Stimme erhob sich. »Nee, nee, das gibt es doch nicht!« Johannas Grinsen brach abrupt ab. Was war dort wohl passiert?

»Okay, super. Ja, dann muss ich dir und Papa ja auch gratulieren! ... Ja, nochmals danke für die Info. ... Hm, ja uns geht es gut! ... Werde ich machen! Okay, bis nächsten Sonntag! Tschööööö!« Johanna schaute Benjamin erwartungsvoll an.

»Hey, Hanna, du kannst mich jetzt Onkel Benjamin nennen! Meine Schwester Klara hat heute eine kleine Tochter auf die Welt gebracht!«

»Mensch, Ben, das ist ja toll, da gratuliere ich von ganzem Herzen!« Sie zog ihn zu sich, drückte ihn ganz fest und küsste ihn voller Begeisterung auf den Mund, die Stirn, die Schläfen, den Hals, den Mund, die Nase ...

»Hey, ist ja schon gut. Ich weiß, dass du noch nicht satt bist, aber wir haben noch genug auf den Tellern. Und außerdem isst man den Nachtisch doch nicht vor dem Hauptgang!« Johanna ließ von ihm ab. Nun machte sich ein breites Grinsen in beiden Gesichtern breit. »Wie soll die Kleine denn heißen?«

»Julia! Finde, das ist ein schöner Name. Mensch, bin ich froh, dass alles gut gegangen ist! Das rundet diesen tollen Tag so richtig ab!«

»Stimmt, aber der ist ja nicht vorbei! Wer weiß, was er noch alles für uns vorgesehen hat!« Sie zwinkerte ihm mit einem Auge zu und drückte ihn an sich. Hatte sie etwa noch etwas geplant, von dem er nichts wusste?

»So, nun lass uns zurück zu den anderen gehen. Die machen sich bestimmt Gedanken. Außerdem wird das Essen bald abgeräumt.«

Die anderen waren sichtlich erleichtert, als sie hörten, welch ein positives Ereignis sich zugetragen hatte und gratulierten Benjamin herzlich.

»Na Alter, dann weiß ich ja, wer heute Abend die erste Runde bezahlt!« Harry, der sich gerade seine ,Zigarette für danach', also nach dem Abendessen, drehte, zwinkerte ihm über seine Nickelbrille zu. Natürlich sah er das Ganze einmal mehr von der pragmatischen Seite.

»Okay, die erste Runde Bier geht heute Abend auf mich!« Tisch 13 applaudierte.

Den Rest des Abends verbrachten sie im ,Fritschis'. Selbst die beiden Pauker waren mitgegangen, auch für sie war dieser Tag optimal gelaufen. Das Lokal wirkte zwar ziemlich rustikal, aber dennoch tummelten sich sehr viele junge Leute dort. Wie Urs angedeutet hatte, schienen es überwiegend Studenten zu sein, die hauptsächlich wegen der moderaten Preise dort einkehrten. Urs selbst wurde nicht angetroffen – sehr zum Bedauern der Damenwelt, die sich für den Abend ganz besonders aufgekratzt hatte.

Gegen zehn machten sie sich auf den Heimweg und erreichten pünktlich vor dem Toresschluss die Jugendherberge. Der Nachtportier schloss hinter ihnen die Tür zu. Ohne ein großes Aufheben zu veranstalten, trennten sich Männlein und Weiblein im gemeinsamen Aufenthaltsraum voneinander und folgten dem kleinen Schildchen mit der Aufschrift *Girls* oder *Boys*.

Um elf Uhr wurde das Licht im Aufenthaltsraum per Zentralschalter gelöscht. Die Nachtruhe hatte zu beginnen. Tat sie auch, zumindest für die, denen der Tag anstrengend genug gewesen war. Doch einigen wenigen stand das Wörtchen Abenteuerlust auf der Stirn geschrieben. Noch in der Kneipe sitzend, hatten sie verabredet, dass sich ein kleiner Trupp von zirka zehn Leuten gegen halb zwölf auf den gefährlichen Weg vom Jungen- zum Mädchentrakt machen sollte.

Langsam und unter Vermeidung jeglichen Lärms öffnete Manfred die große grüne Tür, die zum dunklen Aufenthaltsraum führte. Nach und nach schlichen sie aus ihrem Quartier und schlüpften quasi auf Zehenspitzen durch die Dunkelheit. Als nächstes musste die Tür der Mädchenquartiere ‚geknackt' werden, ohne natürlich ein verräterisches Geräusch zu erzeugen. Ohne Mühe gelang es ihnen das Bollwerk von einer Spaßbremse zu öffnen. Nacheinander betraten sie ‚feindliches' Terrain.

Hier wurden sie bereits freundlich und in angenehmer Atmosphäre erwartet. Anscheinend hatte die Damenwelt am Vorabend wirklich eine kleine Privatfeier veranstaltet, wodurch sich die Zahl der zu Kerzenständern umgewidmeten Sektflaschen erklären ließ. Knabberzeug stand in Papptellern auf dem Boden. Wolldecken lagen auf dem Boden aus.

Die Jungs waren sichtlich überrascht, da sich ihnen ein äußerst angenehmes Bild bot. Fast alle Mädels trugen feine Pyjamas oder sogar Nachthemden. Harry hieb Benjamin in die Seite und bat ihn: »Hey Alter, kneif mich mal! Ich glaube, ich bin schon im Paradies!«

»Sieht nett aus, gell!« Auch Benjamin konnte seine Begeisterung nicht verbergen. Sie hingegen waren in ihren langweiligen Jogginganzügen aufgekreuzt. Und dabei dachten sie an das Wohl der Damenwelt. Mit größter Sicherheit hätten sie von den Frauen äußerst mitleidige Blicke geerntet, wenn sie in ihren ordinären Schlafanzügen aufgetaucht wären – die bei einigen von ihnen wahrscheinlich noch aus der präpubertären Zeit stammten.

»Setzt euch doch!«, bat Silke. Manfred ließ sich das nicht zweimal sagen und nahm sogleich neben ihr Platz. Als Johanna den Raum betrat, verschlug es Benjamin den Atem, er war hin und weg. Sie trug einen dunkelroten Pyjama aus Seide. Zusammen mit ihrem Haar, das sie offen darüber hängen ließ, sah sie für ihn einfach göttlich aus. Sein Blick

166

verharrte auf ihr und für einen kurzen Moment erschrak er, da er merkte, dass er ihr unverblümt auf den Busen geschaut hatte. Durch das dünne Material des Pyjamas konnte man sehen, dass der kalte Fußboden im Bad sie hatte frösteln lassen.

»Mensch Alter, glotz ihr doch nicht so auf die Dinger. Hau' dich hin und gib mir mal 'ne Bottle Hachenburger Pils rüber!« Benjamin war es peinlich. Anscheinend war es aufgefallen, zumindest Harry, wie sehr sein Blick auf Johanna verharrt hatte. *'Nur gut',* dachte er, *'dass es hier nicht so hell drin ist, sonst könnte jetzt jeder meine rote Birne sehen!'* Benjamin reichte Harry das gewünschte Bier und stellte die restlichen Flaschen, die sie als Reiseproviant aus dem Westerwald importiert hatten, auf den Fußboden.

Sie scherzten, lachten vergnüglich und begannen rege Unterhaltungen zu den unterschiedlichsten Themen zu führen. Alle waren richtig gut drauf. Als es schließlich auf ein Uhr zuging, brachen die ersten auf.

»Schade, wollt ihr jetzt wirklich schon alle gehen?« Britta war sichtlich enttäuscht, als auch Gregor andeutete, er müsse bald ins Bett. Gerade heute Abend verstanden sie sich doch wieder so gut und waren sich bereits näher gekommen.

Silke schien ebenfalls nicht begeistert zu sein, als Manfred meinte, es sei ja schon spät. Ausgerechnet jetzt, wo sie doch bereits das ein oder andere Küsschen ausgetauscht hatten. Johanna erkannte die Wünsche, die unausgesprochen in der Luft lagen und ergriff die Initiative:»Warum schlaft ihr nicht einfach bei uns? Nun gut, nur die, die auch wirklich wollen! Und natürlich nur die, die in einem Bettchen Unterschlupf finden! Zumal dadurch das Risiko minimiert wird, dass man euch auf dem Heimweg erwischt!«

»Geniale Idee, Hanni!«, sprang Silke gleich auf. Auch Manfred fand den Vorschlag nicht unsympathisch.

»Was hältst du davon, Benjamin?« Benjamin, der gerade von der Toilette kam, konnte Manfred nicht folgen.

»Wovon?«

»Ja, dass wir heute Nacht nicht mehr rüber gehen, sondern hier bei den Mädels schlafen!« Benjamin riss seine blauen Augen groß auf.

»Aber, das geht doch nicht!« Nicht, dass er den Vorschlag nicht toll fand!

»Also, wir finden das ist eine ganz tolle Idee von dir, Hanni!« Britta, Silke und Manfred nickten synchron. Benjamin drehte sich zu ihr um und musste grinsen.

»Na, wenn das so ist, dann habe ich natürlich auch nichts dagegen.« Wieder einmal gesagt und getan!

Während Harry und Laurie weiterhin auf dem Boden sitzen blieben, um noch über Weltpolitik, Revolutionen oder ähnlich gelagerte Themen zu debattieren, machte sich der Rest der männlichen Truppe langsam startbereit. Sie wollten aufbrechen und die

Operation „*silent crossing*' erfolgreich durchführen und möglichst leise über den Flur zum „Männercamp' schleichen.

Leise löste sich die Gesellschaft auf. Während auch die anderen Mädchen sich zurückzogen, verschwanden die drei Pärchen in Brittas, Silkes, Lauries und Johannas Viererzimmer. „*Diskriminierung!*', dachten die Herren der Schöpfung, da sie sich ihr Zimmer zu sechst teilen mussten.

Schnell sprangen die drei Damen samt ihren Begleitern auf die jeweiligen Bettchen und ein munteres Gekicher war zu hören. Mit Bade- und Handtüchern, die sie unter die Matratze des oberen Bettes klemmten und nach unten hängen ließen, verschafften sich die unteren Betten eine gewisse – im wahrsten Sinne – uneinsehbare Intimsphäre. Als für einen klitzekleinen Moment ganz still wurde, rief Manfred plötzlich: »Gute Nacht, Hanni!« Nun wurde eine Kette von Gute-Nacht-Wünschen à la *Waltons* losgetreten.

»Gute Nacht, Manfred!«, antwortete Benjamin spontan.

»Gute Nacht, Benjamin!«, war von Silke zu hören.

»Gute Nacht, Silke!«, kam von Gregor.

»Gute Nacht, Gregor!«, prustete Johanna hervor.

»Gute Nacht, Britta!«, erklang es plötzlich unisono. Alle mussten lachen. Dann wurde es wieder ruhig im Raum. Doch ein: »Gute Nacht, John-Boy!«, das Benjamin noch loslassen musste, brachte den Raum erneut auf.

Dann wurde es wirklich still im Raum. Ganz leises Flüstern war zu vernehmen. Hier und da ein Kichern oder ein versehentlich schmatzendes Geräusch, das vermuten ließ, dass keiner der Anwesenden wirklich an einen erholsamen Schlaf dachte.

Johanna schmiegte sich ganz eng an Ben. Wie sehr hatte sie es sich gewünscht, ihn einmal so nah zu spüren. Ben konnte es gar nicht glauben, dass er neben Hanna liegen durfte – und das bereits am zweiten Abend. Nie und nimmer wäre ihm die Idee gekommen, dass sie sogar gemeinsam in einem Bett übernachten könnten. Für ihn hatte der Abend bereits so seinen Reiz gehabt. Sie in dem tollen Pyjama zu sehen, neben ihr zu sitzen und ab und zu ihre Hand zu berühren, das war schon ganz toll gewesen. Zwischendurch war ihm bereits ganz heiß geworden, als er spürte, dass sich der seidene Stoff sehr dünn anfühlte – so, als wäre er überhaupt nicht da.

Als sie sich zwischendurch unverfänglich drückten, konnte er feststellen, dass sie tatsächlich keinen BH trug. Gut, letztendlich waren ihm die sichtbaren Zeichen bereits aufgrund ihres Fröstelns aufgefallen – doch ihren Busen tatsächlich durch den Stoff zu spüren, das war eine ganz andere Erfahrung gewesen.

Und jetzt, wo sie sich an ihn kuschelte, schien er förmlich über dem Bett zu schweben. Es konnte nur ein Traum sein. Sie küssten sich leidenschaftlich und zärtlich. Ihre Hand glitt unter sein T-Shirt und ihre Finger kreisten behutsam auf seiner Brust. Sie war sehr aufgeregt und überaus bedacht, alles richtig zu machen. Wie weit konnten sie gehen? Immerhin waren sie nicht allein im Zimmer, wenngleich niemand ihre gemeinsame Höhle einsehen konnte. Auch Benjamins Hand verließ nun die sanfte Oberfläche des Pyjamas und verschwand langsam darunter. *,Wow, fühlt sie sich gut an!*', dachte er, als seine Fingerspitzen erstmalig ihren warmen Bauch berührten, dessen Haut ihm nicht weniger sanft erschien als der Stoff des Schlafanzugs. Zärtlich streichelten sie einander und tauschten immer wieder Küsse aus. Ihre Erregung stieg, was letztlich nicht allein an den kleinen Schweißperlchen zu erkennen war, die ihre Haut anfeuchteten. Bens Hand wanderte nach oben und er konnte den Ansatz ihres Busen fühlen. Ihr Brustkorb hob und senkte sich im Rhythmus ihrer, aufgrund zunehmender Erregung, unregelmäßigen Atmung. Äußerst sanft fuhr Benjamin an ihm entlang und erreichte das Zentrum, das er vorhin, als Johanna fröstelnd aus dem Bad gekommen war, bereits entdeckt hatte. Er umkreiste es zärtlich und entlockte Johanna ein: »Ahh!«

Selbst erschrocken über die ungedämpfte Lautstärke, zog sie schnell ihre Hand unter Benjamins T-Shirt weg und führte sie zum Mund, als wollte sie nachträglich das Überschwappen ihres Gefühlsausbruchs verhindern. Anscheinend hatte jedoch niemand Anteil genommen, da alle viel zu sehr mit sich selbst oder mit dem Partner beschäftigt waren. Also ließen auch sie sich nicht weiter in ihrer romantischen Zweisamkeit stören.

Von einer Leuchtreklame am gegenüberliegenden Haus, schien ein gedämpftes Licht durch die zugezogenen Vorhänge. Johanna schaute Benjamin an und lächelte. Von ihren Lippen konnte er ein: »Ich liebe dich!« ablesen. Er antwortete gleichermaßen stumm. Dann senkte sie den Kopf und legte ihn auf seine Brust. Er streichelte ihr Haar. Plötzlich schob sie sein T-Shirt nach oben und küsste ihn auf den Bauch. Diesmal wäre ihm fast ein *,Aaah'* entglitten. Doch es gelang ihm, dieses im letzten Moment zu unterdrücken. *,Was hat sie bloß vor?'*

Langsam wanderte sie mit ihren Lippen hinab bis zu seinem Bauchnabel. Sie liebkoste ihn. Nie zuvor hatte Benjamin dieses Gefühl gehabt. Doch Johanna ging noch weiter. Ihre Lippen führten sie nach unten. Benjamin schluckte. Plötzlich ergriff ihre rechte Hand den Bund seiner Jogginghose und machte sich daran, sie behutsam nach unten zu ziehen. Wie einem Reflex folgend, hob er seinen Po leicht an, was ihr das Vorhaben erleichterte und sie sogleich seinen Slip mit herunterziehen konnte. Sie lächelte ihn an und ihre Hände glitten an seinen Oberschenkeln entlang. Erregung pur! Langsam senkte sie ihren Kopf und begann sich – ihren Händen folgend – vorsichtig küssend an den Innenseiten seiner Oberschenkel vom Knie an nach oben vorzutasten. Während ihre Hand das Ziel bereits erreichte, verharrten ihre Lippen in seiner Leiste. Benjamins Herz schien förmlich zur Höchstform aufzulaufen, er hörte es so laut *,Bumm-Bumm'* machen, wie nie zuvor. *Bumm! Bumm! Bumm!*

Benjamin runzelte die Stirn. Da stimmte etwas nicht! Was war das für ein Geräusch? Auf keinen Fall konnte es aus dem Organ in seinem Brustkorb kommen, vielmehr kam es von der Zimmertür. Da erneut! Jetzt war ihm klar, woher es stammte, denn dieses ‚Bumm-Bumm' wurde von einer ihm sehr bekannten Männerstimme begleitet: Harry! Rüde wurden auch die anderen aus ihren romantischen Träumen gerissen und ins wahre Leben zurückgeholt.

»Hey Leute!« ‚Bumm! Bumm!' Harry klopfte erneut. »Ihr müsst mal rauskommen!« Manfred, der als erster von der oberen Bettkante sprang, riss die Tür einen Spalt auf: »Mensch Harry, du alte Nervensäge! Jetzt geh endlich rüber und gib Ruhe, es ist schon so spät!«

»Stimmt genau!« Manfred zuckte zusammen. Auch diese Stimme kannte er, leider gehörte sie nicht zu Harry. Nein, sie gehörte Herrn Wollschläger! Und genau dieser stand in voller Lebensgröße vor ihm und zeigte ihm ein sehr grimmiges Gesicht. Bekleidet war er mit einem dunkelgrau gestreiften Morgenmantel im Look der sechziger Jahre.

»Herr Herbst, darf ich Sie fragen, was Sie in dem Zimmer der jungen Damen machen? Sie kennen doch die Regeln! Gerade von Ihnen hätte ich so etwas nicht erwartet. Da muss ich wohl nächste Woche ein Wörtchen mit Ihren Eltern reden, oder?!« Manfred, der nicht nur liebestrunken war, sondern in dessen Blutbahn mit Sicherheit – wie bei allen anderen auch – noch genügend Restalkohol zirkulierte, versuchte sich zu fassen. Selbstbewusst antwortete er: »Ja, guten Abend, Herr Wollschläger. Haben wir Sie etwa gestört? Wir unterhalten uns hier drin über Gott und die Welt. Anscheinend haben wir dabei ganz die Zeit vergessen. Hiks! Übrigens, was das Gespräch mit meinen Eltern betrifft, so werden diese sich freuen, wenn sie von Ihnen hören, dass sie einen ganz normalen jungen Mann erzogen haben. Die hatten nämlich immer Bedenken, ich könnte den Anschluss an das normale Leben verpassen, weil ich so viel zu Hause lerne! Also, denen tun Sie einen Gefallen. Sollte das aber eine fadenscheinige Drohung sein, so vergessen Sie, dass ich längst über 18 bin. Eigentlich wir alle! Wir lassen doch nur den tollen Abend in gemütlicher Runde ausklingen!« Damit hatte Wolli nicht gerechnet. Auf der einen Seite war er etwas pikiert, aber auf der anderen Seite auch über Manfreds Selbstbewusstsein positiv überrascht.

»Nun gut, egal, wie dem auch sein mag. Ich bitte Sie und die anderen, dieses Happening oder wie immer Sie es nennen, zu beenden. Alle männlichen Schüler kommen mit mir! Aber ein wenig hurtig, wenn ich bitten darf!« Manfred zog seinen Kopf zurück ins Zimmer und schloss kurz die Tür. Mittlerweile standen alle vor den Betten und der erste Schrecken war verflogen.

»Das hast du toll gemacht, Manfred!«, lobte Silke ihn und drückte ihm einen kleinen Schmatzer auf die Wange.

»Das war es dann für heute!« Benjamin küsste Johanna kurz auf den Mund. Sie blickten sich einen Moment schweigend an. Jeder von ihnen bedauerte natürlich dieses abrupte Ende der Nacht, die eigentlich gerade erst im Begriff war zu beginnen.

»Was ist denn los da drinnen?« Wollschläger wurde ungeduldig. Inzwischen zeigte die Uhr schon auf die Zwei und er wurde nicht gerne um seinen erholsamen Schlaf betrogen. Die Tür öffnete sich und wie bei einem Gefangenenaustausch kam einer nach dem anderen auf den Flur und musste Wollis missbilligendem Blick entgegentreten.

»So, und jetzt heißt es Abmarsch!«

»Robert hatte Recht!«, flachste der nicht mehr nur leicht angetrunkene Harry. »Wir sin' hier doch in `nem Knast oder `ner Kaserne!«

»Ruhe jetzt, wir wollen die anderen nicht auch noch aufwecken!«

Im Männertrakt angekommen, stießen sie im Gemeinschaftsbad auf Robert und Charly. Diese erklärten ihnen, dass ihre eigentliche Mission „silent crossing' geglückt sei und noch nicht einmal beim Öffnen der Trakttür sei eine der leeren Flaschen runtergefallen.

»Doch kaum waren wir in unserem Bereich, da hörten wir das Quietschen der Tür. Wir dachten Harry kommt doch noch nach. Doch als dann jemand ganz heftig an die Zimmertür von Wolli klopfte und wieder verschwand, wussten wir, da stimmte etwas nicht.«

»Wir hatten gar keine Zeit nachzusehen, wer es gewesen sein könnte, denn der Wolli stand ziemlich schnell auf der Matte«, berichtete Robert. »So schnell es ging, sind wir in unseren Klamotten ins Bett gesprungen, löschten das Licht und taten so, als würden wir tief und fest schlafen.«

»Der Wolli hat dann in jedes Zimmer reingeschaut«, setzte Charly fort. »Und da bei uns die meisten Betten leer waren, fiel ihm dies natürlich sofort auf. Er knipste das Licht an und fragte uns, wo ihr seid. Wir hatten gar keine Möglichkeit uns rauszureden! Er sah aber echt witzig aus, in seinem Vorkriegsmodell von einem Bademantel, oder!?«

Alle lachten und legten sich sofort in die Kiste. Zum Glück war alles gut gegangen – wenngleich das Rätsel nicht gelüftet werden konnte, wer die hinterlistige ‚Klopferin' gewesen war, die es ganz bewusst darauf angelegt hatte, die vier Pärchen zu verpfeifen. Dass es eine SIE gewesen sein musste, darüber waren sich alle einig, da die Männer gehört hatten, wie jemand aus dem Aufenthaltsraum in den Jungentrakt gegangen und nach dem Anklopfen weggerannt war.

Doch sollte die Verräterin damit bezweckt haben, dass Herr Wollschläger fortan einen Zorn oder Groll gegen die Ertappten hegte, so musste sie sehr schnell feststellen, dass sie sich geirrt hatte. Immerhin war Wolli sich durchaus bewusst, dass er es mit erwachsenen Menschen zu tun hatte. So konnte er auch sein verschmitztes – wenngleich seltenes –

171

Grinsen nicht verbergen, als er beim Frühstück an Tisch 13 vorbeikam und ein überaus freundliches »Guten Morgen!« in die Runde warf.

Die nächsten Tage waren, was das Verhältnis zu den Lehrern betraf, eher positiv. Gut, natürlich veranstaltete die Gruppe abends weiterhin die eine oder andere Flurfete im Anschluss an das offizielle Abendprogramm. Aber eine auch nur vergleichbar aufregende Nacht wie die, die sie in der zweiten erlebt hatten, kam nicht wieder zustande.

***

Am letzten Tag stand für die meisten Freizeit, statt ‚Shopping' auf der Tagesordnung, da die Schweizer Preise nur mäßig zum Einkaufen einluden. Die Gruppen trennten und verabredeten sich zu späterer Stunde in einem der Innenstadtcafés. Johanna und Benjamin zogen erstmals ganz allein los. Zunächst kauften sie eine Postkarte für Richard, der leider absolut nicht dazu zu bewegen gewesen war, mit ihnen in die Schweiz zu fahren. »Was, nach Luzern, in so ein Provinznest! Da kriegt mich keiner hin! Was, in eine Jugendherberge, seid ihr des Wahnsinns!«

Sie fanden es schade, doch noch nicht einmal ‚*Pruseliese'*, wie er Johanna ab und zu nannte, wie die gleichnamige Tante aus Astrid Lindgrens *Pippi Langstrumpf*, konnte ihn letztendlich vom Gegenteil überzeugen. Schnell schrieben sie ihm ein paar Grüße, obwohl diese definitiv nach ihnen ankommen sollten.

Entspannt und froh über ihre Zweisamkeit, schlenderten sie durch die Fußgängerzone. Immer wieder trafen sie auf den einen oder anderen aus ihren Klassen. Richtig Lust, die Kaufhäuser nach irgendwelchen Mitbringseln abzuklappern, hatten beide nicht. Außerdem war das Wetter viel zu schön, um die Zeit in den vollen und stickigen Geschäften zu verplempern. Plötzlich aber hielten sie inne. »Siehst du auch, was ich sehe, Ben?«

»Ja Hanna, ich sehe es!« Ohne ein genaues Ziel vor Augen gehabt zu haben, waren sie durch die Stadt gegangen und standen urplötzlich wieder vor der kleinen Kirche, die ihnen schon beim Stadtrundgang mit Urs aufgefallen war. »Lass uns reingehen, Hanna!«

»Oh ja, nichts lieber als das!« Benjamin drückte den schweren Knauf an der großen, hölzernen Eingangstür und musste sich anstrengen sie zu öffnen. Sie traten ein. Weihrauchgeschwängerte Luft schlug ihnen entgegen. Drinnen erwartete sie ein Traum in Weiß. Sie waren völlig überwältigt. Per Kopfnicken gaben sie sich zu verstehen, wie beeindruckt sie waren. Andächtig schritten sie über den im Mittelgang ausgelegten dunkelroten Teppich. Ben war hin und weg, eine solch prachtvolle Kirche hatte noch nie gesehen. Über dem Altarraum schwebten – fast wie von Geisterhand gehalten – die zwei überlebensgroßen Putten, die Johanna bereits von außen gesehen hatte. »Sind die nicht wunderschön?«

»Oh ja, Hanna. Die sehen so lebendig und fröhlich aus!«

172

Das Sonnenlicht strahlte plötzlich in zahlreichen durchsichtigen Linien in die Kirche. Alles leuchtete nun noch freundlicher und wirkte, unterstützt durch den weißen Stuck, so rein. An der Decke des Mittelschiffes waren Bibelszenen dargestellt, deren Grundfarbton in Rosa gehalten war. Auch dies unterstrich das liebliche Erscheinungsbild des Gotteshauses. *‚Endlich einmal nicht so ein düsterer Raum, wie in so manch anderem sakralen Bau!'*

Johanna bekreuzigte sich, machte einen kleinen Knicks und begab sich in eine der hölzernen Bankreihen. Derweil stand Benjamin im Mittelgang und konnte den Mund kaum schließen. *‚Mensch, was sind diese Orgelpfeifen riesig!'*

Schließlich drehte er sich um und sah Hanna kniend im Gebet versunken. Langsam und fast lautlos gesellte er sich zu ihr und schloss seine Augen zum Gebet. Eine ganz besondere Stimmung überkam sie beide.

Völlig überwältigt von der Atmosphäre und der Situation in der sie sich befanden – schließlich würden sie morgen wieder nach Hause fahren und waren noch immer kein richtiges Paar – konnte Benjamin es nicht verhindern, dass sich von himmlischen Gravitationskräften ausgelöst, eine Träne auf den Weg zur Erde machte. Ihm war es ziemlich peinlich, als er es registrierte. Fast verstohlen versuchte er sie mit seiner rechten Hand wegzuwischen, als er zusammenzuckte. Eine ‚fremde Hand' packte ihn und versuchte ihn von seinem Vorhaben abzuhalten. Er öffnete die Augen. Zwar vermutete er, dass es Johanna gewesen sein musste, dennoch richtete er etwas verschämt seinen Blick auf sie. Dann aber erkannte er, warum sie es getan hatte.

Ihre Augen waren ebenfalls mit Tränen gefüllt. Anscheinend war auch sie völlig von der Stimmung, die diese Kirche in ihnen erzeugte, gefangen genommen worden. Sie lächelte ihn an. Sein Gesicht erhellte sich ebenfalls. Ein intensives Gefühl machte sich zwischen beiden breit und erwärmte ihre Herzen.

»Ben, ich habe dich total lieb. Das wird mir hier und heute so richtig bewusst. Auch wenn es jetzt noch reichlich früh ist, immerhin sind wir uns erst vor wenigen Wochen näher gekommen, so möchte ich dir sagen, dass ich ein Gefühl in mir trage, das mir sagt: Mit diesem Mann möchte ich auf immer und ewig zusammen sein!«

Ben war erneut gerührt und eine weitere Träne glitt an seiner Nase entlang. Er musste schlucken. Ihm erging es im Moment nicht viel anders.

»Du Hanna, ich kann dir auch nur eines versichern: Das, was ich jetzt im Moment für dich fühle, dass habe ich noch nie – und ich sage es noch einmal – wirklich noch nie derart gespürt! Ich weiß, es passiert etwas ganz Großes zwischen uns. Die letzten Wochen, das war nur der Anfang davon. Und glaube mir, auch ich bin mir ganz sicher, dass ich mit dir zusammen sein möchte!«

Johanna zog ihn an sich und küsste ihn. Ihr Tor zum Träumen schien sich endlich zu öffnen. Wäre da nicht die ältere Frau gewesen die ihnen, während einer kurzen

Unterbrechung ihres Rosenkranzgebetes, zuräusperte, sie hätten völlig vergessen, dass sie sich in einem Gotteshaus befanden. Doch plötzlich hörten sie ein Klicken, gefolgt vom ratschenden Geräusch, das stets entstand, wenn man nach dem Fotografieren die Filmrolle manuell weiterspulen musste. Erneut ein Klicken. Sie drehten sich um und erschraken.

»Ach, was ein schönes Bild. Das traute Glück!«

Beide sprangen auf und sahen Kathrin. Sie hatte drei Bankreihen hinter ihnen Platz genommen und sie bei ihren Liebesschwüren belauscht. Anschließend schien sie zum Beweis noch zwei Erinnerungsfotos geschossen zu haben.

»Mensch, Kathrin, was soll das! Lass den Scheiß!« Doch Kathrin grinste Benjamin nur schief und wirr an. In ihren Augen funkelte so etwas wie Hass. So hatte Ben seine einstige Busenfreundin noch nie gesehen.

»Mal sehen, ob Wolfgang sich darüber freuen wird!« Unheimlich laut auflachend, rannte sie aus der Kirche.

Schlagartig wurde Johanna klar, wer in der besagten Nacht die geheimnisvolle Verräterin gewesen sein musste, die ihnen Wollschläger auf den Hals geschickt hatte.

~ 7 ~

Langsam lief der rote Schienenbus in den Bahnhof ein. Die Klassenfahrt ging zu Ende. Westerburg hatte sie wieder. Zwar hatten sie auch auf der Rückfahrt eine lustige Stimmung in ihren Abteilen, doch Johanna und Benjamin konnten diese nicht so recht teilen.

Gestern Abend hatten sie sogleich vor dem Abendessen versucht, Kathrin zur Rede zu stellen, doch diese wies ihnen nur die kalte Schulter. »Ihr werdet schon sehen, was ihr davon habt, dass ihr hier so ungeniert herumflirtet!«, sagte sie und ließ beide im Aufenthaltsraum stehen.

»Nun, ist doch egal«, lenkte Johanna schließlich ein, »ich werde Wolfgang ohnehin am nächsten Freitag reinen Wein einschenken. Und sollte er mich wider Erwarten während der Woche anrufen, dann bereite ich diesen Schlussstrich auch schon früher vor. Wir sollten uns um Kathrins Aktion keine Gedanken mehr machen und uns auf keinen Fall den letzten Abend versauen lassen. Sie wird Wolfgang nicht vor mir treffen!«

Benjamin stimmte zu und freute sich, dass Johanna endlich ernst machen und mit Wolfgang Schluss machen wollte. So wurde ihr letzter Abend im ‚Fritschis' und nachher auch noch auf dem Flur der Mädels würdig gefeiert. Auch kam ihnen die Fahrt nach Hause wesentlich kürzer vor als die Hinreise.

Auf dem Bahnsteig standen zahlreiche Menschen, um ihre Schützlinge abzuholen. Noch aus dem Zugfenster konnte Benjamin seinen Vater und seine Mutter erspähen. Sie unterhielten sich mit Kurt, der allein gekommen war. Sichtlich erleichtert verabschiedeten sich Wolli und Meierlein von ihren Schützlingen und ließen sich gebührend von ihren Ehefrauen empfangen. Die Gruppe löste sich schnell auf. Auch Benjamin und Johanna verabschiedeten sich relativ zügig und freuten sich bereits auf Montagmorgen, da sie sich dann wiedersehen würden.

Johanna drückte ihren Vater, der gleich erkennen konnte, dass sie glücklich schien. Kurt nahm ihren Koffer und gemeinsam schlenderten sie zum Wagen. »Es war einfach himmlisch!«, schwärmte Johanna, als sie sich in den Beifahrersitz fallen ließ.

»Das freut mich für dich, mein Schatz!«, antwortete Kurt, doch Johanna spürte, dass in seiner Stimme eine gewisse Schwingung lag, die vermuten ließ, dass irgendetwas nicht stimmte.

»Was ist, Papa? Da stimmt doch etwas nicht! Ist etwas mit Oma oder Opa?« Johanna wurde von jetzt auf gleich unruhig. Irgendetwas war im Busch, irgendetwas schien ihren Vater zu bedrücken.

175

»Hm, ich weiß nicht, wie ich es dir beibringen soll.«

Johanna sank im Sitz zusammen. *,Herr, bitte nein! Bitte gib, dass keiner von meinen Großeltern verstorben ist! Bitte, bitte!'* Sie pflegte solch ein inniges Verhältnis zu ihren beiden Großelternpaaren, dass es ihr auf jeden Fall sofort das Herz gebrochen hätte, wenn eine oder einer von ihnen nicht mehr wäre.

»Ist was mit Oma oder Opa? Also egal, ob Hachenburg oder Oberhausen?« Kurt stammte aus Oberhausen und seine Eltern wohnten dort in einer kleinen Wohnung mit Schrebergarten. »Wo ist Mama? Ist etwas mit ihr?«

»Nein, Schatz! Denen geht es allen prima!« Johanna war erleichtert und atmete auf. Ihre Haltung im Sitz wurde wieder normal. *,Dann kann es nicht mehr ganz so schlimm sein!',* dachte sie.

»Hoffentlich geht es auch den Schneiders gut, oder?«

»Nein, Gerhard und Christa sowie die beiden Jungs sind wohlauf!« Gerhard war Theresas Bruder. Auch zu dessen Familie, die in einem Nachbarort von Hachenburg lebte, pflegte sie ein äußerst inniges Verhältnis.

,Puuuh!' Johanna war erleichtert. Nun wären die, die ihr am wichtigsten schienen außen vor.

»Nun, mein Kind«, setzte Kurt zögerlich fort. »Ich fange mal vorsichtig von vorne an: Vor zwei Stunden rief uns Wolfgang an.« *,Oh',* dachte Johanna. *,Hoffentlich ist in seiner Familie nichts Schlimmes passiert!'*

»Er meinte, er wolle dich heute vom Bahnhof abholen. Er müsse dringend mit dir reden. Er könnte damit nicht warten und wollte dich somit gerne noch sehen, bevor er wieder zur Kaserne fahren würde.«

,Wolfgang will mit mir reden? Warum? Kathrin! Ob sie ihn gestern angerufen hatte?'

»Doch dann«, setzte Kurt fort, »rief kurze Zeit später Wolfgangs Mutter an und meinte, wir müssten dich doch selbst abholen, da Wolfgang einen schweren Verkehrsunfall hatte!«

***

Wolfgang war sich sicher, die Situation, wie sie sich im Moment darstellte, konnte so nicht weitergehen. Die gemeinsame Grundlage, auf der die Beziehung mit Johanna fußte, schien in seinen Augen schon längst entzogen. Außerdem stand er bei jemandem im Wort, dass er die Angelegenheit sehr bald lösen würde. Also beschloss er kurzerhand, dieses Versprechen noch heute einzulösen.

So telefonierte er am Vormittag mit Familie Sonderberg und bot an, dass er Johanna am Nachmittag vom Bahnhof abholen könnte. Kurt kam dies sehr recht, da er sich gerne das Formel 1-Rennen anschauen wollte und die Abholung genau in diese Zeit gefallen wäre.

Gegen drei Uhr fuhr Wolfgang los. Er war aufgeregt. *Was sollte er sagen? Wie sollte er anfangen?* Nervös fingerte er während des Fahrens eine Zigarette aus der Schachtel, als das Schicksal zuschlug. Kurz vor einer Rechtskurve fiel sie ihm aus der Hand. Er ließ seinen Blick nach unten wandern, wo sie zwischen Gaspedal und Bremse fast provozierend hin- und herrollte. Ein letzter Blick auf die Straße gab ihm das Okay, dass diese frei war und so langte er nach unten und nahm für einen kurzen Moment seinen Kopf hinab.

Ein dumpfer Aufschlag. Das Lenkrad schien gegen seinen Kopf zu rasen. Schmerzen breiteten sich schlagartig aus und dann wurde es dunkel.

Mit seiner Schnauze in einen Baum verkeilt hing ,Herbie' in einer Böschung. Die Hinterachse stand in die Luft. Nach wenigen Augenblicken hatte ein Fahrzeug angehalten. Jemand sah in den Innenraum. Die Fahrertür klemmte und konnte von außen nicht geöffnet werden. Ein zweiter Wagen hielt an. Stimmengewirr. Das Auto fuhr weiter. Nach einigen Minuten war ein Martinshorn zu hören. Als erstes erreichte die Einsatzleitung der Freiwilligen Feuerwehr Westerburg die Unfallstelle, gefolgt von einer Polizeistreife und einem weiteren Feuerwehrfahrzeug. Während die Polizisten die Straße sperrten, machten sich sogleich zwei Männer mit gelben Helmen daran, die Tür des verunfallten Käfers zu öffnen. Doch vergeblich. Kommandos wurden gerufen und kurz darauf setzte das Motorengeräusch eines Stromgenerators ein.

Ein BMW-Kombi-Notarztwagen erreichte die Szene. Zwei Männer sprangen heraus und schnappten sich einen silbernen Koffer mit rotem Kreuz. Sie liefen zum Unfallwagen und versuchten durch die Öffnung, die die herausgefallene Fronscheibe bot, erste Hilfe zu leisten. Zwei Feuerwehrmänner schleppten eine schwere Spreizschere herbei und setzten sie am vorderen Holm der Karosserie an.

»Achtung! Kurz zurücktreten!«, rief einer der Männer. Die Schere biss in den Rahmen und durchtrennt ihn mühelos. Ein Rettungswagen raste heran. Die Sanitäter öffneten den Wagen und zogen eine orangefarbene Trage heraus, deren Untergestell automatisch zu Boden glitt. Sie stellten sich neben den Unfallwagen und warteten auf die weiteren Instruktionen des Notarztes.

»Wieder alles zurück!« Die Feuerwehrleute hatten die Schere am Mittelholm angesetzt und schnitten auch diesen ohne Probleme durch. »Wir müssen die Tür mit dem Spreizer öffnen!« Quietschend drückte das schwere Gerät die Tür beiseite. Mit ihren dicken Lederhandschuhen griffen sie nach der Fahrzeugtür und zogen sie auf. Nun war das Unfallopfer zugänglich. Sogleich trat der Notarzt um den Wagen herum und besah sich den Verletzten genauer, der anscheinend unangeschnallt auf das Lenkrad geknallt war. »Er hat eine schwere Schädelfraktur!«, rief er seinen Helfern zu. Die beiden Sanitäter klappten das Untergestell ihrer Trage wieder ein und legten sie neben das geöffnete Fahrzeug. »Wir benötigen eine Halsmanschette, um den Nacken zu fixieren!« Einer der Männer griff in eine Box und reichte sie dem Notarzt. Dieser legte die beige Kunststoffschale um Wolfgangs Hals.

Ganz vorsichtig begannen sie ihn zu bewegen und insoweit noch im Wagen zu drehen, dass sie ihn möglichst gleichmäßig hinausziehen konnten. Mit gelernten Griffen gelang es ihnen den Verletzten herauszuziehen.

»Sein Kreislauf geht verloren!«, rief plötzlich einer der Sanitäter. Schnell verluden sie ihn in den Rettungswagen. Der Notarzt überlegte, ob er einen Hubschrauber ordern sollte. Währenddessen nahm der soeben eingetroffene Abschleppdienst seine Arbeit auf. Ein Stahlseil zog das Autowrack vom Baum. Über eiserne Schienen glitt ‚Herbie‘, dessen vordere Räder auseinander grätschten, auf den Abschlepper. Er wurde abtransportiert. Feuerwehrleute kehrten Schmutz und Scherben von der Straße. Der Notarzt entschied sich für den Abtransport per Ambulanz und so setzte sich der Rettungswagen langsam in Bewegung. Das Notarztfahrzeug folgte mit eingeschaltetem Blau- und Warnblinklicht. Sie brachten den Patienten in das nächstgelegene Krankenhaus – nach Hachenburg.

Von alledem hatte Wolfgang nichts mitbekommen.

∗∗∗

»Man hat ihn nach Hachenburg gebracht. Er ist ziemlich schwer verletzt und noch immer ohne Bewusstsein.« Johanna starrte vor sich hin und konnte nicht glauben, was sie gerade hörte. Sie fühlte sich mies, ganz schrecklich mies. Eben noch hatte sie mit Benjamin über Wolfgang gesprochen und ihm signalisiert, dass sie ihn nun endgültig verlassen würde. Eben noch war sie sich ganz sicher ob ihrer Gefühle für Ben. Doch nun fühlte sie sich einfach nur gemein und furchtbar. Wolfgang lag im Krankenhaus und kämpfte vermutlich um sein Leben, während sie sich mit einem anderen Mann vergnügte. Plötzlich tat ihr alles nur noch leid. Ihr tat es leid, was ihm gerade geschehen war und ihr tat es leid, dass sie ihn so hintergangen hatte. Tränen liefen ihr übers Gesicht. Todtraurig sah sie aus dem Autofenster, wo die Landschaft an ihr vorbei zu fliegen schien.

Kurt fuhr zunächst nach Steinebach, wo sie ihr Gepäck ausluden. Johanna verschwand im Badezimmer und begann erst einmal richtig zu heulen. Wie konnte das jetzt alles geschehen? Träumte sie? Noch vor ein paar Stunden wähnte sie sich im Zenit ihres Glückes und nun fühlte sie sich wieder ganz unten. ‚*Hoffentlich geht es ihm bald besser! Hoffentlich überlebt er! Hoffentlich behält er keine Schäden zurück! Das hat er nicht verdient!*‘ Aber hatte er überhaupt eine Freundin wie sie verdient? Sie kam sich vor wie eine falsche Schlange. Ja, sie hatte ihn hintergangen. Sie bräuchte es gar nicht erst zu leugnen. Jeder in der Klasse könnte dies bei näherem Nachfragen bestätigen. Außerdem existierten bestimmt zahlreiche Fotos auf denen sie mit Benjamin zu sehen war – ganz abgesehen von den Ablichtungen, die Kathrin am letzten Tag in der Kirche angefertigt hatte. Sie hatte beide fotografiert, wie sie sich küssten. Ein Leugnen wäre hier ebenso zwecklos, wie die Bestätigungen, die Kathrin sicher bereitwillig preisgeben würde. Warum legte sie sich nur so ins Zeug, die beiden ans Messer zu liefern? *Ob sie doch in Ben verknallt ist?* Schließlich war ihr bekannt, dass beide sich recht gerne mochten und Kathrin nun – seitdem Johanna sich in Bens Leben einmischte – kräftig in den Hintergrund treten musste.

Johanna schämte sich, dass sie in diesem Moment nur an sich und Benjamin dachte, anstatt an ihren Immernoch-Freund, der wahrscheinlich gerade um sein Leben kämpfte.

Schnell machte sie sich frisch und zog sich um. Anschließend verzichtete Kurt auf die Übertragung des Rennens und fuhr mit ihr ins Krankenhaus. An der Anmeldung wurden sie sogleich in den Intensivbereich geschickt. Sie gingen eine Etage nach oben und trafen dort auf Wolfgangs Eltern. Sie fielen einander in die Arme und begannen zu weinen.

»Es sei sehr ernst, hat uns der Arzt eben gesagt. Wolfgang hat ganz starke Kopfverletzungen. Sie haben Angst, dass das Gehirn Schaden genommen hat. Irgendwo konnten sie eine Schwellung in der Computertomografie erkennen, weshalb sie ihn in eine Art künstliches Koma gelegt haben.« Wolfgangs Vater erklärte den vorläufigen Stand der Dinge sehr sachlich, wobei es ihm zugute kam, dass er vor seinem Ruhestand als Allgemeinmediziner eine kleine Hausarztpraxis unterhalten hatte.

»Wird er durchkommen?«, fragte Kurt und sah, dass er die Frage auch im Namen seiner Tochter gestellt hatte, die vor lauter Tränen keinen Ton herausbrachte. Heinrich wiegte seinen Kopf hin und her.

»Die Verletzungen im Kopf sind es nicht allein. Wolfgang war wohl nicht angeschnallt, als er ungebremst gegen den Baum gefahren ist. Wenngleich die Geschwindigkeit wohl nicht allzu hoch gewesen ist, so ist er beim Aufprall dermaßen unglücklich aufgeschlagen, dass sein Brustkorb Quetschungen davongetragen hat. Jetzt gerade ist er im OP und wir hoffen, dass es bald Neuigkeiten gibt.«

Sie setzten sich auf die Stühle der Besucherecke und warteten. Sie warteten und warteten. Draußen wurde es dunkel. Zwischendurch kamen immer wieder Schwestern und Pfleger vorbei, die allerdings nichts zu berichten hatten.

»Die OP läuft noch«, hieß es. Eine junge Frau in Schwesterntracht brachte ihnen Kaffee und Tee. »Wenn Sie noch etwas benötigen, lassen Sie es mich wissen! Ich bin die Lernschwester Mirjam und sitze hier vorne beim Stationszimmer. Sobald ich irgendetwas höre, werde ich Ihnen Bescheid geben.« Sie waren dankbar für Mirjams Unterstützung. Krampfhaft umklammerte Johanna den Becher mit Kamillentee. Ihre Gedanken mäanderten von Wolfgang zu Benjamin. Von den schönen Momenten, die sie mit ihrem Freund erlebt hatte, bis zur Vorstellung, wie er nun um sein Leben ringend im Operationssaal lag. Von den zahlreichen schönen Augenblicken, die sie in der letzten Woche mit Benjamin gehabt hatte, bis zu dem Gedanken, diese Liaison nun sofort zu beenden.

Nein, sie könnte so nicht weitermachen. Sie wollte Schluss machen, das stand fest. Wenn Wolfgang am Freitag vom Bund gekommen wäre, hätte sie allen Mut zusammengenommen und ihm gesagt, dass es zwischen ihnen aus ist. Ja, das hatte sie vorhin im Zug felsenfest beschlossen.

Wie in Stein gemeißelt, sah sie vor sich das Wort Benjamin. Nun aber war sie sich nicht mehr sicher, ob diese Lettern nicht auf dem geistigen Grabstein stehen würden, der das Ende der Beziehung zu ihm darstellte. Schlimmer wäre es im Moment, sie müsste Wolfgangs Namen auf diese Art vor ihrem geistigen Auge sehen. Dem war aber nicht so, wodurch sie die Hoffnung schöpfte, dass sie seinen Namen nicht in Kürze auf einem Kreuz oder Grabstein lesen müsste. Still faltete sie ihre Hände um den wärmenden Becher und sprach im Geiste ein Gebet. Sie betete einzig und allein für Wolfgang und vor allem, dass der Herr ihn wieder gesund werden lassen sollte. Wieder rannen Tränen über ihre Wange. Kurt legte eine Hand auf ihr Knie und meinte fürsorglich: »Es wird alles Gut, mein Schatz!«

,Deine Worte in Gottes Ohr, Vater!', dachte sie und lehnte sich an ihn.

Plötzlich öffnete sich die automatische Schiebetür und ein Mann in grüner Montur trat auf sie zu. Er zog den Mundschutz weg und nahm die grünweißliche Papierhaube vom Kopf. Sein Haar war schweißnass. Ein paar Blutstropfen prangten an seinem grünen Kittel. Er schien direkt aus dem OP zu kommen. Alle standen auf und sahen ihn erwartungsvoll an.

»Wie geht es ihm?«, fragte Johanna sogleich, noch bevor der Arzt irgendetwas von sich geben konnte. Das grelle Neonlicht schien ihn zu blenden, weshalb er sich zunächst die Augen rieb und anschließend seine Brille aufsetzte.

»Mein Name ist Dr. Schmidhuber. Sind Sie die Angehörigen des jungen Mannes?« Alle nickten.

»Nun, ich will nicht drum herum reden: Die Sache ist weiterhin sehr ernst. Er hat sehr starke Prellungen im Kopfbereich, die wir als lebensgefährlich bezeichnen müssen. Wir haben ihn zu seinem eigenen Schutz in ein künstliches Koma gelegt. Wir hoffen die Schwellungen, die unter seiner Schädeldecke aufgetreten sind, weiten sich nicht weiter aus und wir können ihn in ein paar Tagen wieder zurückholen. Außerdem hat Ihr Sohn und Ihr ...?«

»Mein Freund!«, antwortete Johanna, als Dr. Schmidhuber sie ansah.

»Also, Ihr Freund hat schwere Prellungen im Rippenbereich erlitten. Er war nicht angeschnallt gewesen. Dadurch erlitt er einen Riss in der Milz. Diese mussten wir eben entfernen!« Die anderen sahen sich erschrocken an, doch der Arzt beruhigte sie dahingehend, dass die Milz nicht unbedingt lebenswichtig sei.

»Wir werden ihn gleich auf die Intensivstation bringen, wo wir ihn die nächsten Tage beobachten werden. Allerdings haben wir auch erfahren, dass Ihr Sohn – respektive Ihr Freund – Soldat ist. Somit werden wir ihn auf Verlangen seines Dienstherrn irgendwann ins Bundeswehrkrankenhaus nach Koblenz verlegen müssen. Zum jetzigen Zeitpunkt, das hat man zum Glück dort ebenso gesehen, wäre es viel zu riskant ihn zu transportieren.«

»Können wir ihn sehen?«, fragte Johanna, doch Dr. Schmidhuber verneinte. Sie sollten nun nach Hause fahren, da hier vor Ort alles bereits getan würde, was er benötigte. »Sparen Sie sich Ihre Kräfte auf, denn die werden Sie in den nächsten Wochen und Monaten noch benötigen!« Johanna erschrak: Wochen und Monate!

Widerwillig gingen sie hinaus zum Auto. Johanna versank in Gedanken und verstand die Welt nicht mehr. *Wochen! Monate!* Die beiden Worte hallten ihr noch immer in den Ohren. Aber der Arzt hatte wohl Recht, die Genesungszeit würde mindestens solange dauern.

***

Nervös schaute Benjamin sich am nächsten Morgen auf dem Schulhof um. Vor dem Unterricht war er Johanna nicht mehr begegnet. So dachte er, sie habe vielleicht verschlafen. Nun, wen würde es wundern, schließlich hatten sie in der letzten Woche in punkto Schlaf ein gewisses Defizit aufgebaut.

»Ist die Johanna krank?«, fragte Gregor, als er als erster auf den Pausenhof kam und Benjamin sah. Dieser konnte nur die Schultern heben, da er nichts Genaueres wusste. Also war sie nicht im Unterricht erschienen. ‚*Na, vielleicht gönnt sie sich auch nur einen Tag Auszeit!*‛, überlegte er, wobei sie gestern nichts in diese Richtung deutend erwähnt hatte. ‚*Nun gut, ich werde es spätestens heute Mittag erfahren, wenn ich sie anrufe*‛, dachte er bei sich und beteiligte sich an der Nachlese zur Klassenfahrt. Alle waren sich einig, dass diese durchaus als gelungen anzusehen war.

Als Kathrin auf den Hof kam, überlief Benjamin ein leichter Schauer. Immer wieder musste er an ihren Gesichtsausdruck denken, als sie die beiden in der Kirche fotografiert hatte. Ihr Blick war so ... er musste überlegen ... ja, er war voller Wut. Warum bloß? Johanna hatte ihn im Anschluss, als sie noch ein wenig durch die Stadt gebummelt waren, gefragt, ob er sich vorstellen konnte, was sie damit gemeint hatte: ‚Ihr werdet noch sehen, was ihr davon haben werdet!‛ Doch Benjamin fand keine rechte Interpretation dafür. »Du hattest doch einmal etwas mit ihr in der 11?«, rutschte es Johanna raus und sie hätte sich sofort dafür ohrfeigen können – denn wenn ‚Ja!‛ dann hätte sie es eigentlich gar nicht wissen wollen.

Benjamin war aber ganz locker geblieben und meinte nur: »Wir hatten nichts miteinander. Wir waren aber recht gut befreundet. Ich kenne Kathrin doch schon von der Realschule. Sie hat mich immer flapsig als ihren Busenfreund bezeichnet – und das könnte man so unterstreichen. Wenngleich ich ihren Busen noch nicht ... na ja, du weißt schon!« Sie lachten. »Meinst du, dass sie vielleicht doch in dich verknallt und nun eifersüchtig auf mich sein könnte? Immerhin ist mir aufgefallen, wie sie dir lüstern in den Po kneift!«

»Also, dass ist Spaß – das habe ich bei ihr auch schon gemacht. Einmal, da sind wir uns auf einer Party etwas näher gekommen – also wir haben dort ein einziges Mal geknutscht! Doch weder sie noch ich verlangten je nach einer Wiederholung. Wir sind zu unterschiedlich und sie sieht mir – das weiß sie auch – einfach zu ökomäßig aus. Frauen mit Entenschuhen, dicken Wollsocken und so finde ich nur halb so erotisch wie ...« Er nickte Johanna zu. »So, so! Du findest mich also nur doppelt so erotisch wie Kathrin? Na, da hätte ich mir aber ein wenig mehr erhofft!« Sie lachte und Benjamin stutzte, da er dachte, dass er ihr eigentlich ein Kompliment gemacht hätte.

Gut, Kathrin gehörte wirklich eher zu den Leuten, die es etwas ... rustikaler ... liebten. Nie sah man sie im Rock oder in einer anderen Hose als in Bluejeans – die sie zudem mit den absurdesten Sprüchen und Zitaten versehen hatte. Darüber trug sie meistens grob gestrickte Pullover in den wüstesten Farben. Diese passten wiederum absolut nie zu den Socken und Wollstulpen die sie trug. Ihr langes rötliches Haar trug sie meist zu einem Dutt hochgesteckt, da sie nach eigenen Auskünften dadurch auf zu häufiges Waschen verzichten und somit die Umwelt schonen konnte. Kathrin war durchaus reinlich, wenngleich sie einen gewissen – aufgesetzten – Schmuddellook zu bevorzugen schien. Vielleicht nur aus Provokation, da sie aus einem piekfeinen Elternhaus stammte.

Schon häufiger hatte Kathrin zu Scheunenpartys eingeladen, auf denen es richtig rund ging; ihr Großvater mütterlicherseits führte einen großen Bauernhof. Zuhause in der Villa ihrer Eltern ging es hingegen fein und edel zu. Somit waren sie es auch, die ihrer Tochter den Tennissport näher brachten, was dem aktuellen Bild der Öko-Kathrin jedoch völlig konträr lief.

Keiner, der sie noch nicht dort gesehen hatte, konnte sich richtig vorstellen, wie Kathrin in weißem Miniröckchen und Tennissocken auf dem Court aussehen würde. Erst nachdem Gregor, Kathrin und Wolfgang ihre Klassenkameraden vor zwei Jahren zum Sommerfest des Clubs eingeladen hatten und sie sich vor Ort vergewissern konnten, welches Tennistalent in Kathrin schlummerte, zweifelte niemand mehr. Nicht zuletzt avancierte sie in diesem Jahr zur Rheinlandmeisterin ihrer Klasse.

So war sie bei allen beliebt und bisher niemandem negativ aufgefallen. Bisher!

»Na, Bennilein, so ganz allein?«, frotzelte sie, als sie sich zu der Runde gesellte und sich sogleich in das laufende Gespräch einklinkte. Zum Glück verzichtete sie diesmal auf einen Pokniff. Benjamin hätte nicht gewusst, wie er reagiert hätte. Außerdem fiel ihm nichts Passendes ein, was er ihr spontan hätte antworten können. Also schluckte er jegliche Kommentierung herunter. Da Johanna heute nicht zu kommen schien, schlenderte er langsam zum Klassenraum zurück. Vorsichtshalber sah er jedoch in den Nachbarraum, doch ihr Platz war leer. »Was ist denn mit dem Hannilein?«, rief Steve ihm hinterher, doch Benjamin war bereits in Gedanken versunken wieder nach draußen gegangen.

***

Johanna hatte kaum schlafen können. Wenn sie nicht von den kurzen Nächten zuvor so erschöpft gewesen wäre, sie hätte bestimmt kein Auge zu gemacht.

Sehr früh stand sie auf und deutete, da sie noch keinen Anruf erhalten hatte, dass Wolfgang die Nacht ,ebenfalls gut' überstanden hatte. Schon gestern Abend verabredete sie mit ihren Eltern, dass sie heute nicht zur Schule fahren würde. Vielmehr sollte Kurt sie mit nach Hachenburg nehmen, wenn er gegen halb acht zur Arbeit fahren würde. Gemeinsam saßen sie am Frühstückstisch. Ihre Eltern sahen sie mitleidig an und wussten nicht, was sie ihr sagen konnten, um sie ein wenig aufzumuntern. Schließlich stand Kurt auf und bedeutete Johanna, dass sie gleich fahren könnten. Schnell verschwand sie im Bad und machte sich zurecht – natürlich nur das Nötigste.

Kurt ließ sie am Parkplatz des Krankenhauses heraus. Mit wackeligen Knien betrat Johanna das Foyer und erkundigte sich, ob Wolfgang noch immer auf der Intensivstation registriert war. Dem war so. Sie ging die Treppe hinauf und hielt sich rechts. Am Ende des Gangs traf sie auf die Lernschwester vom Vortag. Auch Mirjam erkannte die junge Frau und kam auf sie zu. »Guten Morgen, Sie sind aber früh!«

»Ich konnte es zu Hause nicht mehr aushalten. Ich wollte wissen, wie es ihm geht. Wissen Sie, wie er die Nacht überstanden hat? Äh, ... ich gehe doch davon aus, dass ...?«

»Ja, keine Panik auf der Titanic!«, antwortete die junge Schwester und erkannte sofort, dass diese lockere Antwort nun nicht wirklich zu der ernsten Situation passte. »Entschuldigung! Ich wollte nicht flapsig sein. Nein, also ... äh ... ja«, stammelte Mirjam und merkte, dass sie Johanna völlig verunsicherte.

»Was nun, hat er die Nacht gut überstanden?«

»Ja, hat er. Als ich vor einer Stunde meinen Dienst aufgenommen habe, da sagte die Nachtschwester, dass der Komapatient sehr stabil sei. Keine Komplikationen!«

»Mensch, da bin ich aber froh! Kann ich ihn vielleicht sehen?«

»Warten Sie hier einen Moment!«, bat Mirjam und verschwand.

Nach wenigen Augenblicken kehrte sie zurück und hielt eine Garnitur bläulicher Schutzkleidung in der Hand. Schnell schlüpfte Johanna in die Papierpantoffeln und warf den Kittel über. »Muss ich auch einen Mundschutz tragen?«, fragte sie, da sie das Ganze ziemlich aufregend fand.

»Nein, nicht nötig. Ich kann Sie sowieso nicht in den Raum lassen. Wir gehen nur in den Vorraum und von dort können Sie ihn durch die Scheibe beobachten. Vielleicht sollten Sie aber Ihre Haare hochstecken und unter dieser Haube verschwinden lassen.«

Johanna folgte Mirjam hinter die automatische Schiebtür mit der Aufschrift ‚Intensivstation – Zutritt nur für Befugte‘. Sie marschierten einen langen Gang hinab. Am Ende des Flurs blieb Mirjam stehen und zeigte nach rechts. Noch konnte Johanna nichts sehen, da ein grünlicher Vorhang ihr die Sicht versperrte. Die Schwester verschwand und nach einem kurzen Moment öffnete sich der Vorhang und Johanna bot sich ein Drama, das sie so nicht erwartet hatte.

In einem Bett lag eine bis zur Unkenntlichkeit einbandagierte Person, von der sie nur annehmen konnte, dass es Wolfgang war. Während sein Kopf fast vollends im Verband verschwunden war, war sein Oberkörper nackt. Beim näheren Betrachten erkannte Johanna, dass es sich auf jeden Fall um Wolfgang handelte – sie sah die zirka zehn Zentimeter lange Narbe unter seinem Brustkorb, die von einem Fahrradsturz herrührte, den er im Alter von sechs Jahren gehabt hatte. Darüber jedoch sah sie nun eine frische dunkelrote Narbenwulst. Die orangefarbene Desinfektionslösung gab dem Ganzen ein noch dramatischeres Erscheinungsbild. Wolfgangs Arme und Hände lagen lang ausgestreckt neben dem Körper. Auf dem Brustkorb waren Dioden aufgeklebt. Diese waren mit Drähten verbunden und führten zur Herz-Lungen-Maschine, mit der sein Kreislauf stabil gehalten wurde. Schläuche gelangten von einem Glaszylinder ausgehend, in dem sich eine Art ‚Blasebalg‘ auf und ab bewegte, über das Beatmungsgerät durch den Mund in den Körper. Wolfgangs Brustkorb hob und senkte sich in gleichmäßigen Bewegungen. Ihr bot sich ein erschreckendes Bild.

Mirjam kam zurück und streichelte Johanna kurz über den Arm. »Wie Sie an den regelmäßigen Kurven des Elektrokardiographen sehen, ist die Kontraktion regelmäßig. Die elektrische Aktivität des Herzens sieht man an der Sinuskurve, also der Zackenkurve des Kardiogramms. Charakteristisch sind hierbei die P-Zacke und T-Zacke. Die P-Zacke entspricht der Erregung des Vorhofs, während die T-Zacke mit der Repolarisation der Herzkammermuskulatur einhergeht.« Man merkte, dass Lernschwester Mirjam kurz vor ihrem Examen stand. An Johannas Blick erkannte sie, dass diese nicht wirklich verstanden hatte, was sie sagen wollte. »Äh, ich meine also, wenn das alles nicht rhythmisch wäre, dann müssten wir uns Gedanken machen. So sieht es aber durchaus gut aus! Ich lasse Sie nun allein, nehmen Sie sich doch einen Stuhl.« Von einem der Schreibtische nahm sie sich einen Hocker, justierte ihn auf eine Höhe, die es ihr erlaubte ohne weiteres in den Raum einzusehen. *„P-Zacke, T-Zacke! Ob die Sinuskurve eines gebrochenen Herzens genauso aussieht?* Wieder traten Tränen in Johannas Augen. Sie schnäuzte in ein Taschentuch und mahnte sich, sie solle sich zusammenreißen – schließlich bekamen viele Komapatienten mit, was in ihrer Umwelt geschah. Gerührt von dem was sie sah, konnte sie jedoch ihren Blick nicht von ihm nehmen ohne immer wieder Tränen wegzuwischen.

»Ist schlimm, einen geliebten Menschen leiden zu sehen – nicht wahr?«

Eine Stimme riss sie, nachdem sie nun schon fast zwei Stunden vor dem Zimmer gesessen hatte, aus ihren Gedanken. Es war Dr. Schmidhuber, der sich nach seinen Patienten umschaute. Er wies eine Schwester an, eine weitere Dosis eines den Kreislauf stabilisierenden Medikaments zu verabreichen sowie gleichzeitig eine weitere Infusion, die das Blut – aufgrund der Schwellung im Gehirn – verdünnen sollte.

»Ist immer eine Gratwanderung!«, ergänzte er. »Während das eine stabilisierend wirkt, soll das andere die Blutverdünnung herbeiführen. Eigentlich zwei völlig konträr laufende Medikamente. Aber das eine geht ohne das andere nicht!« Johanna betete insgeheim, dass seine Kombination der Mittel die richtige sein möge.

***

Benjamin fuhr mit dem Bus nach Hause. *„Schade, dass Hanna nicht da war, bestimmt gab es einen einfachen Grund dafür. Vielleicht sollte ich sie nach dem Mittagessen anrufen.'*

Er war ein wenig aufgeregt, da er heute seine Generalprobe erleben sollte. Morgen würde er endlich seine Fahrprüfung machen und wenn alles gut ginge, dann könnte er sich schon morgen Abend bei Hanna dafür revanchieren, dass sie ihn in den letzten Wochen so oft kutschiert hatte.

Nach dem Mittagessen legte er sich zunächst eine Runde aufs Ohr und versuchte ein wenig von dem versäumten Schlaf nachzuholen. Er schlief fest ein. Eine Viertelstunde bevor sein Fahrlehrer eintreffen sollte, weckte ihn seine Mutter. »Trink erst noch einen Kaffee mit uns, dann fällt es dir leichter dich zu konzentrieren«, bot Ella ihrem Sohn an, der dies gerne annahm. *„Eigentlich wollte ich Hanna noch anrufen! Ach, was soll es, ich probiere es halt nach der Fahrstunde!'*

Wie es sich für eine Generalprobe gehörte, ging heute so ziemlich alles schief. Beim Einparken patzte er und musste korrigieren. Außerdem kam sein Wagen an einem Stoppschild nicht ganz zum Stehen. »Durchgefallen!«, rief Peter gnadenlos und Benjamin zuckte zusammen. *„Oh, mein Gott, hoffentlich kann ich mich morgen besser konzentrieren!'*

Nach seiner Rückkehr versuchte er gleich Hanna zu erreichen. Leider nahm niemand ab. Gegen Abend versuchte er es erneut. Diesmal hatte er Glück und Theresa meldete sich. Höflich stellte er sich am Telefon als ein Klassenkamerad von Hanna vor und bat

185

darum sie zu sprechen, wenn sie denn zu Hause wäre. Sie war es, doch sie hatte ihrer Mutter eine ganz klare Anweisung gegeben: »Ich will nicht mehr gestört werden! Von niemanden!« Mit diesen Worten war sie in ihr Zimmer verschwunden. Kurt hatte sie nach Feierabend im Krankenhaus aufgesucht und überreden können, mit ihm nach Hause zu fahren. Mittlerweile hatte sie fast zehn Stunden vor Wolfgangs Zimmer gewacht.

Als Kurt sie schließlich in den Arm nahm und meinte, sie könne gleich morgen in der Früh wieder mit ihm fahren, hatte sie eingelenkt. Sie war fertig – fix und fertig. Doch der körperlichen Belastung, nur dazusitzen und den regungslosen Wolfgang zu betrachten, folgte die seelische. Immer wieder drehten sich ihre Gedanken im Kreis. Immer wieder machte sie sich Vorwürfe, dass sie ihr Leben genossen hatte, während er seinen Wehrdienst in einer Kaserne schob, wo es bestimmt nicht so viel zu lachen gab. Und dass er seinen Sport am Wochenende so hoch hielt, insbesondere seine Teamfähigkeit, hatte sie ihm immer krumm genommen – und warum, weil sie sich vernachlässigt fühlte. Ja, sie fühlte sich nicht richtig beachtet. Er hätte sich mehr um sie kümmern sollen.

‚Was bist du doch für ein egoistisches Schw...!', dachte sie zuletzt über sich selbst. *‚Der arme Kerl kann nur am Wochenende seinen Trott verlassen, die olivefarbene Uniform ausziehen und seinem Lieblingssport nachgehen. Und ich, was mache ich? Ich kann die ganze Woche tun und lassen was ich will. Ich habe nur vormittags Unterricht. Ich gehe mit Richard Klamotten kaufen oder ins Z-Café. Ich treibe mich mit einem anderen Kerl tagsüber in den Cafés und abends in Kneipen herum, während er um zehn in der Kiste liegen muss! Er freut sich darauf, mit mir ein Wochenende im Hunsrück zu verbringen und ich sage, dass ich keine Lust habe ...'* Die Liste setzte sich ellenlang fort.

Daheim angekommen, wollte sie niemand sehen oder sprechen – noch nicht einmal Benjamin. »Also, bitte nicht böse sein, aber sie will nur noch ihre Ruhe haben! ... Nein, ich denke nicht, dass sie morgen schon wieder zur Schule kommt. ... Ja, auch noch einen schönen Abend!«

Enttäuscht legte Benjamin auf. Nun gut, ihre Mutter konnte nicht wissen, mit wem sie am Telefon sprach – also, dass dieser Klassenkamerad nicht nur irgendein Kumpel war. Doch Johannas klare Ansage, dass sie mit niemandem reden wollte, gab ihm zu denken. *‚Ob sie gestern Abend doch noch mit ihrem Freund telefoniert hatte? Ob es sie so mitgenommen hat, als sie ihm reinen Wein einschenkte? Hatte sie tatsächlich Schluss gemacht? Tat es ihr vielleicht heute schon wieder leid?* Diesmal war es Benjamins geistige Fragenliste, die schier unendlich lange werden sollte – schließlich lag eine mehr als zehnstündige Nacht vor ihm.

~ 8 ~

ünf Wochen waren mittlerweile seit Wolfgangs Unfall vergangen.
Nach zwei Wochen holte Dr. Schmidhuber ihn aus dem künstlichen Koma.
Seine Gesamtsituation hatte sich wider Erwarten sehr schnell stabilisiert. Bereits wenige Tage später konnte er die Intensivstation verlassen.

Johanna hatte bis dahin jeden Tag mehrere Stunden bei ihm gewacht. Nachdem sie die ersten Tage der Schule ferngeblieben war, saß sie an den darauffolgenden stets nachmittags bei ihm. Sie durfte sich nach der ersten äußerst kritischen Woche sogar zu ihm ins Intensivzimmer setzen. Stundenlang harrte sie dort aus, streichelte ihn sanft, redete mit ihm und las ihm Geschichten vor. Als die Medikamente, die ihn im Koma hielten, letztendlich abgesetzt wurden, kam für alle der spannende Moment, ob Wolfgang irgendwelche Schäden davongetragen hatte.

Nie würde Johanna den Moment vergessen, als er das erste Mal seine Augen aufschlug. Starr sah er zur Decke, als ob er sich nicht zu traute, sich zu bewegen. Es dauerte eine gewisse Zeit bis er realisierte, dass er lebte und in einem Krankenhaus lag. Johanna nahm seine Hand und begrüßte ihn liebevoll in seinem zweiten Leben.

»Wo bin ich?«, stellte er recht undeutlich, aber wie erwartet, die erste Frage. Sie versuchte ihm schonend beizubringen weshalb er hier war.

Wenige Tage später ging es bereits mit der Aussprache etwas besser, wenngleich Wortfindungsstörungen ihn noch beeinträchtigten. Gott sei dank, schlossen die Ärzte alsbald aus, dass er bleibende Schäden davongetragen hatte. Allerdings konnte er sich nicht mehr an den Tag des Unfalls erinnern: Nicht wo er passierte. Nicht, wie er passierte. Nicht wohin er wollte oder warum er sich überhaupt auf den Weg gemacht hatte! Er erinnerte sich nicht daran, dass er zuvor Kurt angerufen hatte, um ihm zu sagen, dass er Johanna vom Bahnhof abholen würde. Auch nicht daran, dass er ihr dringend etwas zu sagen hatte! Gerade für den letzten Grund interessierte Johanna sich am meisten, da sie sich nicht vorstellen konnte, was so dringend gewesen sein konnte. Es sei denn, er hätte am Vorabend doch mit Kathrin gesprochen – das schien ihr aber völlig abwegig. Erstens, wieso sollte Kathrin solche Eile haben, ihm unbedingt vor der Rückreise noch von ihrer Entdeckung zu erzählen? Zweitens, wieso sollte Kathrin überhaupt Wolfgangs Telefonnummer besitzen? Also, was konnte es sonst gewesen sein?

Wolfgang redete sehr langsam. Fast stoisch unterstützte Johanna ihn jeden Nachmittag. Sie brachte ihm Bücher aus der Schulbücherei mit. Diese las sie ihm vor oder ließ sich einzelne Texte von Wolfgang, sofern dieser sich entsprechend fühlte, vorlesen. In den

Erholungspausen verschwand sie dann stets in der Cafeteria, um mit einem Becher Kaffee für sich und einem Kakao für ihn zurückzukehren. Manchmal sprang für beide auch ein Stück Kuchen dabei heraus.

Johanna fühlte sich immer wohler, je besser es Wolfgang zu gehen schien. Fast jeden Tag konnte sie Genesungskarten oder -wünsche von Freunden und Bekannten mitbringen. Und nachdem zwei weitere Wochen vergangen waren, koordinierte sie auch die ersten Besuchstermine.

Wolfgangs Tenniskollege Gregor war einer der ersten, der ihn im Krankenhaus besuchte. Als die beiden bereits nach wenigen Minuten zu fachsimpeln begannen, zog Johanna es vor, sich für eine Stunde zurückzuziehen, um sich ihren Hausaufgaben und dem Lernen zu widmen. Sie wunderte sich über sich selbst, wie gut es ihr gelang, alles unter einen Hut zu bekommen: Schule, Lernen, Klausuren, Wolfgang. Der einzige, der in dieser Zeit – ob ihrer Aufmerksamkeit – ziemlich zurückstecken musste, war Benjamin.

In den ersten beiden Wochen war es Ben nicht schwer gefallen, in den Hintergrund zu treten – schließlich handelte es sich um eine Ausnahmesituation. Wehe dem, der dafür nicht hätte Verständnis aufbringen können! Doch als die Aufmerksamkeit, die Wolfgang zuteil wurde, sich eher verstärkte und sich nach dessen Genesungsfortschritten nicht zu Benjamins Gunsten reduzierte, war er ein wenig enttäuscht. Bekanntermaßen war es nicht seine Art, über seine Empfindungen und Probleme zu reden, wodurch er vielleicht ein wenig Druck hätte ablassen können. Doch er wusste, dass er mit einem Konfrontationsgespräch nur noch mehr Druck auf Johanna ausüben und genau das Gegenteil erreichen würde. *„Sie hat in der letzten Zeit weiß Gott genug durchgemacht!',* das war ihm durchaus bewusst. Deshalb schluckte er seinen Unmut runter und machte eine gute Mine zur tragischen Situation.

Johanna selbst schien nicht zu spüren, dass sie jemanden vernachlässigte. Sie ging im Augenblick voll und ganz in ihrer Rolle der Pflegerin auf. Die Rolle der Vertrauten. Die Rolle der Geliebten. Ja, immerhin waren sie noch ein Paar und so verhielten sie sich auch im Krankenhaus. Sie turtelten miteinander. Sie küssten sich. Und Johanna fand es toll. *„Soll nun doch wieder alles so werden wie es einmal war? Sollte das Schicksal uns genau an dem Tag wieder zusammenführen, an dem ich unsere Beziehung eigentlich beenden wollte?'* Anscheinend ja.

Schließlich wurde Wolfgang in das knapp fünfzig Kilometer entfernte Koblenz verlegt. Er war Wehrpflichtiger und somit sollte die weitere Behandlung im Bundeswehrzentralkrankenhaus erfolgen. Sie wunderten sich bereits, wie lange man ihn in Hachenburg belassen hatte. Allerdings wurden nun die Besuchsfahrten aufwändiger. Es war unmöglich, dass Johanna jeden Tag nach Koblenz fuhr. Nicht, dass sie dies nicht gewollt hätte, aber es war fahrttechnisch nicht so leicht zu bewerkstelligen – ‚Herbie' war ja nicht mehr! So einigte sie sich mit ihrem Vater darauf, dass sie ihn jeden zweiten Tag zur Arbeit brachte und dann das Auto mitnahm. Im Anschluss an die Schule fuhr sie gleich zu Wolfgang. Dort blieb sie zirka bis fünf Uhr und konnte Kurt, pünktlich gegen sechs, wieder in Hachenburg abholen. Es funktionierte prima. Dadurch, dass sie nun nur noch jeden zweiten Tag unterwegs war, blieb ihr mehr Zeit für die Schule. An den Tagen, an denen ihr das Auto ihrer Eltern nicht zur Verfügung stand, griff sie gerne wieder auf Richards Transferangebot zurück. Sie stieg am Hachenburger Busbahnhof zu und wurde dann in seinem weißen Zender-Golf nach Westerburg chauffiert.

Nach einer gewissen Zeit spürte Johanna, dass Benjamin sich ein wenig von ihr distanziert hatte. Sie redeten nur noch kurz miteinander und meist über belanglose Sachen. Seine Körpersprache signalisierte gleiches. Schlagartig wurde ihr bewusst, dass dies das Resultat ihrer Vernachlässigung war. Gut, sie hatten sich zwar regelmäßig auf dem Schulhof gesehen. Auch waren sie unregelmäßig mit anderen ins Café gefahren. Ein gemeinsamer Abend in der Funzel war aber nicht mehr zustande gekommen.

Gleichwohl spürte sie, wie ihre Knie noch immer weich wurden, wenn Ben ihr auf dem Flur begegnete oder sie miteinander sprachen. Nein, ihr Gefühl für ihn hatte sich nicht geändert – aber die Rahmenbedingungen. Sie verbot es sich regelrecht, sich wieder auf ihn einzulassen. Nein, es dürfte nicht sein. Außerdem näherten Wolfgang und sie sich wieder einander an. Die fast erloschene Flamme loderte anscheinend wieder auf. Gut, zunächst hatte sie gedacht, es sei nur Mitleid, was sie für ihn empfand, doch je länger und öfter sie sich sahen, umso mehr fühlte sie sich wieder von ihm angezogen. Außerdem glaubte sie in seinen dankbaren Augen zu erkennen, dass es ihm nicht anders erging.

So redete sie sich selbst ein, dass das, was er ihr am Tag des Unfalls so dringend sagen wollte, damit zu tun hatte, dass er sie liebte und nur mit ihr zusammen sein wollte. Vielleicht wollte er sogar Nägel mit Köpfen machen und sie heiraten. ,Ein Heiratsantrag auf dem Bahnhof! Warum nicht?' Aber leider konnte er sich nicht mehr an diesen Tag erinnern. Sollte es aber etwas anderes gewesen sein, hatte er sie gar wegen ihrer Liaison zu Benjamin zur Rede stellen wollen, so war sie froh ob seines Gedächtnisverlustes!

Die Wochen vergingen wie im Flug. Johanna freute sich darauf, dass die Ärzte Wolfgang in Aussicht stellten, in wenigen Wochen entlassen zu werden. Allerdings würde sich eine dreiwöchige Rehabilitations-Maßnahme unmittelbar anschließen. So rechnete sie damit, dass es fast Juli würde, bis man seine klinischen Behandlungen als abgeschlossen bezeichnen könnte – abgesehen von logopädischen und physiotherapeutischen Maßnahmen, die er durchaus noch geraume Zeit in Anspruch nehmen müsste.

Johanna überlegte bereits, dass sie mit ihm in ihren Sommerferien, sofern es seine Gesundheit tatsächlich zuließe, ein paar Tage an die deutsche Nordsee oder gar nach Holland an den Strand zu fahren. Sie sehnte sich nach Erholung und Ruhe, denn in ihrem

Inneren spürte sie, wie ausgelaugt sie war. Ja, ihr würde es gut tun, da das letzte Vierteljahr auch an ihr nicht spurlos vorbeigegangen war. Sie hatte einige Kilos abgenommen und dunkle Schattenringe zierten ihre Augenpartie. Selbst Wolfgang schien dies nicht entgangen zu sein, denn er schlug vor, dass sie in den nächsten Wochen nur noch mittwochs, freitags und sonntags nach Koblenz kommen sollte. »An den anderen Tagen sollst du dich von mir erholen!«, hatte er schelmisch gesagt – abgesehen davon, dass er wusste, dass sie dienstags und donnerstags Nachmittagsunterricht hatte. Zuerst wollte sie sich gegen Wolfgangs Vorschlag wehren, doch sehr bald ertappte sie sich dabei, dass sie es wirklich genoss, an diesen Tagen nicht fahren und in der Klinik sitzen zu müssen. An diesen Tagen erlaubte sie es sich, einfach nach Hause zu kommen und ihre eigenen Batterien durch die wärmende Frühlingssonne, die sie dann auf der Terrasse genoss, wieder aufzuladen.

Eines Dienstags jedoch musste Richard aufgrund eines kurzfristigen Arzttermins früher nach Hause und konnte nicht am Nachmittagunterricht teilnehmen. Somit stand Johanna vor der Entscheidung, entweder nachmittags blau zu machen, um mit Richard zurückzufahren oder sie musste sich eine andere Möglichkeit überlegen. »Mach dir keine Gedanken, Rich! Irgendwie komme ich schon nach Hause – im Notfall fahre ich halt mit dem Zug bis Hachenburg und lasse mich dort abholen!« Als sie jedoch ihr Dilemma auf dem Pausenhof erwähnte, löste sich ihr Problem sehr schnell von allein. Spontan offerierte Benjamin ihr einen Transfer in seinem Golf. Zunächst zierte sie sich ein wenig, doch schließlich erkannte sie, dass es durchaus angebracht war, endlich wieder einmal ausführlich mit Ben zu reden und mit ihm allein zu sein. *Wie muss es ihm gehen?*, fragte sie sich, nachdem sie ihm zugesagt hatte.

Nach Achims Chemiestunde trafen sie sich auf dem Parkplatz. Die Sonne schien und Johanna bekam große Lust nicht gleich nach Hause zu fahren.

»Hättest du Lust, mit mir einen Spaziergang zu unternehmen?«, fragte sie Ben frei heraus – und natürlich hatte dieser Lust. Er schlug vor, dass sie gemeinsam eine Runde um den schönen Wiesensee laufen könnten, der nicht weit von Westerburg entfernt lag. »Einmal rundzugehen dauert zirka eine gute Stunde. Oder ist dir das zu lange?« Johanna schüttelte lächelnd den Kopf und nahm erstmalig auf dem Beifahrersitz seines grünen Golfs Platz.

»Ist total ungewohnt, dich nun in der Fahrerrolle zu sehen! Bisher kannten wir es ja nur umgekehrt!«

»Stimmt! Wenn ich bedenke, dass ich bereits seit dem Dienstag nach unserer Luzern-fahrt meinen Führerschein besitze – und nun schon Anfang Juni ist –, dann kann ich es kaum glauben, dass wir solange nichts gemeinsam unternommen haben.«

Johanna sah ein wenig beschämt aus dem Fenster. Sein unbeabsichtigter Vorwurf hatte seine Berechtigung. Fast ganze drei Monate waren mittlerweile vergangen, seit den Tagen, wo sie so glücklich und unbeschwert durch die Straßen von Luzern gelaufen waren. Vor ihrem geistigen Auge erschien ihr die Szene in der weißen Kirche. Die Stimmung, die dort herrschte, hatte sie beide gefangengenommen und gerührt. Sie atmete tief ein. Doch plötzlich dachte sie auch an Kathrin. Diese hatte die romantische Situation so rüde unterbrochen und mit ihrem fiesen Grinsen vollends zerstört. *,Eigentlich haben wir sie – mit Ausnahme des erfolglosen Versuchs am selbigen Abend – nie wieder richtig zur Rede gestellt!'* Es wurmte sie. Kathrin saß ihr im Klassenraum fast vis-à-vis. Manchmal schien ihr Blick so durchdringend prüfend, manchmal wiederum sogar beängstigend. Dann wiederum verhielt sie sich ganz normal und grüßte sie freundlich, wenn sie sich auf dem Flur oder im Hof begegneten. *,Nein',* Johanna war sich mittlerweile ganz sicher, *„sie hat ihr geheimnisvolles Wissen noch nicht an Wolfgang weitergegeben!'* Im Gegenteil, wahrscheinlich konnte sie sich deshalb ganz ruhig verhalten, da sie gelassen mit ansah, wie sich das Verhältnis zwischen den vermeintlichen Turteltauben, Hanna und Ben, abkühlte. *,Ob sie vielleicht doch auf Ben scharf war oder ist? Ob sie gar neue Hoffnung schöpft, dass Ben und ich völlig auseinander gehen? Ob sie darauf spekuliert, dass sie in Bens Leben wieder eine größere Rolle oder gar die Hauptrolle übernehmen kann? Wer weiß, vielleicht war sie die ganze Zeit wirklich eifersüchtig auf mich und erkannte, als wir uns näher kamen, dass ihre Felle davon schwammen!'* Johanna war sich fast sicher. Nicht umsonst kniff Kathrin Ben bei jeder Gelegenheit in den Po. Und ihr Blick, wenn sie an ihm vorbeiging, konnte durchaus auch als lasziv durchgehen.

»Wie geht es denn dem Wolfgang?«, fragte Benjamin, während er den Wagen auf den Parkplatz der Sonnenwiese beim See steuerte. Die Sonne hatte bereits einige ihrer Anbeter herausgelockt, die sich wohlig auf Wolldecken räkelten. Auch der kleine Kiosk war geöffnet und das Floß, das innerhalb einer halbstündigen Fahrt seine Gäste von der Gemarkungsseite Winnen zum Ort Pottum brachte, lag im Wasser. Ben stellte den Wagen ab und sah Hanna an.

»Es geht ihm tatsächlich wieder recht gut. Ich denke, dass er vielleicht in zwei, drei Wochen aus der Klinik entlassen wird und dann eine Reha antreten kann.«

»Das freut mich wirklich. Ihr habt in den letzten Wochen ganz schön was mitgemacht!«

»Das stimmt. Aber ich gehe davon aus, dass es für dich auch nicht ganz einfach war. So völlig unbeteiligt bist du ja auch nicht aus der schrecklichen Situation hervorgegangen, oder?«

»Äh, wie meinst du das?«

»Nun, glaube nicht, dass ich denke, die ganze Sache sei an dir spurlos vorbeigegangen.« Sie sah ihn an und erkannte, wie seine Wangen erröteten. »Mir ist ganz bewusst, dass es auch für dich eine harte Zeit gewesen sein muss. Das letzte Mal, als wir allein waren, das war im Zug. Wir schlichen uns damals auf den Gang hinaus und haben dort, von den anderen unbeobachtet, wild herumgeknutscht. Anschließend sind wir aus dem Zug gestiegen, verabschiedeten uns und seit dem drehte die Welt sich in eine ganz andere Richtung – sie drehte sich plötzlich wieder um Wolfgang. Glaube nicht, dass ich vergessen habe, was ich dir im Zug geschworen habe: ‚Ich werde mit Wolfgang Schluss machen!' Das war zu diesem Zeitpunkt mein voller Ernst. Doch nachdem ich von seinem Unfall erfahren habe, schien die rosafarbene Welt, in der ich mich mit dir befand, um einige Spektralfarben ärmer geworden zu sein. Das grelle Neonlicht der Intensivstation holte mich in die kalte Realität zurück – ich fühlte mich in mein Gedicht versetzt:

Der Traum, dich zu spüren, sollte immer nur ein Traum bleiben. Er wird durch die Realität verdrängt, die uns kaltherzig und kühl auf einen Weg führt, weit ab von allen Träumen. Sie ist es, die uns benutzt! Sie ist es, die uns gewinnen und verlieren lässt. Und denke nicht, dass ich dich von jetzt auf gleich aus meinem Herzen gestrichen habe. Nein! Nachts lag ich in meinem Bett und haderte mit mir und meinem Schicksal. Ich betete, dass Wolfgang bald wieder gesund würde, damit ich ihm nach einer gewissen Rehabilitationszeit sagen könnte, dass ich ihn verlassen würde. Ich träumte nachts von dir und wachte nicht selten auf einem feuchten Kopfkissen auf.«

»Nur nachts lässt die Realität von uns ab und öffnet uns ein Tor: Das Tor zum Träumen!«, zitierte Ben das Gedicht weiter. Johanna begann bitterlich zu weinen und verbarg ihr Gesicht hinter ihren Händen. Er wusste nicht, was er in diesem Augenblick tun sollte. Durfte er sie in den Arm nehmen oder würde sie ihn empört und entschieden zurückweisen?

‚Es ist ein Versuch wert!', dachte er und umarmte sie. Sie ließ es zu und erwiderte seine Umarmung, indem sie ihre Arme fest um ihn schlang. Für geraume Zeit blieben sie so stehen. Erst ein Spaziergänger, der lautstark nach seinem Schäferhund rief, holte sie in die Realität zurück. Sie lösten sich voneinander und marschierten langsam los. Schweigsam betrachteten sie das Seeufer. Wilde Enten schwammen aufgeregt hin und her. Ein Graureiher stolzierte durch das niedrige Wasser. Kleine Boote hielten ihre ausgebeulten Segel in den Wind. Der Blick auf den See war einfach wunderschön. Auf dem Wanderpfad waren nur wenige Leute unterwegs. Zwischendurch sahen und lächelten sie sich an.

»Liebst du Wolfgang?« Seine Frage traf sie inmitten ihrer Gedanken, die sich tatsächlich um ihren Freund drehten. Sie sah Benjamin an. Ohne etwas zu sagen, sah sie wieder geradeaus. Sie überlegte, was sie sagen sollte. *‚Ja! Ich habe mich wieder in ihn verliebt!'* War dem so? Grundsätzlich waren sie sich wirklich wieder näher gekommen, aber liebte sie ihn? Wenn sie allerdings ‚nein' sagen würde, dann wäre dies auch eine Lüge.

In den letzten Wochen war so vieles geschehen, was sie einander wieder näher gebracht hatte – wenngleich dies nichts mit dem normalen Leben außerhalb der Klinik zu tun hatte: Sie freuten sich wie die Ölgötzen, dass Wolfgangs Erinnerungsvermögen sich tagtäglich zu bessern schien. Glücklich waren sie gewesen, als er ohne zu zögern und zu stottern: ,Fischers Fritz fischt frische Fische ...' aufsagen konnte. Die Physiotherapie zeigte ihre Wirkung und seine Grobmotorik, die nach den starken Prellungen im Brust- und Schulterbereich Einschränkungen aufgewiesen hatte, wollte wieder so, wie es sein Gehirn vorgab. Mit einer Flasche Kindersekt hatten sie damals das Ereignis gefeiert, als er einen Stift in der Hand halten und mit feinsäuberlicher Schrift seinen Namen schreiben konnte. Von da an war es stetig aufwärts gegangen.

Klar hatte Wolfgang zwischendurch auch Tiefs. Irgendwie hatte sie diese Tage – bis eben – jedoch aus ihrem Gehirnkästchen verbannt. Manchmal war er unerträglich gewesen. Aus heiterem Himmel schrie er sie grundlos an. Während sie zuvor noch herzhaft gescherzt und miteinander gelacht hatten, strafte er sie plötzlich mit bösen Blicken und meinte, sie solle verschwinden. Nach Einschätzung der Ärzte handelte es sich um posttraumatische Reaktionen. Auch ihnen sei diese Bewusstseinsänderung nicht entgangen, doch man würde alles daran setzen, damit diese sich nicht in Depressionen manifestieren könnte. »Machen Sie sich keine Gedanken«, sagte Oberstabsarzt Schmidt, »wir werden alles tun, um diese Zeiten so kurz wie möglich zu halten.« Diese negativ behafteten Tage zogen sich jedoch stets wie ein gut durchgekauter Kaugummi. Im Anschluss war sie immer froh gewesen, als sie endlich wieder im Auto sitzen konnte. Doch sie versuchte sich an die positiven Zeiten zu erinnern, schließlich war die Mehrzahl ihrer Besuche relativ harmonisch abgelaufen.

»Ich weiß es nicht genau, Ben! Ich würde lügen, wenn ich dir sage, dass sich meine Gefühle für ihn nicht zum Positiven verändert haben. Die Entschlossenheit, ihn so schnell wie möglich – wegen dir – zu verlassen, hat sich gelegt. Sorry, ich weiß, das tut jetzt bestimmt weh!«

Benjamin sah zu Boden und erkannte, dass seine Befürchtungen sich bewahrheiteten. Natürlich war er nicht so blauäugig gewesen, nicht zu erkennen, dass die Situation, die sich ihnen nun darbot, im Vergleich zu Luzern, eine komplett andere war. Aber es tatsächlich aus ihrem Mund bestätigt zu bekommen, das tat richtig weh. Sie gingen weitere Minuten schweigend nebeneinander.

,Ob es das jetzt war, wenn ich sie nachher zu Hause absetze?' Benjamin musste ob des beängstigenden Gedankens schlucken und verdrückte eine Träne.

»Du«, riss Johanna ihn diesmal aus seinen Gedanken. Er sah sie an. »Ich bekomme noch immer wackelige Knie, wenn ich dich sehe.«

»Wo denn? Ich sehe nix davon!«, flachste er, obwohl ihm gar nicht danach war. Sie lachte.

»Kindskopf!«, antwortete sie und boxte ihm leicht auf den Oberarm. Die Situation schien sich zu lösen. »Scherz beiseite, ich fühle mich noch immer total wohl an deiner Seite und freue mich stets, wenn ich dich irgendwo erspähe. Glaube mir, an meinen grundsätzlichen Gefühlen für dich hat sich nicht sehr viel verändert. Allerdings fällt es mir schwer, mir dies in der augenblicklichen Situation selbst einzugestehen. Ich verbiete es mir regelrecht. Das Schicksal bot mit keine andere Wahl, ich musste mich an Wolfgangs Seite stellen. Was sollte ich tun? Ich konnte ihm doch nicht den Laufpass geben, während er gerade mit seinem Leben kämpfte! Kannst du das verstehen?«

Natürlich konnte er das. Deshalb litt er ja auch wie ein geprügelter Hund. Deshalb hatte er sie doch in den letzten Wochen in Ruhe gelassen. Deshalb hatte er seinen Kummer in sich hinein gefressen – und das im wahrsten Sinne! Augenscheinlich schlug sich dies mit drei bis fünf Kilos auf der Waage nieder. Allerdings betrieb er seit drei Wochen eine aktive Gegenstrategie! Mit einem straffen Training, das er mit Manfred absolvierte, arbeitete er daran dem Trend entgegenzuwirken.

***

Manfred hatte die Möglichkeit, da er Mitglied im Leichtathletikverein war, auch den Fitnessraum der Schulsporthalle zu nutzen. Und da er ungern allein dorthin marschierte, überredete er Benjamin, ihn zu begleiten. Zumal er erkennen konnte, wie sein Freund unter den aktuellen Entwicklungen litt und sich dies mittlerweile auch auf sein Äußeres auswirkte.

Nachdem er ihn am Anfang ordentlich motivieren musste, da Benjamin weiterhin Fußball spielte und seiner Ansicht nach sein Bewegungspensum mehr als erfüllte, gab Ben nach.

»Nein ich will nicht der Herr der Ringe werden!«, protestierte er, als Manfred ihn auf seinen Kummerspeck an den Hüften ansprach. Doch damit hatte er ihn bei seiner Eitelkeit gepackt und siehe da, sein Golf stand rechtzeitig vor der vereinbarten Trainingszeit vor der Halle. Nachdem die erste Trainingseinheit sich mit einem dreitägigen Muskelkater bei jeder Bewegung stetig in Erinnerung gerufen hatte und Ben sich nicht vorstellen konnte, diese Folterkammer erneut zu betreten, bekam er nach der zweiten und dritten Sitzung regelrecht Spaß daran Gewichte zu stemmen, Situps zu trainieren und die Beinpresse zu drücken. Mittlerweile motivierten sie sich gegenseitig und absolvierten zweimal in der Woche ein intensives Training.

Allerdings gehörte auch Nadine dem Sportverein an und trainierte ihren Body an mehreren Tagen in dem Raum. Somit schien es unausweichlich, dass sie sich eines Nachmittags über den Weg liefen. Zufall?

Anscheinend nicht wirklich! An Manfred war natürlich nicht vorbeigegangen, dass seit Wolfgangs Unfall, das Feuer zwischen Benjamin und Johanna nur noch schwach glimmte. Es wäre nur noch eine Frage der Zeit, wann es endgültig erlöschen würde. Johanna redete mit ihm nur noch äußerst selten über Ben. Meist berichtete sie von Wolfgangs Genesungsfortschritten – und er meinte dabei ein gewisses Glänzen in ihren Augen zu erkennen. Entgegen des ursprünglichen Trends, schienen beide sich wieder recht gut zu verstehen. Da er erkannte, wie es Ben im Gegenzug immer schlechter ging, musste er als guter Freund handeln. Also bot er ihm das gemeinsame Training an, obgleich er wusste, dass auch Nadine häufiger in dem Raum aufkreuzte. Und da beide sich nicht gestritten hatten und sich noch immer sympathisch waren, sprach doch nichts dagegen, dass Ben und er wieder mehr Zeit mit Nadine und Sabrina verbringen könnten – schließlich hatten sie immer viel Spaß miteinander gehabt. Außerdem wirkte Nadines lockere Art stets so positiv auf ihn. Ob aus beiden schließlich doch noch ein Paar würde, das überließ Manfred Amor und seinen Pfeilen. So kam es, wie es kommen musste.

Nadine wäre beinahe aus allen Wolken gefallen, als sie Benjamin unter dem Bankdrücker liegend und Gewichte stemmend sah. Beide schauten Manfred fragend an, während die Gewichte Ben – ob des Schreckens, der ihn erfasste – fast erschlagen hätten. »Das kann doch nicht dein Ernst sein?«, hatten beide simultan gesagt. Doch anstatt sich zur Rede zu stellen, grinste Manfred nur breit und verschwand gegen Ende der Trainingseinheit vorzeitig zum Duschen. Nadine und Benjamin blieben allein im Raum zurück. Sie lächelten einander an. Eine gewisse Verlegenheit machte sich breit. Allerdings wollte keiner von beiden Manfreds Beispiel folgen und den Raum schnell verlassen. Zunächst trainierte jeder für sich noch an einem weiteren Gerät, doch irgendwie schien die Luft raus zu sein – auch bei Nadine, obwohl sie erst mit dem Training beginnen wollte. Benjamin beobachtete sie aus den Augenwinkeln.

Nadine trainierte ihre langen Beine an einer Bein-Po-Streckmaschine. Sie hatten sich seit vielen Wochen nicht mehr gesehen. Er musste feststellen, dass sie richtig gut aussah – irgendwie ein wenig anders, aber er mochte es. Die Erinnerung an ihre letzte gemeinsame Nacht ließ ihm richtig warm werden und der Schweiß begann nicht allein von der Betätigung des Butterflygerätes zu rinnen. Er mochte sie immer noch. „Schön, dass sie da ist!'

Letztendlich setzten sie sich nebeneinander auf die Bank, die für Bauchbeugen vorgesehen war. Zunächst blieben sie stumm, doch dann kam fast ein gleichzeitiges »Du!« hervor.

»Du zuerst!«, bat Benjamin.

»Nein, fang du an!«

Er nahm allen Mut zusammen und begann damit, ihr die verworrene Situation, die sich zwischen Nadine, Hanna und ihm ergeben hatte, zu erklären. Und nachdem er begonnen hatte, erkannte er, wie leicht es ihm doch fiel, ihr alles zu erzählen. Er begann mit dem Tageausflug nach Mainz, bis hin zu dem Abend, an dem das Aufkreuzen Wolfgangs ihn völlig aus dem Konzept gebracht hatte. Von seinen Empfindungen in der schönen Nacht mit ihr und seiner Reaktion am Morgen danach.

Vorsichtig schnitt er auch das Thema an, warum es anscheinend nicht zwischen ihnen so richtig funken wollte – wenngleich er mit keiner wirklich plausiblen Erklärung aufwarten konnte. Nadine hingegen gestand ihm, dass sie schon seit langer Zeit in ihn verknallt war. Sie liebte es, mit ihm zusammen zu sein. Sie genoss die gemeinsamen Aktivitäten, wie ins Schwimmbad gehen, tanzen oder halt auch die Nacht mit ihm zu verbringen.

»Ja, ich bin total in dich verliebt gewesen!«, sagte sie zum Schluss. »Doch ich spürte, dass es von deiner Seite wohl nicht so war!«

Benjamin sah die Traurigkeit in ihren Augen und nahm sie in den Arm. Was sollte er ihr nun sagen? Eigentlich hätte er sie jetzt noch immer fragen können, ob sie nicht doch seine richtige Freundin werden wollte – denn das mit der anderen Frau, das schien sich soweit erledigt zu haben. Doch irgendwie ... er wusste auch nicht was es war ... hinderte ihn etwas daran.

»Du, Nadine, ich habe dich auch richtig lieb gewonnen in all den Jahren. Ich bin immer sehr gerne mit dir zusammen. Du bist mir so vertraut!« Nadine sah ihn an, ließ ihm aber keine Gelegenheit für das unwillkürliche ‚aber‘ das sich ankündigte.

»Ich bin schwanger!«, sagte sie aus heiterem Himmel. Stille.

»Was? Was bist du?« Benjamin konnte es nicht glauben. Hatte er sich verhört? Mensch, das saß. ‚Zum Glück‘, dachte Benjamin, ‚habe ich noch nicht meinen Aber-Satz anbringen können!‘ Ungläubig blickte er sich im Fitnessraum um. War das Manfreds Plan gewesen? Hatte er ihn deswegen zum Training überredet? Wusste er davon?

»Und du machst jetzt keinen Scherz?«, hakte Benjamin nach, der sich schon die Windeln wechselnd und mit Kinderwagen durch Gemünden laufen sah.

»Kein Scherz, ich bin schwanger«, bestätigte Nadine.

»Wow, das ist natürlich eine Mords-Neuigkeit, die ich erst einmal verdauen muss!«

Sie waren beide noch so jung – gut, beim Sex hatte sie das ja auch nicht gestört. Auch kam er sich ein wenig schäbig vor, da er nach ihrer ersten gemeinsamen Nacht, bei den folgenden nicht mehr danach gefragt hatte, ob sie oder er verhüten sollte. Für ihn stand fest, dass Nadine, wie sie ihm zuvor gesagt hatte, die Pille nahm. Wie sollte es nun weitergehen?

Er würde erst nächstes Jahr sein Abitur machen und wollte Pilot werden. Diesen Traum konnte er ja nun abhaken, das stand fest. ‚Er wird durch die Realität verdrängt, die uns kaltherzig und kühl auf einen Weg führt, weit ab von allen Träumen!‘ Konnten sie es sich überhaupt leisten, dass er eine Lehre antrat oder musste er sogleich darüber nachdenken einen Hilfsjob anzunehmen, um seine kleine Familie zu ernähren. ‚*Ob ich jetzt wieder in der Fabrik malochen muss?*‘

Benjamin sah Nadine fest in die Augen und nahm sie in den Arm. Vielleicht könnten beide Elternpaare ihnen für einen gewissen Zeitraum unter die Arme greifen. So wie er beide Seiten einschätzte, war er da ziemlich optimistisch. Noch einmal atmete er tief durch. Das Schicksal hatte entschieden. Johanna wäre ab sofort passé und an Nadine könnte er sich bestimmt schnell ‚gewöhnen‘. Für diesen Gedankengang schämte er sich sofort! Nein, Nadine könnte er bestimmt auch lieben lernen. Vielleicht lag da gar nicht so ein großer Schritt dazwischen – zwischen mögen und lieben. Er wusste es nicht anders. Gut, bei Johanna hatte er von Anfang an ein unbeschreiblich anderes Gefühl empfunden. ‚*Vielleicht handelte es sich aber einfach nur um die Neugier mit dem Reiz des Verbotenen?*‘

Nun aber wusste er, wo seine Bestimmung lag. Er würde sich seiner Aufgabe stellen. Johanna könnte sich ihrerseits wieder voll und ganz ihrem Wolfgang zuwenden, während er seine ungeteilte Aufmerksamkeit Nadine widmen würde. Nun gut, teilen müsste sie sich diese Aufmerksamkeit schon – und zwar mit ihrem gemeinsamen Baby.

»Wir schaffen das schon, du und ich!«, bestätigte Benjamin und drückte Nadine einen dicken Schmatzer auf die Stirn. Sie schmiegte sich an ihn und schien seine Nähe zu genießen.

»Das ist lieb von dir!«, antwortete sie fast atemlos und revanchierte sich mit einem Kuss auf seine Wange. »Aber der Stefan hat mir auch schon gesagt, dass er für mich da sein wird!«

»Stefan? Welcher Stefan?«

»Der Stefan Gläser! Du weißt doch, der große schlaksige, dessen Vater das Herrenausstattergeschäft in der Oberstadt besitzt! Er hat zwar gerade erst sein Abi auf dem KAG gemacht, doch er will eine Lehre im elterlichen Betrieb anfangen! Seine Eltern wollen uns auch unterstützen!«

»Wieso sollen die uns unterstützen. Deine Eltern, meine Eltern – ich denke damit sollten wir auskommen, oder? Stefan?« Benjamin war völlig durch den Wind. Nadine fiel plötzlich auf, was Benjamin dachte und lachte aus ganzem Herzen. Sie nahm ihn in den Arm drückte ihm einen dicken Kuss auf den Mund und schien ihn gar nicht mehr loslassen wollen. Ben wusste nun überhaupt nicht mehr was los war.

»Nadine, was ist denn jetzt mit diesem Stefan?«

»Er ist der Vater des Kindes, das in mir heranwächst!«

»Er ist was? Ich dachte ich sei ... Aber wir haben doch miteinander ...«

»Mensch, Benny, du bist aber süß!«, erneut küsste sie ihn auf den Mund. »Ich bin ja völlig überwältigt. Du hast tatsächlich geglaubt, du wärst der Vater? Und dann hast du so toll reagiert! Benny, jetzt bedauere ich es fast, dass du es nicht tatsächlich bist. Der Stefan hat das Ganze nur halb so cool aufgenommen wie du. Wenngleich er mir sagte, dass er stets für das Kind und mich da sein wird. Seine Eltern waren zwar nicht gerade begeistert, doch seine Mutter meinte, sie habe Stefans Schwester bekommen, als sie so alt war wie ich. Und meine Eltern meinten nur ganz lässig, dass sie es eigentlich schon viel früher erwartet hätten – und was du dazu sagen würdest! Als ich ihnen erzählte, dass du – leider – nicht ihr Schwiegersohn wirst, meinte ich eine gewisse Enttäuschung in ihren Augen zu erkennen. Ich freue mich so über deine Reaktion, dass ich mir wirklich wünsche, dass auch du irgendwann die Richtige findest. Manfred erzählte, dass diese Johanna wieder zu ihrem verunglückten Freund tendiert. Nun, wer weiß, vielleicht entscheidet sie sich doch noch für dich. Ansonsten findest du bestimmt bald eine *Misses Right*!«

Benjamin realisierte schließlich, dass er nicht der Vater war und sah sie schelmisch an: »Außerdem müssten wir uns bestimmt Gedanken machen, wenn dein Bäuchlein im ...«, er zählte im Geiste die vergangenen Monate, »... im fünften Monat noch so klein wäre!«

Sie lachten und drückten einander. Nadine strich das T-Shirt glatt und Benjamin erkannte die kleine Wölbung, die sich unter dem Stoff erhob. Sie nahm seine Hand, hob ihr T-Shirt und ließ ihn über ihren Bauchansatz streichen – sie war erst am Ende des zweiten Monats. Dass sich nun darunter ein Kind entwickeln würde, fand er total spannend. In ihm stieg eine gewisse Vorfreude darauf auf, irgendwann einmal den Bauch der Frau zu streicheln, die ihm ein Kind schenken würde. Nadine sah ihn stumm an, während sein Zeigefinger langsam ihren Nabel umkreiste. In diesem Moment kam Manfred von der Dusche zurück und sah den beiden kurz durch den Türspalt zu. Zufrieden mit seiner Tat verschwand er still und leise, ohne noch einmal in den Raum hineinzugehen. Dass Nadine schwanger war – und das nicht von Ben –, erfuhr er erst am Tag darauf.

∗∗∗

»Wärst du damit einverstanden, wenn wir es ganz langsam auf uns zukommen lassen?«, fragte Johanna vorsichtig und Ben nickte. Er hörte nur das Wörtchen ‚uns' und war sofort glücklich. Somit gab es durchaus noch eine Chance für sie beide und das Tor zum Träumen blieb nicht vollends verschlossen. Sie drehten eine gemütliche Runde um den Wiesensee, bevor Ben Hanna zu Hause absetzte. Zum Abschied drückte sie ihm einen sanften Kuss auf die Wange und bedankte sich für den schönen gemeinsamen Nachmittag.

»Ich freue mich schon darauf, dich morgen wiederzusehen!«, sagte sie und schloss die Autotür.

~ 9 ~

*U*nd es war Sommer, der letzte im August! Uhuhuhuhu! Die Sonne brannte so, als hätte sie es gewusst ...

Johanna organisierte ihre Geburtstagsfeier. Schon vor einigen Tagen hatte sie ein paar Freunde und alle ihre Klassenkameraden eingeladen. Natürlich durfte Benjamin nicht fehlen, mit dem sie sich in den letzten Wochen wieder regelmäßiger getroffen hatte. Außerdem lud sie sogar ein paar seiner Freunde ein, die sie mittlerweile bei gemeinsamen Funzelabenden ganz gut kennen lernen durfte. Überglücklich über die Einladung, bestätigte Ben, dass drei seiner Kumpels ihn auf die Party im Haus der Sonderbergs begleiten wollten.

»Wir bleiben, wie die meisten aus der Klasse auch, über Nacht. Wir packen unsere Zelte ein und bauen sie auf eurer Wiese hinterm Haus auf. Ist das okay für dich?« Johanna freute sich, wenngleich sie ein wenig nervös wurde. Immerhin war Wolfgang noch immer ihr offizieller Freund. Und da die Feier im Haus ihrer Eltern stattfand, würde er es als Selbstverständlichkeit ansehen, bei ihr, in ihrem Zimmer, in ihrem Bett zu übernachten.

Seit dem Unfall hatten sie nicht mehr in Steinebach übernachtet, da ihm ihr hundertjähriges Bett zu unbequem war. Somit verbrachten sie die meiste Zeit in Willmenrod im Haus seiner Eltern. Heute aber würden sie in ihrem Zimmer schlafen und Ben läge nur wenige Meter von ihnen entfernt in seinem Zelt. Doch wie auch immer sie sich gedanklich drehte und wendete, sie konnte keine Ausrede finden, Wolfgang nicht bei ihr schlafen zu lassen. Gut, sie würde ihm eine Matratze auf den Boden legen, damit er es bequemer hätte. Aber ob er sie dann – insbesondere in angetrunkenem Zustand – auch in Ruhe lassen würde? Im Moment konnte sie ihn überhaupt nicht einschätzen.

Allerdings hatte sie in den letzten Wochen erkennen können, dass Ben der Mann war, mit dem sie zusammen sein wollte und den sie wirklich liebte.

‚Wie muss es ihm ergehen, wenn er sieht, dass Wolfgang bei mir übernachtet? Johanna konnte es kaum ertragen, dass sie Benjamin diese sicher schmerzliche Situation zumuten musste. Aber ihr war auch bewusst, dass die Schuld an dieser Misere allein bei ihr lag.

Johanna war sich sicher, wenn sie Wolfgang in seiner jetzigen wankelmütigen Gemütsverfassung verließe, dass dieser in ein ganz großes Loch fallen und so schnell nicht mit seinem Leben zurechtkommen würde. Schließlich hatte sie sich nach dem Unfall für ihn entschieden. Zunächst fühlte sie sich in ihrer beider Anfangszeit zurückversetzt – einmal davon abgesehen, dass sie sich in einem Krankenhaus befanden.

Doch nach und nach bekam er wieder diese Anwandlungen und fiel in den Zustand zurück, dem sie vor dem Unfall hatte entfliehen wollen. Bereits wenige Wochen, nachdem er die Intensivstation verlassen hatte, verwandelte Wolfgang sich permanent von Dr. Jekyll in Mister Hyde und umgekehrt. Sein Gemütszustand wurde immer unvorhersehbarer und seine Worte rüder.

Zunächst tröstete sie sich damit, dass es sich um dieses von den Ärzten diagnostizierte und wahrscheinlich vorübergehende Syndrom handelte, die nichts mit ihrer Person zu tun hatte. Doch irgendwann wurde sie das Gefühl nicht los, dass sich sein Verhalten nicht besserte, sondern eher verschlimmerte. So genoss sie die Tage, die sie nicht in die Klinik fahren musste und kostete die positive Aufmerksamkeit, die Benjamin ihr allein durch seine Anwesenheit in der Gruppe mit anderen schenkte. Sie unterhielten sich sehr viel und näherten sich einander wieder an.

So erkannte Hanna sehr bald, wie sicher sie sich ihrer Gefühle bezüglich Ben war. Nur die Tatsache, dass es sich nicht gehörte, mit einem gehandicapten Freund Schluss zu machen, auf dessen psychischen Verfassung sie doch Rücksicht nehmen musste, hielt sie davon ab, den längst fälligen Schritt zu gehen.

Und seit seiner Rückkehr aus der Reha in Bad Salzuflen hatte sich Wolfgangs Verhalten noch verstärkt und er schien nicht mehr er selbst. Er war an allem desinteressiert – vor allem an dem, was Johanna ihm vorschlug. Am schlimmsten empfand sie jedoch die Tatsache, dass er sich ihr gegenüber immer noch abweisend verhielt. Eigentlich hatte sie so gehofft, dass nach der Kur endlich wieder alles in Ordnung sei oder vielleicht sogar besser als zuvor. Doch stattdessen war es nur noch schlimmer geworden.

Als einen der Mitauslöser für diese Misere, tröstete sie sich, war die offensichtliche Tatsache, dass Wolfgang – entgegen seinen Erwartungen – tatsächlich die letzten Wochen seines Dienstes in der Kaserne absolvieren musste. Eigentlich hatte er fest damit gerechnet, dass das Kreiswehrersatzamt ihn von dieser Verpflichtung entbinden und ausmustern würde. Doch Oberstabsarzt Schmidt machte ihm einen Strich durch die Rechnung. Er stellte den in seinen Augen gesundeten Obergefreiten kurzerhand wieder in den Dienst. Wolfgang war schier ausgerastet, als er den Bescheid zugestellt bekam und noch in derselben Woche seinen Dienst aufnehmen musste. Daraufhin wurde er von Tag zu Tag unzufriedener mit sich und dem Rest der Welt.

Auch Johanna schien ihm nur noch auf den Geist zu gehen. Die Änderung seines Verhaltens ging schließlich soweit, dass er sie einfach wie Luft behandelte. Sie selbst fühlte sich daraufhin auch immer schrecklicher, doch irgendwie brachte sie es nicht übers Herz, sich von ihm zu trennen. Noch immer sah sie ihn, wie er auf der Intensivstation vor ihr lag und um sein Leben rang. Sie redete sich ein, dass bis zur Reha alles – bis auf die wenigen Ausraster – relativ gut und schön gewesen war. Aber je länger er sich in der

Nachbehandlung befand, desto mehr veränderte er sein Verhalten ihr gegenüber. Als erste Auswirkung seiner sonderbaren Anwandlungen entschied er, dass sie ihn an den Wochenenden nicht mehr in der Reha-Klinik besuchen sollte.

»Es ist nicht nötig, dass du den weiten Weg hier nach Bad Salzuflen kommst«, hatte er zunächst locker und freundlich gesagt. Als sie darauf bestand, wurde er grantig und meinte, die Ärzte hätten ihm absolute Ruhe verordnet.

‚Gut, dann nicht!', dachte Johanna, dem konnte sie natürlich nicht widersprechen. Doch als er sie auch am nächsten Wochenende nicht sehen wollte – wie auch an dem darauffolgenden –, wurde ihr das Ganze äußerst suspekt. Also fasste sie einen Entschluss und erkundigte sich direkt in der Klinik nach seinem Gesundheitszustand. Zwar konnte man ihr nicht bestätigen, dass er keinen Besuch empfangen dürfte. »Aber wenn er nicht will, dass Sie ihn besuchen, dann sollten Sie seinem Wunsch nachkommen und seinen Willen respektieren«, bekam sie zu hören. Somit blieb sie die nächsten drei Wochenenden zu Hause.

Erst am letzten Tag brach sie am frühen Morgen mit dem Wagen ihrer Eltern auf, um ihn abzuholen. Eigentlich wollte sie ihn überraschen und ihm spontan vorschlagen, dass sie gemeinsam noch irgendwo ein schönes Wochenende dranhängen könnten. Doch als er sich ihr dermaßen abweisend zeigte, war ihr sogleich die Lust vergangen. Sie fuhr ihn nach Hause. Noch am selben Abend ließ er sich zur Tennishalle bringen. Johanna war dermaßen enttäuscht, da sie sich ihr Wiedersehen ganz anders vorgestellt hatte. Sie war stocksauer.

Auch am darauffolgenden Wochenende zeigte er nur mäßiges Interesse an ihr. Zwar könne sie vorbeikommen, doch er habe fest eingeplant, dass er wieder zum Tennis gehen wolle. Sie schmollte, fuhr zur Funzel und verbrachte den Freitagabend mit Manfred, Ben und ein paar anderen aus ihrer Klasse.

Neben der Sache mit dem Wehrdienst, sollte das Tennisspiel der zweite Grund für Wolfgangs Verhaltensänderung werden: Nachdem er bereits nach kurzer Zeit wieder auf den Tenniscourt zurückgekehrt war, musste er bereits im ersten Match feststellen, dass er noch lange nicht in der Lage war, eine auch nur vergleichbare Spielqualität zu liefern wie vor seinem Unfall. Es war ganz natürlich und verständlich, dass es ihm vor allem an Kondition und Schlagkraft mangelte. Und genauso natürlich war es, dass man ihn in den nächsten Spielen nicht mehr aufstellte. Dies brachte ihn jedoch zur Weißglut. Sein Geist fühlte sich so fit und ambitioniert wie zuvor, doch sein Körper konnte dem Drang, im Zweifelsfalle auch über seine Grenzen zu gehen, nicht mithalten.

Fortan musste er sich die Spiele seiner Mannschaft von außen anschauen. Gefangen in dieser Lage, schlüpfte er sehr schnell in eine andere Rolle und erkor sich zum Hilfscoach aus. Mit dieser Ausweichfunktion konnte er sich zügig identifizieren und versuchte nach bestem Wissen und Gewissen den Trainer zu unterstützen. Diesem missfiel aber bereits nach sehr kurzer Zeit die Wortwahl seines freiwilligen Assistenten. Auch seine Kollegen, die er während des Spiels mit bissigen Kommentaren traktierte, wollten dies nicht allzu lange über sich ergehen lassen. Natürlich hielten sie ihm zunächst noch einen Unfallopferbonus zugute, doch schon bald hatte er diesen auf ganzer Linie verspielt. Das ging letztendlich so weit, dass man ihn von der Außenlinie verbannte und ihn bat, als Zuschauer auf der Tribüne Platz zu nehmen. Dort saß er mit grimmigem Gesicht und ballte seine Linke zur Faust, während er mit der anderen Hand eine Flasche Bier festhielt.

Als er sich schließlich anmaßte, seine bissigen Kommentare nach dem Spiel in der Kabine lautstark von sich zu geben, verwies der Trainer ihn auch hier des Platzes. Für Wolfgang brach eine Welt zusammen, denn Tennis – und vor allem seine Mannschaft – waren für ihn bis dato sein Leben gewesen. Somit ließ er seinen Unmut fortan an seinen Mitmenschen aus – allen voran an Johanna.

Jetzt will sie auch noch studieren! Dann kann ich wohl die nächsten Jahren in punkto Familienplanung abhaken! Seine ganze Lebensplanung lief schief. Woran lag es nur? Doch nicht an ihm allein oder gar nur an dem Unfall. *Ich bin doch wieder fit!*

Wenn er über die Gründe nachdachte – und darüber grübelte er stundenlang nach – , hatte sein Unglück eigentlich bereits damit angefangen, dass Johanna es ablehnte, ihn zu Beginn des Wehrdienstes zu heiraten. Vater Staat hätte ihm jeden Monat einen Batzen Geld mehr bezahlt und sogar das Ausscheiden aus dem Dienst in zwei Monaten mit einem schönen finanziellen Nachschlag versüßt. Gemeinsam mit diesem Geld und mit dem, was er als freier Mitarbeiter bei der Zeitung hätte verdienen können, hätten sie durchaus gut zurecht kommen können. Sie hätten sich das Eigenheim im Willmenroder Neubaugebiet, nach der Zeichnung seines Schwagers auf dem Bauplatz seiner Eltern, in Kürze errichten können. Johanna hätte seinen Eltern einen Enkel schenken können, worauf sich die stolzen Großeltern sicher ganz besonders großzügig gezeigt hätten – seine Schwester hatten sie ja auch unterstützt. Wenn Wolfgang diese Einnahmen zusammenrechnete und das zu erwartende Kindergeld addierte, hätten sie durchaus ein gutes Auskommen haben und seine Studienzeit bestens überbrücken können. Ja, er konnte sich seine Zukunft ziemlich detailgetreu ausmalen – seine Zukunft, wobei er Johannas Version völlig außer Acht ließ.

»Es gibt doch schlimmere Lebensumstände, oder?«, hatte er ihr vorgeworfen und wunderte sich, dass sie nicht wie gewünscht reagierte, sondern wutentbrannt das Krankenhauszimmer verlassen hatte. So überlegte er bereits während der Reha, dass entweder sie ihre Meinung ändern oder er die Initiative ergreifen müsste, um einen Schlussstrich unter alles zu ziehen. Allerdings wusste er nicht, wie er es anstellen sollte. Auf keinen Fall wollte er sie so kurz vor seiner Genesung verlassen. Nein, das sähe schäbig und undankbar aus – schließlich hatte sie ihn während der ganzen Zeit so aufopfernd betreut und das wollte er nicht so einfach mit Füßen treten.

Ob er sie noch liebte, diese Frage konnte er sich seit geraumer Zeit selbst nicht beantworten – zumal er in der Reha erfuhr, dass er bereits vor dem Unfall dazu bereit gewesen war, die Beziehung mit Johanna zu beenden. Von allein war er jedoch nicht darauf gekommen, da seine Erinnerung an den letzten Tag noch immer nicht zurückgekehrt war – allerdings gab es jemanden, der ihm auf die Sprünge half und ihn an den Wochenenden besuchte!

***

Der Geburtstagsabend war gekommen und die Party konnte beginnen. Zum Glück hatte Wolfgangs Stimmung sich ein wenig aufgehellt, denn tags zuvor erhielt er den lang ersehnten Bescheid der Zentralen Vergabestelle für Studienplätze, wonach er ab Oktober auf einen Platz bei seiner Wunschuniversität nachrücken und in Münster Journalismus studieren konnte.

Es klingelte an der Tür und Johanna öffnete sie. Überglücklich sah sie Benjamin in die Augen. Er stand mit seinen besten Freunden Clemens, Philipp und Tobias vor der Haustür. Gemeinsam gaben sie ein Happy-birthday-Ständchen zum Besten. Anschließend drückte Benjamin sie ganz fest und wünschte ihr alles Gute zu ihrem neunzehnten Geburtstag. Instinktiv verzichteten beide auf einen Kuss.

Johanna bat sie herein und nahm gerne das flache Päckchen entgegen.

»Hängt eure Sachen einfach hier auf die Garderobe!« Sogleich packte sie das Geschenk aus und freute sich wie ein Schneekönig, als sie sah, dass sie die Schallplatte geschenkt bekam, die sie sich schon längst hatte kaufen wollen.

»Vielen Dank! Das ist aber ein Super-Geschenk!« Sie drückte Benjamin erneut und bedankte sich auch bei den anderen, die sich an dem Geschenk beteiligt hatten, überschwänglich.

»Geht gleich nach unten. Im Partykeller gibt es ausreichend zu essen und zu trinken!« Das ließen sich die Jungs natürlich nicht zweimal sagen.

»Ach Benjamin, kommst du bitte noch einmal kurz mit mir ins Wohnzimmer. Ich möchte dich gerne meinen Eltern vorstellen. Die beiden haben dich ja damals im März nur ganz kurz auf dem Bahnsteig in Westerburg zu Gesicht bekommen!«

»Ja, gerne! Jungs, ich komme gleich nach und denkt dran, wir müssen noch die Zelte aufschlagen. Haltet euch in der ersten Stunde ein wenig zurück!« Johanna packte ihn an der Hand und führte ihn ins Wohnzimmer. Kurt und Theresa führten gerade einen tiefsinnigen Talk mit Harry. Dieser war dankbar, wieder einmal zwei Opfer gefunden zu haben, die er – zwischendurch mehrfach seine Nickelbrille zurechtrückend – in ein

Gespräch verwickeln konnte, bei dem es, wie es fast die Regel war, mehr oder weniger um den Sinn des Lebens ging.

»Mama, Papa, der Benjamin ist da. Ihr habt euch kurz bei unserer überstürzten Abfahrt nach Luzern gesehen. Ich denke, ich müsste euch schon einmal von ihm erzählt haben!«

»Einmal? Hundertmal!«, zog Kurt sie auf.

»Mensch, Papa, das stimmt doch gar nicht!« Johanna wurde verlegen, doch sie wusste, dass ihr Vater Recht hatte. Harry lockerte die Situation auf, in dem er Benjamin rituals-gleich mit »Hey Alter!«, begrüßte und ihm, schelmisch über den oberen Rand seiner Brille blickend, auf die Schultern klopfte. »Heute Abend zischen wir uns einen!« Benjamin wusste im ersten Moment nicht so recht, wen er anschauen und wem er zuerst antworten sollte. Dann beschloss er der Höflichkeit halber Johannas Eltern die Hand zu geben.

»Hallo, Frau Sonderberg! Hallo, Herr Sonderberg!«

»Also, das kannst du gleich vergessen. Ich bin die Theresa und das ist der Kurt! Bei dem Herr und Frau Sonderberg, da komme ich mir ja zwanzig Jahre älter vor!« Benjamin fand das nett und meinte, dass die beiden bei näherer Betrachtung viel jünger schienen, als er sie von deren Blitzvorstellung im März in Erinnerung hatte. Die entspannte Stimmung änderte sich jedoch schlagartig, als Wolfgang das Wohnzimmer betrat.

»Hallo Benjamin!«, begrüßte Wolfgang ihn knapp. »Du Hanni, kannst du mal nach unten kommen, da wollen dir ein paar Leute ihr Geschenk überreichen!«

»Ja, komme gleich. Schau mal, was ich geschenkt bekommen habe. Die neue Billy Joel!« Wolfgang schaute sich die Platte kurz und kritisch an. Ihm stand die Skepsis ins Gesicht geschrieben. Abgesehen davon, dass es sich nicht um seinen Musikgeschmack handelte, fand er das Geschenk ein wenig übertrieben; Benjamin war doch nur ein ganz normaler Klassenkamerad, oder!?

»Komm', die anderen warten schon!« Zielstrebig nahm er Johanna an die Hand und führte sie hinaus. Benjamin spürte, dass es kein leichter Abend für ihn werden würde. Harry, der die Spannung ebenfalls spürte, erhob sich spontan und forderte alle auf, mit ihm an die Kellerbar zu gehen.

Dort herrschte bereits eine ausgelassene Stimmung. Alle schienen gut drauf zu sein. Sie tanzten und lachten. Da der Großteil der Anwesenden entweder im Auto oder Zelt übernachten wollte, tranken alle viel zu viel.

Als die Party so richtig Fahrt aufgenommen hatte, erschrak Hanna plötzlich. Sie erspäh-te, wie Wolfgang sich aufgeregt mit Kathrin unterhielt. Ja, auch Kathrin war anwesend, da Johanna eine pauschale Einladung an alle ausgesprochen hatte. Sie besah sich die Szene äußerst skeptisch. Zum einen deswegen, weil Wolfgangs Gesundheit es nicht erlaubte, dass er so viel Vodka-Orange in sich hineinkippte und anderseits deswegen, da sie noch immer an die Kirchenszene in Luzern und an Kathrins grauseliges Grinsen und die Fotos denken musste. *'Ob sie ihm nun die Story erzählt? Will sie etwa hier und heute die Bombe platzen lassen? Na, das würde ja passen – auf meinem Geburtstag, mit der größtmöglichen Publicity!'* Hilflos versuchte sie Bens Gesicht in der Menge auszumachen, doch sie konnte ihn nicht auf Anhieb erspähen. Dann sah sie, dass die beiden sich durch die angrenzende Garage nach draußen verzogen. Johanna ahnte nichts Gutes!

Irgendwie musste sie rauskriegen, was da vor sich ging. Ihr kam eine Idee: Schnell sprang sie die Treppe zur Wohnung hinauf. Ohne das Licht anzuschalten, marschierte sie durch das Wohnzimmer, öffnete lautlos die Terrassentür und trat unbemerkt hinaus ins Dunkle. Vorsichtig spähte sie durch die Hecke und dann erkannte sie die beiden schemenhaft. Sie standen relativ nahe beieinander, jedoch seitlich an der Wand lehnend – ihre Gesichter waren in die gleiche Richtung ausgerichtet, sodass nichts verfängliches an dieser Situation schien, sofern jemand plötzlich aus der Garagentür treten würde.

»Ich will jetzt endlich Gewissheit, Wolfgang!«, sagte Kathrin unvermittelt und wandte sich ihm zu. Sein Blick verharrte weiter geradeaus. »Vor einem halben Jahr waren wir – oder besser du – doch schon einmal an diesem Punkt. Gut, dann kam ja angeblich genau an dem Tag, wo du ihr es sagen wolltest, dein schrecklicher Unfall dazwischen. Aber jetzt ist der schon fast ein halbes Jahr passé und du hast dich immer noch nicht von ihr getrennt! Denk doch mal an die Bilder, die ich dir gezeigt habe!«

»Ich weiß, Schatz!« Hatte er soeben 'Schatz' gesagt? Hanna erschrak. Dieses Wort war ihm schon sehr lange nicht mehr über die Lippen gekommen. »Ich will dich ja auch endlich ganz für mich. Aber das war halt vor meinem Unfall. Danach hat die Hanni sich so rührend um mich gekümmert und das, obwohl ich mich ihr gegenüber manchmal ziemlich schroff und gemein verhalten habe. Sie hat das einfach weggesteckt und sich weiter um mich gesorgt. Das hat mir imponiert. Da musst du verstehen, dass mir es nun sauschwer fällt, sie so einfach abzuservieren!«

»So, so, sie hat sich so rührend und liebevoll um dich gekümmert! Und was ist mit mir? Ich bin mindestens genauso oft im Krankenhaus gewesen: Montags, mittwochs und freitags. Erinnerst du dich? Und wer war es, der dich an den Wochenenden in der Reha besuchte und es dir ganz liebevoll besorgte? So toll fand ich die billige Pension auch nicht! Und dann die teure Zugfahrt!«

»Ach, aber über das Bett hast du dich in der billigen Pension nicht beschwert!«

»Was heißt hier Bett, da haben wir es doch am wenigsten ...«, Kathrin zog seinen Kopf zu sich und küsste ihn voller Inbrunst. »Das Hotel damals im Hunsrück, das hatte wenigstens noch Stil!«, ergänzte sie atemlos und kicherte wie ein kleines Kind. Ihre Hand wanderte zwischen seine Beine.

Johanna konnte nicht glauben, was sich gerade vor ihr abspielte. Sie hatte ja alles vermutet – insbesondere, dass Kathrin ihre Trümpfe ziehen würde –, doch dass sie und Wolfgang ein Paar sein könnten, darauf wäre sie im Leben nicht gekommen!

»Also, sagst du ihr nächste Woche Bescheid? Ja oder nein?«

»Ich versuche es!«

»Du Weichei. Ja oder nein?« Kathrin wurde von jetzt auf gleich tatsächlich wütend. Der grimmige Gesichtsausdruck, den sie damals in der Kirche zeigte, schien der gleiche zu sein – wenn Hanna ihn auch nur schemenhaft erkennen konnte. Sie stieß ihn leicht zurück.

»Ich erwarte von dir, dass du die Sache nächste Woche beendest, sonst hat sich die Sache zwischen uns erledigt!« Sie sahen sich stumm an.

»Na, ihr zwei. Genießt ihr auch die frische Luft? Da drin ist es ganz schön stickig, was?« Bens Freund, Clemens, war vor die Tür getreten. Er hatte schon einiges getrunken, weshalb seine Worte nicht ganz so flüssig kamen. Wolfgang verließ die Szene und Kathrin zündete sich eine etwas dickere, selbst gedrehte Zigarette an.

»Willst du mal ziehen?«, fragte sie Clemens und er nahm dankbar an.

»Ist ein gutes Kraut, was?«, sagte sie, als sie sah, dass Clemens zu husten begann.

»Wow! Was ist das denn?« Kathrin sagte nichts, sondern nahm Clemens Kopf und küsste ihn. Sie schob ihm ihre Zunge in den Mund und griff mit ihrer rechten Hand in seinen Schritt. Clemens zuckte zusammen und wusste nicht wie ihm geschah. Dann ließ sie ihn unvermittelt stehen und verschwand wieder im Partyraum. Clemens schüttelte sich ganz benommen. Allerdings wusste er nicht, ob es von dem Joint, dem Kuss oder dieser unorthodoxen Berührung kam.

Geschockt ging auch Johanna zurück ins Haus. Nun war ihre Entscheidung gefallen – endgültig! Doch sie beschloss, heute Abend keine große Szene zu machen. Immerhin war auch sie nicht ganz treu geblieben. Allerdings hätte ihr speiübel werden können, wenn sie nur daran dachte, was diese schreckliche Person, die sie bis vor kurzem noch mochte, hinter ihrem Rücken mit Wolfgang angestellt hatte. Aber damit nicht allein. Kotzen hätte sie auch können, wenn sie überlegte, wie viele Stunden sie bei ihrem ‚armen Freund' verbracht oder besser verplempert hatte – insbesondere nachdem es ihm wieder besser ging und er sie teilweise so schäbig behandelt hatte. Hatte er an diesen Tagen immer gehofft, sie würde bald die Fliege machen? War sie ihm lästig geworden? Hatte er sich nur nicht getraut, ihr zu sagen, dass er viel lieber von ‚Schwester' Kathrin betreut und zwischen den Beinen massiert werden wollte?

Johanna hatte gehört, dass Kathrin ihm die Bilder bereits gezeigt hatte, doch dass Wolfgang aufgrund ihrer aufopfernden Hilfe der Ansicht gewesen war, dass sich die Welt nach dem Unfall ganz anders darstellte. *Jetzt weiß ich auch, was er mir am Unfalltag so dringend mitteilen wollte!*, erkannte sie. *‚Da wollte er Schluss machen! Dann aber schien er es zunächst genossen*

206

zu haben, dass da so ein Dummchen wie ich daher kommt, um mir stundenlang den Hintern platt zu sitzen und den gnädigen Herrn bei Laune zu halten.' Hanna war enttäuscht und erleichtert zugleich. Gleich Morgen würde sie Wolfgang zuvorkommen und dem ganzen Schauspiel ein Ende machen. Heute aber ließ sie sich von diesen beiden Primitiven nicht den Abend versauen.

Sichtlich unbeeindruckt von dem was sie eben miterleben durfte – oder vielmehr gelöst –, mischte sie sich wieder unters Volk.

Wolfgang schwankte mittlerweile wie ein Grashalm im Wind und grinste ziemlich unkontrolliert aus der Wäsche. *„So passt du bestens zu deiner Grimassen schneidenden neuen Freundin!',* dachte Johanna bei sich. Anscheinend nutzte er den restlichen Abend dazu, seinen aufgestauten Frust mit Vodka-Orange wegzuwaschen. So war es auch kein Wunder, dass er sich bereits gegen halb elf kaum noch auf den Beinen halten konnte.

»Bringst du mich ins Bett?«, lallte er Johanna schließlich gegen elf in fast unverständlichen Worten ins Ohr. Sie aber dachte nicht im Traum daran, ihre Geburtstagsparty wegen ihm zu verlassen. Zärtlich, aber bestimmt, packte sie ihn am Arm und schlängelte sich mit ihm geschickt und vor allem lächelnd durch die Menge.

»Hey, Kathrin, könntest du meinen Freund mal eben die Treppe hinauf und ins Bett bringen. Kennst dich ja aus! Äh, ich meine natürlich in unserem Haus!« Hanna grinste. Kathrin schaute sie verwundert und erschrocken zugleich an. Da ihr Johanna aber weitere Erklärungen schuldig blieb und ihr nur den schwankenden Kerl in den Arm drückte, blieb ihr keine andere Wahl, als diesem die Treppe hinauf zu helfen.

Ben hatte diese Szene zufällig aus der Ferne mitbekommen und konnte es nicht verstehen, wie Hanna ihren Freund so locker leicht an Kathrin – ihrem Staatsfeind Nummer 1 – übergab. Was wenn diese nun alles ausquatschen und ihm gar von ihren Fotokünsten erzählen würde?

Johanna schmiegte sich eng an ihm vorbei und flüsterte ihm dabei ins Ohr, dass sie ihn am liebsten knutschen wolle bis er schielen würde. Er riss die Augen auf und hätte beinahe schon dieselbigen in alle Richtungen verdreht. Was lief denn hier ab? Allerdings schien für Wolfgang die Party bereits beendet zu sein, weshalb seine Stimmung sich schlagartig aufhellte. Aber wie konnte es angehen, dass Kathrin sich nun um ihn kümmerte und nicht Johanna? *,Was, wenn sie ihm gleich alles ins Ohr säuselt? Was, wenn es gleich Radau gibt?'*

»Prost, Alter!« Harrys Worte rissen ihn aus seinen Gedanken.

Hanna schien völlig unbeeindruckt zu sein. Im Gegenteil, sie unterhielt sich lachend und ungezwungen mit ihren Gäste. Zudem scheute sie sich fortan nicht, Ben unverfroren tief in die Augen zu schauen. Die lähmende Nervosität der ersten Stunden, die sie beide gefangen genommen hatte, schien wie weggeblasen. Schließlich gesellte sie sich zu der Runde, in der auch Benjamin stand.

»Was ist denn mit dem Wolfgang?«, wollte Gregor wissen.

»Ach, Schwester Kathrin kümmert sich rührend um ihn!«

Gregor schaute Johanna an und sie erkannte an seinem Blick, dass er anscheinend bereits von der Liaison der beiden gewusst oder geahnt hatte – wahrscheinlich spätestens seit dem romantischen Tenniswochenende in Kastellaun. ‚Doch was soll's!', dachte sie und strahlte Ben unverhohlen an.

Die Stimmung kochte. Alle ließen es sich richtig gut gehen. Gegen halb eins kam Clemens auf Benjamin zu und flüsterte ihm etwas ins Ohr. Benjamin grinste. Johanna ging zu ihm und fragte: »Was ist passiert, Ben?«

»Hm, du der Clemens hat mir gerade erzählt, er findet die Kathrin ganz nett!«

»Ganz nett? Typisch Mann! Ganz nett rangiert doch auf einer Skala von eins bis zehn irgendwo bei drei. Na toll! Hat er dir auch gesagt warum?«

Ben hob die Schultern. »Er meinte nur, er habe sich eben mit ihr unterhalten.«

Nun grinste Johanna: »Nun, so kann man das auch nennen. Ich habe beide draußen gesehen und Clemens musste wohl sogleich eine ziemlich unerwartete Erfahrung machen.« Ben sah sie fragend an und sie erzählte ihm von dem Joint, dem Kuss und dem plötzlichen Griff zwischen die Beine. Benjamin war zunächst geschockt, musste dann aber lachen – obwohl das Wörtchen mit dem ‚J' gefallen war und das vor einigen Monaten noch zu einer gewissen Missstimmung zwischen beiden geführt hatte.

»Ah, kein Wunder, dass der Clemens so scharf auf sie ist. Wo ist sie überhaupt?«

»Sie betreut Wolfgang!«

»Was macht sie? Äh, solltest du – äh, sollten wir nicht dazwischen gehen, bevor sie ihm vielleicht die Bilder zeigt?« Benjamin wurde nervös. Johanna wollte gerade ansetzen um ihn zu beruhigen und ihm zu erzählen, was sie eben noch alles mitbekommen hatte, doch sie kam nicht dazu. Diesmal kam Benjamins Freund Philipp dazwischen. Er war ganz aufgeregt und schaute zunächst zwischen beiden hin und her. Dann fasste er sich jedoch ein Herz und bat Johanna darum mit nach oben zu kommen. »Johanna, du musst mal eben mitkommen. Der Tobias hat sich in eurem Badezimmer eingeschlossen und liegt anscheinend in der Badewanne! Und da ist er wohl fest eingeschlafen! Niemand bekommt ihn wach und er blockiert das Bad!« Johanna und Benjamin lachten herzlich auf.

»Was? Das gibt es doch nicht! Komm, lass uns nach oben gehen. Vielleicht gelingt es uns, ihn wach zu bekommen!« Beide stiegen die Treppe hinauf und fassten sich – da sie sich unbeobachtet fühlten – kurz an den Händen. Oben angekommen, trafen sie auf Hannas Freundinnen Sabine und Marina. Diese standen mit verkniffenen Gesichtern vor der verschlossenen Badezimmertür und mussten dringend aufs stille Örtchen. Durch permanentes Klopfen versuchten sie denjenigen, der für die Blockade des Bades verantwortlich war, dazu zu bewegen dieses wieder freizugeben. Johanna kam eine Idee! Sie ging nach draußen und drückte den Rollladen des Badezimmerfensters nach oben. Sie konnte sich ein Lachen nicht verkneifen, als sie Tobias in der Badewanne sitzen sah. Zunächst klopfte sie vorsichtig, dann jedoch heftiger an die Scheibe. Aber keine Reaktion. Sie hämmerte erneut und noch energischer als zuvor. Siehe da, Tobias reagierte. Er richtete sich auf und schüttelte ungläubig seinen Kopf. Wahrscheinlich konnte er sich nicht vorstellen, warum er in der Badewanne saß. Erschrocken blickte er sich um. Als er Johanna und Ben am Fenster erblickte, wurde ihm bewusst, in welch peinlicher Situation er sich befand. Aus der ersten Reaktion heraus hob er seinen Daumen und signalisierte, dass er in Ordnung war und in Kürze das Bad wieder freigäbe.

Unsicher stieg er aus der Badewanne. Schwankend ordnete er seine Klamotten so gut es ging, schaute in den Spiegel und rubbelte die Lebensgeister in seinem Gesicht wach. Dann atmete er tief durch – schließlich musste er sich nun dem Gespött der anderen stellen – und schloss die Tür auf. Drinnen waren Applaus und Gelächter zu hören.

»Gott sei Dank!«, atmete Johanna erleichtert auf. »Ich dachte schon, wir bekommen ihn gar nicht wach und müssten eventuell das Schloss ausbauen. So ist ja zum Glück alles gut gegangen!«

»Mensch, ist mir das peinlich! Ausgerechnet Tobias muss so etwas passieren!«

»Macht doch nichts, war doch ganz lustig! Und außerdem konnten wir uns so ganz unauffällig von der Meute absetzen. Was meinst du, sollen wir eine Runde durch den Garten drehen?«

»Hört sich gut an!« Sie nahmen sich bei den Händen und gingen ums Haus.

Eine sternenklare Augustnacht erwartete sie. Die Luft war schwülwarm und gewittrig. In der Ferne konnten sie ab und zu ein flackerndes Himmelsleuchten wahrnehmen. Die Grillen zirpten. Gemütlich schlenderten sie über den Rasen und stoppten vor Benjamins Zelt. Zum Glück hatten Clemens und Tobias die Zelte zwischendurch aufgebaut. Insgesamt standen fünf Stück auf der Wiese.

Dankbar für diesen gemeinsamen Augenblick, umarmten sie sich ganz fest. Endlich waren sie allein. Sie spürten den Körper des anderen, wie er leicht vor Aufregung zitterte und sich durch ein tiefes Atmen auf und ab bewegte. Langsam hoben sie ihre Köpfe und führten ihre Lippen zärtlich zueinander. Die Luft war mit Spannung geladen und eigentlich hätte ein Blitz die Nacht erleuchten müssen, als ihre Lippen einander berührten. Sie küssten sich leidenschaftlich und drückten einander noch fester. »Ab morgen werde ich dir gehören, dir ganz allein!«, hauchte sie ihm ins Ohr. Ben löste sich leicht von ihr und versuchte ihr in die Augen zu schauen. Ein Blitz in der Ferne erleuchtete für einen kurzen Moment die Nacht und er konnte erkennen, dass sie ihn anstrahlte.

»Wie meinst du das jetzt?«, fragte er ungläubig. Doch bevor er noch etwas sagen konnte, hielt sie ihm ihren rechten Zeigfinger auf die Lippen.

»Schhhh!«, dann küsste sie ihn voller Leidenschaft. »Komm lass uns ins Zelt gehen, ich will dich jetzt ganz nah spüren!« Benjamin schluckte seine Fragen runter. Er konnte sein Glück gar nicht fassen. Natürlich hatte er sich erhofft, dass er mit Hanna heute einmal – und wenn es nur für einen Moment gewesen wäre – allein sein könnte. Doch dass sie sich heute sogar so nahe kommen würden, das hätte er nie zu träumen gewagt.

Langsam kniete er nieder und öffnete leise den Reißverschluss des Zeltes. Drinnen war es noch wärmer als draußen. Sie legten sich eng umschlungen aneinander und küssten sich innig. Benjamin nahm seine Hand und führte sie vorsichtig unter Johannas T-Shirt. Er streichelte ihr über den Rücken und spürte wie ihre Haut langsam feucht wurde. Auch Johannas Finger verschwanden unter seinem Hemd.

Ihre Küsse wurden heftiger und beide spürten, wie sehr sie sich nach der Nähe des anderen gesehnt hatten. Nein, sie wollten sich nicht zurückhalten und ja, sie wollten den Augenblick genießen. So kam es wie es kommen musste und beide genossen es, den anderen ganz zu spüren. Jetzt, hier und heute wollten sie es passieren lassen – ihr allererstes Mal.

Langsam streifte Benjamin seine Jeans ab, nachdem Johanna ihm durch das Öffnen seines Hosenbundes und des Reißverschlusses signalisiert hatte, dass sie mehr als nur küssen wollte. Sie selbst trug einen ihrer kurzen Röcke. Benjamin streichelte zunächst ihre zarten Beine vom Knie bis zu den Schenkeln. Vorsichtig glitt seine Hand in die Innenseite und suchte ihren Weg nach oben. Schließlich erreichten seine Finger den seidenen Stoff ihres Slips und strichen an der sanften Oberfläche entlang. Ein kurzes Seufzen entglitt Johanna und auch Benjamins Erregung stieg ins Unermessliche, ob des quasi gefühlsechten Materials. Nun hob Johanna ihr Becken und bedeutete ihm, er möge ihr den Slip ausziehen. Selbiges tat sie bei ihm. Genussvoll setzten sie das Streicheln fort und die Spannung der Gewitternacht schien sich ins Zelt zu verlagern.

Endlich, nach mehr als sechs Monaten des Einander-Anschmachtens und der Gefahr sich wieder zu verlieren, war es soweit – sie schliefen miteinander. Schnell spürten sie, wie ihre Körper sich aufeinander abstimmten. Sie folgten einem gemeinsamen Rhythmus, der ihnen das Gefühl gab, eins zu sein. Sie ließen sich fallen und vergaßen alles ringsumher. Die Luft war schwül. Schweißperlen suchten sich ihre Wege über die Haut, wie Sternschnuppen ihre Bahnen am Nachthimmel zogen.

Erschöpft klammerten sie sich aneinander, als liefen sie Gefahr, von irgendetwas oder irgendwem getrennt zu werden. Tatsächlich schliefen sie kurz ein.

Plötzlich ein Donnerschlag. Ein kräftiges Gewitter zog auf. Grellzuckende Blitze schossen durch die Nacht. Ein weiterer ohrenbetäubender Donnerschlag holte beide endgültig wieder auf den Boden der Tatsachen beziehungsweise des Zeltes zurück.

»Ben, das war wunderschön. Ich habe dich total lieb!«

»Ich dich auch, Hanna!« Noch ziemlich in Gedanken verloren, streichelten sie einander.

Am liebsten wären sie für immer in dieser Situation verharrt, doch unvermittelt fiel ihnen ein: ‚*Hoppla, da läuft ja noch eine Party und zwar schon seit geraumer Zeit ohne Gastgeberin!*‘ Erschrocken versuchte Johanna die gelb leuchtenden Ziffern ihrer Uhr zu erkennen. Gott sei Dank – zum Glück hatten sie nur ein paar Minuten die Besinnung verloren. Nicht auszumalen, wenn die Gäste sich auf die Suche nach beiden gemacht und sie hier nackt vorgefunden hätten. Schnell zogen sie sich an und krochen aus dem Zelt.

Nachdem sie alles zurecht gezupft und sich gegenseitig auf verräterische Spuren einer ungezügelten Leidenschaft abgecheckt hatten, gingen sie zurück zum Haus. Ob sie schon jemand vermisst hatte?

Johanna nahm den oberen Weg zur Haustür hinein, während Benjamin sich ganz unauffällig und schier zufällig zu den anderen gesellte, die sich mittlerweile vor der Garage platziert hatten, um das Naturschauspiel zu beobachten. Keinem war aufgefallen, dass beide für kurze Zeit die Party verlassen hatten. Blitze zuckten durch die Nacht und ein imponierendes Donnerkonzert erklang nach immer kürzer werdenden Intervallen der Stille. Dann öffnete der Himmel seine Schleusen und ergoss sich in einem Wolkenbruch.

Nach geraumer Zeit verstummte der stakkato-ähnliche Trommelwirbel, den die Regentropfen bis dahin auf den Dächern der vor dem Haus geparkten Autos erzeugte. Ein finaler Donnerschlag beendete das *Concerto grosso* auf einen Streich. Nun kam auch Johanna mit ein paar anderen vor das Haus und stellte sich zu Benjamin. Sie suchte sogleich seine Nähe und schmiegte sich im Dunkel der Nacht vorsichtig an ihn. Beide waren sie sich schweigend einig, dieses Himmelsszenario konnte nur für sie bestimmt gewesen sein.

Der Himmel hatte sich heute Nacht geöffnet – nur für sie. Es schien ihnen, als wolle dieser endlose Himmel ihnen das Zeichen geben, wonach auch sie endlich ihren Gefühlen uneingeschränkten Lauf zugestehen sollten. Sie sahen einander an und erkannten in den Augen des anderen die grenzenlose Weite des Himmels – ein Himmel, der selbst keine Schranken mehr kannte und der ihnen das Tor zum Träumen öffnete!

Gleich am nächsten Morgen beendete Johanna ihre Beziehung zu Wolfgang. Während Kathrin noch in der selben Nacht nach Hause gefahren war, packte Wolfgang sogleich seine wenigen Sachen. Mehr oder weniger sang- und klanglos verließ er das Haus der Sonderbergs, noch bevor alle anderen sich zum Frühstück einfanden.

Erleichtert über den längst fälligen Schritt, lief Hanna hinaus in den Garten. Ganz aufgeregt weckte sie Benjamin. Dieser lugte mit verknittertem Gesicht aus dem Zelt und dachte, Johanna sei gekommen, um ihn und Clemens – sowie die anderen in ihren Zelten – zum Frühstück zu wecken. Doch als sie im signalisierte, er solle allein rauskommen und sie zur Terrasse begleiten, stutzte er.

Dort packte sie ihn bei den Händen und zog ihn ganz fest an sich. Ben war sich nicht sicher, ob man sie beide nicht von drinnen sehen konnte. Was würde geschehen, wenn Wolfgang plötzlich auftauchte und sie in flagranti erwischte? Gleichwohl ließ er es zu.

Johanna hingegen war sich ganz sicher, dass sie den richtigen Schritt tat.

»Ich muss dir etwas erzählen«, Johannas Stimme zitterte. Dann begann sie ihm von Kathrins und Wolfgangs Affäre zu berichten. »... Wolfgang hat bereits seine Sachen gepackt und ist auf nimmer Wiedersehen von dannen gezogen!«

»Das ist nicht dein Ernst?«

»Doch, nun ist es definitiv!«

»Mensch Hanna, ich kann das alles kaum glauben!«

»Jetzt musst du es, denn von nun an sind wir offiziell ein Paar; ob du willst oder nicht!«

»Äh, was wenn ich nicht ... autsch! Schon gut, ich will ja! Und wie!« Sie küssten einander und ihnen war, als würden Himmel und Erde sich berühren.

Fortsetzung: SUNSHINE. Wo Himmel und Erde sich berühren

ROMANTIC FIND: Acting Sergeant with the message in a bottle he found at the weekend.

Bottle brings sad message

By Sarah Beacon

A MT Barker police officer was surprised to find a message in a bottle on Hassell Beach, near Warriup, last weekend.

The message, written in German with a small English note and a picture of a woman, was placed in a glass bottle, sealed with wax and dated August 2000, Hachenburg Germany.

Arthur McGinley who found the message said he was not sure if it was real or a hoax but found the English note quite sad.

The writer of the note, **Benjamin Michels** said he wished whoever found the bottle would pray for his partner **Johanna** who recently died of breast cancer at age 35.

The *Advertiser* had the German note translated and discovered it talked about how much **Benjamin** loved **Hanna** and how great his loss was.

"My life has become meaningless," the letter stated.

"I love you and I hope wherever you are right now you are doing really well and that you will always let me feel your presence."

Albany Advertiser (Dienstag, 20. März 2001, Seite 3)

Der Autor

Christof Wolf, geboren 1967, lebt seit Jahren in Hachenburg, einem kleinen mittelalterlichen Städtchen im Westerwald. Im Beruf zeigt sich der gelernte Bankkaufmann und Diplom Betriebswirt verantwortlich für die interne Studienorganisation an einer Fachhochschule.

Eine fast unglaubliche Begebenheit, Gegenstand seines Debütromans, motivierte ihn zum Aufschreiben seiner eigenen Geschichte im Stil eines dreiteiligen tragisch-romantischen Romans. Hilfreich war ihm hierbei sein riesiger Fundus an Erlebnissen und Eindrücken, die er unter anderem auf zahlreichen Reisen rund um den Globus sammeln durfte.

Mit jeder Zeile, die er in mehr als sechs Jahren an diesem Werk schrieb, erkannte er, welch ein großes Glück im Vergangenen liegt. Doch mittlerweile erkennt er ebenso, dass auch die Zukunft überaus spannend ist und sein Weg es Wert ist, bewusst und vor allem mit Optimismus gegangen zu werden.

Nur so können neue Erinnerungen entstehen! Denn ...

»... nie still steht die Zeit, der Augenblick entschwebt und nur die Momente, an die du dich erinnerst, die hast du bewusst gelebt!«

**Unser gesamtes Verlagsprogramm
finden Sie unter:**

www.acabus-verlag.de

ACABUS | Verlag

www.ingramcontent.com/pod-product-compliance
Lightning Source LLC
Chambersburg PA
CBHW030332030726
47499CB00003B/736